Charlotte Wolf

Das Vermächtnis Shivas

Charlotte Wolf

Das Vermächtnis Shivas

Roman

editionfredebold
derdeutscheautorenverlag

1. Auflage 2009

editionfredebold
fredebold&partner gmbh
schaafenstraße 25, 50676 köln

Originalausgabe: „Das Vermächtnis Shivas“

Ein Projekt der Montasser Medienagentur

Titelabbildungen: Getty Images, München;
Corbis, Düsseldorf; Pecher und Soiron, Köln
Autorenfoto: © Jörg Brochhausen
Umschlaggestaltung: Roland Pecher, Köln
Satz: D.I.E. Grafikpartner, Köln
Druck und Bindearbeiten: CPI - Ebner & Spiegel, Ulm
Printed in Germany
ISBN 978-3-939674-16-0

www.editionfredebold.de

editionfredebold
derdeutscheautorenverlag

Alte Steine erzählen alte Geschichten.

Sprichwort aus Mazedonien

IM ANFANG – EIN ENDE

Sie kamen in den frühen Morgenstunden, als die neugeborene Sonne noch blass über dem Horizont stand. Noch waren die Baumwipfel der Sumpfwälder im Osten nicht mehr als schwarze Schattenrisse. Noch lagen die Steinstufen und Mauern am westlichen Flussufer im Dunkel. Doch ein weißgoldener Schimmer durchwob bereits die fahle Dämmerung und zog eine gleißend helle Furt aus Licht in das metallene Band des Ganges.

Als sie kamen, begrüßten die Hähne gerade den neu anbrechenden Tag; ihre zugleich schrillen wie anheimelnden Weckrufe waren Kontrapunkte zum dösigen Meckern der Ziegen in ihren Verschlägen. Umherstreunende Hunde schlugen an, unterbrachen ihr Bellen immer wieder mit sehnsüchtigem Winseln. Karren rumpelten über das Pflaster der engen, sich um die Häuser schlängelnden Gassen, und während es hinter den mit Brettern verhängten Auslagen der Läden schon eifrig rumorte, lagen auf den Gassen in dünne Decken gehüllte Gestalten noch im Schlaf. Beißend durchdrang der bläuliche Rauch der Dungfeuer die milde Luft, mischte sich mit dem Aroma von Gewürzen, Ölen und reinigendem Räucherwerk und den Ausdünstungen von Mensch und Tier. Stimmen erklangen, Gesänge, die vibrierenden Silben jahrtausendealter Gebete, als Benares, auch *Kashi*, „die Leuchtende", genannt, erwachte. Die heiligste und älteste aller Städte.

Hier, wo sich Himmel und Erde trafen, lag der Mittelpunkt des Universums aller Hindus. Keine Straße, keine Wegkreuzung, die ohne Tempel, ohne Schrein war, manche davon so alt wie Menschengedenken. An den Steinstufen hinunter zum Fluss, den *Ghats*, knieten Pilger andächtig und voller Ehrfurcht nieder, stiegen hinab in das brackige Wasser, das sie von den Sünden ihres jetzigen und aller früherer Leben reinwaschen sollte, damit ihnen nach dem Tod eine günstige Wiedergeburt gewährt würde. Auf den bleiernen Fluten von *Mutter Ganga* trieben Blüten, handtellergroße Hibiskusboote in Korallenrot und Tiefrosa. Dazwischen schwammen in flachen Tonschälchen Öllichter: Opfergaben für die Götter. Brahma gewidmet, dem Schöpfer der Welt, Vishnu, dem Bewahrer, Shiva, dem Gott der Zerstörung und der Erneuerung. Dumpf und dröhnend erschallten die Muschelhörner, ertönten das Klingen der Puja-Glocken und die monotonen Sprechgesänge der Priester, die Shakti anriefen, die lichte Göttin, und Kali, die schwarze. Denn es waren diese Stunden geheimnisvollen Zwielichts zwischen Nacht und Tag, in denen die Götter den Sterblichen am nächsten waren. Stunden, in denen das vergängliche Diesseits und das ewige Jenseits sich berührten.

Als sie kamen, taten sie es nicht heimlich, nicht in Stille. Aufrecht und in Formation marschierten sie entlang des Flusses und durch die Gassen der Stadt. Ihre Schritte und die Hufschläge ihrer Pferde wurden von den Hausmauern vervielfacht zurückgeworfen; der Widerschein ihrer Fackeln zuckte über die Mauern, ließ verzerrte Schatten über Boden und Wände jagen. Wer ihnen begegnete, wich zurück und flüchtete, so schnell seine Beine ihn trugen. Denn ihr Recht war das ihres Glaubens in Allah, ihre Macht die des Großmoguls Aurangzeb, des Herrschers über Indien. Ihre Insignien waren keine der Milde und Güte, sondern Schwerter und Musketen, die Zeichen des Todes und der Vernichtung.

Und Tod und Vernichtung trugen die Soldaten Aurangzebs auch in den Tempel von Vishwanath, als sie ihn stürmten. Schüsse, gebrüllte Befehle und gellende Schreie hallten von den reliefgeschmückten Wänden wider. Kugeln pfiffen durch die Luft, zersplitterten Stein und Ton und bohrten sich tief in die Leiber der Priester und Gläubigen, die leblos zusammensackten und zu Boden fielen. Was die Feuerwaffen nicht geschafft hatten, vollendeten die Schwerter. Blindwütig hackten sie auf Arme und Beine ein, durchschnitten Kehlen, spießten Eingeweide auf und trennten Köpfe vom Rumpf.

Blut strömte über die Bodenplatten des Tempels, vermischte sich mit geopferter Milch und dem heiligen Wasser des Flusses, staute sich an den Leichen und umfloss sie sanft. Stumm starrte Shiva mit blau glitzerndem Blick auf das Gemetzel unter seinen Dienern, auf die Verwüstung der ihm geweihten Stätte. Bis man ihn fällte wie einen Baum, seinen goldbeschichteten Torso krachend zu Boden stürzte, wo er zersprang und ein Hauptmann die Spitze seines Schwertes ansetzte, um dem Gott das Augenlicht zu rauben.

Das weiße Gewand des letzten noch lebenden Brahmanenpriesters war dunkelrot durchtränkt. Mit zerschmettertem Rückgrat lag er auf den Stufen des Heiligtums im Sterben und sah mit verschleiertem Blick zu, wie der Soldat die beiden blauen Diamanten aus dem Antlitz der Gottheit hebelte und einsackte.

„Allmächtiger Shiva“, stieß der Priester zwischen flachen Atemzügen hervor, die seine letzten sein würden und von denen jeder wie ein Schwertstoß durch seine Eingeweide fuhr, „lass diesen Frevel nicht ungesühnt! Gib den Steinen die Kraft der Vernichtung mit auf den Weg. Lass Tod und Verderben diejenigen ereilen, in deren gierige Hände sie gelangen, von heute bis in alle Ewigkeit. Bis deine Augen an diesen Ort, in den heiligen, reinen Schoß ... von Mutter Ganga ... zurückkehren. Darum ... bitte ich ... dich ... oh Shiva ...“

Als schließlich alles an Gold und Silber, Elfenbein und Edelsteinen aus dem Tempel geschafft war, gab der Hauptmann das Signal zum Aufbruch. Donner aus den im Tross mitgeführten Kanonen zerriss den jungen Tag. Trümmerteile und Wolken aus Rauch und Staub wirbelten auf, und der alte Tempel von Vishwanath war nicht mehr.

ENGLAND, SOMMER 1902

Mit einem leisen *Plopp* prallte der Ball aus Hartgummi auf die Saiten des Tennisschlägers, beschrieb eine Parabel über dem zwischen zwei Pfosten gespannten Netz und ging danach in einen Sinkflug über. Haarscharf am Rahmen des gegnerischen Rackets vorbei und eine Hand breit vor der Grundlinie schlug er auf den Rasen auf. Dort machte er noch ein paar halbherzige Bocksprünge, rollte sanft aus und blieb schließlich liegen.

„Spiel, Satz und Sieg!", jubelte Robyn Fairbanks, warf ihren Kopf in den Nacken und reckte die Faust triumphierend gen Himmel.

Prüfend musterte ihr Gegenspieler die Stelle, an der der Ball aufgetroffen war, und tippte vorwurfsvoll mit der Kante seines Schlägers darauf. „Der war aus, meine Liebe!"

Robyn stützte eine Hand in die Hüfte, kniff die Augen zusammen und wies drohend mit ihrem Racket auf ihn. „Edward, versuch nicht schon wieder zu schummeln!"

Der lächelte nur, nahm Anlauf und setzte über das Netz hinweg. Federnden Schrittes kam er auf sie zu, nahm ihre Hand und hauchte einen Kuss darauf.

„Du weißt, dass ich dich nur zu gerne gewinnen lasse", raunte er und sah ihr dabei in die Augen, deren nussbraune Iris, umgeben von einem fast schwarzen Rand, Robyns Blicken eine eigenartige Tiefe und Schärfe verlieh. Edward reckte rasch den Kopf in Richtung des Hauses, fasste sie um die schmale Taille und zog sie eng an sich.

„Es ist mir eine Ehre, von einer Frau wie dir auf dem Tennisplatz geschlagen zu werden“, murmelte er gegen ihre Wange. Robyns Herz klopfte rasch, als sein Mund den ihren suchte.

„Kinder, kommt ihr?“, ertönte es in diesem Moment vom Haus her. „Ich habe Erfrischungen auf der Terrasse servieren lassen!“

Beide hielten inne, und während Robyn sich auf die Unterlippe biss und ein Lachen unterdrückte, hob Edward konsterniert eine seiner dunklen Augenbrauen.

„Das muss man deiner Frau Mama lassen: Sie hat ein untrügliches Gespür für den passenden Moment“, seufzte er mit einem Blick auf Mrs. Fairbanks, die ihnen vom Haus her zuwinkte. Rasch ließ er Robyn los und hob mit einem verkniffenen Lächeln grüßend den Arm. Robyn lachte leise und streichelte zärtlich seine Schulter unter dem hellen Hemd.

„Hab noch etwas Geduld. Bald können wir so oft und so viel allein sein, wie wir wollen.“

„*Bald* ist etwas übertrieben,“ knurrte Edward und machte mit seinem Racket ein paar energische Schlagbewegungen durch die Luft, als sie den Tennisplatz überquerten und auf den Kiesweg traten, der sich durch üppig blühende Blumenrabatten schlängelte. „Auf Wunsch deiner Eltern ist es bis zur Hochzeit noch fast ein ganzes Jahr! Ich weiß gar nicht, was eine solch lange Verlobungszeit nützen soll.“

„Drum prüfe, wer sich ewig bindet“, neckte Robyn ihn lachend und hakte sich bei ihm unter. „Du weißt doch, wie Mutter ist: Für meine Aussteuer darf es nur das beste Silber und die feinste Tisch- und Bettwäsche sein. Das Brautkleid muss entworfen und angefertigt, die Gästeliste erstellt, die Einladungen geschrieben, das Menü geplant werden – das braucht eben alles seine Zeit. Schließlich heiratet man nur einmal im Leben. Und außerdem“, im Schutz der an der Mauer aufrankenden Klematis mit ihren purpurfarbenen Sternblüten drückte sie ihm rasch einen Kuss auf die Wange, „sind Hochzeiten im Mai einfach die schönsten!" Sie zog ihren Arm unter dem seinen hervor und sprang leichtfüßig die Steintreppe zur Terrasse empor.

„Ferien sind etwas Herrliches", seufzte Robyn wenig später zufrieden auf und stellte ihr Glas mit der Zitronenlimonade ab. Wohlig lehnte sie sich in dem zierlichen, weiß lackierten Gartenstuhl zurück.

Wie jedes Jahr um diese Zeit war die Familie Fairbanks von der stickigen Metropole London hinaus aufs Land nach Curley Hill gezogen. Das Cottage war weitaus geräumiger und stilvoller, als es sein Name vermuten ließ. Umgeben von den bewaldeten Hügeln und Weideflächen Surreys, war es ein stattliches Haus aus dem vorletzten Jahrhundert, das nach und nach erweitert und modernisiert worden war. Geräumig und komfortabel genug, um nun in den Sommermonaten und an den Wochenenden die gesamte Familie nebst Personal und Gästen zu beherbergen.

„Ich weiß ohnehin nicht, weshalb du dir diese merkwürdigen Studien antust, Liebes." Nachsichtig sah Edward sie über seine Teetasse hinweg an. „In London gibt es doch das ganze Jahr hindurch genug andere Zerstreuungen. Warum sich mit unnützem Wissen belasten?"

Robyn runzelte die Stirn. „Ich finde es nicht unnütz. Bildung ist immer etwas Wertvolles."

„Aber ausgerechnet Kunstgeschichte!" Edward schüttelte mit hochgezogenen Augenbrauen den Kopf. „Brotloser dürfte nur noch die Literaturwissenschaft sein. Zum Glück", beeilte er sich mit einem charmanten Lächeln hinzuzufügen, das sowohl Robyn als auch Mrs. Fairbanks galt, „wirst du ja nie darauf angewiesen sein, dir deinen Lebensunterhalt damit verdienen zu müssen."

„Oh, angewiesen sicher nicht. Aber ich trage mich durchaus mit dem Gedanken, nach dem Studium mit meinem Abschluss etwas anzufangen. Als Journalistin vielleicht, oder als Assistentin des Kurators in einem Museum. Oder als ..."

„Mein Herz", Edward langte zu ihr hinüber und drückte sachte ihre Finger, „du weißt doch: Als meine Frau wirst du es nicht nötig haben, arbeiten zu müssen."

„Darum geht es doch auch nicht", widersprach Robyn und entzog ihm ihre Hand, einmal mehr verärgert über Edwards konservative Ansichten. Mit einunddreißig um ein Jahrzehnt älter als sie, vertrat er ganz ähnliche Auffassungen wie Robyns ältere Brüder, die fast schon einer anderen Generation angehörten als sie selbst. Die Mischung aus brüderlichem Beschützerinstinkt, Standesdünkel und Traditionsbewusstsein, gewürzt mit liebevollen Neckereien, mit der Robyn aufgewachsen war, hatte sie jedoch gelehrt, in derlei Diskussionen ihre eigene Meinung schonungslos kundzutun und im Zweifelsfall ihren eigenen Kopf durchzusetzen. „Ich möchte allerdings etwas Sinnvolleres mit meinem Leben anfangen, als nur Teegesellschaften und Dinnerpartys zu geben oder zu besuchen."

„Du vergisst das Theater, die Oper und das Rennen von Ascot", erwiderte Edward augenzwinkernd und milden Spott in seiner Stimme. Robyn verdrehte die Augen, doch um ihre Mundwinkel zuckte es verräterisch. Genauso schnell, wie Edward sie in Rage bringen konnte, gelang es ihm auch, ihren Ärger wieder in Heiterkeit aufzulösen.

Er legte den Kopf in den Nacken und lachte. „Solange du nicht anfängst, die Versammlungen dieser wild gewordenen Frauenrechtlerinnen zu besuchen, darfst du von mir aus tun und lassen, was du willst!"

Robyn, die gerade einen Löffel Erdbeeren mit Schlagsahne zum Mund führen wollte, hielt mitten in der Bewegung inne und sah ihren Verlobten empört an. „Wenn ich aber genau das wollte? Was bitte ist verkehrt an den Bestrebungen von Mrs. Pankhurst und ihren Weggefährtinnen, das gleiche Wahlrecht erstreiten zu wollen, wie ihr Männer es besitzt?“

Edward setzte zu einer Erwiderung an, als das Hausmädchen mit wehenden Schürzenbändern herbeieilte, atemlos knickste und Robyn einen Umschlag überreichte. „Hier, Miss Robyn, der kam soeben per Eilboten für Sie.“

„Danke, Sally.“ Ratlos drehte Robyn den Brief in den Händen, studierte die Aufschrift. „Von einem Rechtsanwalt in London ... Weitergeleitet von unserem Haus am Eaton Square.“ Sie zog eine Grimasse. „Und adressiert an *Mr. Robin Fairbanks.* Oh Mutter, ich wünschte, ihr hättet euch damals einen besseren Namen für mich überlegt – einen, der mich nicht ständig in Verdacht geraten lässt, ein Mann zu sein! Nur wegen eines einzigen Buchstabens!“

Mrs. Fairbanks errötete hinter ihrer Teetasse, stellte sie rasch ab und pickte ein paar nicht vorhandene Krümel vom Tischtuch. „Wir waren so sicher, nach Alan und David noch einen dritten Sohn zu bekommen, dass wir uns schon auf *Robin* geeinigt hatten. Und als du dann da warst, haben wir daraus eben *Robyn* gemacht. – Aber willst du deinen Brief denn nicht lesen? Es steht doch bestimmt etwas Wichtiges darin, wenn er sogar mit Eilboten gekommen ist“, lenkte sie schnell ab.

„Hast du etwas verbrochen?“, wollte Edward mit einem ironischen Lächeln wissen.

Robyn warf ihm einen Blick zu, der ebenso amüsiert wie verunsichert war. „Ich hoffe nicht.“

Kurz entschlossen schlitzte sie das Kuvert mit dem Kuchenmesser auf und entfaltete den Brief. Eine gespannte Stille legte sich über die sonnenbeschienene Terrasse; nur noch das Gezwitscher der Vögel in den Baumkronen und das träge Summen der Insekten war zu hören.

Eine scheinbare Ewigkeit später sah Robyn mit zusammengezogenen Augenbrauen wieder auf. „Mutter, sagt dir der Name Adele Wetherby etwas?"

Ein lang gezogenes Räuspern war die Antwort, dann ein Scharren, als Mrs. Fairbanks ihre Teetasse auf dem Tisch hin und her schob, den Löffel aufnahm und wieder auf der Untertasse ablegte. Schließlich entrang sich ihr ein zaghaftes „Wer?".

„Adele Wetherby", erklärte Robyn mit Nachdruck und senkte den Blick wieder auf das Schreiben. „... *erbitten wir Ihre Anwesenheit in der Nachlasssache Adele Wetherby, geborene Cavendish* ...", las sie vor und sah wieder ihre Mutter an, die sich sichtlich unwohl in ihrer Haut fühlte.

„Müssen wir das vor ...", begann sie murmelnd mit einem verlegenen Blick in Richtung Edwards.

„Ja, Mutter, das können wir durchaus in Edwards Gegenwart besprechen", gab Robyn hitzig zurück. „Er gehört ja schon so gut wie zur Familie. Wer ist – oder vielmehr: *war* – diese Adele Wetherby? Wenn sie eine geborene Cavendish war, muss sie ja in irgendeiner Weise mit dir verwandt gewesen sein, nachdem das auch dein Geburtsname ist."

Mrs. Fairbanks räusperte sich erneut und rührte hektisch mit dem Löffel in ihrer fast leeren Tasse herum. „Adele Cavendish ist deine Großtante, die ältere Schwester meines Vaters."

Robyn wechselte einen erstaunten Blick mit Edward, ehe sie sich wieder ihrer Mutter zuwandte. „Weshalb wusste ich dann nichts von ihr – bis zu diesem Augenblick?"

„Ein alter Familienzwist. Ich war damals noch ein Kind. Es ging um eine Erbschaft, soweit ich weiß, aber mein Vater und sie haben sich auch davor schon nicht sonderlich nahegestanden. Ich habe Tante Adele bis zum endgültigen Bruch zwischen den beiden nur ein- oder zweimal gesehen. Sie muss eine recht bösartige und wunderliche Person gewesen sein." Der Blick ihrer Mutter verlor sich irgendwo zwischen Kuchenplatte und Sahnekännchen. „Ich wusste ehrlich gesagt nicht einmal, dass sie noch lebt."

Sie schwieg ein paar Sekunden lang, ehe sie zusammenfuhr, als sei ihr soeben ein Einfall gekommen, und deutete auf den Brief. „Du ziehst doch nicht etwa in Erwägung, zu dieser Testamentseröffnung zu erscheinen?"

„Warum denn nicht?"

„Ich kann mir nicht vorstellen, dass sie sonderlich viel zu vererben hatte", gab Mrs. Fairbanks mit einem nervösen Auflachen zur Antwort. „Natürlich hat mein Vater damals den Löwenanteil des Erbes beansprucht, wie es einem männlichen Nachkommen auch zusteht."

„*Natürlich*", wiederholte Robyn leise und mit beißendem Unterton. Sie war nicht nur darüber verstimmt, dass ihre Mutter einmal mehr die angebliche Überlegenheit des anderen Geschlechts konstatierte, als sei sie gottgegeben, sondern auch darüber, dass ihr die Existenz dieser geheimnisvollen Großtante sowie der damit zusammenhängende Erbstreitigkeitsfall in ihrer Familie mütterlicherseits bislang vorenthalten worden waren.

„Vielleicht geht es auch gar nicht um Geld, Mutter", fügte sie nach einer kleinen Pause hinzu. „Offensichtlich war es dieser Dame aus irgendeinem Grund wichtig, dass ausgerechnet ich etwas aus ihrem Nachlass bekomme. Ich, und nicht du."

„Denkst du an persönliche Dinge wie Briefe oder ein Tagebuch?", mischte sich Edward ein. Mit fragendem Blick deutete er auf das leere Kuvert und nahm es auf ein zustimmendes Nicken Robyns hin an sich, um einen Blick auf den Absender zu werfen.

Robyn hob eine Schulter, als sie antwortete: „Wäre möglich. Ich bin neugierig, ob Alan und David auch einen solchen Brief erhalten haben, vielleicht an ihre Geschäftsadressen."

Alan war Partner in der Kanzlei *Havisham & Co.*, und David bereitete sich darauf vor, eines nicht mehr allzu fernen Tages die Leitung des angesehenen Bankhauses *Fairbanks & Stevenson* von George Fairbanks zu übernehmen. Beide weilten noch in London und würden erst zum Wochenende nach Curley Hill kommen. Ihre Ehefrauen Marjorie und Susanna waren ihnen hingegen bereits vor zwei Wochen vorausgefahren, verbrachten diesen Nachmittag aber mit den Kindern und den beiden Nannys auf einem Spaziergang, um die Weidekühe anzuschauen, die den Haushalt des Cottages täglich mit frischer Milch versorgten.

„Bestimmt ist dieser ... Alfred Chisholm", las Edward den Namen des Anwalts vom Kuvert ab, „ein schmieriger kleiner Winkeladvokat." Mit sichtbarem Schaudern legte er den Umschlag schnell wieder zurück. „Mir ist dieser Name nämlich gänzlich unbekannt. – Solange dir diese seltsame Großtante jedoch keinen Schuldenberg hinterlassen hat, kannst du dir zumindest einmal anhören, was dir dieser Chisholm zu sagen hat", fügte er lachend hinzu und goss sich noch etwas Earl Grey nach.

Robyn nahm den Brief wieder auf, faltete ihn zusammen und steckte ihn zurück in sein Kuvert, das sie unter den Rand ihres Tellers schob. Mit einem zufriedenen Aufatmen stützte sie die Ellenbogen auf die Armlehnen und verschränkte die Hände.

„Es gibt wohl nur einen Weg, das herauszufinden."

LONDON, EINE WOCHE SPÄTER

„Ich weiß gar nicht, was du hast", flüsterte Robyn im Vorzimmer der Anwaltskanzlei, als die junge, bebrillte Dame in ihrem langen, marineblauen Rock und gestreifter Bluse davoneilte, um ihrem Arbeitgeber die Ankunft von „Fairbanks und Cheltenham, Termin um fünfzehn Uhr" zu melden, wie Edward ihr gegenüber knapp hatte verlauten lassen.

Robyn schälte die schwarzen Handschuhe von ihren Fingern und wies dabei in den Raum hinein. „Das sieht doch alles sehr nobel und vertrauenerweckend aus."

Edwards Augenbrauen strebten seinem Haaransatz zu, als er sich in dem großzügigen Empfangszimmer mit den hellen Wänden und dem royalblauen Teppich umsah. Kritisch musterte er den Schreibtisch, auf dessen grüner Filzunterlage ein satteldachförmiges Metallschild stand, auf dem die Lettern *Miss D. Sampson* eingraviert waren. Seine kieselgrauen Augen wanderten über die Gemälde zwischen den Halbsäulen der Wände – romantisch verschwommene Landschaften und dunstverhangene Seestücke in schweren Goldrahmen – und von dort hinauf zu dem ausladenden Leuchter an der hohen Decke.

„Aber *Hampstead*, Liebes! Viel kann dieser Chisholm nicht an den Gerichten zu tun haben, sonst hätte er sich nicht so weit von ihnen entfernt niedergelassen."

Mit dem Zeigefinger fuhr er prüfend über den Marmorsims des kalten Kamins und blickte enttäuscht, als die Fingerkuppe staubfrei blieb, ehe er als Nächstes die beiden niedrigen Sessel in Augenschein nahm, die einen runden Tisch mit einer Auswahl von Tageszeitungen und Magazinen flankierten.

„Wer weiß, mit welchen Tricks er seinen Mandanten das Geld aus der Tasche zieht, um sich das alles leisten zu können."

Mit verächtlicher Miene ließ er seinen modischen Trilby-Hut mit der schmalen Krempe über den Fingern der anderen Hand kreisen.

„Sei nicht so kleinlich", schalt Robyn ihn liebevoll und legte ihre Handflächen auf die Revers seines dunklen Sakkos. „Wir hören uns einfach an, was er zu sagen hat, dann sehen wir weiter."

„Ganz wie du willst, Liebling." Edward umfasste ihre Hand und drückte sie sacht im Rhythmus seiner Worte. „Aber denk daran, was Alan dir mit auf den Weg gegeben hat: keine Zusagen an Ort und Stelle! Und vor allem keine Unterschrift unter irgendwelche Dokumente, ehe er sie nicht durchgesehen und geprüft hat."

Im Gegensatz zu ihrer Schwester hatten weder Alan noch David eine Einladung zur Testamentseröffnung erhalten – was diese Geschichte noch mysteriöser machte, für Robyn deren Reiz aber noch erhöhte.

„Dafür habe ich ja dich an meiner Seite – damit du mich vor Dummheiten bewahrst", erwiderte sie und legte schelmisch den Kopf mit dem schwarz beschleierten Hütchen schräg.

„So ist es." Wohlgefällig musterte Edward seine Verlobte, die sich dem Anlass entsprechend in schlichtes Schwarz gekleidet hatte. Eine Farbe, die das Kastanienbraun ihres aufgesteckten Haares betonte und ins Kupferne spielen ließ.

Er senkte seine Stimme zu einem Flüstern. „Habe ich dir heute schon gesagt, wie reizend du wieder aussiehst?"

„Mehrfach“, flüsterte Robyn zurück. „Aber ich kann es nicht oft genug hören.“

Hastig lösten sie sich voneinander, als die Empfangsdame zurückkehrte und sie bat, ihr zu folgen.

„Meine Güte, er scheint es wirklich nötig zu haben, sich wichtig zu machen“, brummte Edward, als sie den langen Korridor entlanggingen, in dem ein ebenfalls blauer Teppich ihre Schritte dämpfte. „Ein Empfangszeremoniell wie im Buckingham Palace!“

Robyns Erwiderung bestand in einem leichten Stoß mit dem Ellenbogen.

Zu ihrer Rechten reihten sich weiße Säulen zwischen geöffneten Fenstern auf, durch die sie einen wunderbaren Blick auf einen grünen Innenhof mit plätscherndem Springbrunnen genoss. Der Hof war ringsum von einander zum Verwechseln ähnlichen Hauswänden begrenzt: blendend weiß und säulengeschmückt, mit großzügigen, regelmäßigen Fensterreihen unter klassizistischen Giebeln und Friesen. Zu ihrer Linken konnte sie hinter einer der geschlossenen Türen das Geklapper mehrerer Schreibmaschinen hören, und vor der letzten Tür des Korridors, die offen stand, machte *Miss D. Sampson* nunmehr Halt.

„Ihr Termin, Sir“, verkündete sie in den Raum hinein, ehe sie Robyn und Edward freundlich zunickte und den Gang in Richtung Vorzimmer wieder zurückging.

Ein eher kleiner, untersetzter Herr mittleren Alters erschien im Türrahmen. Die Kette seiner Taschenuhr spannte sich über der Weste seines Sakkos, und sein dicker, pomadisierter Schnurrbart stand in krassem Gegensatz zu seinem völlig kahlen Haupt.

„Miss Fairbanks“, trompetete er Robyn entgegen und schüttelte ihr kräftig die Hand. „Sehr erfreut. Alfred Chisholm. Und

Sie sind ..." Fragend blickte er mit ausgestreckter Rechten zu Edward auf.

„Mr. Cheltenham. Der Verlobte von Miss Fairbanks."

Der Anwalt musterte ihn daraufhin für einige Sekunden und hielt seine Hand über Gebühr lange fest, wie Edwards Miene deutlich abzulesen war.

„*Schönschön*, ebenfalls sehr erfreut", bekundete er schließlich, trat zackig einen Schritt zurück und machte eine große Geste in den Raum hinein, ehe er schwungvoll und doch leise die Tür hinter ihnen schloss. „Nehmen Sie doch bitte Platz."

„Sind wir die einzigen zu diesem Termin Geladenen?", fragte Robyn mit einem unwillkürlichen Blick über ihre Schulter, als sie und Edward sich auf den beiden gepolsterten Stühlen vor dem imposanten Schreibtisch niedergelassen hatten. Edward hingegen fixierte die Stahlkassette und den großen Umschlag, die sich auf der gleichen grünen Filzunterlage wie der des Schreibtisches im Vorzimmer befanden.

„In der Tat", bestätigte Mr. Chisholm und setzte sich ebenfalls. Die Hände auf der Tischplatte verschränkt, lehnte er sich etwas vor und sah Robyn unverwandt an. „Sie sind als Alleinerbin eingesetzt worden, Miss Fairbanks. Das heißt – nur, sofern Sie ..."

Er unterbrach sich und seufzte leise. „Aber es dürfte wohl am besten sein, wenn ich zuerst den letzten Willen der seligen Dame verlese. Danach können wir alles Weitere besprechen."

Edward und Robyn tauschten einen ratlosen Blick, schenkten dem Rechtsanwalt dann aber ihre ungeteilte Aufmerksamkeit, als sich dieser einen Kneifer auf die fleischige Nase drückte und aus dem Umschlag ein Dokument zog.

„Hiermit bestimme ich, Adele Joana Wetherby, geboren am 23. Mai 1812 zu Chipping Norton als Tochter von Richard und

Louise Cavendish, im Vollbesitz meiner geistigen Kräfte und aus freiem Willen, Miss Robyn Fairbanks, wohnhaft Eaton Square No. 8, London Belgravia, zur alleinigen Erbin meiner gesamten weltlichen Habe."

Er machte eine Kunstpause und blickte Robyn und Edward über den Rand seiner Augengläser hinweg an, ehe er weiterlas.

„Diese beinhaltet das Haus No. 5, Royal Crescent, in Bath, Somerset, nebst der kompletten Einrichtung und den darin verwahrten persönlichen Gegenständen sowie das Barvermögen auf meinem Konto bei Barclays."

Aus dem Umschlag zog er ein weiteres Schreiben hervor, das er neben sich legte.

„Auf meine Anfrage hin erhielt ich von genannter Bank die Auskunft, dass sich diese Summe derzeit auf dreitausendachthundertzweiundsiebzig Pfund Sterling beläuft."

Edward lehnte sich zufrieden in seinem Stuhl zurück und schlug die Beine übereinander. „Das ist ja höchst erfreulich! Die Immobilienpreise in Bath sind enorm gestiegen in den letzten drei Jahren, und es gibt dort keine bessere Adresse als den Royal Crescent. Sind in die Zahlen der Bank die Zinsen des laufenden Jahres schon mit eingerechnet worden?"

„Nun", Mr. Chisholm räusperte sich und schob die Papiere und den Umschlag auf dem Tisch hin und her. „Ich fürchte, es gibt da einen Haken."

„Ah", machte Edward und hieb sich mit der flachen Hand auf das Knie, „wusste ich es doch! Was für einen Haken? Schulden?"

„Eine Zusatzklausel", erwiderte der Rechtsanwalt schlicht und nahm das Testament wieder auf, um in den Worten der Verstorbenen fortzufahren: „An die Verfügung dieser Hinterlassenschaft knüpfe ich jedoch eine Bedingung. In meinem Besitz befindet sich zudem noch ein blauer Diamant, dem der Überlieferung nach ein Fluch anhaftet. Diesen muss Miss Fairbanks zusammen mit privaten Papieren, die sich in der Obhut Mr. Chisholms befinden, persönlich nach Indien bringen und in Benares dem dortigen Fluss übergeben. Erst dann kann sie das zuvor genannte Erbe antreten. Sollte sich Miss Fairbanks dazu nicht bereiterklären oder außerstande sehen, fällt meine gesamte weltliche Habe respektive der Erlös aus deren Veräußerung zu gleichen Teilen an diverse wohltätige Stiftungen, die ich umseitig aufgelistet habe. Die dem Diamanten beigelegten persönlichen Unterlagen sollen in diesem Fall unwiderruflich vernichtet werden. – Unterzeichnet: Adele Joana Wetherby, Bath, den 12. April 1902. Beglaubigt durch: Alfred Chisholm, Rechtsanwalt."

„Lächerlich!", rief Edward kopfschüttelnd aus. „Einfach lächerlich! Das werden wir vor Gericht anfechten!"

Sein Gegenüber lächelte milde. „Sollten Sie das tatsächlich vorhaben, kann ich Ihnen keinerlei Hoffnung auf Erfolg machen, Mr. Cheltenham. Die Gesetzeslage ist in diesem Fall eindeutig: Mrs. Wetherby hat ihren letzten Willen hiermit eindeutig bekundet, und es gibt genug Zeugen, die vor Gericht jeden Eid schwören werden, dass die Erblasserin in den vergangenen Jahren zwar gebrechlich, aber bis zu ihrem letzten Tag bei vollkommen klarem Verstand war."

„Mr. Chisholm, wer so etwas verfügt", erregt deutete Edward auf das Dokument in den feisten Händen des Anwalts, „kann unter keinen Umständen ganz bei Trost gewesen sein!"

Das Lächeln von Mr. Chisholm vertiefte sich und bekam etwas Verschmitztes. „Mein lieber Mr. Cheltenham ... Sie würden sich wundern, was für skurrile Testamente schon von mir verwaltet wurden: Von einem als Alleinerben eingesetzten Zwergpinscher bis hin zur Einäscherung eines Verstorbenen mitsamt seines Vermögens und dem nachfolgenden Verstreuen des Urneninhalts aus einem Heißluftballon hatte ich schon so ziemlich alles auf meinem Schreibtisch. Solange ein Testament keinerlei unsittliche oder die Allgemeinheit gefährdende Klauseln enthält, steht es dem Erblasser frei, auch noch so seltsam anmutende Forderungen an die Erben zu stellen."

„Nur gut, dass für dich keine Notwendigkeit besteht, dieses ‚Erbe' anzunehmen", wandte sich Edward an seine Verlobte und drückte ihre Hände, die sie um ihre Handschuhe gefaltet im Schoß liegen hatte. Schweigend und mit gesenktem Kopf hatte sie dem Gespräch der beiden Männer gelauscht, sodass diese während ihres Wortwechsels nur Robyns entzückenden Hut zu sehen bekommen hatten, tüllumwölkt und seidenblütengeschmückt, Schwarz auf Schwarz.

„Was meinen Sie dazu, Miss Fairbanks?", richtete nun Mr. Chisholm das Wort an sie.

Robyn entzog sich Edwards Griff, hob den Kopf und sah den Anwalt unverwandt an.

„Ich würde gerne noch einmal darüber schlafen, aber grundsätzlich möchte ich das Erbe antreten."

„Das ist nicht dein Ernst!" Edward blickte sie entgeistert an, doch Robyn zuckte nur mit den Schultern.

„Warum nicht? – Wissen Sie, ich wollte schon immer einmal nach Indien", fügte sie an Mr. Chisholm gewandt hinzu, und ein vorwitziges Lächeln blitzte in ihrem Gesicht auf.

„Wie wollen Sie überhaupt überprüfen", warf Edward ein, „dass der Diamant auch wirklich im Fluss landet?"

„Oh, lassen Sie das nur einmal meine Sorge sein", zeigte sich Mr. Chisholm zuversichtlich. „In meiner Eigenschaft als Testamentsvollstrecker bin ich auch dafür zuständig."

„Können wir uns diesen", Edward machte eine gezierte Geste, „diesen mysteriösen Diamanten wenigstens einmal ansehen? Sofern uns nicht gleich ein Dämon daraus entgegenspringt, uah!", frotzelte er mit einer Grimasse.

„Natürlich", erwiderte der Anwalt mit einem Nicken und erhob sich. Er drehte den Schlüssel der sich auf dem Schreibtisch befindlichen Stahlkassette um und klappte den Deckel auf. Zuerst entnahm er ihr einen Stapel Kuverts, die mit einem verschossenen Spitzenband in Blassrosé gebündelt waren, und legte sie beiseite, dann folgte ein schwarzer Samtbeutel, den er an den Bändern aufzog und umdrehte.

Blaufunkelnd purzelte ein ovaler, geschliffener Stein aus ihm heraus, etwa so groß wie eine Walnuss, rotierte drei-, viermal um seine Längsachse, ehe er wie auf Geheiß mitten auf der weichen grünen Unterlage liegen blieb. Selbst dem sonst nie um Worte verlegenen Edward verschlug es erst einmal die Sprache, angesichts der ozeanblauen Farbe und des kunstvollen Facettenschliffs des Diamanten, der das Licht in irisierenden Strahlen brach.

„Sind Sie sicher, dass er tatsächlich echt ist?", brachte Edward schließlich zweifelnd hervor, als er sich wieder gefangen hatte. Mr. Chisholm nickte. „Ich habe ihn einem Experten vorgelegt, der mir seine Echtheit bestätigte. Mit hoher Wahrscheinlichkeit stammt er aus der Kollur-Mine im indischen Golkonda. Das entsprechende Gutachten wird in ein paar Tagen vorliegen. Dieser Experte ist außerdem der Ansicht, es könnte sich um einen der zwei Diamanten handeln, die bei der Zerstörung des Hindu-Tempels von Vishwanath von den Soldaten des Großmoguls Aurangzeb vor über zweihundert Jahren geraubt wurden. – Kennen Sie diese Geschichte?", fügte er an Robyn gewandt hinzu.

Als diese verneinte, machte er eine ausgreifende Geste und strahlte dabei über das ganze Gesicht. „Ah, dann muss ich sie

Ihnen unbedingt erzählen, Miss Fairbanks! Sie ist zu herrlich, als dass ich sie Ihnen guten Gewissens vorenthalten dürfte!“

Geflissentlich ignorierte er die Ungeduld in Edwards Augen und sprach mit hörbarer Begeisterung weiter.

1669

„Das haben wir Euch als Beute mitgebracht, Euer Majestät."

Der Hauptmann verbeugte sich ehrerbietig und trat respektvoll wieder vor den in akkurater Formation stehenden Trupp seiner wackeren Soldaten. Die Hände auf dem Rücken seiner blau-roten Uniform verschränkt, den Kopf demütig gesenkt, wartete er, während sein Oberbefehlshaber und Herrscher alles in Augenschein nahm.

Aurangzeb, der sechste Großmogul Indiens, schritt schweigend die lange Reihe von Tischen im Halbschatten des Innenhofs ab, auf denen der Inhalt der Säcke, die die Elefanten der Armee in das Herz des Reiches, in den Palast zu Agra, transportiert hatten, ausgeleert und aufgehäuft worden war.

Auch mit Anfang fünfzig wirkte Aurangzeb noch immer jung; sein Haar unter der hohen, bestickten Kappe und sein spitz zulaufender Bart waren dicht, kohlschwarz und nur von einzelnen feinen Silberfäden durchzogen. Obwohl er fest im Sattel der Macht saß, lag ihm immer noch viel daran, sein Heer jederzeit selbst in eine Schlacht führen zu können, und so kündete jede seiner geschmeidigen Bewegungen von einem durchtrainierten Körper und gestählten Muskeln. Sein rotes, langärmliges Hemd unter einem blauen Wams und die rot-blauen Pluderhosen in seinen Stiefeln waren an die Uniform seiner Soldaten angelehnt, wenngleich sie aus feinerem Tuch geschneidert und mit eingewebten Bordüren und Streumustern aufwändiger verarbeitet waren. Und trugen seine Männer einen Harnisch aus Eisen, lag über der Brust und den Schultern Aurangzebs ein kunstvoll gefertigter aus Gold.

Während er hier seinen Finger in eine Anhäufung von Münzen bohrte, dort einen Edelstein zwischen den feingliedrigen Fingern drehte, blieb das Antlitz des Großmoguls unbewegt. Wie so oft, denn Aurangzeb war ein Mann ohne Neigung zu Heiterkeit und Freude. Hartherzig, machthungrig und grausam, tuschelten manche furchtsam im Verborgenen; zielstrebig, stolz und zum Herrscher über das Mogulreich geboren, raunten die Meisten voller Ehrfurcht und Bewunderung. Eigenschaften, die sich auch in seinen Gesichtszügen niederschlugen: schmale, mandelförmige Augen unter schweren Lidern und zusammengezogenen Brauenbögen und ein kleiner, schmal geschnittener Mund in einem Gesicht, das kühl und glatt wirkte wie honigfarbener Marmor.

Aus den Augenwinkeln beobachtete der Hauptmann, wie der Großmogul die Berge an Münzen und nussgroßen Edelsteinen musterte. Aus Silber und Gold getriebene und aufwändig verzierte Becher befanden sich darunter, kostbare Opferschalen und Öllampen derselben Machart und Götterstatuetten, aus edlen Metallen gegossen oder aus Elfenbein geschnitzt. Nicht alles davon stammte aus dem Vishwanath-Tempel in Benares, sondern auch aus dem Gujarat und dem Panjab, aus Shajahanabad und Mathura.

„Wer dem einzig wahren Glauben, dem Glauben Allahs, angehört, dem ist nicht zuzumuten, auch nur den Anblick eines Tempels ertragen zu müssen“, hatte der Großmogul verkündet und den Befehl erteilt, im gesamten Reich Tempel der Hindus zu plündern und zu schleifen, um danach auf ihren Ruinen Moscheen und Koranschulen zu errichten.

Auf ein Fingerschnipsen des Herrschers und ein knappes Heranwinken mit dem Zeigefinger hin marschierte der Hauptmann eilig zu Aurangzeb und verbeugte sich tief. „Euer Majestät.“

„Wo stammt das her?"

In der flachen Hand hielt Aurangzeb dem Soldaten zwei Diamanten hin. Beide waren so groß wie Hühnereier und auf den ersten Blick identisch in ihrem Schliff, dem Funkeln, mit dem sie das Licht brachen, und ihrer Farbe, die dem tiefen Blau des weiten Ozeans glich. Selbst für einen Mogul wie Aurangzeb, der Diamanten so reichlich verwendete wie Kaufleute und Frauen der niederen Kasten Glassteine und Spiegelplättchen als Schmuck ihrer Kleidung, stellten diese beiden Juwelen eine Rarität dar. Wie ein einzigartiges Zwillingsgestirn, das vom Himmelszelt herabgestürzt war.

„Aus dem Tempel von Vishwanath, am Ufer des Ganges zu Benares, Euer Majestät", kam die Antwort des Hauptmanns. „Die Ungläubigen hatten sie einer Götzenstatue als Augen eingelassen."

Die Mundwinkel Aurangzebs verzogen sich in Abscheu, und der Hauptmann glaubte schon, der Großmogul würde die beiden Diamanten sogleich wieder auf den Tisch zurückfallen lassen.

„Was ist von dieser unheiligen Stätte übrig geblieben?", fragte Aurangzeb jedoch stattdessen.

„Nichts, Euer Majestät", antwortete der Hauptmann wahrheitsgemäß und nicht ohne Stolz auf die gründliche Ausführung des erhaltenen Befehls. „Keine Mauer, keine Treppe, kein Abgott. Und keiner der Götzendiener hat überlebt." Mit einem verächtlichen Schnauben fügte er hinzu: „Der Letzte von ihnen besaß noch im Sterben den verblendeten Hochmut, die beiden Steine mit einem Fluch belegen zu wollen."

Erneut bewegten sich Aurangzebs Lippen; dieses Mal zur Andeutung eines Lächelns, das seine dunklen Augen jedoch nicht erreichte.

„Kein Ungläubiger verfügt über die Macht, einen Anhänger des rechten Glaubens zu verfluchen. Allah allein ist unser aller Schöpfer und Beschützer. So will ich die beiden Diamanten an mich nehmen als Sinnbild für den glorreichen Sieg Allahs über Götzen und Dämonen."

Tatsächlich hegte Großmogul Aurangzeb keinen Zweifel daran, dass die beiden blauen Diamanten ein Fingerzeig Allahs waren, der ihn auserwählt hatte, ganz Indien dem rechten Glauben zuzuführen. Aurangzeb befand sich auf dem richtigen Weg, verhieß diese Gabe, und die angeblich verfluchten Diamanten trugen in Wahrheit Allahs Segen in sich. Den einen würde er deshalb selbst behalten, den zweiten weitergeben. An eine seiner vier Ehefrauen vielleicht, an einen seiner sechs Söhne oder vielleicht an eine seiner Töchter, damit er ihr Glück brächte und den Schutz Allahs gewährte.

Und so geschah es.

„Hochinteressant, nicht wahr?“, setzte der Rechtsanwalt mit einem Augenzwinkern hinzu, als er sah, dass Robyn ihm gebannt zugehört hatte. „Der Experte meines Vertrauens – übrigens ein angesehener Juwelier, mit dem ich schon oft in vergleichbaren Fällen zusammengearbeitet habe – war sehr davon angetan, ein solch denkwürdiges und geschichtsträchtiges Stück unter seiner Lupe zu haben. Ja, und selbst für meine Kanzlei“ – andächtig strich er über die Kassette, in der der Diamant verwahrt worden war –, „ist es nicht alltäglich, einen derartigen Nachlass verwalten zu dürfen.“

Vergnügt registrierte er den eigentümlichen Glanz in Miss Fairbanks' Augen, die unverrückbar auf die blaue Pracht gerichtet waren. An Edward Cheltenham jedoch schien der fast märchenhafte Zauber dieser Erzählung vorübergegangen zu sein.

„Eine nette Anekdote“, ließ er sich vernehmen. „Aber was ist dieser Diamant ungefähr wert? Ich meine: Auf wie viel schätzt ihn Ihr sogenannter *Experte* ein?“

Zuerst blieb der Rechtsanwalt stumm, starrte einige Herzschläge lang regungslos auf den Diamanten, dann sagte er leise: „Auf eine Million Pfund.“

„Überlegen Sie es sich in aller Ruhe!“, rief wenig später Alfred Chisholm, die Eingangstür zu seiner Kanzlei in der Hand, Robyn nach, die mit einem Lächeln und Nicken über ihre Schulter hinweg antwortete, während sie am Arm ihres Verlobten die Stufen hinabschritt.

„Interessantes Pärchen“, murmelte der Rechtsanwalt vor sich hin, als er den beiden hinterhersah, wie sie schwungvoll die Fitzjohns Avenue mit ihren gepflegten Vorgärten hinter schmiedeeisernen Zäunen hinuntergingen. „Interessante junge Dame vor allem."

Mit ihrer Wespentaille, der hoch gewachsenen Sanduhr-Figur und dem bauschig aufgetürmten Haar erschien ihm Miss Robyn Fairbanks wie die Verkörperung des *Gibson Girl.* Jener fiktiven Frauengestalt aus der Feder eines amerikanischen Illustrators, der in Übersee alle Mädchen und Frauen nacheiferten, auch diejenigen, die schon dem reifen Matronenalter angehörten. Es war eine Mode, die mit kleiner Verzögerung auch nach England herübergeschwappt war. Das *Gibson Girl* – jung und lebhaft, unabhängig und gefühlvoll, bodenständig und aristokratisch, bildungshungrig und genusssüchtig – zierte Aschenbecher, Porzellanteller und Untertassen, Kissenbezüge und Fächer. Und genauso wenig, wie das *Gibson Girl* eine makellose Schönheit war, konnte man auch Robyn Fairbanks' Aussehen als klassisch bezeichnen. Dazu war ihre Nase ein wenig zu lang, ihr voller Mund ein wenig zu breit geraten. Beide kleinen Makel wurden jedoch von ihrer temperamentvollen Art und ihrem Charme mehr als aufgewogen, und vermutlich war ihr nicht einmal bewusst, dass sie diesem Ideal ähnelte, spekulierte Alfred Chisholm vor sich hin, als er die verglaste Eingangstür zuschnappen ließ. Genauso wie er ihr zutraute, dass sie sich ihrem Verlobten als ebenbürtig betrachtete und ihn sicherlich oft mit mancher Neckerei bedachte, eben wie ein echtes *Gibson Girl.*

Ihr Verlobter war ein gut aussehender Bursche, der sich dessen aber zweifellos bewusst und dementsprechend selbstsicher war. Original *upper class*, strahlte er die Überzeugung aus, dass ihm alle Türen offen standen, wohin er auch ging. Und der ausnehmend schöne Brillant an Miss Fairbanks schmaler Hand verriet zudem, dass Edward Cheltenham nicht nur dem äußeren Anschein nach etwas darstellte, sondern auch in der Lage war, seiner Braut einen kostbaren Verlobungsring zu schenken.

Zusammen bildeten sie ein hübsches Paar, wie einer modernen Gazette entsprungen. Nahezu perfekt. In seine Gedanken vertieft, den Kopf grüblerisch hin und her ruckend, schickte sich Alfred Chisholm an, in sein Büro zurückzukehren, blieb dann aber doch vor dem Tisch von *Miss D. Sampson* stehen.

„Informieren Sie bitte Mr. Kendall, dass ich wieder einen Auftrag für ihn habe. Es geht um ebendiese Wetherby-Fairbanks-Sache."

„Natürlich, Sir", entgegnete Miss Sampson mit einem eifrigen Nicken und kritzelte eine entsprechende Notiz auf ihren Stenografie-Block.

Zufrieden tippte Mr. Chisholm mit der Fingerspitze auf die Platte des Schreibtisches und marschierte davon.

Miss Sampson besaß ein wahres Elefantengedächtnis im Hinblick auf alles, was sie an Korrespondenz für Mr. Chisholm erledigte. Korrespondenz, die zumeist nur auf wenigen Stichworten beruhte, die er ihr – wie es seine Art war – im Vorbeigehen zuwarf. Daher war ihr auch noch die Einladung zur Testamentseröffnung in Sachen „Adele Wetherby" in bester Erinnerung.

Und so schrieb sie auch weiterhin in den Briefen, die in der nächsten Zeit die Kanzlei an Mr. Frank Kendall gerichtet verließen und die sich mehr mit Indien, Auftragsbedingungen und dem letzten Willen einer Toten befassten denn mit den Lebenden, dienstbeflissen von einem *Mr. Robin Fairbanks.*

1. TAG – DIE ABREISE

„Ich halte es immer noch für eine reichlich überspannte Idee", schnaubte Edward, während er seine Blicke über den belebten Hafen von London schweifen ließ, der in die goldenen Lichtstrahlen des sonnigen Septembertages getaucht war.

Lastenträger schoben Karren mit Koffern und Kisten vor sich her. Familien und Freunde verabschiedeten sich herzlich bis tränenreich voneinander, ehe die Reisenden einen der vielen vor Anker liegenden Dampfer bestiegen, der sie auf den Kontinent, nach Amerika, in den Orient oder gar ins ferne Australien oder Neuseeland bringen würde. Zeitungsjungen schwenkten die neuesten Ausgaben der *Times* oder des *Daily Telegraph*, und Händler boten in ihren Bauchläden Zuckerzeug für quengelnde Kinder oder Lunchpakete für einen raschen Imbiss an.

„Ach, sei kein Spielverderber", gab Robyn liebevoll zurück, die das Treiben auf dem Kai ebenfalls fasziniert beobachtete und vor Aufgeregtheit und Vorfreude sichtlich vibrierte. „Wann hat man denn schon einmal einen Grund, nach Indien zu reisen?"

Sie hakte sich bei ihm unter und schmiegte sich so eng an ihn, dass Edward unwillkürlich den Kopf zurückbog, damit ihr cremefarbener Hut, ein wahres Wagenrad aus Satinbahnen, Spitze und Straußenfedern, nicht an seiner glatt rasierten Wange entlangschrammte.

„Betrachte es doch einfach als vorgezogene Hochzeitsreise. Oder als Möglichkeit zu erproben, ob wir uns überhaupt auf einer solch langen Fahrt vertragen."

„Ischia", seufzte Edward, „die Hochzeitsreise machen wir nicht weiter als bis Ischia! Allenfalls noch Madeira!"

„Ganz wie du willst, Liebster", stimmte Robyn ihm lachend zu. Edward nahm ihre Hand und drückte einen Kuss auf den hellen Handschuh.

„Aber für dich", raunte er, „reise ich sogar freiwillig nach Indien!"

George und Emma Fairbanks hatten sich im Lauf der Jahre schon an so manch verrückte Idee ihrer Tochter gewöhnt. Sei es ihr Studium der Kunstgeschichte und ihre damit verbundene Neigung, auf Flohmärkten allerlei altertümlichen Trödel oder grässliche Bilder halb verhungerter Maler aus Soho zu erstehen und ins Haus zu schleppen. Oder die Tatsache, dass Robyn gern in weite Hosenröcke stieg und sich auf ihr Zweirad schwang, um aus reiner Freude an der Bewegung Touren durch die Stadt zu unternehmen, obwohl sie ihrem Vater gleichzeitig seit geraumer Zeit damit in den Ohren lag, ihr doch noch eines dieser stinkenden, lärmenden neumodischen Automobile zu kaufen. Oder dass es in ihrem Zimmer manchmal verdächtig nach Zigarettenqualm roch, worauf Robyn mit frischem Pfefferminzatem beteuerte, nicht die geringste Ahnung zu haben, woher dieser stammen könnte.

So hatten sich ihre Eltern auch diesmal nur stumm angesehen, als Robyn übersprudelnd vor Begeisterung und Entdeckerdrang von ihrem Termin beim Rechtsanwalt und ihren Reiseplänen erzählt hatte. Frankreich – gerne, noch lieber Italien, das bevorzugte Reiseland der feinen englischen Gesellschaft. Sogar Griechenland wäre noch im Rahmen gewesen – aber Indien! Selbst wenn Robyns Argumente, Paris und das Schloss und den Park von Versailles schon besucht zu haben und die Sehenswürdigkeiten von Mailand, Florenz, Venedig und Rom bereits zu kennen, durchaus nachvollziehbar für sie waren.

Doch da Robyn so spät nach ihren Brüdern zur Welt gekommen und das verhätschelte Nesthäkchen war, dem vor allem George Fairbanks nur schwer einen Wunsch abschlagen konnte, hatte er dem Drängen und Betteln seiner Tochter letztendlich nachgegeben. Schließlich war sie einundzwanzig und somit mündig. Und da ihre Mutter wusste, dass Robyn sich ohnehin wenig um Konventionen scherte und darüber hinaus durchaus vernünftig und zudem so gut wie unter der Haube war, durfte Robyn packen und die Passage auf einem Dampfer der *P & O Steam Company* buchen: zwei Fenster-Kabinen erster Klasse London–Kalkutta, für fünfundfünfzig Pfund pro Person. *Fast geschenkt*, hatte Robyn zufrieden befunden.

Den Vorschlag ihrer Mutter, doch Betty oder Sally mitzunehmen, die ihr während der Reise mit der Toilette und vor allem den Korsetts zur Hand gehen könnten, hatte Robyn stolz mit der Präsentation des Reiseprospekts für die erste Klasse beantwortet. Unter einer sepiabraunen Fotografie, die vor dem Rumpf des Schiffes eine Gruppe Dienstmädchen in weißen Schürzen und Häubchen und eine Anzahl Butler in Livree zeigte, hatte gestanden: *Unser Personal steht rund um die Uhr für Ihre kleinen und großen Wünsche bereit, damit Sie auch auf hoher See nicht auf den Komfort ihres Stadthauses oder Landsitzes verzichten müssen.*

Zur großen Erleichterung der gesamten Familie hatte Edward sich aus eigenem Antrieb erboten, Robyn auf dieser Reise zu begleiten.

Edward Cheltenham war den Fairbanks' in der vergangenen Saison anlässlich einer Soiree bei Lord und Lady Peacock vorgestellt worden. Angetan vom Auftreten, den Manieren und dem guten Aussehen des dunkelhaarigen Gentleman, dessen Eltern leider früh verstorben waren, hatten Vater und Mutter Fairbanks ebenso wie die sonst mit Argusaugen über Robyns Verehrer wachenden Brüder mit Wohlgefallen das Werben Edwards um Robyn betrachtet. Dennoch hatte George Fairbanks vorsichtshalber mittels seiner vielfältigen Kontakte in Finanz- und Gesellschaftskreisen Erkundigungen über ihn eingeholt; ging es doch um den guten Ruf der Familie und um ein nicht unbeträchtliches Vermögen, das eine ansehnliche Mitgift für Robyn mit einschloss.

Doch im Gegensatz zu früheren Heiratskandidaten besaß Edward Cheltenham nicht nur einen untadeligen Leumund, sondern auch je einen Abschluss in Eton und Oxford und gehörte aufgrund seiner Abstammung einer der ältesten Familien Englands an. Obendrein wussten die Bankierskollegen von George Fairbanks im Club bei altem Whisky und Zigarren nur Gutes über Mr. Cheltenham zu berichten. Und weil auch Emma fand, dass Edward mit seiner ruhigen Art einen ausgleichenden Einfluss auf ihre quecksilbrige Tochter ausübte, waren die Fairbanks' sich recht schnell darin einig gewesen, der Verlobung der beiden zuzustimmen.

So ließen Mr. und Mrs. Fairbanks ihre Tochter zwar mit gemischten Gefühlen, aber halbwegs beruhigt, sie in Edwards Händen zu wissen, aufbrechen. Sie leisteten auch keine Widerrede, als Robyn darauf bestand, sich bereits in der Halle des Hauses am Eaton Square von ihrer Familie zu verabschieden, anstatt hier am Kai, in all dem Trubel, in dem Abschiedstränen förmlich in der Luft lagen.

„Apropos *fahren*", ließ sich Edward nun mit einem Blick auf seine Taschenuhr vernehmen. „Dein Mr. ...", er beugte sich vor und linste dabei auf das mit *Mr. Frank Kendall* beschriftete Schild, das der Page neben ihnen steif wie ein stummer Diener und mit stoischem Gesichtsausdruck gut sichtbar in die Höhe hielt. „Dein Mr. Kendall sollte allmählich aufkreuzen, finde ich. Sonst legt der Dampfer nach

Kalkutta noch ohne ihn ab – oder ohne uns, wenn wir noch länger auf ihn warten."

„Er ist nicht *mein* Mr. Kendall. Ich finde es allerdings sehr vorausschauend von Mr. Chisholm, uns einen ortskundigen Historiker zur Seite zu stellen." Robyn kicherte. „Das wird bestimmt so ein verhutzeltes altes Männlein mit dicken Brillengläsern sein, das völlig verstaubt von den Exponaten im Keller des Britischen Museums ist!"

„Hm", brummte Edward. „Dir ist hoffentlich bewusst, dass Chisholm die Fahrtkosten und Spesen für diesen Kendall wohl kaum aus seiner eigenen Tasche bezahlen wird? Wahrscheinlich bekommst du nach deiner Rückkehr eine saftige Rechnung von ihm präsentiert! Lass sie mich auf jeden Fall prüfen, bevor du sie begleichst. Womöglich zieht er dich über den Tisch, und von deinem Erbe bleibt dann nichts mehr übrig!"

„Es geht mir doch gar nicht um das Geld, Edward", erwiderte Robyn leise und strich über den Ärmel seines Sakkos, als befänden sich auf dessen makelloser beige-grün gestreifter Oberfläche Flusen oder lose Fäden. „Schau, ich habe diese Großtante leider nie kennen gelernt, aber offenbar lag ihr viel daran, dass ich ihr Erbe antrete und den Stein nach Indien zurückbringe. Ich möchte ihr diesen Wunsch posthum gerne erfüllen."

„Eine Schande ist das", seufzte Edward, „eine Million so einfach in den Fluss werfen zu wollen! Aber gut: ohne diese Verschwendung spränge gar nichts dabei heraus." Er machte ein abschätziges Gesicht, während er im Kopf diverse Summen überschlug. „Wenn das Gebäude auch nur in leidlich gutem Zustand ist ... Royal Crescent ... das ist auf jeden Fall tausend Pfund wert, wenn nicht gar mehr." Zufrieden nickte er vor sich hin und runzelte dann die Stirn. „Wo hast du eigentlich den Schlüssel zum Safe?"

Mit stolzem Lächeln legte Robyn die Fingerspitzen an ihren

Hals, der von einem hohen, eng anliegenden Spitzenkragen verdeckt wurde. „Den habe ich auf die Kette mit dem Medaillon aufgefädelt, das du mir zum Geburtstag geschenkt hast."

Edward fasste sie um die Taille und zog sie an sich. „Mein wunderbares, kluges Mädchen", murmelte er.

„Warum tue ich mir das eigentlich an?", schimpfte Frank Kendall vor sich hin, als er verzweifelt versuchte, möglichst rasch durch das Gedränge zu kommen. Dabei kannte er die Antwort auf seine Frage durchaus: Alfred Chisholm zahlte einfach gut, und er konnte ein ordentliches Zubrot neben seinem bescheidenen Salär, das er für eine halbe Assistentenstelle im Britischen Museum bezog, wahrlich brauchen. Außerdem erhielt er für seine Tätigkeit als Reisebegleiter und Fremdenführer oft ein großzügiges Trinkgeld von Chisholms Kunden, während ihm immer noch genügend Zeit blieb, um sich vor Ort seinen privaten Studien zu widmen oder auf einem Basar das eine oder andere interessante Stück für das Museum zu erwerben.

„Meine Güte, ist das hier ein Schneckenrennen?!" Es war wie überall: Wer sich zur vermögenden Oberschicht zählen durfte, hatte Vorrang – und das waren nun einmal die gut an ihren teuren Anzügen und Spazierstöcken erkennbaren Gentlemen und die Ladies in ihren eleganten Kleidern unter ausladenden Hüten samt ihrer Entourage an Dienern. Und Frank Kendall in seinen abgeschabten cognacfarbenen Hosen und dem braunen Cord-Jackett mit speckig glänzenden Stellen, barhäuptig und seinen Seesack über der Schulter, hatte das Nachsehen.

An diesem – auch für Chisholm'sche Verhältnisse recht sonderbaren – Auftrag reizte ihn nicht nur das Ziel Benares, sondern vor allem der Gedanke, dass es sich bei dem Stein womöglich in der Tat um einen der beiden sagenhaften Shiva-Diamanten aus dem vor langer Zeit zerstörten Vishwanath-Tempel handeln sollte. Selbst wenn ihm die Vorstellung, den kostbaren Stein mit seiner langen, wechselvollen Geschichte auf dem Grund des Ganges zu versenken, beinahe die Tränen in die Augen trieb. Aber vielleicht war noch nicht alles verloren ... Noch war Zeit – sechzehn Tage, um genau zu sein – für eine Eingebung, einen Plan, um das kostbare ehemalige Auge Shivas vielleicht doch noch für die Nachwelt zu retten.

„Na endlich", stöhnte er erleichtert, als er sich an einer in eine lebhafte Unterhaltung vertieften Reisegruppe vorbeiquetschte und den mächtigen Schiffsleib des Fünftausendtonnen-Liners *Arcadia* in seiner ganzen majestätischen Pracht vor sich liegen sah. Zielstrebig marschierte er auf den Pagen zu, der ein Schild mit seinem Namen hochhielt.

„Mr. Fairbanks, nehme ich an?", rief er und streckte Edward freundlich die Rechte entgegen. „Kendall, Frank Kendall. Ihr Begleiter auf dieser Reise."

Edward starrte ihn wortlos mit einer hochgezogenen Augenbraue an. Es war schwer zu sagen, was ihn mehr irritierte: Mr. Kendalls Verspätung, die Tatsache, dass ihn dieser mit „Mr. Fairbanks" angesprochen hatte, oder dessen Erscheinungsbild: Sein weizenblondes Haar war zerzaust, und auf seinen Wangen sowie um das prägnante Kinn mit der tiefen Einkerbung herum war ein mindestens zwei Tage alter Bartschatten zu sehen. Außerdem stand Feuchtigkeit auf seiner Stirn – und Edward Cheltenham vertrat die Auffassung, dass ein wahrer Gentleman niemals schwitzte. Allenfalls bei einem Tennismatch. Allenfalls.

Auch Robyn musterte Frank Kendall überrascht. Schien er doch kaum älter als Edward zu sein, vielleicht sogar etwas jünger, Ende zwanzig möglicherweise, zudem schlank und sportlich. Ein längliches Gesicht mit tief liegenden Augen in einem matten Blau, die wach und zugleich distanziert in die Welt hineinsahen.

Schließlich gab sie sich einen Ruck und hielt Mr. Kendall ihre Hand hin.

„Hier liegt offenbar ein Missverständnis vor. Es geht um mich, *Miss* Fairbanks, und das ist mein Verlobter, Mr. Edward Cheltenham."

Jetzt war es an Frank Kendall, verblüfft zwischen Robyn und Edward hin und her zu blicken. Letztendlich hob sich einer seiner Mundwinkel zu einem schiefen Grinsen an, als er den Kopf schüttelte.

„Oh nein, völlig ausgeschlossen! Ich habe hier" – mit der freien Hand kramte er in der Innentasche seines Jacketts herum und zog dann ein zusammengefaltetes Blatt hervor, das er ein paarmal kräftig schüttelte, um es auf diese Weise zu entfalten. Als dies misslang, setzte er seinen Seesack ab, nahm beide Hände zuhilfe und ließ seine Augen über die geschriebenen Zeilen huschen.

„Bitte, hier steht es!" Zur Bekräftigung seiner Worte schlug er locker mit dem Handrücken gegen das Blatt. *„Mr. Robin Fairbanks mit einer Begleitperson ab dem 6. September nach Benares via Kalkutta und zurück."* Mit einem selbstsicheren Nicken hielt er Robyn den Brief hin.

„Nun", meinte Robyn langsam, nachdem sie die Zeilen überflogen hatte und das Blatt an Mr. Kendall zurückreichte, „da ist Miss Sampson zweifelsohne ein Fehler unterlaufen. Die Reisedaten stimmen, ebenso das Ziel und die Anwesenheit einer zweiten Person. Auch Fairbanks ist richtig – Robyn schreibt sich jedoch mit Ypsilon. Und ich", sie zeigte an ihrem schmalen, cremefarbenen Kleid herunter, „bin – wie Sie unschwer erkennen können – eindeutig eine Frau!" Sie kniff beide Augen zusammen und setzte mit scharfem Unterton hinzu: „Oder stellt das ein Problem für Sie dar?"

„Ja, allerdings!", gab Frank Kendall hitzig zurück. Robyn verschränkte die Hände vor ihrem Schoß und neigte auffordernd den

Kopf, senkte dabei aber schnell ihre Lider, damit er das spöttische Auffunkeln in ihren Augen nicht sehen konnte.

„Frauen ...", setzte Frank an und wollte sagen: *verursachen auf Reisen wie diesen nichts als Scherereien! An Bord ist ihnen langweilig, ab Italien ist es zu heiß, Indien zu schmutzig und das Essen zu scharf, und dieses immerwährende Genörgel erspare ich mir lieber!* Doch er schluckte seine Gedanken hinunter, und während er noch nach einer passenden Erwiderung suchte, gab die Arcadia ein ohrenbetäubendes Tuten von sich, und ihre schwarz lackierten Schornsteine stießen eine dicke Wolke Dampf und Qualm aus.

„Sie sollten sich rasch entscheiden, ob Sie unter den für Sie veränderten Umständen noch mit uns mitfahren möchten oder nicht, Mr. Kendall", empfahl ihm Edward mit blasierter Miene. „Wir gehen jetzt jedenfalls an Bord." Er nahm Robyns Arm und führte sie in Richtung Gangway.

„Verdammter Mist!", fluchte Frank und zerknüllte Miss Sampsons sorgfältig getippten Brief in der Hand. Er stieß hörbar den Atem aus, während er mit sich rang. Hatte er denn eine Wahl? Er brauchte das Geld, wollte nach Indien, wollte sich auch diesen Diamanten ansehen. Und das Letzte, was er wollte oder sich leisten konnte, war, es sich mit seinem Auftraggeber zu verscherzen. In einer theatralischen Geste breitete er schließlich die Arme aus und legte den Kopf weit in den Nacken.

„Warum ich?!", schickte er seine Klage in den klaren, blauen Septemberhimmel. Daraufhin schulterte er seufzend seinen Seesack und hastete zur Gangway.

„Bitte nehmen Sie doch Platz, Mr. Kendall", forderte Robyn ihn freundlich auf, verließ den Raum aber gleich darauf durch die Verbindungstür zum Nebenzimmer.

„Danke." Er setzte sich an den runden Tisch und nickte Edward kurz zur Begrüßung zu, der einige Schritte von ihm entfernt stand und geziert die Untertasse seines Fünfuhrtees auf den Fingerspitzen balancierte. Edward Cheltenham erwiderte das Nicken derart knapp, dass es beinahe einer Beleidigung gleichkam, was keineswegs dazu beitrug, dass sich Frank in seiner Haut wohler fühlte. Zwar hatte er sich frisch gemacht, rasiert und umgekleidet, aber sein alter brauner Anzug bewirkte, dass er sich in dem eleganten Raum fehl am Platz vorkam, der mit seinen dunklen Hölzern und den dicken Stoffen in Rot und Gold mehr einem herrschaftlichen Salon denn einer Schiffskabine glich. Obwohl er es ebenfalls nicht schlecht getroffen hatte: Zwar fuhr er nur zweiter Klasse und ohne Ausblick, aber immerhin hatte er eine Kabine ganz für sich allein. Er räusperte sich, fuhr sich mit den Händen glättend über sein säuberlich gescheiteltes Haar, das noch feucht war, und bemühte sich, vor Verlegenheit nicht allzu offensichtlich auf dem gepolsterten Stuhl herumzurutschen. Aus weiter Ferne, aus dem Bauch des Schiffes, drang das Dröhnen der Maschinen herauf, ein gedämpftes Wummern, das etwas Einlullendes hatte, Frank Kendall in diesem Augenblick aber eher an ein nervös schlagendes Herz erinnerte.

Zu seiner Erleichterung kehrte Robyn Fairbanks sogleich aus dem Nebenzimmer zurück. Durch die offen stehende Tür konnte er den Eckpfosten eines Bettes erkennen und die Seitenansicht eines frei im Raum stehenden, hohen Standspiegels mit Rahmen und Füßen aus Messing. In den Händen hielt Robyn einen Stapel Umschläge und einen schwarzen Beutel. Beides legte sie nun vor ihn auf den Tisch, bevor sie ihm gegenüber Platz nahm.

„Was ist das?“, fragte er und deutete auf das Briefbündel, das aus schätzungsweise sechs oder sieben Kuverts bestand, von denen einige sichtbar mehr als nur einen einzelnen Briefbogen enthielten.

„Aufzeichnungen meiner Tante“, erwiderte Robyn und zupfte an dem verblichenen Spitzenband herum. Die Vorstellung, aus diesen

Papieren möglicherweise mehr über ihre unbekannte Großtante zu erfahren, ließ ihre Fingerspitzen kribbeln. Und der Gedanke, dass diese Unterlagen von Mr. Chisholm in seiner Eigenschaft als Testamentsvollstrecker vernichtet worden wären, hätte Robyn das Testament abgelehnt, hatte nicht zuletzt den Ausschlag gegeben, diese Reise anzutreten.

„Ich habe den Stapel schon durchgeblättert und festgestellt, dass die Umschläge beschriftet sind. Alle tragen die Namen von Etappenzielen, wie *Port Said*, *Kalkutta* oder *Benares*, mit dem zusätzlichen Vermerk, sie erst bei der dortigen Ankunft zu öffnen. Seltsamerweise gibt es keinen Umschlag, der der ersten Hälfte der Reiseroute zuzurechnen ist. Als ob sie gewünscht hätte, dass ich bereits möglichst weit von England entfernt bin, ehe ich nachschaue, was sich darin befindet. Ausgenommen dieser hier," sie hob den entsprechenden Umschlag an, „der mit *Abreise* bezeichnet ist. Ich ... ich wollte mit dem Öffnen warten, bis wir zusammensitzen. Vielleicht steht in diesem Brief auch Näheres über den Diamanten." Mit einem fragenden Ausdruck sah sie die beiden Männer an.

„Eine Art Schnitzeljagd möglicherweise, an deren Ende ein Schatz auf uns wartet?", warf Edward mit einem amüsierten Blick über den Rand seiner Tasse hinweg ein. Frank ging nicht darauf ein und nickte stattdessen Robyn zu.

„Ausgezeichnete Idee. Dürfte ich ..." Seine Hand streckte sich verlangend nach dem Samtbeutel aus.

„Natürlich." Robyn schob ihn ihm entgegen, sah zu, wie er ihn öffnete und den Stein behutsam aus seiner weichen Hülle und auf das Tischtuch gleiten ließ. Lange betrachtete er ihn, ohne ihn zu berühren, neigte den Kopf währenddessen nach links, dann wieder nach rechts, und zog schließlich eine Uhrmacherlupe aus der Tasche seines Jacketts.

„Sie gestatten?", fragte er mit einer Geste auf den Stein hin.

Robyn bejahte. Es gefiel ihr, dass er zuerst höflich fragte, ehe er den Diamanten anfasste, und sie mochte die Art, wie er ihn sorgsam zwischen seinen schlanken Fingern hielt und drehte, als sei der Stein ein zerbrechliches Lebewesen, das auf Berührungen reagierte. Die zylindrische Lupe zwischen Ober- und Unterlid geklemmt, begann er das Juwel von allen Seiten zu betrachten. Als er bemerkte, wie Robyn ihn dabei aufmerksam beobachtete, aber unruhig ihre Hände verschränkte, wieder öffnete und aneinanderrieb, sah er kurz zu ihr auf, und einer seiner Mundwinkel kräuselte sich.

„Sie können von mir aus gerne den Brief Ihrer Großtante öffnen. Ich bin durchaus in der Lage, gleichzeitig zu schauen und zuzuhören."

In Robyns Gesicht blitzte ein Lächeln auf. Sie zog den obersten Umschlag aus dem Bündel und riss ihn mit kaum verhohlener Ungeduld auf, entfaltete das innenliegende Blatt und überflog hastig dessen Inhalt.

„Es steht nichts allzu Persönliches darin", ließ sie sich schließlich vernehmen. „Ich denke, ich kann ihn guten Gewissens vorlesen." Und als darauf kein Einwand kam, lieh Robyn den in steiler, zierlicher Handschrift verfassten Zeilen ihre Stimme.

Meine liebe Robyn,

Wenn Du diese Zeilen in den Händen hältst, wird es mich schon nicht mehr geben. Aber Du wirst Dich dann bereits auf den Weg gemacht haben, den Diamanten an den Ort seiner Bestimmung zurückzubringen. Dieser Gedanke stimmt mich froh.

Ich weiß, dass Dir das alles sehr merkwürdig vorkommen muss, zumal Du über mich nicht allzu viel gehört haben wirst, wie ich annehme. Warum das so ist – und warum ich auf diese Weise mit Dir in Kontakt trete –, vielleicht wirst Du es am Ende Deiner Reise verstehen oder es mir zumindest nachsehen. Wunderlichkeit ist kein

Vorrecht des Alters, und dennoch hoffe ich deswegen auf Dein Verständnis.

Auch für mich ist es seltsam, schon für die Zeit Vorkehrungen zu treffen, zu der ich nicht mehr sein werde. Seltsam und traurig, aber gleichzeitig auch mit einem Gefühl der Erleichterung verbunden. Ich kann auf ein langes Leben zurückblicken, und auf ein sehr reiches. Reich an Freude, reich an Schmerz und Leid. Und auch wenn ich jeden neuen Tag willkommen heiße, so bin ich doch bereit, zu gehen. Und es wird schon sehr bald sein, das spüre ich. Doch ich will nicht gehen, ohne Dir, die Du Dein Leben noch vor Dir hast, etwas dafür mitzugeben. Genauso wie es sein sollte, nicht wahr? Die alte Garde tritt ab und übergibt den Stab an die jüngere Generation.

Mir wurde gesagt, Du seist mutig und klug und gingst gerne Deinen eigenen Weg. Ja, liebe Robyn, auch wenn wir uns nie begegnet sind, bist Du für mich keine gänzlich Unbekannte. Aufmerksam habe ich die gesellschaftlichen Nachrichten in den Zeitungen verfolgt, und so glaube ich meine Bitte bei Dir in guten Händen. Meine Bitte, die mein Vermächtnis ist und das Deiner – unserer – Familie.

Ich danke Dir schon jetzt dafür, dass Du ihr nachkommst, und ich danke Dir für Deine Zeit und Deine Aufmerksamkeit.

Deine Großtante Adele

Für eine Weile war es still, während die Worte von Adele Wetherby noch in ihnen nachklangen.

„Hm“, begann Edward schließlich mit einem Räuspern, „das ist durchaus eine sehr gefühlvolle Einstimmung auf diese aberwitzige Reise, obwohl sie kaum aufschlussreich zu nennen ist.“

Frank Kendall, dessen Blick nachdenklich auf Robyn geruht hatte, solange sie vorlas, senkte ihn nun wieder auf den Diamanten zwischen seinen Fingern und legte diesen sachte zurück auf den Tisch.

„Dann wird es Sie umso mehr freuen, Mr. Cheltenham, wenn ich Ihnen und Miss Fairbanks bestätigen kann, dass es sich hierbei in der Tat um einen der beiden Shiva-Diamanten handelt, die vor über zweihundert Jahren von der Mogul-Armee erbeutet wurden."

„Und was macht Sie da so sicher?", kam Edwards beißende Gegenfrage; Robyn hingegen betrachtete voller Ehrfurcht staunend den glitzernden Stein. Frank lächelte nachsichtig.

„Diamanten von dieser Farbe sind nicht häufig anzutreffen. Gewöhnlich besitzen fast alle Diamanten einen Hauch von Grau, Grün, Gelb oder Braun. Reine, klare Diamanten sind dagegen vergleichsweise rar und daher von höherem Wert. Noch seltener jedoch werden Steine gefunden, die einen intensiven Farbton haben und entsprechend ihrer Extravaganz *Fancy Diamonds* genannt werden. Es gibt sie in Kanariengelb zum Beispiel, in tiefem Braun oder Grün, leuchtendem Rot, Purpur oder zartem Rosa. Und nicht zuletzt in Blautönen wie bei diesem Diamanten hier. Auch seine Größe ist beeindruckend. Ich habe keine Goldwaage bei mir, aber ich schätze ihn auf etwas über sechzig Karat, was umgerechnet etwa eine halbe Unze Gewicht ist. Üblicherweise wiegen Schmuckdiamanten unter einem Karat, selten mehr."

Robyns Blick fiel auf den rotgoldenen Reif an ihrem Ringfinger, gekrönt von einem runden Diamanten von goldweißer Farbe. Ein Stück kristallisierten Sonnenlichts, wie die Blütenblätter einer Rose geschliffen. Knapp ein Karat wog der Stein, wie Edward ihr stolz zugeflüstert hatte, nachdem sie seinen Antrag angenommen und er ihr sogleich den Ring übergestreift hatte. Wie von selbst wanderte ihre beringte Hand von der Tischoberfläche hinab und vergrub sich im seidigen Schoß ihres Kleides, zur Faust geballt.

„Warum berechnet man das Gewicht eines Diamanten eigentlich in Karat?", wollte sie wissen, ein wenig beschämt darüber, dass sie sich bislang immer nur an den Schmuckstücken aus dem Fairbank'schen Safe erfreut und sie voller Stolz zu einem Ball angelegt hatte, ohne je weiter darüber nachzudenken.

„Das Karat stammt noch aus alter Zeit, Miss Fairbanks", antwortete Frank Kendall freundlich, „als es noch keine festen Maßeinheiten gab und Waren mit einem Gegengewicht aufgewogen werden mussten. Und weil es bei solchen Kostbarkeiten wie Diamanten besonders wichtig war, dass Gewicht und Preis in einem festen Verhältnis zueinander standen, wurden sie mit den Samen des Johannisbrotbaumes aufgewogen, von denen es hieß, dass jedes Samenkorn gleich viel wöge, nämlich etwas über drei Gran. Rund vierhundertvierzig Gran gehen auf eine Unze. *Kerátion* bedeutet auf Griechisch *Frucht des Johannisbrotbaumes.* Daraus wurde im Arabischen *qirat,* und die Italiener machten daraus *carato.* So verbreitete sich diese Maßeinheit gemeinsam mit den Diamanten vom Orient über das Mittelmeer bis nach Europa."

„Das ist durchaus sehr interessant, Mr. Kendall", warf Edward ein, „beweist aber in keinster Weise die angebliche Herkunft *unseres* Diamanten." Robyn biss sich auf die Lippen, peinlich berührt, dass Edward Mr. Kendall einem solchen Kreuzverhör unterzog. Doch augenscheinlich missfiel dies Letzterem keineswegs, im Gegenteil: Mit jedem Satz schien sich Frank Kendall sicherer zu fühlen, wie auf unumstritten heimatlichem Terrain.

„Je größer und ungewöhnlicher ein Diamant ist, desto höher ist auch die Wahrscheinlichkeit, dass er früher oder später in Dokumenten auftaucht", fuhr er ruhig fort. „Denn eine solche Besonderheit der Natur erregt natürlich entsprechendes Aufsehen. Dieser Stein hier", sein angewinkelter kleiner Finger beschrieb einen Bogen um eine Stelle der facettierten Oberfläche, „zeigt Einschlüsse, die sich mit denen überlieferter Beschreibungen und Skizzen decken."

„Von wem stammen diese Dokumente?" Robyn stand ihre Wissbegierde überdeutlich ins Gesicht geschrieben, als sie sich erhob und sich an dem auf dem Servierwagen bereitgestellten Teeservice zu schaffen machte.

„Die ersten hat der Hofjuwelier André Jacquemin angefertigt, als er 1749 den Stein für den französischen König Ludwig XV. schliff und fasste. Er beschrieb ihn als von *ozeanblauer Farbe, mit Einsprengseln in Jadegrün und Aprikosengelb, in der Mitte eine weißliche Stelle, wie ein Nebel,* und fertigte Skizzen von seiner ursprünglichen Mandelform und den darauffolgenden einzelnen Schleifstadien bis hin zur endgültigen Tropfenform an."

„Aber der Stein ist doch nahezu rund!", widersprach Edward unverändert skeptisch. Seine Laune schien sich im gleichen Maße zu trüben, wie Frank Kendall sich zunehmend entspannte.

„Über die Jahrhunderte wurde der Diamant mehrfach neu geschliffen, je nach Mode der damaligen Zeit und dem Geschmack des jeweiligen Eigentümers, was nicht ohne erhebliche Verluste abging. Jacquemin gibt das ursprüngliche Gewicht des Diamanten mit achtundneunzig Karat an."

„Wie kam denn ein Diamant vom französischen König in den Besitz unserer Familie? Und wie fand er zuvor den Weg von Indien nach Europa?" Mit gerunzelter Stirn stellte Robyn je eine gefüllte Tasse vor sich und Frank Kendall auf den Tisch und setzte sich danach wieder, worauf Edward, die Mundwinkel verdrießlich herabgezogen, sich selbst Tee nachschenkte und sich ein Sandwich mit Gurke und Kresse nahm.

„Erstere Frage kann ich Ihnen leider nicht beantworten, Miss Fairbanks", erklärte Frank Kendall und reichte Robyn mit einem dankenden Nicken die Zuckerdose zurück. „Die Spur des Diamanten verliert sich 1851, kurz nachdem er anlässlich der großen Weltausstellung in London der Öffentlichkeit präsentiert wurde. Jacquemin erwähnt mit keiner Silbe oder Summe den Erwerb des Diamanten.

Daher nimmt man an, dass er sich bereits im Besitz der französischen Krone befand, als Jacquemin ihn bearbeitete. Dazu, Mr. Cheltenham", er machte eine schwungvolle Geste in Richtung Edwards, „passt ebenfalls, dass bis weit in die 1730er Jahre hinein Diamanten allein in Indien zu finden waren. Erst danach begann man sie auch in Brasilien abzubauen, und vor gut dreißig Jahren wurden zudem Vorkommen in Südafrika entdeckt. Zieht man dann zusätzlich noch andere vereinzelte Dokumente über gigantische blaue Diamanten mit heran, lässt sich die Geschichte dieses Juwels wie bei einem Mosaik rekonstruieren. Wie etwa jenen Bericht, demzufolge ein blauer Diamant von weit über hundert Karat an Bord eines Piratenschiffs von Indien nach Europa gelangt ist, gut drei Jahrzehnte nach der Plünderung und Zerstörung des Shiva-Tempels in Benares und der Ermordung seiner Priester. Eine etwas längere Episode in der Geschichte des Juwels."

Edwards Miene verriet Unzufriedenheit, doch er schwieg und spülte alles, was ihm noch auf der Zunge liegen mochte, mit mehreren kleinen Schlucken Tee hinunter.

„Das macht nichts", ermunterte hingegen Robyn ihren Reisebegleiter lächelnd. „Wir haben noch jede Menge Zeit bis zum Dinner."

1695

Lautlos durchschnitt der Kiel des Schiffes die blau schimmernde Oberfläche des Ozeans. Die Tropensonne funkelte auf den weichen Falten und Kräuselungen der See und erhitzte den Fahrtwind zu einem fauchenden Drachenatem, der die Segel blähte und sie knattern ließ. Am heftigsten zerrte die Brise an der Flagge auf dem höchsten Punkt der Takelage: ein Stück blutroten Tuches, darauf vier silberne Winkel, wie die Markierungen der vier Himmelsrichtungen auf einem Kompass.

Auch mit dem schweißfleckigen Hemd des schwergewichtigen Mannes an der Reling spielte der Wind, klatschte es an den vorgewölbten Bauch, blies es am Rücken und den Ärmeln auf, sodass er noch korpulenter wirkte. Sein massiges Gesicht war gerötet; mit seinen hängenden Wangen, der breiten, flachen Nase und den groben Kieferknochen, unter denen sich Fettpolster abgelagert hatten, ähnelte es dem einer Bulldogge.

Allerdings lag es nicht allein an der Hitze an Deck, dass sein Herz den Lebenssaft rasch durch die Adern pumpte, sondern vielmehr an ungezügeltem Jagdfieber. Eines seiner wässrigblauen Augen an das schmalere Ende des zur vollen Länge ausgezogenen Teleskops gepresst, blickte er angespannt auf das glitzernde Meer hinaus. In Sichtweite befand sich ein behäbiges, dickleibiges Schiff, das unter vollen Segeln stand und doch nicht vorwärtszukommen schien. An dessen Deck war wimmelnde Betriebsamkeit ausgebrochen, ebenso wie an Bord des kleineren Begleitschiffes. Offenbar hatten sie entdeckt, dass man sie verfolgte, und inzwischen auch den weithin in der Sonne leuchtenden roten Wimpel erspäht. Ein Signal, das überall auf den sieben Weltmeeren verstanden wurde; kündete es doch von der Bereitschaft zum Kampf auf Leben und Tod, ohne Aussicht auf Gnade.

Die fleischigen Lippen von Captain Henry Avery verzogen sich voller Zufriedenheit, als er das Teleskop wieder zusammenschob. Zweiundsechzig Kanonen hatte er gezählt und mehrere Hundert Soldaten mit Feuerwaffen an beiden Decks geschätzt. Doch das würde nichts gegen die Flottille bedeuten, die sich ihnen an die Fersen geheftet hatte: seine eigene Galeone vorneweg; dahinter die *Portsmouth Adventure* unter Captain Faro, Captain Wants *Dolphin* und die *Pearl* von Captain William Maze, begleitet von der *Amity* und der *Susannah*, kommandiert von Captain Tew und Captain Wake. Und noch mehr als durch die Strömung des Arabischen Meeres und dem vorwärtspreschenden Wind wurden die sechs Schiffe von der unersättlichen Gier nach Gold getrieben.

„Wird uns das Glück hold sein?" Die Stimme des Matrosen, der zu seinem Captain getreten war, klang eifrig. Dennoch schwang Vorsicht darin mit. Erst vergangene Nacht war ihnen eine Flotte von fünfundzwanzig Schiffen durch die Lappen gegangen, und damit reiche Beute. Denn die Beflaggung war die des Großmoguls Aurangzeb gewesen, dessen Reichtum legendär war und der geradezu als märchenhaft galt.

Captain Averys massiver Schädel bewegte sich sachte auf und ab. „Mit Sicherheit. Sieht alles nach einem Ostindienfahrer aus, und wir sind in der Überzahl. Geschütze klarmachen zum Angriff!"

Augenblicklich stob der Matrose davon, um dem Befehl seines Captains nachzukommen. Henry Averys Pranke fuhr auf der Reling auf und ab, als könne er die Galeone dadurch zu noch höherer Geschwindigkeit antreiben. Es war aber auch eine Geste voller Besitzerstolz. *Sein Schiff.*

Noch vor anderthalb Jahren hatte es den Namen *Charles II.* getragen, nach dem früheren lebenslustigen König von England, dessen zahllose Liebschaften bereits Legende waren. Ein Freibeuterschiff war es gewesen, mit sechsundvierzig Kanonen bestückt, das für die englische Krone Raubzüge entlang der spanischen Kolonialküsten unternommen hatte. Doch nachdem es mehrere Monate vor La Coruña an der galicischen Küste gelegen hatte, ohne dass die Mannschaft auch nur einen Heller von ihrem Sold sah, hatte das Murren schließlich begonnen und die Stunde des ersten Maats Henry Avery geschlagen. Mit über vierzig Jahren war er ein weit gereister und erfahrener Seemann, der lange in der Royal Navy gedient und für die englische Staatskasse als Bukanier in der Karibik spanische Schiffe geplündert hatte. Er hatte als Kapitän eines Frachters Blauholz zum Färben aus Mittelamerika verschifft und Sklaven aus Westafrika transportiert, bis er unter Captain Gibson auf der *Charles II.* anheuerte. Und während eines Nachts im Mai besagter Captain Gibson vor der galicischen Küste seinen Branntweinrausch ausschlief, brachte Avery das Kommando des Schiffes an sich. Zum neuen Captain ausgerufen, setzte er Gibson und seine wenigen Getreuen in einem Beiboot aus und nahm Kurs auf das offene Meer. Auf *Fancy*, „die Laune“, wurde die Galeone umgetauft, doch für Avery und seine Männer war sie weitaus mehr als eine Grille des Verstandes. Sie sollte sie reich machen. Als Piraten.

Auf der Höhe der Kapverden hatten sie ihre erste fette Prise genommen, die von Bord dreier englischer Handelsschiffe stammte, und nach der Umsegelung des Kaps der Guten Hoffnung, hinter Madagaskar, in der Nähe der Komoren, hatte ein französisches Piratenschiff der *Fancy* nicht nur Gold, sondern auch Verstärkung für die Besatzung gebracht. Von unwichtigen Aufbauten und unnötigem Ballast befreit und dadurch zu höherer Geschwindigkeit befähigt, segelte die Galeone pfeilschnell in reichere Gewässer: Indien lockte, und damit auch die Ostindienfahrer der dortigen Handelsniederlassungen Englands, Frankreichs, Hollands und Portugals. Nicht auf deren für Europa bestimmte Güter waren die Piraten aus; Baumwolle und Seide lockte sie ebenso wenig wie Indigo und Tee oder Spezereien wie Pfeffer, Zimt und Nelken. Sondern auf Gold, Silber und Edelsteine aus den Bergwerken des Orients hatten sie es abgesehen. Auf die Kisten voller Münzen, die zwischen den Mutterländern und den Kolonien an Bord geschützbewehrter Segler hin- und hertransportiert wurden. Auch die Pilgerschiffe des moslemischen Mogulreiches, die von Surat an der Westküste Indiens ins arabische Mocha segelten und von dort weiter hinauf nach Mekka, sollten angeblich Schätze mit sich führen. Ein derart vielversprechender Raubzug lockte auf dieser Route, dass sich die *Fancy* unterwegs mit fünf anderen Piratenschiffen zusammengetan hatte, um mit vereinten Kräften zuschlagen und die reiche Beute untereinander aufteilen zu können. Das bauchige, träge Schiff, dem sie sich nun in Windeseile näherten, verhieß eine Menge kostbarer Ladung, nicht zuletzt wegen der hohen Zahl bewaffneter Männer, die sich an Deck postierten und an den Geschützen hantierten. Es war ein Schiff aus dem Mogulreich, das konnte Captain Avery nun erkennen – an der Hautfarbe der Männer, ihrer Kleidung, den Turbanen und Bärten.

„Feuer frei!“, donnerte seine Stimme über das Deck der *Fancy*. Kaum zu hören war das Zischen, als sich die Flämmchen die Lunten hochfraßen, aber umso ohrenbetäubender war das Krachen, als das Pulver in die Luft ging und die Eisenkugeln aus den Rohren schleuderte. Salve auf Salve lieferten sich Angreifer und Verteidiger im dicken Nebel der Rauchschwaden ein dröhnendes, gewalttätiges Gefecht. Jubel ertönte, als der Großmast des Mogulschiffes nach einem glücklichen Treffer splitterte und wie ein gefällter Baum auf das Deck herabsank.

Inmitten der peitschenden Schüsse der Feuerwaffen, dem Pfeifen der Musketen- und Pistolenkugeln, Kampfes- und Schmerzensschreie gab es unvermittelt einen gewaltigen Schlag. Ein Feuerball loderte an Deck des Indienfahrers und verbreitete den Gestank von verbranntem Schwarzpulver, heißem Eisen und verkohltem, aufgerissenem Fleisch. Eine der Kanonen war explodiert, hatte für Verletzte gesorgt und für Verwirrung. Im richtigen Moment; denn zu beiden Seiten der *Fancy* waren die fünf anderen Piratenschiffe aufgetaucht, hatten die beiden Beuteschiffe umringt und nutzten die Gunst des Augenblicks. Enterhaken sausten durch die Luft, bohrten ihre Widerhaken in die Planken, und an den daran befestigten Tauen hangelten sich die Männer auf das Deck des gekaperten Gegners. Holzbretter wurden hinübergeschoben, und weitere Piraten stürmten von allen Seiten auf die beiden Schiffe. Mit nachgeladenen Pistolen, Säbeln und Dolchen bewaffnet, schossen und stachen sie um sich, johlend, brüllend, nach Blut und Beute geifernd.

Die anfängliche Gegenwehr brach zusammen; die Männer der gekaperten Schiffe ließen ihre Musketen und Schwerter auf die Deckplanken poltern und ergaben sich mit erhobenen Händen. Grölend rissen die Piraten ihnen die Turbane herunter, als sie entdeckten, dass sich zwischen den Seeleuten des Moguls auch Frauen befanden, offenbar in Windeseile verkleidet und mit Waffen versehen. Jede schwarzglänzende Haarmähne, die unter den gewickelten Tuchbahnen hervorrieselte, begrüßten sie mit Pfiffen und Obszönitäten. Stolz schritt nun auch Captain Henry Avery über eine der Planken und nahm das Schiff somit in Besitz der Piratenflotte.

Gang-i-Sawai hieß es und war begleitet von der kleineren *Fateh Mohammed*, wie einer seiner Männer, der Sprache des Mogulreiches mächtig, übersetzte, nachdem er diese Auskunft aus einem der fremdländischen Matrosen herausgeprügelt hatte. Beide Schiffe gehörten dem Großmogul Aurangzeb selbst und waren auf dem Weg von Mekka zurück in die Hafenstadt von Surat. Die ersten in den Bauch des Schiffes ausgeschwärmten Piraten tauchten wieder aus der Ladeluke auf. Sie schleppten Kisten mit sich, die vollgepackt mit Silbermünzen und Goldbarren waren, mit funkelnden Juwelen, kunstvollen Geschmeiden, ganzen Stoßzähnen von Elefanten und gar einem edelsteinüberkrusteten Sattel für den Großmogul. Sie zerrten kreischende und weinende Frauen heraus, die mit golddurchwirkten Stoffen verschleiert und in bunte Seidenbahnen gewickelt und deren Arme dutzendfach mit Reifen aus Gold und geschliffenen Steinen behängt waren. Schließlich fanden sie auch den Kapitän des Mogulschiffes, der sich gleich nach der ersten Attacke unter Deck geflüchtet hatte, schleiften ihn unter das gnadenlos grelle Licht der Sonne. Eine der Frauen schrie und schrie und schleuderte Captain Avery unter Tränen immer wieder die gleichen Worte entgegen.

„Sie bittet um Gnade für die Tochter des Moguls“, berichtete der Matrose seinem Kapitän.

Avery fuhr mit der Zunge über seine vergilbten, schadhaften Zähne, als er seine Blicke über die Frauen schweifen ließ, die sich an Deck aneinanderdrängten. Es war nicht schwer herauszufinden, welche von ihnen die mutmaßliche Tochter von Großmogul Aurangzeb war: Diejenige, die die anderen mit ihren Körpern vor den gierigen Augen und Händen der Piraten zu schützen versuchten. Doch es waren nicht die großen dunklen Augen über dem Gesichtsschleier, nicht die Zwillingswölbungen unter dem dünnen Seidenstoff des Gewandes, die Averys Blick gefangen nahmen, sondern eine kleinere Ausbuchtung oberhalb des Tales dazwischen. Mit einem gezielten Ellenbogenstoß in die Gurgel fegte er eine der Frauen beiseite, riss das Gewand der indischen Prinzessin mit einem Ratsch entzwei und pflückte gewaltsam eine Kette von ihrem schwanengleichen Hals.

„Verfahrt mit ihnen, wie euch beliebt", rief er seinen Männern zu, als er sich zum Gehen wandte. Die Prise würde auf die *Fancy* verladen und brüderlich geteilt werden, wie es unter Piraten üblich war. Ein ungeschriebenes Gesetz, gegen das keiner verstieß, solange ihm sein Leben lieb war. Doch ebenso war es Gesetz, dass die gefangenen Männer und Frauen jedem zur freien Verfügung standen. Während Captain Avery sich entfernte, hob hinter seinem Rücken ein Grollen an, das zu Gebrüll anschwoll, kehlig vor Geilheit und Gewalthunger, durchstoßen von den gellenden Schreien der Frauen, ihrem Gewimmer, dem heiseren Stöhnen der fremden Matrosen und Soldaten, wenn die Piraten voller Blutdurst ihre Klingen schwangen, aufschlitzten und aufspießten.

Henry Avery hatte sich nie etwas aus diesem Teil des Kaperns gemacht; seine Lust galt allein kaltem Metall und Edelsteinen, nicht warmen Blutströmen. Spröde Weiblichkeit zu unterwerfen bereitete ihm kein Vergnügen; er zog es vor, seinen Mannespflug in willig-feuchte Beete zu versenken. Und davon gab es in jedem angelaufenen Hafen genug für Henry Avery, der charmant sein konnte, wenn er wollte, sodass mittlerweile wohl eine ganze Stadt kleiner Averys an den Küsten der Welt verteilt lebte.

Ohnehin hielt er in seiner Hand etwas, das solch köstliche Schauder durch seinen fetten Leib jagte, wie es kein Frauenkörper jemals vermocht hätte. Gebannt stand er an der Reling und drehte staunenden Blickes den Schmuck in seiner Handfläche hin und her, unaufhörlich blinzelnd, weil ihn der regenbogenfarbige Funkenregen des Sonnenlichts, das sich in den Facetten des ovalen Steins widerspiegelte, blendete. Und doch konnte er die Augen nicht einmal einen Herzschlag lang von ihm lösen.

Ein Stein von der Farbe des tiefen Ozeans. Groß wie ein Hühnerei, in kunstvoller Fassung an einer Goldkette, deren zerrissene Enden unbeachtet zwischen Averys Wurstfingern hindurchbaumelten. Kein Saphir. Ein Diamant musste es sein und damit von unschätzbarem Wert. Captain Henry Avery presste ihn an seine Lippen.

„Mein Liebling", murmelte er gegen die harte, geschliffene Oberfläche, die ihm jedoch so zart und weich erschien wie die dünnste Seide und schmeichlerischer als Haut und Haar des schönsten aller Weiber. „Du wirst mir das Paradies auf Erden bereiten."

Mehrere Tage dauerte es, bis sich die Piraten auf der *Gang-i-Sawai* und der *Fateh Mohammed* ausgetobt hatten. Sich daran geweidet hatten, ihre in langen Monaten auf See aufgestaute rohe Lust an den Frauen zu befriedigen, gleich, in welcher Körperöffnung und ohne sich darum zu kümmern, ob ihr Leib noch warm oder schon totenstarr war. Sie ergötzten sich daran, Gliedmaßen abzuhacken, Augen auszustechen, Knochen zu brechen und Eingeweide herauszuzerren, um sie an die Masten zu knoten. Die Segel der beiden gekaperten Schiffe fierten sie ab und beflaggten sie stattdessen mit ihrer Besatzung, deren Haut unter der gnadenlosen Sonne Blasen warf, aufplatzte und schließlich zu mumifizieren begann, während ihr Herz noch immer schwach schlug. Ohne einen Blick zurück überließen die Piraten die Segler des Großmoguls ihrem Schicksal und kassierten an Bord der Mutterschiffe ihren Anteil der Beute. Über eintausend Pfund für jeden und als Bonus noch eine Hand voll Edelsteine obendrauf – ein Vermögen. Danach trieb der Wind über dem Arabischen Meer die sechs Piratenschiffe wieder auseinander und zerstreute sie in alle Himmelsrichtungen.

Das Hafenviertel von Bristol war die Sickergrube der Stadt. Eng und finster die Gassen, ihr Untergrund morastig, mit Kot bedeckt und getränkt von Pisse, deren Geruch die Luft säuerte. Selbst die bröckelnden Hauswände schienen mit Ruß und Fäulnis beschmiert. Huren, Beutelschneider, Bettler, Mordbuben und Sklavenhändler gingen hier ihrem Gewerbe nach. Wer sich hierher verirrte, war entweder ein abgebrühter Geselle, lebensmüde oder führte selbst nichts Gutes im Schilde.

So auch der hagere Mann, der durch die Tür des Innenhofes in die Kaschemme trat. Trotz der frühen Tagesstunde lag der schmuddelige Raum im Dämmerlicht und war so gut wie menschenleer. Außer der drallen Schankmaid, die aus ihren schlafverquollenen Augen kaum auf die Becher schauen konnte, die sie mit einem fleckigen Lumpen ausrieb, befand sich nur eine weitere Person darin.

„Captain Bridgeman, nehme ich an?“, redete der Neuankömmling den Gast an.

Der korpulente Mann hob seinen wuchtigen Schädel von seinem Frühstück, das aus Ale, Brot und Würstchen bestand, und nickte. „Ebenderselbe.“

Sein Gegenüber setzte sich wortlos und wartete, bis die Schankmaid ihm den bestellten Becher Ale gebracht und sich schlurfend wieder hinter ihren Tresen zurückgezogen hatte, wo sie herzhaft gähnte.

„Was kann ich für Euch tun?“, richtete er erneut das Wort an den Mann, dessen Gesicht ihn an eine Bulldogge erinnerte.

„Mir wurde gesagt, dass Ihr gute Geschäftsverbindungen in alle Welt besitzt“, erwiderte Captain Bridgeman. „Und dass Ihr gerne hübsche Preziosen für gutes Geld an den Mann bringt.“

Der andere wiegte nachdenklich den Kopf unter der von einem Dreispitz behüteten Perücke. „Kommt ganz darauf an."

Captain Bridgeman hob ein hölzernes Kästchen von seinem Schoß und stellte es mitten auf den Tisch zwischen ihnen, dann schob er es mit Nachdruck seinem Gesprächspartner zu.

„So werft einen Blick hier hinein."

Sein Gegenüber lüftete den Deckel einen Spalt weit an und schluckte. Selbst in der Trübnis der Schänke entsendeten die Juwelen blaue, rote, grüne und glasklare Funken, und der übergroße blaue Diamant obenauf blendete ihn förmlich mit seiner Pracht. Sachte ließ er den Deckel wieder hinabgleiten. „Woher habt Ihr das?"

„*Gefunden*", erklärte Captain Bridgeman. „Strandgut. Stammt von einem gesunkenen Piratenschiff aus der Karibik. Von dort habe ich es an Bord meines Frachters mitgebracht."

Der Händler glaubte ihm kein Wort und musterte ihn verstohlen über den Rand seines Bechers hinweg. Er hatte die Steckbriefe gesehen, auf denen nach einem Captain Henry Avery alias „Henry Every" alias „Long Ben" gefahndet wurde, und wie er nun feststellte, waren die Zeichnungen des Gesuchten noch schmeichelhaft gewesen; in Wirklichkeit war Avery ein wahrer Ausbund an Hässlichkeit ohne jegliche Ausstrahlung von Piraten-Schneid. Eintausend Pfund waren auf seinen Kopf und auf jeden seiner Männer ausgesetzt.

Der Raubzug der *Fancy* im Arabischen Meer war bereits Legende und hatte weitreichende Folgen gehabt. Der Großmogul von Indien war außer sich vor Zorn über den Verlust seiner Schätze gewesen, hatte sämtliche Handelsniederlassungen der Krone in seinem Reich schließen und ihre Beamten ins Gefängnis werfen lassen. Er hatte gar damit gedroht, die Beziehungen zu England gänzlich abzubrechen, sollten die Piraten nicht gefasst und aufs Schärfste verurteilt werden. Man wusste, dass die *Fancy* nach diesem genialen

Streich die Inseln der Bahamas angesteuert hatte – ein Labyrinth aus Stränden und Buchten, das aus diesem Grund seit Jahrzehnten ein beliebter Schlupfwinkel für Piraten und Freibeuter war. Aber nicht nur deshalb, sondern auch, weil der dortige Gouverneur Nicholas Trott sich nicht für das Woher und Wohin der einlaufenden Schiffe interessierte, sich blind und taub stellte und dafür teures Geld einstrich. Im Falle von Captain Avery und seinen Männern einen Obolus aus der Beute jedes Einzelnen, Elfenbein im Wert von tausend Pfund und schließlich die *Fancy* selbst.

Dafür erhielten die Piraten freies Geleit, und so verlor sich ihre Spur auf den Bahamas. Es hieß, dass einige von ihnen nach Norden abgewandert waren, in die Kolonie von Carolina, manche nach England oder Irland. Sechs von ihnen wurden tatsächlich in ihrer alten Heimat gefasst und nach einem kurzen Prozess aufgeknüpft, was Aurangzeb im fernen Indien insoweit wieder besänftigte, dass er den Handel mit den Briten nicht weiter aussetzte. Angeblich befand sich Avery in der Karibik, wo er als König der Piraten in Luxus schwelgen und in einer Herrlichkeit leben sollte, die der des Großmoguls von Indien gleichkam. Manche erzählten sich, er habe in Irland Ländereien erworben und residiere dort nun als ehrbarer Großgrundbesitzer. Beides eine Mär, wie der hagere Mann nun feststellen musste.

Eintausend Pfund, überlegte er. *Eintausend Pfund für diesen hässlichen, fettstrotzenden Kopf unter der schmierigen, zerzausten Perücke.* Aber vielleicht ließe sich die ausgesetzte Belohnung sogar noch verdoppeln, wenn er den berüchtigten Piratenkapitän direkt an die Behörden ausliefern könnte.

Doch was des Händlers knochige Finger unter dem hölzernen Deckel des Kästchens förmlich erspüren konnten, war weitaus mehr wert als ein- oder zweitausend Pfund. Das Hundertfache sicherlich, vielleicht sogar das Tausendfache.

„Halbe-halbe“, machte er schließlich sein Angebot.

„Zwanzig von hundert“, widersprach Captain Bridgeman alias Henry Avery.

„Zu wenig. Ich trage das alleinige Risiko an diesem Geschäft. Mag es auch keine heiße Ware sein – saubere ist es in keinem Fall.“

„Dreißig.“

„Vierzig. Mein letztes Wort.“ Schweren Herzens nahm er die Hand von der Kiste.

Die massiven Kieferknochen des Piratenkapitäns mahlten sichtbar heftig. Doch schließlich reckte sich seine fleischige Rechte über den Tisch. „Gilt.“

„In einer Woche wieder hier“, sagte der Händler, als er sie ergriff. „Um dieselbe Stunde, und Ihr bekommt Euer Geld.“ Er stand auf, klemmte die Kiste unter den Arm, verbarg sie unter seinem Cape und verschwand auf demselben Weg, auf dem er gekommen war.

Doch eine Woche später wartete Captain Bridgeman vergeblich auf den hageren Mann. Ebenso wie am nächsten und übernächsten Tag und an den folgenden. Klammerte er sich zunächst noch an die Möglichkeit eines Missverständnisses, eines Unfalls, ergriff mit jedem verstrichenen Tag die Gewissheit von ihm Besitz, dass er betrogen worden war. Er, Captain Henry Avery. Betrogen um ein unermessliches Vermögen in Form von Edelsteinen, erbeutet auf nur einer Kaperfahrt. Er war der meistgesuchte Mann Englands, dessen Konterfei überall auf Steckbriefen prangte, noch dazu ohne Schiff. Ihm blieb nur noch, unterzutauchen und betelnd durch die Lande zu ziehen.

Und so besaß er, als er starb, nicht einmal mehr genug Geld, um in einem Sarg bestattet zu werden.

„Was für ein an den Haaren herbeigezogenes Schauermärchen", schnaubte Edward, nachdem sich Frank Kendall mit einem Blick auf seine Uhr empfohlen hatte, deren Zeiger im Laufe seiner Erzählung über den Weg des blauen Diamanten von der Tochter des Moguls über den Piraten Henry Avery bis zu einem Ganoven im Hafenviertel von Bristol rasch vorgerückt waren und schließlich das bevorstehende Dinner angekündigt hatten. Die Hände leger in den Hosentaschen vergraben, ein Bein über das andere gekreuzt, lehnte Edward im Türrahmen zum Schlafzimmer und sah zu, wie Robyn den Diamanten in seinem samtenen Futteral wieder im Safe verschloss, der auf Augenhöhe in die Wand neben dem Bett eingelassen war.

„Dieser Mr. Kendall scheint nicht gerade in gehobenen Kreisen zu verkehren", fuhr er fort. „Oder zumindest wenig Erfahrung darin zu besitzen, wie sich ein echter Gentleman in Gegenwart einer Dame zu verhalten hat."

Robyn klappte gerade das goldgerahmte Gemälde, das zwei nostalgische Segelschiffe zeigte, die bei Sonnenuntergang in eine tropische Bucht einliefen, wieder vor die Stahltür des Safes, zu dessen Tarnung es mithilfe von zwei an der Wand verschraubten Scharnieren angebracht worden war. Mit einem verblüfften Ausdruck wandte sie sich zu ihrem Verlobten um.

„Wie kommst du darauf? Ich empfand seine Art durchaus als sehr höflich und zuvorkommend."

„Nun, du musst zugeben, dass seine Märchenstunde einige Details enthielt, die ihrer Aussage und ihrer Wortwahl nach kaum dazu geeignet waren, während einer Teegesellschaft deiner Mutter vorgetragen zu werden. Ich war mehrfach drauf und dran, ihn zu unterbrechen und nachdrücklich darauf hinzuweisen."

Robyn lachte. „Dann solltest du besser nie einen Blick auf die Bücher und Kunstdrucke werfen, die ich für meine Vorlesungen benötige! Caravaggios *Judith* oder sein *David*, der den abgeschlagenen Kopf Goliaths in der Hand hält, dürften dir demnach ebenso wenig zusagen wie Goyas Kupferstiche, auf denen er die Gräueltaten der Napoleonischen Kriege mehr als anschaulich darstellt." Sie kam zu ihm herüber und küsste ihn voller Übermut. „Du weißt doch", flüsterte sie, „dass ich kein verzärteltes Püppchen bin!"

„Und trotzdem", murmelte er gegen ihre Wange, nachdem er sie an sich gezogen hatte, „trotzdem verspüre ich immer den Drang, dich gegen jegliche Unbill beschützen zu wollen."

„Ich weiß", erwiderte Robyn mit leisem Lachen und berührte seine Lippen sacht mit den ihren. „Aber in dieser speziellen Hinsicht ist deine Besorgnis unbegründet. – Sag mir lieber" – sie bog ihren Oberkörper in seinen Armen zurück und hielt ihm den Schlüssel zum Safe unter die Nase –, „wo ich den hier während des Dinners am Vernünftigsten aufbewahre!" Sie seufzte. „Zum Abendessen kann ich ihn wohl kaum an der Kette mit deinem Medaillon lassen, und wenn ich ihn in der Handtasche mit mir herumtrage, fürchte ich, ihn zu verlieren."

„Dann gib ihn doch mir solange zu treuen Händen." Als Robyn den Kopf schüttelte, lachte er und zog sie wieder an sich. „Steck ihn ruhig in deine Tasche – ich werde ohnehin den ganzen Abend nicht die Augen von dir lassen können, wenn du das dort trägst." Robyn wandte den Kopf und folgte seinem ausgestreckten Zeigefinger, der auf das smaragdgrüne Abendkleid wies, das auf einem gepolsterten, satinüberzogenen Kleiderbügel an der Außenseite der Kleiderschranktür schon bereithing.

„Dann will ich nur hoffen, dass du mich auch gebührend darin bewunderst", gab sie augenzwinkernd zurück und küsste ihn noch einmal, ehe sie ihn sanft, aber bestimmt aus ihrer Kabine hinauskomplimentierte, um sich umzukleiden.

„Ach, das ist Ihre erste Reise nach Indien?“ Lady Ainsworth, eine schwergewichtige Mittfünfzigerin, die zusammen mit ihrem kleingewachsenen Gatten zwei der Plätze an Robyns und Edwards Tisch im Speiseraum der ersten Klasse okkupiert hatte, strahlte über das ganze Gesicht. „Sie Glückliche! Ihren ersten Besuch dort werden Sie nie vergessen! Nicht wahr, William?“, warf sie Lord Ainsworth neben sich zu, sprach aber weiter, noch ehe dieser seinen Bissen Fisch in Kräutersauce hinuntergeschluckt hatte und antworten konnte. „Ich erinnere mich noch sehr gut an meine erste Fahrt. Frisch verheiratet waren wir damals – und so verliebt!“ Ihre hellen Augen bekamen einen träumerischen Glanz, als sie ins Schwärmen geriet. „Wissen Sie, man liest und hört zwar so einiges, aber wenn man erst einmal dort ist, kann man gar nicht fassen, wie fremdartig das alles wirklich ist. Auf eine gewisse Art sehr reizvoll, vor allem Kalkutta – lässt man einmal die Wochen im Mai und Juni außer Acht, in denen es erst viel zu heiß ist und danach dieser grässliche Monsun tagelang die Schleusen des Himmels öffnet. Sie haben sich die beste Zeit des Jahres für Ihre Reise ausgesucht, Miss Fairbanks! Nun, die Lebensart der Einheimischen ist der unseren schon sehr entgegengesetzt. All die fremden Bräuche und Gewohnheiten ... Obwohl sich unsereins ja Mühe gibt, Stil und Kultur dort heimisch werden zu lassen. Aber seit – Grundgütiger, William, wie lange ist das jetzt her? Doch, ’68 war es, herrje, sind wir tatsächlich schon seit vierunddreißig Jahren verheiratet? Ja, die Zeit vergeht, unsere Kinder sind auch schon alle erwachsen und verheiratet. Fünf Enkelkinder habe ich bereits, Miss Fairbanks, denken Sie mal an! Wo war ich doch gleich stehen geblieben?“

General Higginbottom, der Fünfte in der Runde, die von diesem

Dinner an sämtliche Mahlzeiten auf der Überfahrt zusammen einnehmen würde, nutzte die Chance, um die Aufmerksamkeit bei Tisch auf sich zu lenken. Auch wenn sein verwittertes, graubärtiges Gesicht deutlichen Widerwillen zeigte, deshalb seine Augen von Robyns Dekolleté lösen zu müssen, dem er bislang weitaus mehr Interesse geschenkt hatte als der Bouillon und dem nachfolgenden Fisch.

„Damals," schnarrte er, „als ich als blutjunger Lieutenant noch im Aufstand gegen unsere eigenen *Sepoys* kämpfte, da war Indien noch ein wildes Land! Das lässt sich mit heute nicht mehr vergleichen. Wo man auch hingeht: Mehr als ein exotisches Kolorit ist nicht übrig geblieben. Damals, als noch die East India Company im Auftrag der Krone die Geschicke Indiens in ihren Händen hielt, da war Indien noch ein Abenteuer!"

Als hätte ihn diese Episode britisch-indischer Geschichte schon seit Längerem bewegt, begann er nun minutiös zu schildern, wie sich im Jahre 1857 die *Sepoys* – einheimische Soldaten, Hindus wie Moslems – gegen die britische Führung erhoben hatten. Auslöser war die Ausstattung der Truppen mit neuen Gewehren der Marke *Enfield* gewesen, von denen es geheißen hatte, dass das Papier ihrer Patronenhülsen, das beim Nachladen abgebissen werden musste, mit Schweineschmalz und Rindertalg eingeschmiert worden sei. Letzteres war ein Sakrileg für jeden *Sepoy*, und ihre Furcht, durch die Fremdherrschaft der Europäer nicht nur ihre ureigensten Sitten und Gebräuche beschnitten zu bekommen, sondern sich gar mit untilgbarer Sünde besudeln zu müssen, war in brutalen Morden zum Ausbruch gekommen, die ihnen die Briten mit gleicher Münze vergolten hatten. Des Generals Unterricht in selbst erlebter Geschichte zog sich bis nach dem Hauptgang hin, der aus einem Lammrücken mit buntem Gemüse *à la Saison* bestand und in dessen Verlauf er stolz die Narben an seinem Hals sowie an seinen Händen vorwies.

Erst als die Käseplatte aufgetragen wurde, gelang es Lady Ainsworth erneut, das Ruder der Konversation wieder zu ihren Gunsten herumzureißen.

„Sie gehören nicht zufällig zum gleichnamigen Bankhaus, Miss Fairbanks?"

„Doch." Robyn nickte, worauf die Straußenfedern in ihrem Haar, das ihr von einem Dienstmädchen geschickt zu einer wahren Turmfrisur hochgesteckt worden war, sachte wippten. „Mein Vater ist einer der beiden Inhaber. Er hat das Unternehmen von meinem Großvater übernommen, und Joseph Stevenson, der Sohn des Mitbegründers, war immer wie ein Onkel für mich."

„Handelt es sich hierbei um jenen Joseph Stevenson, der ... ach, wie hieß sie doch gleich ... Hat er nicht das jüngste der Holyroyd-Mädchen geheiratet? Dorothy heißt sie doch, sofern ich mich nicht irre."

„Genauso ist es", bestätigte Robyn ihr.

„Ich wusste es!" Lady Ainsworth jubilierte. „Dann haben wir sogar gemeinsame Bekannte! Ich bin Mr. Stevenson und seiner reizenden Gattin vor drei Jahren auf einer Gesellschaft von Mrs. Stevensons Cousine begegnet. Die Welt ist wirklich klein, nicht wahr?"

Doch während Robyn noch zu einer Erwiderung ansetzte, hatte sich Lady Ainsworth auch schon an Edward gewandt. „Wie steht es mit Ihnen, Mr. Cheltenham? Haben sich unsere Bahnen vielleicht auch schon über Verwandte und Freunde gekreuzt, ohne dass wir bislang etwas davon bemerkt haben?"

Edward sah von seinem Roquefort, Brie und Cheshire-Käse auf und verneigte sich leicht im Sitzen.

„So wünschenswert das auch wäre, Madam – ich fürchte, damit werde ich kaum dienen können."

„Ach, kommen Sie, Mr. Cheltenham – ein junger Gentleman wie Sie kommt doch sicher viel herum in der Gesellschaft. Partys,

Bälle, Theater ... Da fällt mir ein. Wissen Sie, wem wir erst letzte Woche vorgestellt wurden: Mr. Barrie, dem Theaterschriftsteller! Leider haben wir durch unsere Abfahrt versäumt, uns sein Stück anzusehen, das hätte den Reiz dieser Begegnung noch zusätzlich erhöht."

„Ich habe vor, es mir anzusehen, sobald wir zurück sind", warf Robyn ein. „Obwohl die Reaktionen auf *Quality Street* während der Spielzeit in New York so verhalten waren, dass es sehr schnell abgesetzt wurde. Aber nachdem ich Mr. Barries Parodie auf Henrik Ibsens *Geister* so herrlich fand, muss ich mir ganz einfach Karten dafür besorgen!"

„Tatsächlich? Oh ja." Der gezwungen höfliche, aber verunsicherte Tonfall Lady Ainsworths verriet Robyn, dass die ältere Dame mit ihrem letzten Satz nichts anzufangen wusste, und sie unterdrückte ein Seufzen. Während der Weinschaumcreme als krönendem Abschluss des Fünfgängemenüs wendeten sich die Tischgespräche dann wieder unverfänglicheren Themen zu wie dem verspäteten Sommer dieses Jahres, der seine Verzögerung danach aber mit reichlich Sonnenschein mehr als wettgemacht hatte. Oder der prunkvollen Krönung Edwards VII. im August und der Hoffnung, der neue König des britischen Empire und Kaiser von Indien möge dem Reich eine mindestens ebenso glanzvolle Epoche bescheren wie seine im vergangenen Jahr verstorbene Mutter, die große Königin Victoria. Auch die erste Spazierfahrt des amerikanischen Präsidenten Theodore Roosevelt in einem Automobil war Gegenstand der Unterhaltung. Als jedoch die Rede darauf kam, dass den britischen Bürgerinnen der Dominion von Australien im Juni das Wahlrecht zugesprochen worden war und Robyn mit ihrer hitzigen Argumentation, dieses Recht doch auch im Mutterland einzuführen, nur erstaunte bis befremdete Blicke am Tisch erntete, beschloss sie, es für diesen Abend genug sein zu lassen.

An Edwards Arm schritt sie die Treppe hinab, die vom Speiseraum erster Klasse hinunter ins Foyer führte. Während der Speiseraum und die Kabinen der ersten Klasse den Graben, der zwischen beiden Klassen verlief, durch Anordnung, Schnitt und Ausstattung durchaus deutlich machten, war das Foyer mit seinen angrenzenden Räumen geradezu ein Hort fortschrittlicher Demokratisierung. Unterhalb der Treppe ging es zum Speisesaal der zweiten Klasse, aber Bar, Raucherzimmer und Teesalon standen beiden Gruppen von Reisenden offen – sofern sich die Passagiere zweiter Klasse die im Vergleich zum Festland deutlich höheren Preise dort leisten konnten. Das Foyer mit seinem roten Teppich und seinen weißen Säulen und Zwergpalmen in glasierten Tonkübeln war zu dieser Stunde recht belebt. Doch Robyns Blick fiel wie von selbst auf Frank Kendall, als hätte sie inmitten der Gäste, die durch die Halle schlenderten oder plaudernd beisammenstanden, nach ihm Ausschau gehalten. Angeregt unterhielt er sich mit einem Herrn, der wie er selbst ein fast leeres Glas in den Händen hielt und eher schlicht – in einen einfachen Anzug mit Krawatte – gekleidet war. Sein Tischnachbar im Speisesaal vielleicht oder eine Zufallsbekanntschaft auf dem Korridor vor seiner Kabine oder im Foyer, überlegte Robyn. Sie spürte einen Anflug von Bedauern, dass Frank Kendall nicht mit ihnen zu Tisch saß; mit ihm wäre das Dinner gewiss anregender und unterhaltsamer verlaufen. Als sie sich jedoch dabei ertappte, dass sie einen Blick von ihm aufzufangen suchte, biss sie sich auf die Unterlippe und konzentrierte sich wieder darauf, mit ihren hochhackigen Schuhen die Treppe ohne zu straucheln hinabzusteigen und sich von Edward durch das Foyer zu ihrer Kabine geleiten zu lassen.

Das Haar gründlich ausgebürstet und offen auf den Kissen ausgebreitet, lag Robyn einige Zeit später im Bett ihrer Kabine. Der Service an Bord war wirklich ausgezeichnet. Ein Betätigen der Klingel, und keine fünf Minuten später erschien ein Dienstmädchen wie ein Djinn aus einer magischen Lampe, bereit, es Robyn so behaglich wie möglich zu machen, und das dabei mehr tat, als Robyn aus ihrem Elternhaus gewohnt war, sodass sie sich nach Strich und Faden verwöhnt fühlte.

Ihr Körper war müde von der Seeluft und vom ständig sanften Schlingern des Dampfers, das es bei Schritt und Tritt auszubalancieren galt; müde auch von den fünf Gängen des Dinners, das keine kulinarischen Wünsche offen gelassen hatte, müde vom Champagner, dem Weiß- und dem Rotwein. Dennoch fand Robyn keinen Schlaf, sondern lauschte dem Brummen und Dröhnen aus den Eingeweiden des Schiffes, das sich mit dem Glucksen der Wellen mischte, die von außen an die stählerne Haut des Schiffes schlugen. Es war ein merkwürdiges Gefühl, sich auf dem offenen Meer zu wissen. Gänzlich von der Weite des Ozeans umgeben, unergründliche, nasse Tiefen unter sich. Geborgen und gleichzeitig ausgeliefert. Auf einem Schiff, das für menschliche Verhältnisse zwar riesig, auf hoher See aber nicht mehr als eine zerbrechliche Nussschale war.

Doch Robyn horchte auch in die Dunkelheit des Raumes hinein. In Richtung des Gemäldes neben dem Bett, hinter dem der Safe in die Wand eingelassen war. Ihr war, als könnte sie durch die Stahltür hindurch das Herz des Diamanten schlagen hören, an dessen Facetten all das Blut klebte, das seinetwegen vergossen worden war. Ruhelos pulsierte er wegen all des Leids, des Verrats und der Enttäuschung, für die er Ursache und Zeuge zugleich gewesen war, während Robyns eigene Schmuckstücke unschuldsvoll und still neben ihm lagen.

Robyn war froh gewesen, als Frank Kendall den Diamanten nach dem Tee in seine samtene Hülle zurückgeschoben und sie selbst ihn wie ein gefährliches Objekt wieder in den Safe gepackt hatte. Hinter Schloss und Riegel, wo er hingehörte. Ob an der Legende über den Fluch, der auf ihm liegen sollte, etwas Wahres war? Seit Frank Kendalls Erzählung hatte sich jedenfalls zum ersten Mal eine Spur Verunsicherung in ihre prickelnde Abenteuerlust gemischt. Und sie war unschlüssig, ob sie noch eine weitere Geschichte über den Diamanten hören wollte, sei es von Frank Kendall oder von ihrer unbekannten Großtante. Wäre es stattdessen nicht besser, den Stein von jedem weiteren Wissen unbelastet einfach in den Fluss zu werfen, sobald sie in Benares eingetroffen sein würde? War diese Reise überhaupt so eine gute Idee, wie sie zuerst geglaubt hatte?

Seufzend warf sich Robyn von einer Seite auf die andere, zog das Laken über ihren Kopf und zwang sich, an etwas anderes zu denken. Frank Kendalls Kenntnisse, die Art, wie er geschichtliche Fakten lebhaft zu schildern vermochte, hatten sie heute Nachmittag beeindruckt. Wo mochte er sich das angeeignet haben? Da er am Britischen Museum als wissenschaftlicher Assistent tätig war, hatte er sicher an einer Universität studiert. Kunstgeschichte vielleicht, wie sie selbst, oder Archäologie. Seine Augen hatten geleuchtet, als er über den Diamanten im Allgemeinen und die Geschichte des berüchtigten Henry Avery im Besonderen erzählt hatte. Sie hatten die Leidenschaft verraten, die er für die Vergangenheit hegte. Es war eine Art von Begeisterung gewesen, wie sie auch in Robyn aufwallte, wenn sie ein besonders gelungenes Gemälde betrachtete. Wo er wohl herkam? Worin wurzelte diese seine Leidenschaft? Wie hatte er sein Leben bisher verbracht? Welche Länder und Kontinente hatte er, abgesehen von Indien, schon besucht? Und wie hatte er Indien bei seinen Reisen empfunden? War es tatsächlich so, wie Robyn es sich vorstellte – ein Land der Tempel und Paläste, üppig und karg zugleich, voller Extreme, die Luft schwer von Gewürzen und Sand und Hitze und Monsunfeuchte?

Fragen über Fragen, die sie ihm gerne gestellt hätte, und doch war ihr Gespräch an diesem Tag nicht tiefer gegangen als eine in Wasser getauchte Fingerkuppe. Robyn wusste im Grunde nichts über ihren Reisebegleiter, der sie im Auftrag von Mr. Chisholm sicher nach Benares und zurück geleiten und sicherstellen sollte, dass der Wunsch ihrer verstorbenen Großtante auch erfüllt wurde. Vielleicht ließe sich für die kommenden Tage Franks Anwesenheit bei den Mahlzeiten arrangieren. Wenn es sein musste, auch gegen Edwards Willen.

Robyns heißer Atem hatte das Laken befeuchtet und ließ es nun unangenehm auf Mund und Nase kleben. Sie schlug es wieder zurück und rollte sich unter herzhaftem Gähnen auf die andere Seite. Es hatte sie beschämt, wie herablassend Edward sich Frank gegenüber verhalten hatte. Geradezu verärgert hatte er gewirkt, als empfände er Frank Kendalls Gegenwart als störend. Oder als hege er übergroßes Misstrauen gegen ihren Reisebegleiter.

Wie unnötig, dachte Robyn schläfrig. *Wir sind auf diesem Schiff, dieser kleinen Welt für sich, doch ständig von Menschen umgeben – was sollte also schon passieren?*

Aber so war Edward nun einmal. Immer darauf bedacht, sie zu beschützen, immer ganz Gentleman, und Robyn wurde einmal mehr warm ums Herz. Es war einer der Gründe, weshalb sie sich in ihn verliebt und seinen Antrag angenommen hatte. Ebenso wie sie die Ruhe, die von ihm ausging, wie ein Magnetfeld stets aufs Neue magisch anzog. Die ihr das Gefühl gab, erneut festen Boden unter den Füßen zu bekommen, wenn sie aufgrund ihrer Träume, Ideen und verwegenen Gedanken wieder einmal abgehoben war. Neben Edward fühlte sie sich sicher, gleich in welcher Umgebung. Und in der beruhigenden Gewissheit, sich nur eine Kabinentür von ihm entfernt zu befinden, vertieften sich Robyns Atemzüge.

Die hölzernen Bohlen und Planken waren kühl und glatt unter ihren bloßen Füßen. Heftige Windstöße ließen die Segel über ihrem Kopf flattern und gegen Masten und Spieren schlagen. Sie zerrten an ihrem Nachthemd, durchwirbelten ihr Haar. Wellen schossen am Bug des Schiffes empor und klatschten auf das Deck. Sie wandte sich um, langsam, wie unter Zwang, als wüsste sie, dass ihre schlimmste Befürchtung nun zur Gewissheit geworden war. Den Säbel erhoben, stand ein Pirat neben ihr, das Gesicht halb vermummt, die Augenpartie bis zur Unkenntlichkeit vernarbt und zerschrammt. Die gebogene Klinge senkte sich herab, zeigte geradewegs auf ihre Kehle. Ihre Hand umfasste den blauen Diamanten und streckte sich dem Piraten entgegen, um ihm den Stein gegen ihr Leben anzubieten. Doch ihre Finger wollten sich nicht öffnen, waren wie gelähmt. Stattdessen wog das Juwel in ihrer Faust schwerer und immer schwerer, zog sie in Richtung des kochenden Meeres. Sie glitt über das Deck und hinab ins tiefe Wasser. Blau und Grün und Türkis um sie herum, weiße Schlieren und Blasen von ihren zappelnden Bewegungen und ihrem austretenden Atem. Sie rang nach Luft, und ihre Lungen füllten sich mit ätzend salzigem Wasser. Doch noch immer vermochte sie den Diamanten nicht loszulassen.

Während Robyn sich, von Albträumen geschüttelt, zwischen ihren Kissen hin und her warf, fand noch jemand anderes in dieser Nacht keine Ruhe an Bord. Nach dem Dinner war Frank Kendall unstet durch seine Kabine getigert, bis er noch einmal in seine Anzugjacke geschlüpft und auf das Zwischendeck hinaufgegangen war, das im schwachen Schein der nächtlichen Beleuchtung vor ihm lag. Mit vorgebeugtem Oberkörper und hohler Hand schirmte er das Flämmchen des Zündholzes gegen den Fahrtwind des Dampfers ab und zündete sich eine Zigarette an. Dann wandte er sich um und blickte, die Arme auf die Reling gestützt, auf das tintenschwarze Meer hinaus, das nahtlos in die Finsternis des Himmelsgewölbes überging. Seine Magennerven krampften sich zusammen, und das nicht zum ersten Mal an diesem Tag.

Seit er den blauen Diamanten in den Händen gehalten und sich mit eigenen Augen davon überzeugt hatte, dass es sich tatsächlich um einen der beiden Diamanten aus dem Tempel zu Benares handelte, war ihm der Gedanke unerträglich, dass der Stein am Ende der Reise in den Fluten des Ganges versinken sollte. Es ging ihm dabei gar nicht um die Millionensumme, die der Edelstein auf dem Markt erzielen würde; vielmehr dauerte ihn der unwiederbringliche Verlust eines Stückes von unschätzbarem historischem Wert. Diamanten von dieser Farbe und Größe waren äußerst selten. Ein unglaublicher Glücksfall. Eine Laune der Natur. Kohlenstoff-Atome, die – im Falle des blauen Diamanten – vor Urzeiten mit Bor zu Molekülen verschmolzen und durch die Hitze im Erdinneren und unter dem Druck der umgebenden Gesteinsschichten zum Rohmaterial für diese Kostbarkeit zusammengepresst worden waren. Von Menschenhand mittels simpler Schleifwerkzeuge bearbeitet, hatte er sich zu voller Schönheit und unglaublicher Pracht entfaltet. Ein Diamant, der Geschichte geschrieben, verschiedene Länder und Epochen gesehen sowie berühmte und berüchtigte Besitzer gehabt hatte. Und der jetzt, im wahrsten Sinne des Wortes, zum Untergang verurteilt war.

Frank Kendall zog an seiner Zigarette, schmeckte den bitteren Tabak auf seinen Lippen und inhalierte den Rauch zusammen mit der salzigen Brise, die ihm in einer fast tröstenden Geste das Haar aus der Stirn blies. Er befand sich in einem unversöhnlichen Zwiespalt. Der Historiker in ihm wollte nahezu alles versuchen, um den Stein für die Nachwelt zu bewahren. Doch in seiner Eigenschaft als Beauftragter von Alfred Chisholm waren die Regeln unmissverständlich festgelegt: der Stein würde verloren gehen. Weil eine schrullige alte Dame ihn für verflucht gehalten und in ihrem Testament über dessen Schicksal entschieden hatte.

Mit einem verächtlichen Schnauben, das fast schon ein Seufzen war, stieß Frank den Rauch aus. Und dass er zudem, ungeachtet ihres ersten Zusammentreffens, eine gewisse Sympathie für Miss Fairbanks, die Vollstreckerin dieses Urteils, empfand, machte das Ganze auch nicht besser. Im Nachhinein war ihm sein ungehobelter, polternder Auftritt auf dem Kai unangenehm, entsprach er doch nicht seiner sonstigen Art. Überrumpelt hatte er sich hinsichtlich seiner Erwartungen an diese Reise gefühlt. Getäuscht und irregeführt, auch wenn das Verschulden daran niemandem weniger anzulasten war als Robyn Fairbanks. *Robyn mit Ypsilon.*

Unwillkürlich hoben sich seine Mundwinkel, als er sich dieses lächerlich kleine Missverständnis in Erinnerung rief. Die charmante und nonchalante Art, in der sie auf seine Unhöflichkeit reagiert hatte, nötigte ihm Respekt ab; genauso gut hätte sie ihn schnippisch abfertigen oder einfach feuern können, und beides mit gutem Recht. Stattdessen hatte sie ihm durch einen der Stewards eine in freundlichem Tonfall abgefasste Nachricht überbringen lassen, ob es ihm denn möglich und willkommen sei, sie zur Teestunde in ihrer Kabine A-5 aufzusuchen, um dort den Diamanten in näheren Augenschein zu nehmen. Was er natürlich getan hatte; aber ebenso hatte er Mr. Chisholms Klienten einer genaueren Betrachtung unterzogen.

Die spürbare Abneigung, die ihm Edward Cheltenham entgegenbrachte, beruhte auf Gegenseitigkeit. Für Frank verkörperte er mit seinem unverhohlen zur Schau gestellten Snobismus gegenüber jenen, die nicht mit einem goldenen Löffel im Mund zur Welt gekommen waren, all das, was ihm seit jeher an den oberen Zehntausend Englands verhasst war. Was ihn und Robyn Fairbanks aneinanderbinden mochte, stellte für Frank ein Rätsel dar. Während Edward Cheltenham das alte, in den Traditionen verhaftete England verkörperte, schien Robyn einer anderen Generation anzugehören, für die es nicht genug Neues, Unbekanntes und Aufregendes geben konnte, so offen und unprätentiös, wie sie ihm in ihrer Kabine gegenübergesessen hatte. So voller Gefühl, als sie den Brief ihrer Großtante verlesen hatte, so ...

„Auftrag ist Auftrag. Persönliches hat dabei nichts zu suchen“, knurrte Frank Kendall in sich hinein, nahm einen letzten Zug und rief sich dennoch den einen kurzen Blick auf Robyn Fairbanks in Erinnerung, den er nach dem Dinner im Foyer auf sie hatte erhaschen können, ohne dass sie ihn bemerkt hatte. Atemberaubend hatte sie ausgesehen in ihrer großen Robe, die die Farbe ihres Haares und ihren schimmernden Teint noch hervorgehoben hatte; atemberaubend und unnahbar. Leichthin schnippte er den Zigarettenstummel in die Wellen hinab und ging zurück in seine Kabine, wo er erst spät in einen unruhigen Schlaf fiel.

2. TAG – PORTUGAL

Robyn unterdrückte ein Gähnen. Auch jetzt, am frühen Nachmittag, fühlte sie sich noch immer von der unruhigen Nacht, die hinter ihr lag, wie zerschlagen. Selbst der starke Tee, der das ausgiebige Frühstück nach kontinentaler Manier begleitet hatte, hatte dem nur ungenügend abhelfen können. Außerdem hatte seine leidlich anregende Wirkung nach einem gemütlichen Rundgang über das Schiff, den sie im Schlenderschritt an Edwards Arm unternommen hatte, schon längst wieder nachgelassen. Und zu guter Letzt heizte ihr die Sonne ein, die auf der Höhe Portugals bereits spürbar wärmer schien und in der geschützten Ecke des Oberdecks auch von keiner Brise gemildert wurde.

Träge sah Robyn den Reisenden der ersten Klasse hinterher, die über das Deck flanierten und Bekanntschaften knüpften. Ein kleiner Junge in einem Matrosenanzug trieb einen bunten Kreisel mit der Peitsche vor sich her, zwei Schritte hinterdrein folgte ihm die Nanny, die ein noch kleineres Mädchen im Rüschenkleid an der Hand spazieren führte. Sämtliche hölzernen Liegestühle mit weißen Polsterauflagen unter dem schattenspendenden Vordach waren von leise plaudernden, lesenden oder dösenden Passagieren belegt, von denen Robyn die meisten schon vom Sehen kannte. Dazwischen eilten livrierte Stewards geschäftig hin und her, um die hochgestellten Herrschaften mit Limonade, Tee und Champagner zu versorgen.

„... ich bestehe darauf: Sie müssen uns in Kalkutta besuchen kommen“, drang die Stimme von Lady Ainsworth zu Robyn hindurch. „Zumindest auf dem Rückweg! Von der Veranda aus haben wir einen wunderbaren Blick über den Hooghly." Lord Ainsworth hatte einen hohen Posten in der Verwaltung Britisch-Indiens inne. Im Juni hatte die jüngste Tochter des Ehepaares geheiratet, und die beiden Mittfünfziger hatten den gesamten Sommer in ihrer alten Heimat Sussex verbracht, ehe sie jetzt, zum Herbst hin, wieder die Rückreise nach Kalkutta angetreten hatten.

„Ich kann noch nicht mit Sicherheit sagen, ob sich das für uns einrichten lässt", wandte Robyn zaghaft ein, bemüht, die Gefühle der fülligen Dame im benachbarten Korbsessel nicht zu verletzen, aber auch, ihr den wahren Grund ihrer Reise nicht zu verraten. „Wir ..."

„Nein, wirklich, Miss Fairbanks, ich bestehe darauf!", kam der energische Widerspruch, begleitet von einer majestätisch erhobenen Patschhand. „Sie müssen sich nicht höflichkeitshalber zieren, weil Sie glauben, das mache uns Umstände! Keinesfalls, wir haben Platz und Personal genug! Sie sind uns jederzeit herzlich willkommen, Sie und Ihr reizender Herr Verlobter!"

Ein wohlgefälliger Blick aus Lady Ainsworths blassblauen Äugelchen streifte Edward, der einen Tisch weiter mit Lord Ainsworth den im Mai beendeten Burenkrieg und die Erweiterung des glorreichen Britischen Empire durch die beiden Burenrepubliken Südafrikas ausdiskutierte. Robyn schmunzelte, als ihr Blick dem ihrer Reisebekanntschaft folgte. Wo auch immer Edward gesellschaftliches Parkett betrat, wickelte er die Ladies aller Jahrgänge um den kleinen Finger, begegneten ihm die Gentlemen mit liebenswürdigem Respekt. Seine Augen trafen die ihren, und ein Lächeln schien darin auf.

Robyn nutzte den Moment, in dem Lady Ainsworth unter ihrem gewaltigen, mit Blumen überladenem Hut zur Seite blickte, und formte mit den Lippen ein stummes *Hilfe!* Doch Edward zwinkerte ihr nur zu und vertiefte sich erneut in das Gespräch mit Lord Ainsworth. Und auch dessen Gattin wandte sich Robyn wieder zu, senkte aber sogleich rasch den Blick in ihre Teetasse.

„Nicht umdrehen, Miss Fairbanks“, zischelte sie. „Diese grässliche Miss Sissinghurst kommt geradewegs auf uns zu! Sehen Sie unter keinen Umständen hin, sonst bin ich gezwungen, diese furchtbare Person auch noch zu grüßen!“

Das von Lady Ainsworth so gefürchtete Unheil in Gestalt einer hageren, ältlichen Dame, die ein sackartiges Reformkleid von graugrüner Farbe trug, ließ sich jedoch nicht mehr aufhalten.

„Hach, Lady Ainsworth! Ich habe Sie schon überall an Deck gesucht!“, tschilpte es vor Robyn.

„Miss Sissinghurst, welche Freude“, girrte es mit blechernem Unterton neben ihr.

Robyn ergriff ihren ledergebundenen Reiseführer, der vor ihr auf dem Tisch lag, und die Gelegenheit beim Schopf, um sich mit höflichen Worten zu empfehlen. Sie hatte sich kaum erhoben, als sich Miss Sissinghurst auch schon in den frei gewordenen Korbsessel plumpsen ließ und Lady Ainsworth ihr Herz ausschüttete, dessen unregelmäßiger Rhythmus ihr schon den ganzen Tag Anlass zur Sorge bereitete. Ein Blick zum Nebentisch verriet Robyn, dass Edward unabkömmlich war: Zwei weitere Gentlemen gesetzteren Alters hatten sich zu ihm und Lord Ainsworth gesellt und das Gespräch auf die britische Innenpolitik gelenkt. Die Männer befanden sich in einer derart hitzigen Auseinandersetzung, dass Edward seine Verlobte nicht einmal wahrnahm. Achselzuckend drehte Robyn sich auf dem Absatz um und wanderte über das Deck, um sich ein Plätzchen zu suchen, an dem sie in Ruhe weiter ihren Reiseführer *Indien – Landschaft und Kultur* studieren konnte.

Doch vergeblich. Das schöne Wetter und die Aussicht auf das blau schillernde Meer vor der Sand- und Felsenküste Portugals schien alles, was Beine hatte, aus der ersten Klasse an Deck gelockt zu haben. Jeder verfügbare Sitzplatz war belegt. Und so stieg Robyn kurzerhand die Treppen zum unteren Deck hinab, in der Hoffnung, dort mehr Glück zu haben. Doch das Erste, was sie auf dem Zwischendeck sah, war Frank Kendall.

In seinem Cordjackett, die Ellenbogen angewinkelt, lehnte er an der Reling und unterhielt sich mit demselben Herren, mit dem ihn Robyn schon am Abend zuvor im topfpalmengeschmückten Foyer gesehen hatte. Die obersten Knöpfe seines Hemdes waren geöffnet, und der Fahrtwind zerzauste ihm das helle Haar. Robyn hatte ursprünglich vorgehabt, ihm eine Nachricht in seine Kabine bringen zu lassen, entschloss sich nun aber, ihm deren Inhalt persönlich mitzuteilen.

Er blickte auf, als er aus dem Augenwinkel heraus bemerkte, wie sie auf ihn zukam. Woraufhin er hastig ein paar Worte mit seinem Begleiter wechselte, sich per Handschlag von ihm verabschiedete und sich langsam und mit scheinbarem Widerwillen von der Reling löste. Ein Gefühl der Befangenheit stieg in Robyn auf. Ihre Gegenwart schien ihm unangenehm; er wirkte verlegen, beinahe verdrossen, als hätte sie ihn gestört und er wäre nur zu höflich, um sie einfach zu ignorieren oder ihr dies zu sagen.

„Guten Tag, Miss Fairbanks“, begrüßte er sie knapp, wenn auch nicht unfreundlich.

„Mr. Kendall!“, entgegnete sie fröhlich. „Das trifft sich gut! Ich habe Ihnen auf meine eigenen Kosten für den Rest der Reise einen Platz an unserem Tisch reservieren lassen. – Sofern Sie keine anderen Verpflichtungen haben sollten, natürlich“, beeilte sie sich mit einem Nicken in Richtung des Herrn hinzuzufügen, der sich gerade über das Deck entfernte.

Frank Kendalls Augen verdunkelten sich und wurden schmal.

„Sehr großzügig von Ihnen, Miss Fairbanks. Vielen Dank, aber für meine bescheidenen Ansprüche genügt der Komfort des Speisesaals zweiter Klasse vollauf. Außerdem besitze ich weder das obligatorische Dinnerjackett noch eine Fliege."

Robyns Nasenwurzel kräuselte sich amüsiert. „Das macht nichts. Das Schöne am Personal in der ersten Klasse ist, dass es sich durchaus bestechen lässt. Mit genug Geld lässt sich sogar über eine fehlende Dinnerkleidung hinwegsehen."

„Gut zu wissen. Und sollte ich wider Erwarten jemals zu Reichtum gelangen, werde ich mich sicher gerne an diese Weisheit aus Ihrem Erfahrungsschatz erinnern."

Seine harschen Worte kränkten Robyn, und sie lief bis unter die Haarwurzeln rot an.

„Verzeihung, Mr. Kendall, ich wollte Ihnen nicht zu nahetreten. Ich hätte es nur als angenehm empfunden, Sie mit am Tisch zu haben, und eine bessere Lösung fiel mir nicht ein. Ich wünsche Ihnen noch einen guten Tag." Im Schutz ihres Sonnenschirmes wandte sie sich zum Gehen.

Er schluckte.

„Warten Sie!", rief er halblaut, und Robyn drehte sich um. „Ich muss mich entschuldigen", murmelte er mit gesenktem Kopf und zerknirschter Miene. „Das ... das war eben sehr rüpelhaft von mir, Ihre freundliche Einladung derart brüsk und ohne Nachzudenken auszuschlagen."

Sie schüttelte den Kopf. „Nein, Sie hatten durchaus Recht: Es war taktlos von mir, Sie vor vollendete Tatsachen zu stellen, ohne Sie vorher gefragt zu haben, und dann auch noch solch eine überhebliche Bemerkung von mir zu geben."

Sie sahen sich einige Augenblicke lang an, und ein Lächeln stahl sich auf ihrer beider Gesichter.

„Ich fände es schön, Sie dabeizuhaben", sagte Robyn schließlich schlicht. Ihr Lächeln verbreiterte sich, als sie hinzufügte: „Auch aus reinem Eigennutz. Ich hatte gehofft, Sie könnten mein dürftiges

Wissen über unser Reiseziel“ – sie hob den Reiseführer an –, „etwas erweitern.“

„Darf ich?“

Robyn nickte und reichte ihm den länglichen Band in rotem Leder.

Die Augenbrauen zusammengezogen, blätterte Frank Kendall darin herum, überflog einzelne Seiten, atmete dann mit einem abfälligen Laut tief durch die Nase ein und schleuderte den Reiseführer wie einen Diskus in hohem Bogen über die Reling. In einer Mischung aus Entsetzen und Belustigung sah Robyn zu, wie das Buch durch die Luft segelte, auf der silberblauen Wasseroberfläche landete und dort schaukelte, bis es in den Sog des Kielwassers geriet und in der Tiefe verschwand. Mit zuckenden Mundwinkeln blickte sie ihren Reisebegleiter an, und beide brachen in Gelächter aus.

„Darin steht nichts als Unsinn!“, verteidigte sich Frank und machte eine energische Geste zu der Stelle, an der sie das Buch zuletzt gesehen hatten. „Auf diese Art kann man Indien weder kennen lernen noch begreifen.“ Seine Stimme war während seiner letzten Worten zwar immer leiser geworden, klang deshalb aber nicht weniger bestimmt.

„Nun, Mr. Kendall“, erwiderte Robyn, noch immer lachend, „dann bin ich von jetzt an vollständig auf Ihre Kenntnis des Landes angewiesen.“

„Was wollen Sie wissen?“ Er blickte amüsiert.

„Alles?“ Schelmisch sah ihn Robyn unter dem Rand ihres Sonnenhutes hervor an.

Frank lachte.

„Dafür werden die dreizehn Tage bis Kalkutta nicht ausreichen!“ Sein kantiges Gesicht nahm einen weichen und doch ernsten Ausdruck an, fast feierlich, als sein Blick auf das Meer hinauswanderte.

Die Farbe seiner Augen wies eine verblüffende Ähnlichkeit mit der des weiten Ozeans auf.

„Indien ... Indien lässt sich schwer beschreiben. Man kann es nur erleben, mit allen Sinnen erfahren. Und doch hat es auch etwas, das tiefer geht als die bloße Sinneserfahrung. Etwas Magisches, Mystisches, das einen berührt und verändert. Man muss es einfach fühlen. Es hat tausend Gesichter, und ein Menschenleben reicht womöglich nicht aus, um alle davon zu erfassen ..."

Er erzählte Robyn von den schneebedeckten Gipfeln und Graten des Himalaya im Norden, den fruchtbaren Kornebenen des Westens, den Sümpfen und Mangrovenwäldern im Südosten des Gangesdeltas, durch das massige Tiger auf weichen Tatzen und gierig nach Beute schlichen. Er beschrieb ihr die staubigen Ebenen Rajputanas und die märchenhaften Paläste der Maharajas, mit Räumen voller Spiegel und farbenprächtigen Mosaiken, mit Marmor und mit kostbaren Intarsien und Schnitzereien, edlen Hölzern, Teppichen und Polstern aus bestickter Seide. Plastisch malte er ihr die großzügigen Häuser der Händler, die *Havelis*, aus, die schon von Weitem an ihren fantasievollen Wandmalereien zu erkennen waren, und die Kamel- und Pferdemärkte am Rande der Wüste Thar. Und er schilderte ihr die streng geometrische und doch verschwenderisch ausgestaltete Architektur, die die islamische Dynastie der Mogulherrscher in ihren Palästen, Moscheen und Grabmälern hinterlassen hatte. Robyn lauschte gebannt, schwelgte in Formen, Aromen und Klängen, die ihr den Mund wässrig machten und ihre Seele danach hungern ließen, dies alles möglichst rasch mit eigenen Augen zu sehen.

Vor allem aber beschrieb ihr Frank die Farben Indiens: Bronze und Braun wie die Haut der Menschen, gebrannte Umbra und Siena wie der pulvrige Boden unter der Sonnenglut und Dunkelgelb wie Curry. Fuchsia, Apfelgrün und Pomeranzengelb, Smaragd, Violett und Scharlachrot wie die Saris der Frauen und die Turbane der Männer mit ihren gezwirbelten Bärten. Grau wie der Himmel, wenn er die Fluten des Monsuns zur Erde hinabschickte. Rosa wie die Häuser von Jaipur, Lichtblau wie diejenigen von Udaipur. Schwarz und Weiß wie die beiden Gesichter Kalkuttas – in der *weißen Stadt* die lichten Zuckerbäckerhäuser der Kolonialherren, die neugotische Kathedrale, breite Prachtstraßen, umgeben von grünen Parks und gepflegtem englischem Rasen; drüben, in der *schwarzen Stadt*, das finstere Gassengewirr der Gewürzhändler, Barbiere und Garküchen, der Metzger und Gemüseverkäufer, der Teppichweber und Schneider, der Gold- und Silberschmiede und der Bettler. Sandsteinrot wie das große Fort zu Delhi, von Mogulherrschern erbaut, wie die dortige Moschee, die eine der größten der islamischen Welt war, mit himmelhohen Minaretten. Mondsilbern und Perlmutt wie der Taj Mahal, das Grabmal der Lieblingsfrau des Moguls Shah Jahan, und golden wie der Reichtum, den die Hafenstadt Bombay durch Handel erworben hatte. Von der vielgestaltigen Götterwelt der Hindus sprach er, die ihr Zentrum in Benares hatte – der Stadt, über die Mark Twain sagte, sie sei älter als die Geschichte, älter als die Tradition, älter sogar als die Legende und sähe doppelt so alt aus wie alle drei zusammen.

„In Benares ist ein Hauch von Ewigkeit spürbar", sagte Frank leise. „Selbst neu errichtete Gebäude sehen aus, als stünden sie schon seit Generationen dort, weil man dafür die Steine von bereits verfallenen Häusern verwendet. Man mag über den hinduistischen Glauben an die Wiedergeburt denken, was man will – aber in Benares hat man ständig das Gefühl, dass Geburt und Tod tatsächlich näher beieinanderliegen als im Rest der Welt. In ganz Indien ist das der Fall, aber in Benares besonders. Nicht umsonst wird in dieser Stadt vor allem Shiva verehrt, der Gott, der gleichzeitig als Zerstörer und Erneuerer gilt."

Robyn lehnte sich wie er mit verschränkten Armen auf den obersten Holm der Reling und sah auf das Meer hinaus, als sie seine Wort in sich nachklingen ließ und ihnen nachspürte.

„Das klingt zunächst etwas widersprüchlich“, ließ sie sich schließlich vernehmen, „aber wenn man einige Zeit darüber nachdenkt, macht es Sinn. Nur wenn das Alte vernichtet ist, kann es Raum für Neues geben. So wie ...“ Sie zögerte, als suche sie noch nach den richtigen Worten oder als traue sie ihrer eigenen Eingebung nicht. „So wie in der Kunst. Man muss zwar das Althergebrachte kennen, die Malweise und Bildersprache voriger Generationen, darf dann aber nicht zögern, sie über Bord zu werfen, um einen gänzlich neuen Weg zu beschreiten.“

Frank gab ein kurzes Lachen voller Zustimmung von sich. „Ein guter Vergleich! Es erstaunt mich selbst immer wieder, welche Weisheit in alten Kulturen und Religionen verborgen liegt. Wahrheiten, die für die Menschen damals, die in einer ganz anderen Welt lebten, ebenso galten wie für uns heute. Auch wenn die Form, in die diese Weisheiten gekleidet wurden, uns oft befremdlich erscheint.“

„Das klingt allerdings mehr nach Philosophie denn nach Geschichtswissenschaft, Mr. Kendall“, warf Robyn ein und sah ihn mit zusammengekniffenen Augen und gespielter Strenge von der Seite her an.

„Die Übergänge sind fließend“, erwiderte Frank ernsthaft, ohne auf ihre Neckerei weiter einzugehen. „Letztlich geht es doch immer um das, was Menschen beschäftigt und bewegt, um ihr Denken, Fühlen und Handeln.“

Robyn beschattete ihre Augen mit der Hand, um sich vor dem grellen kupfergoldenen Licht der sinkenden Sonne zu schützen, und sah einer Schar Vögel nach, die in einiger Entfernung vom Dampfer vorüberflogen. „Bekommen Sie oft Aufträge dieser Art von Mr. Chisholm?“

Frank nickte. „Ab und an. Einmal war ich in Indien, um einen Erben aufzuspüren, der auf dem Postweg nicht ermittelt werden konnte. Und umgekehrt habe ich schon eine ganze Familie in ein entlegenes Dorf in Rajputana gebracht, nachdem der dortige Notar Mr. Chisholm per Brief um diesen Dienst gebeten hatte. Damit er das Testament ihres verblichenen Verwandten eröffnen konnte, der in diesem Dorf als Missionar tätig gewesen war. Aber" – ein Grinsen blitzte in seinem Gesicht auf –, „das hier ist sicher der ungewöhnlichste Auftrag, den ich bislang für Mr. Chisholm ausführte."

Robyns Stirn zerfurchte sich. „Ich beneide Sie. Ich stelle es mir herrlich vor, einen Teil seiner Zeit mit historischen Artefakten eines Museums zu verbringen und die andere auf Reisen."

Verblüfft sah er sie an, dann schüttelte er den Kopf. „Mit Verlaub, Miss Fairbanks, Sie haben keine Ahnung! Meine Arbeit im Museum besteht fast ausschließlich aus bürokratischer Routine und trockenem Papierkrieg. Und es ist nicht immer leicht, unseren Landsmännern in der Fremde beizubringen, dass sie in Kalkutta und Delhi nicht dasselbe Klima und die gleiche Lebensart erwarten dürfen wie auf einem Ausflug nach Richmond oder Windsor!"

„Warum tun Sie es dann?"

Franks Augen verengten sich, und um seine Mundwinkel zuckte es. „Weil es trotzdem ein großartiges Gefühl ist, von alten Gegenständen umgeben zu sein. Es hat etwas ... Erhabenes und Bewegendes. Alte Relikte sind unser Bindeglied zur Vergangenheit. Sie schlagen eine Brücke zwischen dem Damals und dem Jetzt. Und auf diesen Reisen für Mr. Chisholm bleibt mir immer noch so viel Zeit, dass ich mir die eine oder andere Ecke des Landes auf eigene Faust anschauen kann." Er seufzte auf. „Aber ich will mich nicht beschweren: In Kairo damals war es schlimmer."

Auf einen fragenden Blick Robyns fügte er hinzu: „Als frisch gebackener Historiker war ich für ein Jahr im Ägyptischen Museum

Kairos tätig.“ Er zog eine Grimasse. „Handlangertätigkeiten für die Museumswärter. Vorwiegend habe ich Kisten geschleppt und mit dem Staubwedel hantiert, und mehr als einen Hungerlohn gab es natürlich auch nicht dafür. Um mir ein Dach über dem Kopf und mehr als eine Mahlzeit am Tag leisten zu können, habe ich nebenbei noch englische Touristen durch die Stadt geführt. Sie wissen schon – ältere Ladies in unpassend steifen Kleidern, die sich über die Hitze beschwerten, über das Gedränge auf den Basaren und den Gestank nach Knoblauch und Kreuzkümmel und die alles, was ich ihnen erzählte, erst einmal anhand ihres Reiseführers überprüft haben!“

Robyn lachte und wandte sich halb ab, um ihren zierlichen Schirm zuzuklappen, dessen sie nicht mehr bedurfte; die Sonne war im Meer untergetaucht, hatte aber betörende Farbspiele auf dem Wasser und dem Himmel hinterlassen: Blassrosa und Malve, ein grelles Pink, das von goldenen Lichtern durchsetzt war, wohingegen die Dämmerung ihre eigene Palette an Blau- und Grautönen beisteuerte.

„Jetzt verstehe ich, weshalb Sie die Entdeckung, dass es sich bei meiner Person nicht um einen Gentleman handelt, so verstört hat!“

„Nein, ich ...“ – Frank geriet ins Stottern, sichtlich bemüht, weder zu lügen noch allzu unhöflich zu sein –, „ich meine, ich ...“

„Schon gut!“ Lachend hob Robyn ihre freie Hand. „Ich bekenne mich schuldig! Auch ich bin mit einem Baedeker in der Hand durch die Uffizien gewandelt und habe, umgeben von einer Reisegruppe, staunend vor dem Kolosseum in Rom gestanden!“

Frank sah sie an, lange und eindringlich. Ein Blick, der Robyn unruhig machte und ihr Herz gleichzeitig schneller schlagen ließ.

„Ich habe mich getäuscht“, sagte er endlich, und seine Stimme klang eine Nuance tiefer. „Sie ... Sie sind anders.“

„Weshalb glauben Sie das?“ Robyn drehte sich wieder der Reling zu und blickte auf die abendliche See hinaus, die in der Dämmerung zähflüssiger wirkte, wie geschmolzenes Metall.

„Weil Sie nach Benares reisen, um den Wunsch einer unbekannten Großtante zu erfüllen. Benares steht so gut wie nie auf der Liste der touristischen Sehenswürdigkeiten. Zu wenige prachtvolle Kolonialbauten, keine stolzen Boulevards und zu wenig ansässige Engländer. Zu viel Schmutz, zu viel Armut und Elend. Und trotzdem fahren Sie dorthin."

„Ich habe zwar manchmal daran gedacht, nach Indien zu reisen", entgegnete sie leise, „es aber nie ernsthaft in Erwägung gezogen. Als sich mir nun jedoch die Möglichkeit bot, habe ich keinen Augenblick gezögert. Ohne lange darüber nachzudenken stand für mich fest, ich würde fahren. Ganz als ob jetzt der richtige Zeitpunkt dafür wäre."

Unwillkürlich und insgeheim fragte sich Robyn, ob sie an Edwards Seite, als seine Ehefrau, wohl auch eine solche Reise unternommen hätte. Sie versuchte sich vorzustellen, wie es sein würde, als *Mr. und Mrs. Cheltenham* ein Jahr oder zwei nach der großen Hochzeitsfeier aufzubrechen und gemeinsam all die Orte und Bauwerke zu besichtigen, von denen Frank ihr in den vergangenen Stunden erzählt hatte. Doch vor Robyns innerem Auge wollte einfach kein Bild und keine Szene erscheinen. Es war, als hätte jemand einen grauschwarzen Vorhang vor die Zukunft gezogen und sich geweigert, ihr diese zu enthüllen.

Frank schien zu spüren, dass sie in Gedanken versunken war. Ohne ein weiteres Wort an sie zu richten oder sie auch nur anzusehen, stand er noch eine Weile neben ihr an der Reling und teilte ihr Schweigen, während sich der Abend über den Ozean senkte.

Obwohl die *Arcadia* unter vollem Dampf durch den Atlantik pflügte und die Stunden nur so vorüberflogen, schien Robyn auf einmal jeder Tag, der sie noch von Indien trennte, einer zu viel.

Dennoch war der Nachmittag viel zu schnell vergangen, und Robyn verabschiedete sich nur unwillig von Frank Kendall, um sich für den Abend umzuziehen.

Lady Ainsworth hatte sich bemerkenswert schnell von ihrem Schrecken erholt, einen Passagier der zweiten Klasse in einem abgetragenen karamellfarbenen Anzug mit unpassender schwarzer Krawatte an ihrem Dinnertisch vorzufinden. Sie fand es ungeheuer großzügig von Miss Fairbanks, dem Herren, der ihr und ihrem Verlobten die Sehenswürdigkeiten Indiens zeigen sollte, den Luxus des Speiseraums erster Klasse zu spendieren, in dem sich der junge Mann zu Lady Ainsworths angenehmer Überraschung durchaus tadellos zu benehmen wusste. Und bereits beim Aperitif und den Lachsröllchen stellte sie fest, dass es sogar eine überaus kluge Entscheidung von Miss Fairbanks gewesen war; brachte dieser Mr. Kendall doch einen angenehm frischen Wind in die Konversation. Mr. Cheltenham konnte sich glücklich schätzen: Seine zukünftige Gattin würde es aufs Trefflichste verstehen, Gesellschaften zu geben, von denen man in London noch lange sprechen würde.

„Sagen Sie, Mr. Kendall", ließ sich beim zweiten Hauptgang Lord Ainsworth vernehmen, während seine Gattin vollauf mit dem Rinderfilet, den grünen Bohnen und den Prinzesskartöffelchen beschäftigt war, „worin genau besteht Ihre Aufgabe als studierter Historiker im Britischen Museum?"

Mittlerweile hatten sich auch die Gäste an den umstehenden Tischen an den exzentrischen Gentleman gewöhnt, der ohne Dinnerjackett in ihrer Mitte saß, und ließen davon ab, pikiert bis unverhohlen neugierig zu ihnen herüberzustarren.

Frank tupfte sich die Lippen mit seiner Serviette ab, ehe er sie wieder auf seinem Schoß ausbreitete und zu seinem Weinglas griff.

„Nun, alles, was so anfällt. Ich assistiere dem mir vorgesetzten

Kurator bei der Anschaffung, Überprüfung und Katalogisierung von Neuerwerbungen und kontrolliere selbständig und regelmäßig, ob die Exponate nicht einer Restauration bedürfen. Außerdem ist ein Erweiterungsbau geplant, nachdem das Museum aus allen Nähten platzt. Dafür treffen wir bereits jetzt die nötigen Vorkehrungen – welche Teile der Sammlung wir wohin auslagern und wie wir sie später wieder ausstellen werden. Auch wenn der Baubeginn erst in vier Jahren sein soll."

„Ach ... Und davon kann man leben?", zeigte sich der Kolonialbeamte bass erstaunt.

Obwohl Lord und Lady Ainsworth den Abend anregend und spritzig wie Champagner fanden und Frank Kendalls Geschicklichkeit, heikle Themen wie die britische Kolonialpolitik elegant zu umschiffen, keinen Raum für Missstimmigkeiten ließ, zog sich das Ehepaar nach der Crème Bavaroise zurück, um sich zur Nachtruhe zu begeben. Und auch General Higginbottom und Edward erhoben sich, um den Abend im Rauchersalon mit einer guten Zigarre und einem Glas Single Malt zu beschließen.

„Es macht dir doch nichts aus, Liebes?", suchte sich Edward zu versichern, und legte beide Hände auf Robyns Schultern, die nur von einem Hauch blassgelber Spitze bedeckt waren.

„Nein, geh nur", beruhigte Robyn ihn.

„Mr. Kendall wird dich zu deiner Kabine begleiten. Nicht wahr?"

„Selbstverständlich", bestätigte Frank ihm mit einer angedeuteten Verneigung im Sitzen.

„Gute Nacht, mein Herz." Edward beugte sich vor und küsste Robyns Wange.

„Gute Nacht, Edward."

Doch sowohl Robyn als auch Frank machten keinerlei Anstalten, ebenfalls aufzubrechen. Schweigend hing ein jeder seinen Gedanken nach. Offenbar unschlüssig, wer den Anfang machen sollte, fingerten sie stumm an ihren jeweiligen Kristallgläsern herum.

Es war Robyn, deren Neugierde schließlich die Oberhand gewann und sie fragen ließ, ob es denn eine Fortsetzung zur Geschichte des Diamanten gäbe. Frank nickte, und ein sachtes Lächeln umspielte seine Mundwinkel.

„Ja, die gibt es. Möchten Sie sie hören?"

„Sehr gerne", antwortete Robyn leise.

Ihr Gegenüber beugte sich vor, verschränkte die Arme und stützte sie auf dem Damasttuch des runden Tisches ab.

„Die Spur des Diamanten setzt sich in Frankreich fort, am Hof von Versailles. Wir wissen, dass Ludwig XIV., der berühmte Sonnenkönig, ein- oder zweimal einen massiven blauen Diamanten trug, der von einer Anzahl kleiner weißer Diamanten umkränzt war. Woher dieser stammte und ob es sich um denselben blauen Stein handelte ..." Er verstummte. Vorsichtig sah er sich im Speiseraum um und vergewisserte sich, dass sich dieser zu leeren begann und niemand von ihnen Notiz nahm oder gar die Ohren spitzte. Dennoch fuhr er mit gedämpfter Stimme fort: „Ob es sich um ebenjenen Diamanten handelte, der sich in Ihrem Besitz befindet, lässt sich nicht mit letzter Sicherheit nachweisen. Obwohl man es sich bis heute erzählt. Die Legende besagt, Ludwig XIV. sei unmittelbar nach Erwerb des Steines an den Pocken erkrankt und innerhalb weniger Stunden qualvoll daran zugrunde gegangen."

„Der Fluch", murmelte Robyn.

„Genau das wird behauptet. Das stimmt so aber nicht. Er wurde für die damalige Zeit sogar recht alt, fast siebenundsiebzig. Sein Körper litt unter dem Alter, schlechter Ernährung und der Pfuscherei diverser Quacksalber, und so siechte er langsam dahin, bis ihm eine Infektion schließlich das Ende brachte. Die Staatskassen waren bei seinem Tod nach jahrelangen Kriegen gegen die Nachbarländer zwar leer, aber auch das ist nicht weiter ungewöhnlich. Und dass alle seine legitimen und viele seiner illegitimen Kinder vor ihm starben, lag allein daran, dass er für die damalige Zeit ein ungewöhnlich hohes Alter erreichte, während die allgemeine Lebenserwartung eher niedrig war. Schaut man sich die Sterbedaten seiner Nachkommen außerdem genauer an, stellt man rasch fest, dass die Meisten von ihnen schon tot waren, bevor Captain Avery den blauen Diamanten überhaupt erbeutete und der Stein nach Europa gelangte."

„Sie erzählten gestern, dass der Juwelier seines Nachfolgers, König Ludwigs XV., keinen Hinweis auf die Herkunft des blauen Diamanten hinterließ, den er für seinen König schliff und zu dem er Skizzen anfertigte."

Als Frank bestätigend nickte, setzte Robyn mit gerunzelter Stirn hinzu: „Woher wissen wir dann, dass es derselbe Diamant ist, den Avery geraubt hat?"

Frank schmunzelte. „Hätte Jacquemin den Stein bei einem Händler erworben, hätte er das wie sonst auch in seinen Unterlagen vermerkt. Der Juwelier war in diesen Dingen sehr penibel. Also muss der Stein schon vor Jacquemins Ära in der königlichen Schatzkammer geschlummert haben."

Robyn zog ihre Unterlippe zwischen die Zähne und lächelte triumphierend, als sie den Faden weiterspann. „Wo er demnach also schon unter Ludwig XIV. lag."

„Der Sonnenkönig ließ oft pfundweise Edelsteine und Diamanten kaufen, wahllos, gewiss auch aus dunklen Kanälen, die er dann einfach hortete, ohne je Verwendung für sie zu finden. Finanziert hat er das Ganze durch immer höhere Steuern, die er seinen Untertanen aufbürdete."

„Und der Sonnenkönig starb zu einer Zeit, als Diamanten noch ausschließlich aus Indien kamen", erinnerte sich Robyn an Franks

Informationen vom vorigen Tag. „*Und*", betonte sie mit Nachdruck, „es ist nur ein einziger blauer Diamant dieser Größe je zuvor beschrieben worden – derjenige, der durch Averys Hände ging."

„Genau so ist es."

Nun beugte sich auch Robyn vor, ein wissbegieriges Leuchten in den Augen. „Was geschah weiter?"

„Dem Sonnenkönig folgte einer seiner Urenkel als Ludwig XV. auf den Thron. Doch obwohl Jacquemin solche Mühe darauf verwendet hatte, dem blauen Diamanten einen kunstvollen Schliff zu geben, hat ihn sein König nie getragen. Dessen Regentschaft war weitgehend unspektakulär, sieht man von seiner Mätresse, der legendären Madame Pompadour, einmal ab sowie von der Tatsache, dass auch seine Söhne genau wie die des Sonnenkönigs starben, ehe sie seine Nachfolge antreten konnten, und er seinen Enkel zum Erben ernannte."

„Ludwig XVI.", flüsterte Robyn tonlos. „Dessen Königin Marie Antoinette war."

Frank nickte. „Und diese beiden besaßen in der Tat den blauen Diamanten. Sie führten ihn sogar an jenem Tag bei sich, der letztlich ihr Schicksal besiegeln sollte."

1791

Die eisenbeschlagenen Räder der Kutsche ratterten durch die mondlose Juninacht. In der Finsternis hüpften und schaukelten die Laternen beidseits des Wagens wie Irrlichter. Die vorgespannten Pferde jagten über das Kopfsteinpflaster, angetrieben vom Peitschenknallen des Kutschers, neben dem sich ein Diener angstvoll am Kutschbock festklammerte. Ein Reiter in Livree begleitete das Gefährt; ein weiterer war vorausgesprengt, um die Ankunft der Reisenden in der Poststation zu melden. Paris lag bereits hinter ihnen, und auch die Zollschranke von St. Martin auf der Chaussee in östlicher Richtung nach Metz. Keine halbe Stunde brauchten sie, um das Posthaus von Bondy zu erreichen, wo die bestellten sechs Pferde schon auf sie warteten und schnell umgespannt wurde. Der Kutscher, der den schweren Wagen wie der Teufel selbst vorangetrieben hatte, übergab die Zügel und die Peitsche nun dem Diener, stieg ab und öffnete den Wagenschlag.

„Gute Reise", wünschte er den Insassen in einem Französisch, das nur noch eine Spur seines trockenen heimatlichen Akzentes trug.

In einer Mischung aus Widerwillen und Herzlichkeit ließ er die feste Umarmung des korpulenten Herrn im Innern der Kutsche über sich ergehen und nickte dann aufmunternd dem Mädchen zu, das ihn aus angstvoll aufgerissenen Augen anstarrte, während das andere Kind in Spitzenkleidchen und Rüschenhaube trotz der hinter ihnen liegenden Höllenfahrt selig schlief. Das

Herz des Mannes zog sich zusammen, als er die Tränen in den Augen einer der insgesamt drei Frauen bemerkte, von deren ausladenden Röcken der Fußraum des Wagens überquoll.

Ein Engel mit all ihrem Mut und Zartgefühl, kamen ihm seine eigenen Worte in den Sinn, als er zusah, wie sie rasch wieder den Schleier ihres Hutes vor das Gesicht zog. *Sie ist ein Engel, und ich versuche, sie zu trösten, so gut ich kann. Ich bin es ihr schuldig. Sie ist vollkommen für mich.*

Bei Hof und in ganz Paris munkelte man, dass er schon lange das Lager mit ihr teilte. Wie sonst ließen sich seine vielen Besuche in ihren Gemächern, noch dazu am späten Abend oder gar mitten in der Nacht, erklären? *Narren,* schoss es ihm durch den Kopf, *blinde Narren!* Wären seine Nerven nicht zum Zerreißen gespannt gewesen, wäre ihm zum Lachen zumute gewesen. Denn während alle Welt glaubte, dass er sich mit ihr in den königlichen Laken vergnügte, hatte er monatelang diese Flucht geplant, vorbereitet und sämtliche Details mit ihr abgesprochen.

„Leben Sie wohl, Madame de Korff!“, sagte er nun überlaut und an keine bestimmte Person gerichtet, als man ihm signalisierte, dass die frischen, ausgeruhten Pferde vorgespannt waren, und ließ den Wagenschlag zuschnappen. Sein Nachfolger auf dem Kutschbock ließ die Pferde antraben. Er trat einen Schritt zurück und blickte dem sich entfernenden Wagen nach. Eine Berline, nach seinen Plänen für einige tausend Livre umgebaut, sodass darin sechs anstatt vier Personen reisen konnten. Außen grün und gelb lackiert, innen mit weißem Utrechter Samt ausgeschlagen; ausgestattet mit zwei eisernen Bratpfannen, einem Behälter für acht Flaschen, zwei kupfernen Nachtgeschirren und zwei eisernen Gabeln als Bremsen für den Wagen in gebirgigem Gelände. Für den Fall eines Defektes führte die Kutsche noch Ersatzteile mit sich, unter anderem Deichselbolzen, Bestandteile der

Achsen und Sattelschnallen, Stoßscheiben und Hufnägel. Nichts durfte dem Zufall überlassen bleiben; die Kutsche musste ihr Ziel unbeschadet erreichen.

Montmédy hieß dieses Ziel, nahe der Grenze zu den südlichen Niederlanden, die wiederum zu Österreich gehörten; eine befestigte Stadt, die im Gegensatz zu Paris und weiten Landesteilen nicht in der Hand der Revolutionäre war, sondern weiterhin royalistisch gesinnt war.

Als das Rollen der Wagenräder in der Nacht verklang, holte Axel Graf von Fersen, *der schöne Schwede,* wie man ihn nannte, seine Taschenuhr hervor und hielt das Zifferblatt in den Lichtkegel, der aus der Tür der Poststation von Bondy ins Freie fiel. *Zwei Stunden verloren unterwegs ...*

Doch zuversichtlich, dass die durch kleinere Missgeschicke beim Aufbruch entstandene Verzögerung keinerlei schwerwiegende Folgen haben würde, klappte er den Deckel der Taschenuhr zu, um sich ein wenig auszuruhen und dann auf einer anderen Strecke ebenfalls in Richtung Niederlande zu reiten.

Anderthalb Stunden später, gegen vier Uhr morgens, als es bereits dämmerte, stieß an der Poststation von Claye-Souilly ein kleines Kabriolett mit zwei Damen zu der Berline und den sie begleitenden Reitern. Sie waren vollzählig.

„Sobald ich wieder fest im Sattel sitze“, verkündete der beleibte Mann, dessen Pass ihn als „Monsieur Durand“ auswies, im Brustton der Überzeugung, „werde ich ein neuer Mensch sein.“

Die Frau ihm gegenüber, laut ihren Papieren „Madame Rochet“, schwieg hinter ihrem Schleier; aber ihre Körperhaltung verriet, dass sie sich zu entspannen begann. Das Schlimmste war wohl überstanden. Nun gab es nichts weiter zu tun, als diese Reise hinter sich zu bringen, an deren Ende die Freiheit stand, wenn auch im Exil.

Denn die schlichte Bedienstetenkleidung „Monsieurs Durands“ verbarg niemand Geringeren als König Louis XVI. von Frankreich höchstselbst und die Gouvernantenkluft „Madame Rochets“ seine Frau, Königin Marie Antoinette, eine gebürtige Österreicherin aus dem Hause Habsburg. Begleitet wurden sie von ihren beiden Kindern, ihrer zwölfjährigen Tochter und dem sechsjährigen *Dauphin*, dem Thronfolger, den man in Mädchenkleider gesteckt hatte, und die als „Amélie und Aglaë de Korff“ reisten. Ihrer beider Gouvernante, die Marquise de Tourzel, hatte die Identität der „Baronin de Korff“ angenommen, und deren Freundin „Rosalie“ war in Wahrheit die Schwester des Königs. Im Kabriolett reisten dagegen zwei Kammerzofen der Königin, die ebenfalls gefälschte Pässe bei sich führten.

Rund zwanzig Stunden würde ihre Fahrt dauern, minutiös geplant vom treuen Graf von Fersen. Viel Zeit also, um sowohl Gedanken an Vergangenes als auch an Zukünftiges nachzuhängen. Und das tat Königin Marie Antoinette.

Vergangen. Vergangen war die heile, prunkvolle Welt des Hofhaltens zu Versailles, der Palastresidenz, die hinter ihrer ausladenden, prächtigen Fassade alles bot, was Marie Antoinettes königliches Herz begehrte: Säle, Hallen und Galerien, Wandbespannungen aus Brokat und Seide. Möbel aus Mahagoni, Eiche und Nussbaum, Gold und Silber, Marmor und Kristall, ein ganzer Saal nur aus Spiegeln. Raum für Raum voller überirdischer Herrlichkeiten, gelegen in einem Park von gewaltigen Ausmaßen, der an die königlichen Jagdwälder stieß. Er enthielt eine Orangerie, über tausend Fontänen und mehrere tausend sorgfältig in Form gebrachter Bäumchen, Blumenbeete in allen Farben des Regenbogens sowie ein Labyrinth aus Buchsbaumhecken. Sogar zwei kleinere Lustschlösser befanden sich in ihm, das *Grand* und das *Petit Trianon* und der „Weiler der Königin“: die Nachbildung eines

Bauerndörfchens mit Mühle, Molkerei und Fischerei, in dem sie, die Königin, sich als Schäferin von der strengen Etikette bei Hofe erholen konnte. Mit silbernen Rechen für den Garten und Milcheimern aus Sèvres-Porzellan.

Auf rauschenden Bällen hatte sie getanzt, im Wirbel von ausladenden Reifröcken und im Gefunkel von Geschmeiden an Hälsen, Armen und Fingern, unter Tausenden von Kerzen, die in zarten kunstvollen Kristalllüstern steckten. Nicht weniger prunkvoll die Audienzen, die sie gewährt hatte, nicht minder glanzvoll die Theater- und Opernaufführungen. Geschwelgt in Samt und Seide, in Biesen, Spitzen, Volants, Federn und Preziosen hatte sie.

Aber all das war vorbei gewesen, als sich Bürger und Bauern vor zwei Jahren aus Hunger und Not gegen die jahrhundertealten Privilegien des Adels und der Kirche aufzulehnen begonnen hatten und mit dem Sturm auf die Bastille unruhige Zeiten für Frankreich angebrochen waren. Mit Waffengewalt hatten Nationalgardisten die königliche Familie zum Umzug aus Versailles in das Pariser Stadtschloss der Tuilerien gezwungen und sie seither unter Bewachung gehalten. Ein verbissenes Tauziehen um die Zukunft Frankreichs hatte begonnen, und auch wenn Ludwig ...

Sie sah zu ihrem Mann hinüber, der im fahlen Licht des neuen Tages döste, den pausbäckigen Schädel zurückgelehnt und den Mund halb geöffnet. Marie Antoinette unterdrückte ein Seufzen. Warum war er nur so schwach, so zaudernd? Warum hatte er nicht energischer das Zepter der Macht geschwungen und es geschafft, die Revolution niederzuschlagen? Ihr Blick wanderte wieder zum Wagenfenster hinaus, in die Landschaft, deren Dämmergrau sich langsam und sachte mit Farbe zu überziehen begann.

Obwohl Ludwig weiterhin seine Königswürde behalten hatte,

sägte jeder Tag, der verstrich, an den Füßen seines Throns. Tage, in denen das Parlament, die neu zusammengestellte Nationalversammlung, weitere Beschlüsse fasste; Tage, in denen der Unmut der Bevölkerung sich überall im Land in blutigen Aufständen entlud. Eine Welt, die aus den Fugen geraten war. Und Marie Antoinette tat sich schwer damit, diese Welt noch zu begreifen.

Doch wenigstens hatte nun auch Ludwig endlich einen Grund gehabt, ihrem ständigen Klagen und Drängen nachzugeben. Als eine aufgebrachte Menge im Frühling die Abreise des Königs zu seinem jährlichen Kuraufenthalt in St. Cloud verhindert hatte, war auch ihm der Ernst der Lage bewusst geworden, und er hatte sich zur Flucht bereiterklärt, wie sie es schon vor langer Zeit vorgeschlagen hatte. Und nach langen Wochen der Planung durch den treuen Grafen von Fersen war es gestern, am späten Abend, schließlich so weit gewesen.

Madame de Tourzel hatte die Kinder durch ein unbewohntes und daher am Eingang unbewachtes Appartement der Tuilerien hinausgeschmuggelt; Ludwig war in der Kleidung eines ihm zum Verwechseln ähnlichen Kammerdieners entkommen, und Marie Antoinette selbst in schlichter Zofentracht ebenfalls durch das unbewohnte Appartement. Die Königin von Frankreich, von Geburt an von Höflingen, Hofdamen und Kammerzofen umgeben, die ihr jeden Handgriff abnahmen und jeden ihrer Schritte begleiteten, hatte sich jedoch in dem ihr fremden Gassengewirr vor dem Schloss, in das sie nie zuvor einen Fuß gesetzt hatte, verlaufen. Erst mit eineinhalbstündiger Verspätung war sie zu dem gemieteten Fiaker gestoßen, in dem bereits ihre gesamte Familie saß und wartete. Graf von Fersen hatte sie daraufhin kurz entschlossen über einige Umwege aus der Stadt kutschiert, um eventuelle Verfolger abzuschütteln, und an der Schranke von St. Martin hatten er und der König noch einige Zeit benötigt, um die mit Gesträuch und Laub gut getarnte Berline zu finden, in der die königliche Familie nun der Freiheit entgegenfuhr.

Kostbare Zeit, die verloren gegangen war.

In Montmédy würde man abwarten, ob sich die Lage im Land beruhigte, oder gleich in die österreichischen Niederlande weiterreisen, um sich von dort aus mit der Hilfe von Marie Antoinettes älterem Bruder, Kaiser Joseph II. von Österreich, die uneingeschränkte Herrschaft über Frankreich zurückzuerobern. Für ihr Auskommen im Exil war gesorgt: Auch wenn die Umstände ihres Aufbruchs ihnen nicht erlaubt hatten, viel Gepäck mitzuführen, reisten sie doch nicht ganz mittellos. Denn in der Kutsche wohl verwahrt befanden sich wertvolle Kronjuwelen. Darunter auch ein blauer Diamant, brillantenumsäumt, der aus der königlichen Schatzkammer stammte. Diesen „*Blauen Diamanten der Krone*" oder „*Bleu de France*" hatte der jetzige Ludwig zu offiziellen Anlässen gerne getragen, bis Marie Antoinette ihm diesen abgeschmeichelt hatte, um ihre Hüte oder ihre in stundenlanger Kleinarbeit aufgetürmten und bepuderten Hochfrisuren mit ihm zu schmücken. Sie führten genug Diamanten und Geschmeide mit sich, um selbst als gekrönte Häupter im Exil einige Zeit gut von deren Verkauf leben zu können, sollte es die Lage der Dinge erfordern.

Angesichts dieses Planes und der geglückten Flucht hatten König Ludwig und Königin Marie Antoinette allen Grund, frohgemut in die Zukunft zu blicken, in dieser Nacht, auf dem Weg in die Freiheit. Und so waren sie auch leichten Herzens und erwartungsvollen Sinnes.

Frankreich ist von Gottes Gnaden unser, und kein hoffärtiger Pöbel hat das Recht, uns unsere Macht und unseren Reichtum abzusprechen, dachte Marie Antoinette und begrüßte mit einem Lächeln den neuen Tag, als sich die Sonne über dem Horizont erhob und es hell wurde. Ein strahlend schöner Sommertag, wie für eine Königin gemacht, dieser 21. Juni. Der längste Tag des Jahres.

Gegen acht Uhr frühstückten sie, wie auf einer vergnüglichen Landpartie, in der schaukelnden Berline, ohne Teller und Gabeln, *Boeuf à la mode*, Brot, Weißwein und Wasser. *Entzückend bäuerlich.* Malten sich in leuchtenden Farben aus, wie man in Paris die Entdeckung ihrer Flucht aufnehmen würde. Gemächlich zuckelten sie in der Kutsche durch das Land, und König Ludwig verfolgte anhand einer Karte und eines Reiselexikons ihre Route.

„Je weiter wir uns von der Hauptstadt entfernen, dem Zentrum dieser ... dieser abscheulichen Revolution, in desto größerer Sicherheit befinden wir uns."

Derart sicher fühlten sie sich, dass es ihnen auch nichts ausmachte, erkannt zu werden. In Fromentières ließ Ludwig die beiden Wagen anhalten und stieg aus, um mit Bauern, die gerade ihr Heu einfuhren, über das warme Wetter und die Ernte zu plaudern. In Chaintrix nahm man gerne die Einladung des dortigen Postmeisters an, sich bei einer kräftigen Bouillon zu erfrischen und sich vor dem Haus die Beine zu vertreten, ehe Marie Antoinette den Töchtern des Postmeisters zum Dank je eine silberne Suppentasse mit königlicher Gravur schenkte und man die Fahrt fortsetzte.

Was machte es schon, dass die Verspätung nun insgesamt vier Stunden betrug? Dass gleich hinter Chaintrix der Wagen mit einem der Räder gegen den steinernen Eckpfeiler einer Brücke stieß, die Zugriemen rissen, die Pferde stürzten und die Reparatur eine weitere halbe Stunde kostete? Für König und Königin, die von Kindesbeinen an gewohnt waren, dass sich alles nach dem Zeremoniell bei Hofe oder ganz nach ihren Launen richtete, machten ein paar Stunden hin oder her keinen Unterschied.

Für die Husaren jedoch, die vor Pont-de-Somme-Vesle auf das Auftauchen der Berline mit den königlichen Flüchtigen wartete, machte es sehr wohl einen Unterschied.

„... wird am Dienstag spätestens um zwei Uhr dreißig nachmittags in Pont-de-Somme-Vesle sein. Sie können sich absolut darauf verlassen“, hatte von Fersen geschrieben.

Doch nun war es bereits halb fünf am Nachmittag, die Sonne stand schon tief, und noch immer war die Kutsche nicht in Sicht. Dafür aber mit Heugabeln und Musketen bewaffnete Bauern der Gegend, die Mienen finster, ihre Haltung drohend. Denn sie waren mit ihrem Pachtzins im Rückstand und verdächtigten die Husaren, hierher gekommen zu sein, um diesen mit Gewalt einzutreiben.

„Meine Männer warten nur auf einen Transport von Lohngeldern für die Ostarmee“, hatte der Kommandant ihnen zwar versichert. Doch sie glaubten ihm nicht. Zogen den Kreis um den Husarentrupp immer enger. Die Lage wurde brenzlig, für die Soldaten ebenso wie für die Kutsche, sollte sie doch noch eintreffen. Und so zog der Kommandant seine Männer ab und schickte einen Reiter zum nächstgelegenen Streckenposten zwischen Pont und Varennes mit der Nachricht: *Keine Anzeichen dafür, dass der Schatz heute noch passieren wird. Ich ziehe ab ... Sie werden morgen neue Befehle erhalten.*

König Ludwig erschrak, als er um sechs Uhr – eine halbe Stunde nach Abzug der Husaren – in Pont die ihm zugesicherten Soldaten nicht erblicken konnte, ließ aber in vollem Gottvertrauen weiterfahren. Die Berline rollte durch die Wälder von Argonne, in ihrem Inneren eine kleine Welt für sich, wie in einer harten Nussschale, scheinbar geschützt im stillen Auge des Wirbelsturms.

Denn die Nachricht von der Flucht der Königsfamilie war in Paris wie eine Bombe hochgegangen und hatte heftige Wellen geschlagen, ungeachtet dessen, dass sie offiziell als „Entführung“ verkauft worden war, um das Volk möglichst ruhig zu halten. Die gesamte Stadt war auf den Beinen, berauscht davon, zum ersten Mal ohne Herr und Herrin zu sein. Der Mob stürmte die Tuilerien, plünderte und demolierte die königlichen Gemächer.

„Kirschen, schöne Kirschen, das Pfund zu sechs Sol!“, bot eine Marktfrau ihre Kirschen vom Bett der Königin aus zum Verkauf an.

„Ein König und eine Königin sind verlustig gegangen. Wer sie *nicht* wiederfindet, erhält eine hohe Belohnung!“, rief man auf der Straße, wo Bildnisse von Ludwig und Marie Antoinette aus den Schaufenstern der Kupferstecher herausgeholt und zerfetzt wurden.

Die Wellen breiteten sich aus, schwappten über den Rand von Paris hinaus aufs Land, auch nach Osten hin. So schnell, wie nur ein brisantes Gerücht von Mund zu Mund springen konnte; so schnell, wie die Kuriere und Bevollmächtigten des Parlaments auf ihren Pferden vorwärtszupreschen vermochten, überholte beides die gemütlich voranrollende Berline, ohne dass ihre königliche Fracht auch nur das Mindeste von dem Sturm ahnte, der in weiter Entfernung tobte.

Selbst der längste Tag des Jahres neigt sich einmal dem Ende zu, und so zog auch über die Wälder und Hügel von Argonne die Abenddämmerung herauf. Erneut wurden die Laternen des Wagens entzündet; doch dieses Mal schwangen sie nur sachte im Takt von Pferdehufen und Radfederung. Ganz so, als wollten sie die Passagiere beruhigen: *Es ist alles gut, ist alles gut, alles gut …*

Die Lichter von Varennes kamen in Sicht, einer kleinen Stadt mit kaum eineinhalbtausend Einwohnern, das durch das Flüsschen der Aire in eine Ober- und eine Unterstadt geteilt wurde – die letzte Umspannstation vor dem ersehnten Ziel Montmédy.

Mit einem Ruck hielt die Kutsche und riss Marie Antoinette aus ihrem Schlaf.

„Wo sind wir?", murmelte sie schläfrig.

„In der Oberstadt von Varennes", antwortete Ludwig. „Wie verabredet."

Doch nicht verabredet war gewesen, dass weder Soldaten noch Pferde zu sehen waren. Noch nicht einmal eine ordentliche Poststation.

„Lass uns aussteigen und nachfragen", schlug Marie Antoinette im Flüsterton vor.

„Es ist alles in Ordnung", raunte sie ihrem Sohn zu, der nun ebenfalls den Kopf hob und sich mit den Fäusten über die schlafverklebten Augen rieb. „Wir sind gleich zurück."

Die Absätze und Sohlen ihrer Schuhe klackten auf dem Pflaster, als König und Königin zum nächsten Haus hinübergingen und an die Tür pochten, dann lautstark klopften. Bis sich oben ein Fenster öffnete und jemand schlaftrunken rief: „Was zur Hölle ist da unten los?"

„Verzeihung", rief König Ludwig hinauf. „Wir sind Reisende und suchen die nächste Poststation. Können Sie uns weiterhelfen?"

„Ach, geht doch zum Teufel", kam die barsche Antwort, und das Fenster schlug wieder zu.

Ratlos kehrten sie zum Wagen zurück.

„Ich reite hinab in die Stadt und suche dort nach frischen Pferden, *Sire*", erklärte sich einer der Begleitoffiziere bereit.

„Steig ein", seufzte Ludwig und reichte seiner Königin die Hand. „Wir können jetzt nurmehr warten."

Sie konnten jedoch nicht ahnen, dass zur selben Zeit Kuriere der Nationalversammlung auf einer anderen Route ebenfalls nach Varennes hineinritten und Alarm schlugen. Dass sich das Netz um die Flüchtigen in Windeseile zusammenzog, dass der einzige Weg aus der Stadt bereits von bewaffneten Bürgern und Soldaten der Nationalgarde umstellt und die Brücke über die Aire von einem mit Möbeln bepackten Karren versperrt worden war. Nein, sie konnten nicht ahnen, dass sie geradewegs in eine Falle tappten, als der Begleitoffizier nach erfolgreicher Suche zurückkehrte, den Wagen wieder in Bewegung setzen ließ und sie weiter in die Stadt hineinfuhren.

„Halt! Halt!"

Da war der Ruf, den sie seit ihrem Aufbruch aus den Tuilerien vor gut vierundzwanzig Stunden so gefürchtet hatten. Und gleich darauf die Sturmglocke, die Varennes aus seligem Schlaf riss. Die Bürger stürmten auf die Gassen, und wie ein Lauffeuer verbreitete sich die Kunde, dass man den flüchtigen König im Haus des Bürgermeisters, des Krämers Jean Baptiste Sauce, festgesetzt hatte. Auf offener Straße wurde Brot gebacken, Speck am Spieß über dem Feuer gebraten, Wein ausgeschenkt, um die Gaffer vor dem Krämerhaus zu verköstigen, bei Laune zu halten und obendrein noch einige Sols an den prominenten Gefangenen zu verdienen. Weitere Truppen von Nationalgardisten rückten in die Stadt ein. Zehntausende von Menschen waren aus der ganzen Umgebung zusammengeströmt, johlten und brüllten auf der Straße vor dem Haus: „Auf nach Paris! Nach Paris! An den Beinen schleppen wir sie zurück in ihren Wagen! Nach Paris! Auf nach Paris!"

Die Falle war zugeschnappt und sollte sich nicht wieder öffnen.

Um fünf Uhr morgens wurde die Tür zur Gaststube im oberen Stockwerk aufgerissen. Zwei Abgesandte der Nationalversammlung traten ein, sichtlich erschöpft vom fliegenden Ritt aus Paris.

„*Sire* ... Aufruhr in ganz Paris ... Frauen und Kinder in Gefahr ... Ihre Fahrt ist hier zu Ende, *Sire* ...“, stammelte der eine. Mit angespannter Miene reichte der zweite Ludwig ein Papier, das ein Dekret der Nationalversammlung enthielt.

Laut begann der König vorzulesen: „Befehl an alle Funktionäre, alle Personen der königlichen Familie anzuhalten ...“

Er verstummte, während seine Augen weiter über die Zeilen huschten. Sein Adamsapfel bewegte sich auf und ab, und er schluckte trocken, als er Marie Antoinette ansah und mit heiserer Stimme hinzufügte: „Es gibt keinen König von Frankreich mehr.“

Achtlos legte er das Dokument beiseite, auf das Bett, in dem seine Kinder schliefen. Doch Marie Antoinette fegte das Blatt sogleich wieder hinunter und keifte: „Ich will nicht, dass dieses Papier meine Kinder beschmutzt!“

Die ganze Nacht bis weit in den Morgen hinein läuteten die Sturmglocken. Ihr dumpfer Klang geleitete die Flüchtlinge unter schwerer Bewachung und von einer grölenden Menge begleitet aus der Stadt, als sie den schmachvollen Weg zurück nach Paris antraten. Die Glocken läuteten das Ende der Monarchie und den Beginn blutiger Jahre ein; denn die Flucht, die in Varennes ein so unrühmliches Ende gefunden hatte, markierte einen Wendepunkt der Revolution. Sie verschärfte den Konflikt zwischen der Nationalversammlung, die das Königtum innerhalb gewisser festgelegter Grenzen beibehalten wollte, und den Verbänden außerhalb des Parlaments wie den Jakobinern, die für eine uneingeschränkte Republik waren. Wie zwei gegenläufige Mühlsteine setzten sich die beiden Parteien nun in Bewegung und zerrieben zwischen sich Recht und Ordnung, und damit das alte Frankreich, wie es die Welt bislang gekannt hatte.

Die Sturmglocken von Varennes kündigten den Beginn der Herrschaft der Guillotine an, an deren Ende die Revolution ihre eigenen Kinder fraß. Sie waren das Totengeläut für König Ludwig XVI. und für Marie Antoinette - auch wenn noch einige Monate ins unruhige Land gehen sollten, bis deren Köpfe unter dem Fallbeil rollten.

„Ist Ihnen kalt?", erkundigte sich Frank Kendall besorgt, als er gewahr wurde, dass Robyn die Arme eng um ihren Körper geschlungen hatte und kaum merklich zitterte. Sie schüttelte den Kopf.

„Nein. Nur etwas ... unheimlich zumute", antwortete sie mit schwachem Lächeln.

„Das ist wahrscheinlich auch nicht die richtige Zeit für solche Geschichten", erwiderte er mit warmer Stimme und blickte zur Uhr an der Stirnseite des Speiseraums. „Geisterstunde."

Robyn sah über ihre Schulter hinweg ebenfalls auf das Zifferblatt und bemerkte dabei die Blicke der Stewards, die schon alle Tische, mit Ausnahme des ihren, abgeräumt und für das Frühstück am nächsten Morgen neu eingedeckt hatten. Sie waren die letzten noch verbliebenen Gäste.

„Es ist in jedem Fall Zeit zu gehen", flüsterte Robyn ihm mit einem Augenzwinkern zu, als sie sich erhob und nach ihrer Stola und der perlenbestickten Abendtasche griff. „Ehe man uns noch mit dem Besen hinauskehrt!"

Schweigend gingen sie die Treppe hinunter und durch das Foyer, das um diese Uhrzeit bereits verlassen war. Nur aus dem Rauchersalon drangen noch gedämpfte Männerstimmen, und aus der Bar eine Tür weiter dezente Klaviermusik.

„Glauben Sie daran, dass der Diamant tatsächlich verflucht ist?", fragte Robyn, als sie in den Korridor einbogen, der zu ihrer Kabine führte. Die Lampen, von denen um diese Stunde nur noch jede zweite brannte, tauchten die weißen Wände in einen zarten Goldton und ließen den weinroten Läufer des Bodens fast schwarz wirken.

Frank lachte leise und schüttelte den Kopf. „Nein, ganz sicher nicht. Als Historiker sammelt man zwar Legenden genauso zwangsläufig wie Fakten. Aber ich glaube lediglich an Zufälle und die Konsequenzen menschlicher Taten. Dennoch ist es faszinierend zu sehen, mit wie vielen aufregenden und dramatischen Ereignissen die Geschichte des Diamanten aufwarten kann."

Robyn nickte verstehend, verfiel aber wieder in Schweigen. Erst vor ihrer Kabinentür ergriff sie erneut das Wort und reichte Frank die Hand.

„Danke für den Abend und Ihre Begleitung, Mr. Kendall. Bis morgen."

„Gute Nacht, Miss Fairbanks. Bis morgen."

Es war nur ein kurzer Händedruck, und hastig, als drohe ihnen, sich die Finger aneinander zu verbrennen, ließen sie einander wieder los.

Die Hände in den Hosentaschen vergraben, sah Frank zu, wie Robyn den Verschluss ihrer Tasche aufknipste, in ihr herumkramte und endlich den Schlüssel zur Kabinentür herausfischte. Als sie den Schlüssel ins Schloss steckte und am Knauf drehte, erstarrte sie jedoch ein, zwei Herzschläge lang.

„Was ist?", hörte sie Frank hinter sich flüstern.

Sie wandte den Kopf. Ihre Kehle war trocken, als sie ihm zuflüsterte: „Ich hätte schwören können, die Tür abgeschlossen zu haben, ehe wir zum Dinner gegangen sind."

Sie sahen sich einen Moment lang stumm an, und jeder wusste, was der andere dachte.

Wortlos trat Frank zu ihr, und sie überließ ihm nur zu gerne, an ihrer Stelle die Tür zu öffnen. Erst einen Spalt breit, dann ganz. Die Finsternis in Robyns Kabine wurde nur unvollkommen von dem schwachen Lichtsstrahl des Korridors erhellt. Frank trat über die Schwelle, tastete mit der Hand auf der Suche nach dem Lichtschalter über die Wand, und Robyn drängte sich hinter ihn. Ihr Herz raste, und sie schalt sich eine Närrin. Gewiss hatte sie einfach nur vergessen, die Tür abzuschließen, ehe sie ...

Ein dumpfer Schlag. Frank keuchte auf, taumelte zurück und prallte gegen Robyn. Ein zweiter Körper stieß von der Seite gegen sie, sodass sie mit dem Rücken und dem Hinterkopf gegen den Türrahmen knallte und ihre Augen zukneifen und die Zähne zusammenbeißen musste, um vor Schmerz nicht aufzuschreien. Schritte, die sich in schnellem Tempo über den Korridor entfernten. Robyn riss gewaltsam die Augen auf und wandte den Kopf, in dem es heftig pochte. Doch es war niemand mehr zu sehen. Mit zitternden Fingern schaltete sie das Licht an und beugte sich über Frank Kendall, der auf dem Boden kauerte und sich das Kinn hielt.

„Geht es Ihnen gut?"

„Ging mir heute schon besser", stöhnte er und rang sich ein halbes Lächeln ab, um sie zu beruhigen.

Ihrer beider Blicke verhakten sich ineinander, und Robyn schluckte. Sie bückte sich nach ihrer Tasche, die zu Boden gefallen war, zog den kleinen Safeschlüssel daraus hervor und nahm sich nicht einmal mehr die Zeit, ihre Tasche mitzunehmen. Sie ließ sie einfach wieder fallen, ging mit schnellen Schritten ins Schlafzimmer, wo sie Licht machte und gleich nach dem Dienstmädchen läutete. Hastig klappte sie das Bild von der Wand weg, schloss den Safe auf und griff mit fahrigen Händen hinein. Ein Seufzer der Erleichterung entfuhr ihr.

„Ist er noch da?", fragte Frank, der sich vom Boden aufgerappelt hatte und ihr nachgegangen war, dann aber auf der Schwelle des Schlafzimmers stehen blieb.

„Ja, zum Glück. Mein Schmuck und die Briefe ebenfalls. Wir sind gerade noch rechtzeitig gekommen."

Sie ließ den Stein aus seinem Samtfutteral gleiten und kam Frank entgegen, um ihn ihm auf ihrer Handfläche zu präsentieren.

Beim dritten Schritt stieß sie mit ihrer Schuhspitze jedoch an einen Gegenstand, der daraufhin über den Teppich kollerte und unmittelbar vor Frank liegen blieb, der sich nach ihm bückte.

„Hoppla. Was haben wir denn hier?“

Ungläubig blickte Robyn zwischen dem blauen Stein in ihrer Hand und demjenigen in Franks Fingern hin und her, die einander ähnelten wie ein Ei dem anderen.

„Sie haben geläutet, Madam?“ Über Franks Schulter hinweg erblickte Robyn das Dienstmädchen, das in der Kabinentür stand und knickste. Automatisch führte Robyn ihre Hand mit dem Diamanten hinter ihren Rücken. „Ja. Wir hätten gerne Eiswürfel, einen Sektkühler voll, und zwei Servietten. Oh – und bitte eine Flasche Cognac mit zwei Gläsern.“

„Sehr wohl, Madam.“ Das Mädchen knickste erneut, hob dann Robyns Abendtasche und die Puderdose, die aus ihr herausgekullert war, vom Boden auf und legte beides auf den Tisch, bevor sie sich anschickte, die Kabine wieder zu verlassen.

„Verzeihung, Sir. Darf ich Ihnen auch etwas bringen, Sir?“, sagte es zu Edward, mit dem es beinahe zusammengestoßen wäre.

„Hm? Nein danke“, gab dieser geistesabwesend zur Antwort, sichtbar fassungslos darüber, Mr. Kendall zu dieser späten Stunde in der Kabine seiner Verlobten vorzufinden, an der Schwelle zum Schlafzimmer und beide in leicht derangiertem Zustand.

„Was ist hier los?“, fragte er leise, aber in drohendem Tonfall.

Robyn und Frank tauschten einen langen Blick, gingen dann wie auf ein geheimes Kommando hin zum Tisch, auf dem sie ihren jeweiligen Stein gut sichtbar platzierten, und ließen sich danach mit einem gut hörbaren Seufzen in die gepolsterten Stühle fallen.

„Er muss einen Dietrich benutzt haben“, brummte Frank Kendall einige Zeit später und presste sich eine Serviette mit Eiswürfeln gegen die schmerzende Stelle am Kinn. „Das Schloss war intakt, als wir die Tür öffneten. Oder er hat sich eines Zweit- oder eines Generalschlüssels bedient. Fluch hin oder her – ein Geistwesen war es jedenfalls nicht, was mir diesen gepflegten Haken verpasst hat!“

„Ich habe Ihnen meine Verlobte anvertraut, und Sie lassen sich so mir nichts, dir nichts niederschlagen!“, fuhr Edward ihn an.

„Mit Verlaub, Mr. Cheltenham, ich ...“

„Lass es gut sein, Edward“, ging Robyn dazwischen, die mit der einen Hand ebenfalls einen Eisbeutel gegen ihren Hinterkopf drückte und mit der anderen zu ihrem Glas griff. „Es ist ja nichts Schlimmes passiert.“

„Aber es *hätte* etwas passieren können!“, blieb Edward hartnäckig. „Nicht auszudenken, wenn der Einbrecher dich ...“ Er brach ab und fuhr sich mit allen zehn Fingern durch sein glatt gebürstetes Haar. „Gott, ich mache mir solche Vorwürfe! Hätte ich dich nur nicht alleine gelassen. Ich hätte mit dir gehen sollen!“

„Unsinn“, widersprach Robyn zwischen zwei Schlucken. „Dann würdest du jetzt ebenfalls mit einem Eisbeutel im Gesicht hier sitzen!“

„Ich bin nur froh, dass ich noch einmal nach dir gesehen habe, ehe ich mich zur Ruhe begeben wollte. Und du hast ihn wirklich nicht von vorne gesehen?“

Robyn setzte an, um verneinend den Kopf zu schütteln, verzog dann aber das Gesicht und ließ es bleiben.

„Ich habe überhaupt nichts gesehen. Nur gespürt und gehört. Ich habe dir doch gesagt: Hier im Zimmer war es zu dunkel, und dann ging alles so schnell.“ Sie kaute auf ihrer Unterlippe herum, als ihr Blick auf den beiden blauen Steinen Halt machte. „Jemand muss gewusst haben, dass ich mit diesem Schatz an Bord gehe. Er muss sogar so früh davon gewusst haben, dass er noch Zeit genug hatte, um eine Kopie von dem Diamanten anfertigen zu lassen, die er mir bei nächster Gelegenheit unterjubeln wollte."

Edward, der begonnen hatte, im Zimmer auf und ab zu gehen, blieb abrupt stehen.

„Haben Sie etwa irgendjemandem von dem Diamanten erzählt?"

„Ich?!" Frank tippte sich mit der freien Hand vor das Brustbein. „Nein, natürlich nicht."

„Oder womöglich jemanden beauftragt?", setzte Edward gehässig nach. „Eine Million wäre für einen armen Historiker doch wahrlich nicht schlecht!"

„Sie hätten doch gewiss auch nichts gegen eine solche Summe einzuwenden, oder?", schoss Frank zurück.

„Ging es Ihnen vielleicht um den ideellen Wert des Steins?", gab Edward keine Ruhe. „So als Zeitzeugnis? Einfach um des Besitzes willen?"

„Schluss jetzt!", fauchte Robyn und knallte undamenhaft ihr Glas auf den Tisch. „Gegenseitige Anschuldigungen bringen uns auch nicht weiter! Mich interessiert vielmehr, welcher der beiden Steine nun der echte ist. Ich kann die beiden nämlich nicht auseinanderhalten."

Alle drei starrten auf die beiden blauen Ovale, die im Lichtschein miteinander um die Wette funkelten. Schließlich nahm Frank seinen Eisbeutel vom Kinn, kippte die halb geschmolzenen Eiswürfel in den silbernen Kühler zurück und schlug stattdessen den Stein, den er zuvor vom Boden des Schlafzimmers aufgehoben hatte, darin ein. Danach legte er das so entstandene flache Päckchen auf den Boden, stand auf und trat unter den entsetzten Blicken Robyns und Edwards zwei-, dreimal heftig mit dem Absatz seines Schuhs darauf, was ein hässlich knirschendes Geräusch verursachte. Als er die Serviette auf dem Tisch wieder auseinanderfaltete, war der Stein in Dutzende nahezu regelmäßige Splitter zersprungen.

„Glas", erklärte Frank nüchtern. „Gar keine schlechte Imitation! Aber geschliffenes Glas erreicht einfach nicht dieselbe Lichtbrechung wie ein Diamant. Und einen Diamanten", der Nagel seines Zeigefingers tippte klickend mehrfach auf den Stein aus Robyns Safe, „kann man nicht so einfach zerspringen lassen. Nicht umsonst leitet sich *Diamant* vom griechischen *adamas* ab: *unbezwingbar*. – Soll ich es Ihnen demonstrieren?", wollte er von Robyn wissen.

Diese winkte lachend ab. „Nein, ich glaube es Ihnen auch so."

„Wir müssen den Einbruch melden", zeigte sich Edward entschlossen. „Falls der Täter wirklich einen Zweitschlüssel haben sollte, bist du hier nicht mehr sicher, Robyn. Ich werde dem Captain morgen Bericht erstatten und ihn bitten, den Stein im Safe des Zahlmeisters zu verwahren."

„Das ist in meinen Augen keine gute Idee", hielt Frank dagegen. „Jede Person an Bord, die außer uns noch von dem Juwel weiß, bedeutet einen potenziellen Dieb mehr. Und eine Million Pfund – bei Verkauf an einen Sammler oder Liebhaber vielleicht sogar mehr – sind einfach zu verführerisch, als dass man sich eine solche Gelegenheit entgehen lassen wird."

Edward begann sich in Rage zu reden. „Aber doch nur, wenn Sie zum Zahlmeister marschieren und ihm prahlerisch das Juwel unter die Nase halten! Sie haben auch nicht für fünf Pence Verstand!"

„Verstehen Sie denn nicht, Mr. Cheltenham – je weiter sich der Diamant außerhalb unserer Reichweite befindet, umso größer ist die Gefahr, dass er ..."

„Sie denken nur an diesen verdammten Stein!", donnerte Edward. „Ziehen Sie auch nur eine Sekunde lang in Betracht, in welcher Gefahr sich meine Verlobte befindet?!"

„Das ist mir durchaus bewusst, weshalb ich ja auch versuche, diese Gefahr so gering wie möglich zu halten", wetterte Frank zurück und schlug mit der Faust auf den Tisch.

Urplötzlich überfiel Robyn eine bleierne Müdigkeit, die weniger mit der späten Nachtstunde, ihrem schmerzenden Kopf oder dem Cognac zu tun hatte, sondern mit der Last, die sie plötzlich schwer auf ihren Schultern spürte.

„Ich wäre jetzt gerne allein“, unterbrach sie das Streitgespräch mit schleppender Stimme. Verblüfft sahen die beiden Männer sie an.

„Bitte“, fügte sie mit Nachdruck hinzu.

„Bist du dir sicher – ich kann doch gern die letzten Stunden der Nacht noch auf der Chaiselongue vor dem Fenster ...“ Edward verstummte, als er ihren Blick auffing.

Mit schweren Gliedern erhob sich Robyn. „Wer es auch immer gewesen ist – ein zweites Mal wird er es in dieser Nacht wohl nicht mehr versuchen. Morgen sehen wir dann weiter.“

Nachdem die beiden ihr eine gute Nacht gewünscht und gegangen waren, schloss Robyn die Tür und lehnte die Stirn dagegen. Sie war so erschöpft, dass sie nicht einmal mehr Angst verspürte. Trotzdem schloss sie die Tür von innen ab und schob den Riegel vor. Auf dem Weg ins Schlafzimmer sammelte sie achtlos den Stein mitsamt dem Futteral ein, um ihn wieder in den Safe zu schließen, der noch immer offen stand. Dabei fiel ihr Blick auf das Briefbündel darin. Mit dem Daumen der freien Hand blätterte sie den Stapel langsam an der rechten unteren Kante auf, spähte auf die Aufschriften und seufzte. Den nächsten Brief ihrer Großtante sollte sie nach deren Wunsch erst in einigen Tagen lesen, wenn sie Port Said erreicht hatten. Robyn zögerte und überlegte, ob es wohl einen Unterschied machte, wenn sie sich nicht an die unausgesprochene Abmachung, die Umschläge entsprechend den einzelnen Stationen ihrer Reise zu öffnen, hielte. Dann entschloss sie sich jedoch dagegen.

„Du hast dir bestimmt etwas dabei gedacht, nicht wahr?“, flüsterte sie ihrer verstorbenen Großtante zu.

Nicht weniger unschlüssig wog sie den Diamanten in der anderen Hand. Erstaunlich, wie leicht er war, wo er doch aus dem härtesten Material der Welt bestand und zudem so viel Wert besaß. Er war vor allem ungleich leichter, als sie vergangene Nacht geträumt hatte. Und doch schien er ihr in diesem Moment viel zu schwer.

„Was hast du mir damit nur aufgebürdet, Großtante Adele?“

Robyn verschloss den Safe wieder. Danach schob sie den Diamanten in seiner weichen Hülle unter ihr Kopfkissen. Sosehr es ihr auch widerstrebte: Sie würde sich von nun an keinen Augenblick mehr von ihm trennen. Wer ihn haben wollte, würde zuerst Robyn Fairbanks aus dem Weg räumen müssen.

3. TAG – GIBRALTAR

„Dieser Idiot!“, wetterte Edward am nächsten Vormittag beim Frühstück, das Robyn in ihre Kabine hatte bringen lassen. „Warum musste er die Kopie des Diamanten zertreten? Ich habe die restliche Nacht darüber nachgedacht. Mit dieser Fälschung hat uns der Einbrecher im Grunde einen genialen Trumpf in die Hände gespielt. Der falsche Stein im Safe, der echte an einem sicheren Platz – und wir hätten gute Chancen gehabt, die Reise ohne weitere Zwischenfälle hinter uns zu bringen. Aber nein, dieser Trottel musste vor uns mit seiner Sachkenntnis prahlen und ihn zerstören!“

Schweigend ließ Robyn seine Schimpftiraden an sich vorbeiziehen. Das Klirren, mit dem er die Tasse heftig absetzte, mit dem Löffel in seinem Tee herumrührte und ihn ebenfalls unsanft auf die Untertasse fallen ließ, zerrten an ihren Nerven. Diese lagen ohnehin bloß, nachdem sie sich die restlichen Nachtstunden in einem leichten, unruhigen Schlaf hin und her geworfen hatte. Unablässig hatte sie im Dämmerzustand in die Kabine und den Korridor hineingelauscht und war immer wieder in unruhige Träume hinabgeglitten, die flüchtig und beängstigend gewesen waren.

Als sie sich endlich am Morgen aus dem Bett gequält hatte, war sie im Badezimmer mit ihrem übernächtigten Spiegelbild konfrontiert worden: unnatürlich blass, mit tiefen, dunklen Schatten unter den Augen. Und zum ersten Mal, seitdem sie diese Reise angetreten hatte, war sie versucht, an einen Fluch zu glauben, der sie von innen her auszuhöhlen begann.

„Geschehen ist geschehen“, erwiderte sie nun leise, als Edward zwischen zwei Unmutsäußerungen Luft schöpfte. „Außerdem kann ich mir nicht vorstellen, dass der Einbrecher oder sein möglicher Auftraggeber so dumm sind, sich von ihrer eigenen Fälschung täuschen zu lassen.“

Angewidert legte sie den trockenen Toast, an dem sie lustlos herumgeknabbert hatte, zurück auf den Teller, nahm stattdessen ihre Tasse und wanderte zum Kabinenfenster. Stumm starrte sie durch die Scheibe hinaus auf das weite Blau, hinter dem sich die braunen und grauen Felsen Gibraltars und der nordafrikanischen Küste ausdehnten, ohne diese wirklich wahrzunehmen, während sie Schluck für Schluck von ihrem Kamillentee trank.

Edward stand auf und trat zu ihr. Willenlos ließ sie es geschehen, dass er ihr die Tasse aus den Händen nahm, sie auf die Konsole unter dem Fenster stellte und Robyn in seine Arme zog.

„Du musst dieses Erbe nicht antreten. Du kannst immer noch zurück! In Port Said gehen wir von Bord und nehmen den nächsten Dampfer nach England. Wenn wir dann wieder in London sind, übergibst du Mr. Chisholm den Stein und die Briefe und sagst, du hättest es dir anders überlegt. Kein Mensch kann dich dazu zwingen! Erst recht nicht, wenn dieses irrwitzige Testament dich in Gefahr bringt.“

Robyn ließ seine Worte in sich nachklingen, schüttelte dann aber den Kopf.

„Das kann ich nicht tun. Das wäre nicht nur feige, sondern auch pietätlos.“

Er lächelte und fuhr die Konturen ihres Gesichts mit seinem Daumen nach. „Sie sind eine sentimentale Närrin, Miss Fairbanks.“

Sie bemühte sich, sein Lächeln zu erwidern, doch es misslang.

„Wenn wir es bis Port Said geschafft haben“, sagte sie, „dann schaffen wir es auch noch bis Indien.“

„Bist du sicher, dass wir den gestrigen Vorfall nicht doch melden sollten?“, erkundigte er sich gleich darauf.

Robyn nickte. „Ich halte es für klüger, so wenig Aufsehen wir nur möglich zu erregen. Als ich damals in Florenz war, wurden ein paar Gäste der Pension, in der auch wir logierten, bestohlen. Tagelang herrschte fürchterlicher Aufruhr, die *Carabinieri* gingen ein und aus, machten sich überall breit und verhörten stundenlang Gäste und Personal. Und dann die Blicke, die die arme Familie erdulden musste! All die Bekundungen tiefsten Mitgefühls und Bedauerns, gleichzeitig aber der unausgesprochene Vorwurf, durch ihren Leichtsinn der eigenen ungetrübten Ferienidylle beraubt worden zu sein ... Nein, danach steht mir wirklich nicht der Sinn. Außerdem gebe ich Mr. Kendall recht: Ein gefährlicher Mitwisser an Bord reicht, davon brauchen wir nicht noch mehr. Es sickert doch immer durch, worauf ein Dieb es abgesehen hatte. Und ein Diamant im Wert von einer Million ist in der Tat eine zu verlockende Beute.“

„Mein tapferes Mädchen“, murmelte Edward über ihren Kopf hinweg und drückte sie an sich. „Ich könnte es nicht ertragen, wenn dir etwas zustoßen würde! Von nun an werde ich dich nicht mehr aus den Augen lassen.“

Robyn befreite sich aus seiner Umarmung, die ihr plötzlich Beklemmungen verursachte.

„Das musst du nicht.“ Wie zur Entschuldigung für ihre abrupte Schroffheit fuhr sie über den Ärmel seines lichtgrauen Sakkos. „Ich habe dem Mädchen schon Bescheid gesagt, dass ich mich heute nicht wohlfühle und ihr klingeln werde, sobald ich etwas brauche. Und am nötigsten brauche ich Ruhe.“

Ich will für mich sein, setzte sie in Gedanken hinzu, wagte es jedoch nicht auszusprechen, um Edward nicht zu kränken, der geradezu rührend um sie besorgt war. Stattdessen setzte sie die fröhlichste Miene auf, zu der sie in der Lage war.

„Mr. Kendall und ich haben dem Einbrecher gewiss mindestens einen ebensolchen Schrecken eingejagt wie er uns. So schnell wird er deshalb wohl nicht wieder zuschlagen. Zumindest nicht, solange er keinen neuen Plan hat. – Mach wenigstens du dir einen schönen Tag an Deck“, fügte sie hinzu und schob ihn sanft von sich.

„Damit verurteilst du mich zu mindestens drei Partien Schach mit dem General, Soldatenschwänke und Militäranekdoten inbegriffen.“ Edward verzog unwillig sein Gesicht und entlockte Robyn damit zumindest ein kurzes Auflachen.

„Du wirst dich sicher wacker schlagen!“

„Zu Befehl“, antwortete Edward, deutete einen Salut an und beugte sich dann vor, um sie zu küssen. „Gib bitte auf dich Acht“, flüsterte er, als er sich von ihr löste.

„Versprochen“, erwiderte Robyn mit einem Nicken.

An der Tür wandte Edward sich noch einmal um. Er rang sichtlich nach den passenden Worten und meinte schließlich leise: „Bitte, lass vor allem Vorsicht walten, was Mr. Kendall betrifft. Wir wissen so gut wie nichts über ihn, und ich werde das Gefühl nicht los, dass mit ihm etwas nicht stimmt.“

„Unsinn, Edward! Ich war doch dabei, als der Einbrecher ihn niederschlug!“

Edwards Schultern hoben sich leicht, und sein Gesicht verzog sich abschätzig.

„Mag sein. Dennoch kann es genauso gut sein, dass er den gestrigen Vorfall inszeniert hat. Ich traue ihm jedenfalls durchaus zu, dass er jemanden angeheuert hat, der den Diamanten gegen die Imitation austauschen sollte. Und du wirst sicher keinen Eid darauf schwören wollen, dass er tatsächlich von einem Kinnhaken niedergestreckt worden ist. Womöglich ist er ein guter Schauspieler und hat nur simuliert. Und die Fälschung hat er nach dem missglückten

Diebstahl vor unseren Augen vernichtet, um mögliche Spuren zu verwischen und uns in Sicherheit zu wiegen."

„Du siehst Gespenster", schalt Robyn ihn mit einem Lachen, das allerdings nicht aus vollem Herzen kam. Und nachdem sie die Tür hinter ihm geschlossen, den Schlüssel mehrfach umgedreht und den Riegel vorgeschoben hatte, worum Edward sie gebeten hatte, blieb sie noch lange grübelnd mitten im Raum stehen.

Edwards Argumente und Spekulationen waren nicht völlig von der Hand zu weisen; zumindest entbehrten sie nicht einer gewissen Logik. Dennoch schien es ihr mindestens ebenso plausibel, dass sich noch jemand anderer an Bord befand, der auf den Diamanten aus war. Eine ihnen gänzlich unbekannte Person. Es war ein Gedanke, der Robyn schaudern ließ, und sie beschloss daher, ehe die Angst wieder von ihr Besitz ergreifen und sie lähmen konnte, sich lieber an die Ausführung des Plans zu machen, den sie während der letzten Nacht und ihrer Morgentoilette ausgeklügelt hatte.

Kurzentschlossen schob sie das Frühstücksgeschirr auf dem Tisch beiseite, um sich den nötigen Platz zu verschaffen. Beim Auftragen hatte sie das Mädchen gebeten, erst dann zum Abräumen zu kommen, wenn Robyn nach ihr klingelte. Dessen mitfühlender Miene war abzulesen gewesen, dass es keinerlei Zweifel an Robyns *Unpässlichkeit* hegte und nachvollziehen konnte, dass die junge Dame einstweilen keine Störungen wünschte. So waren Robyn ein paar stille Stunden gewiss, in denen keine neugierigen Augen Zeugen ihrer Tätigkeiten werden würden.

Als Erstes nahm sie sich eines ihrer Bücher vor: *Der Monddiamant* von Wilkie Collins. Ein alter Kriminalroman, den sie aus einer Laune heraus eingepackt hatte, obwohl sie ihn schon mehrfach gelesen hatte. Doch Robyn mochte das Buch und fand es obendrein sehr passend, ging es in ihm doch ebenfalls um den Diebstahl eines legendären indischen Diamanten – wenn auch von gelber Farbe.

Sie hätte stattdessen auch H. G. Wells' *Die Zeitmaschine* nehmen können oder *Die Flügel der Taube* von Henry James. Aber gerade weil der Edelstein in Collins' Roman in so einem verblüffenden Bezug zu dem blauen Juwel ihrer Großtante stand, setzte Robyn darauf, dass das Offensichtlichste noch immer das Unverdächtigste war.

Sie schlug den *Monddiamant* ungefähr in der Mitte auf und setzte das Papiermesser im oberen Drittel der Seite an. Sorgsam schnitt sie ein Quadrat hinein, schälte Schicht um Schicht heraus und schuf so eine Aushöhlung, die in Länge, Breite und Tiefe etwas größer als der Diamant in seiner samtenen Umhüllung war.

„Perfekt", murmelte sie vor sich hin, als sie ihren Schatz probeweise hineinlegte, das Buch wieder zuklappte und es danach beglückt von allen Seiten betrachtete, als ob sie es zum ersten Mal in ihrem Leben in der Hand hätte.

„Und wohin jetzt damit?", überlegte sie vor sich hin murmelnd und drehte den ausgeschnittenen Papierquader so lange zwischen ihren Fingern, bis er sich aufzufächern begann. Ein zufriedenes Lächeln huschte über ihr Gesicht, als sie den großen Aschenbecher aus Kristall ergriff, dazu ihr Silberetui mit eingraviertem Dekor und Zündhölzer. Mit übereinandergeschlagenen Beinen saß sie da, zog genussvoll an ihrer Zigarette und sah durch den bläulichen Rauch hindurch zu, wie eine Papierschicht nach der anderen in Flammen aufging, bis sie ihren Stummel zuletzt inmitten des erkaltenden Aschehäufchens ausdrücken konnte.

„Was sein muss, muss sein", seufzte sie, als sie sich danach die erste ihrer vielen Handtaschen griff und mithilfe ihres Papiermessers den Saum des Innenfutters entlang dem Taschenboden auftrennte. Gerade so weit, dass das Samtfutteral mit seinem kostbaren Inhalt hindurchpasste und zwischen Futter und Taschenboden ein hervorragendes Versteck fand: Von außen unsichtbar, fiel es selbst dann nicht heraus, wenn man die Tasche umdrehte und ausleerte, wie Robyn nach mehreren Versuchen befriedigt feststellte. Und während ihre Finger im Anschluss damit beschäftigt waren, all ihre Taschen – für tags aus handschuhweichem Leder, für abends aus perlenbesticktem Satin – auf die gleiche Weise zu präparieren, blieb ihr Verstand gleichfalls nicht untätig.

Im Geiste ging sie die Gesichter und Namen aller Leute durch, denen sie seit dem Ablegen an Deck begegnet war. Und das waren eine ganze Menge, besaß die *Arcadia* doch Plätze für zweihundertfünfzig Passagiere erster Klasse und einhundertsechzig der zweiten Klasse. Irgendwann musste Robyn aber einsehen, dass alle Personen gleichermaßen so lange verdächtig wie unschuldig waren, wie sie nicht wusste, woher diese ihre Kenntnis von der kostbaren Fracht in ihrem Safe erlangt haben konnten. Sie ließ das Messer für einen Augenblick sinken, als ihr der Passagier einfiel, mit dem sie Frank Kendall zwei Mal gesehen hatte. Die beiden hatten einen wenn nicht vertrauten, so doch einander sehr zugetanen Eindruck vermittelt, und ein mulmiges Gefühl machte sich in Robyn breit. Dennoch ergab sich daraus noch kein triftiges Verdachtsmoment, und Robyn ging dazu über, sich Gedanken über etwaige andere undichte Stellen zu machen, die vom Vermächtnis ihrer Großtante gewusst haben konnten, während sie weiterhin die fein gestichelten Nähte der Futterstoffe auflöste. Und dafür kam Mr. Chisholms Kanzlei ebenso in Frage wie Robyns eigene Familie.

Robyn gab einen Stoßseufzer von sich. Mit ihren Vermutungen und Überlegungen bewegte sie sich fortwährend im Kreis, ohne dabei auch nur einen einzigen Schritt voranzukommen. *Einen Sergeant Cuff wie im Roman bräuchten wir jetzt an Bord. Er würde den Fall souverän lösen!*

Nachdem sie ihre Taschen wieder im geräumigen Kleiderschrank verstaut und den *Monddiamant* samt kostbarem Inhalt zwischen ihre sonstigen Bücher zurückgeschoben hatte, entfernte sie überall jeden Papierkrümel und jedes Garnfitzelchen, das ihr Werkeln hätte verraten können. Und zufrieden mit sich selbst, fühlte sie sich nun auch munter genug, nach dem Dienstmädchen zu läuten, das die Überreste des Frühstücks abräumen und ihr eine kräftige Suppe bringen sollte. Danach würde sie sich gewiss auch stark genug fühlen, um Mr. Frank Kendall bei einer unverfänglichen Tasse Tee ein wenig auf den Zahn zu fühlen.

„Sie sehen noch etwas mitgenommen aus", stellte Frank mit einem prüfenden Blick auf seine Gastgeberin fest, als er sich setzte. Robyn zuckte leicht mit den Achseln und stellte die Kanne, aus der sie ihnen beiden soeben eingeschenkt hatte, auf dem Tisch ab, bevor sie sich ebenfalls an ihm niederließ.

„Es geht mir schon etwas besser. So schnell", ein keckes Lächeln flog über ihr Gesicht, „lasse ich mich nicht unterkriegen." Ihr Zeigefinger deutete in Richtung seiner unteren Gesichtshälfte. „Wie geht es Ihrem Kinn?"

Frank betastete vorsichtig die Stelle, an der ihn der Hieb getroffen hatte. „Erstaunlich gut. Ich scheine ohne einen Bluterguss davonzukommen, der mir an Bord gewiss neugierige Blicke und besorgte Erkundigungen eingebracht hätte. Glück gehabt." Vorsichtig sah er sie an. „Ich nehme aber nicht an, dass Sie mich deshalb um meinen Besuch gebeten haben."

Einen Moment lang geriet Robyn ins Wanken, ob ihr Einfall wirklich so gut war, wie sie zunächst gedacht hatte. Was sich darin äußerte, dass sie den Gebäckteller ein paarmal um seine eigene Achse drehte, bis er ihrer Meinung nach in der optimalen Position stand.

„Wissen Sie, Mr. Kendall", begann sie langsam, „wir werden ja nun doch einige Tage gemeinsam an Bord verbringen. Und ich finde es bedauerlich, dass wir so gar nichts voneinander wissen."

Er schwieg einige Herzschläge lang, ehe er sachte nickte. „Verstehe. Sie hätten gerne eine Art Führungszeugnis von mir, damit Sie meine Beteiligung am gestrigen Vorfall ausschließen können."

Unwillkürlich schoss Robyn das Blut ins Gesicht, und sie schlug rasch die Augen nieder.

Wie ungeschickt, Robyn!, schalt sie sich selbst. *Du bist viel zu leicht zu durchschauen!* Ihr Verhalten war ihr peinlich, aber noch mehr brannte die Neugierde auf diesen Mann in ihr, der so ganz anders war als alle anderen, die sie bisher in ihrem Leben kennengelernt hatte.

Sie sah wieder auf, als sie ihn lachen hörte.

„Sehen Sie, Miss Fairbanks, ich könnte jetzt bis in die Nacht hinein eine Lebensgeschichte vor Ihnen ausbreiten, die wahlweise wildromantisch oder geradezu langweilig anständig ist – und Sie hätten keinerlei Möglichkeit, diese im Detail nachzuprüfen. Was nützt es Ihnen, wenn ich Ihnen erzähle, dass ich in Newcastle geboren und aufgewachsen bin, zur Schule ging, in London studiert habe und dass ich nach meinem Magister keine finanziellen Mittel mehr hatte, um meinen Doktor zu machen? Dass ich ins Ausland gereist bin, sooft ich konnte, mich dort als Fremdenführer verdingt habe, um ein Dach über dem Kopf und eine Mahlzeit am Tag bezahlen zu können? Ich sage Ihnen, es war so – aber belegen kann ich es Ihnen nicht, solange wir an Bord sind. Noch können Sie Informationen beschaffen, die das Gegenteil beweisen."

Angestrengt kaute Robyn auf Ihrer Unterlippe herum. Dieses Gespräch ging in eine Richtung, die sie nicht beabsichtigt hatte.

„Nun, ich könnte beim nächsten Landgang Mr. Chisholm telegrafieren, was ..."

„Natürlich", fiel Frank ihr unhöflich ins Wort. „Nur wird seine Antwort Sie frühestens in Bombay erreichen, und da könnte es schon zu spät sein. Spinnen wir den Faden doch gedanklich weiter:

Ich könnte auch Mr. Chisholm getäuscht und ihm gefälschte Referenzen vorgelegt haben. Oder er könnte mit mir unter einer Decke stecken und Sie nicht mehr als eine Figur in einem längst abgekarteten Spiel sein. Wäre alles denkbar, nicht wahr? Ganz abgesehen davon, dass ein makelloser Lebenslauf noch lange nicht davor schützt, eines schönen Tages nicht doch noch auf die schiefe Bahn zu geraten."

Entweder war Frank Kendall grundehrlich – oder aber derart schlau, dass er mit dieser Art von Aussagen nunmehr die Flucht nach vorne antrat und sie in trügerischer Sicherheit zu wiegen versuchte. Was von beidem nun letztendlich zutraf, wusste sie jedoch nicht auszumachen, und so hob sie in einer entwaffnenden Geste die Hände.

„Schachmatt", seufzte sie.

„Ich erwarte nicht, dass Sie mir blind vertrauen", erwiderte er nach einer kleinen Pause leise. „Das wäre angesichts unserer oberflächlichen Bekanntschaft wohl zu viel verlangt. Noch dazu hielte ich es für äußerst unklug. Aber Sie verstehen gewiss, dass es sehr unangenehm ist, um drei Ecken herum ausgehorcht zu werden, als stünde man schon als Verdächtiger fest." Er atmete tief durch und lehnte sich zurück. „Obwohl ich es Ihnen nicht verübeln kann. Ja, ich krebse am unteren Rand dessen herum, was man als vernünftiges Einkommen bezeichnet. Und ja, ich finde es eine Schande, einen so kostbaren Gegenstand einfach im Fluss zu versenken. Aber das alles macht mich noch lange nicht automatisch zum Täter. Selbst wenn sich der Verdacht aufdrängt."

Erneut schwankte Robyn zwischen Erleichterung und wachsendem Misstrauen. Um dem zu entgehen und vor allem dieses unangenehme Gespräch in eine andere Richtung zu lenken, revanchierte sie sich ihrerseits mit einem biografischen Kurzabriss, quasi als Friedensangebot: „Ich bin in London geboren, aufgewachsen und zur Schule gegangen und studiere im zweiten Jahr Kunstgeschichte an der Universität von London."

Frank schaute sie anerkennend an. „Welche Stilrichtung interessiert Sie am meisten?"

„Die Impressionisten", kam Robyns Antwort wie aus der Pistole geschossen. „Diese Farben, so hell und rein, voller Kontraste! Pastos und wie aufgespachtelt, glaubt man sie nahezu greifen zu können. Die Technik, nicht mehr jedes einzelne Detail exakt zu malen, sondern Atmosphären und Stimmungen einzufangen! Die gemalten Landschaften und Szenen sind nicht statisch, sondern voller Bewegung und Lebendigkeit. Sie vibrieren förmlich!"

Robyn vibrierte ebenfalls, während sie sprach. Ihre Augen leuchteten, ihre Stimme versprühte Kraft und Energie, und ihre Worte wurden von ihrer lebhaften Gestik und Mimik noch unterstrichen.

„Ja, das passt zu Ihnen", befand Frank Kendall. „Ich halte es dagegen mehr mit den alten Meistern. Mich faszinieren die Momentaufnahmen früherer Zeiten. Wie die Menschen wohnten, was für Kleidung sie trugen, was sie aßen, wie sie ihren Alltag gestalteten. Das alles erlaubt uns interessante Einblicke und Rückschlüsse auf die Vergangenheit, zusammen mit den aus ihr erhaltenen Gegenständen."

„Wie den Diamanten?" Robyn nippte an ihrer Tasse. Sie begann sich merklich zu entspannen.

Frank lächelte. „Zum Beispiel."

„Würden Sie mir erzählen, wie es mit ihm weiterging – nach der Flucht nach Varennes?"

„Halten Sie das für eine gute Idee? Ich meine, nach gestern ..." Er machte eine unbestimmte Handbewegung, ehe er ebenfalls zu seiner Tasse griff.

„Ich verkrafte das schon", gab Robyn selbstsicher zurück und fügte neckend hinzu: „Ich bestehe sogar darauf!"

„Dann“ – Frank verneigte sich leicht – „ist mir Ihr Wunsch natürlich Befehl.“

Er setzte sich zurecht und fuhr fort: „Der *Bleu de France* kehrte im Gepäck von Ludwig XVI. und Marie Antoinette zurück nach Paris und wurde wieder unter den französischen Kronjuwelen verwahrt. Seine Geschichte setzt sich schon etwas über ein Jahr nach ihrer Flucht fort, während die Revolution immer noch tobte.“

1792

Jacques Penot rannte, so schnell seine Beine ihn trugen. Als sei der Teufel persönlich hinter ihm her an diesem späten Dezembernachmittag, dessen Kälte seine keuchenden Atemzüge in kleine Wolken verwandelte. Die vereisten Uferkais der Schelde schlitterte er entlang, stolperte und hastete weiter durch die schneeverkrusteten Straßen Antwerpens, hinein in das Häusergewirr, das immer dichter wurde, je mehr er sich dem Zentrum näherte. Die fahlblaue Dämmerung, die langsam von den niedrigen Dachfirsten auf das Pflaster herabsank, ballte sich in den engen Winkeln und Ecken der Gassen bereits zu Finsternis zusammen, die nur unzureichend von den Laternen an den rissigen Hausfassaden erhellt wurde. Er atmete schwer und nahm sich kaum die Zeit, stehen zu bleiben, um sich zu vergewissern, ob er sich noch auf dem richtigen Weg befand, ehe er weiterspurtete.

Es waren keine Verfolger aus Fleisch und Blut, die sich ihm an die Fersen geheftet hatten, sondern Gespenster; Schatten der Erinnerung, die er aus Paris mitgebracht hatte und die sich nicht abschütteln ließen, sosehr er sie auch zu verscheuchen suchte.

Im September hatte die Revolution einen neuen, blutigen Höhepunkt erreicht, drei Wochen, nachdem eine aufgebrachte Meute die Tuilerien gestürmt, die Schweizer Garde niedergemäht und die königliche Familie in das Gefängnis des Temple geworfen hatte. Österreichische und preußische Truppen waren nach Frankreich einmarschiert. Sie hatten den Befehl, die Monarchie zu erhalten und König Ludwigs Thron zu retten, die Revolte im Keim zu ersticken, sowie ihre Rädelsführer und alle Mitläufer unschädlich zu machen. Die Städte Longwys und Verdun waren bereits gefallen und in den Händen der ausländischen Soldaten.

Eine Welle des Misstrauens schwappte durch die Stadt, die eine fremde Machtübernahme und Verschwörungen von innen heraus befürchtete. Wer auch immer im Verdacht stand, royalistisch gesinnt zu sein und die Revolution nicht vorbehaltlos zu unterstützen, bekam unangenehmen Besuch, der Schränke, Kisten und Speicher durchwühlte und beim geringsten Anhaltspunkt den Abtransport der Betroffenen ins nächstgelegene Gefängnis anordnete. Verdächtig waren unter anderem Priester, die sich weigerten, den Eid auf den Nationalkonvent, die Republik und die neue Verfassung zu schwören; Männer und Frauen von adeliger Herkunft, Beamte und Diener des Hofes; Journalisten, die sich kritisch geäußert hatten, Mitglieder gemäßigter politischer Gruppen oder schlicht jeder, dem man nicht über den Weg traute. Eine provisorische Revolutionsarmee war ausgehoben worden, bereit, zur Verteidigung der revolutionären Sache und Frankreichs gegen die Eindringlinge im Osten zu marschieren. Während die preußischen Soldaten weiter gen Paris vordrangen und bevor die politischen Häftlinge zur wirklichen Gefahr werden konnten, entlud sich die Panik des Mobs in blindwütigem Morden. Er stürmte in das Gefängnis von l'Abbaye, stach die dort inhaftierten Priester ab, zog weiter in die Strafanstalt von Carmes und setzte dort sein blutiges Werk fort. Vor Kirchen machte er ebenfalls keinen Halt, metzelte Geistliche in den Chorräumen und vor dem Altar nieder und tötete auch auf offener Straße.

Doch das größte Schlachten fand in den Gefängnissen von Paris statt: in der Conciergerie, im Grand-Châtelet, in Bicêtre und im La Force, wo ihnen auch die Prinzessin de Lamballe, eine enge Vertraute Marie Antoinettes, zum Opfer fiel. Auf eine Pike gespießt, wurde ihr Kopf in einer perversen Prozession vor den Fenstern der königlichen Familie vorbeigetragen. In der Salpêtrière angelangt, machte es für den tobenden Pöbel dann keinen Unterschied mehr, wer den Schlächtern vor die Bajonette, Schlachtermesser, Äxte und Musketen geriet: Prostituierte, verwirrte bis geisteskranke Frauen und Waisenmädchen, oft noch Kinder, denen man zuerst noch Gewalt antat, bevor man sie umbrachte. Anderthalbtausend Tote insgesamt, verstümmelt und aufgeschlitzt. Ihre Köpfe wurden abgetrennt, die Herzen herausgerissen und die Augen ausgestochen, und das alles im Lauf von nur achtundvierzig Stunden. Und überall hallte der triumphierende Schlachtruf wider: „Vive la Révolution! Vive la Révolution! Vive! Vive!“

Vive la Révolution – das dachten sich auch sechs Männer zwei Wochen später, nachdem Recht und Ordnung zusammen mit dem Blut der Septembermorde zwischen den Ritzen der Pflastersteine versickert waren.

„Die Monarchie wird bald von gestern sein“, erzählte man sich freimütig auf den Straßen und Plätzen. „Kein König mehr, keine Königin! Nur noch Bürger, die Brüder sind. Alle gleich, alle frei.“

Und wozu hätten ein König, der so gut wie keiner mehr war, und ein Frankreich, das bald kein Königreich mehr sein würde, auch noch Kronjuwelen gebraucht?

Fassadenklettern und Fenster aufstemmen, das beherrschten Guillots Männer aufs Vortrefflichste. Auch Jacques Penot, der neu in der Bande war, aber trotz seiner jungen Jahre schon eine beachtliche Anzahl von Diebstählen, Einbrüchen und Plünderungen auf dem Kerbholz hatte. Daher machte es ihnen keinerlei Schwierigkeiten, in der Nacht des 17. September die Arkaden und Kolonnaden des Gebäudes an der neu benannten Place de la Révolution zu erklimmen und durch eines der Sprossenfenster in den Raum einzusteigen, in dem ein gutes Dutzend massiver Holzkisten lagerte. Deren Schlösser waren rasch geknackt, und im Schein hochgehaltener Kerzen wies Guillot seine Männer an, was sich mitzunehmen lohnte und was nicht.

Das Krönungsschwert Karls des Großen, „Joyeuse“ genannt, war zu lang und schwer, zu auffällig vor allem sein Heft und der Knauf aus reich ziseliertem Gold; ebenso wie die kostbar mit Elfenbein und Edelsteinen verzierten Zepter und die meisten der Reichsäpfel: Nur zwei kleinere von ihnen hieß Guillot seine Gauner einsacken. Die Heilige Ampulle, die das Öl für die Krönung enthielt, fand ebenfalls keine Beachtung, besaß sie doch keinerlei materiellen Wert, der sich in bare Münze umsetzen ließ. Dafür sammelten die Diebe zahlreiche schmucklose Goldkronen früherer Könige ein, die sich hervorragend würden einschmelzen lassen; dazu ein halbes Dutzend Kelche aus schwarzem Onyx.

Vor allem befand sich aber in einer der Kisten etwas, das jedes Diebesherz höherschlagen ließ: zehntausend Diamanten der königlichen Sammlung, im Gesamtwert von einundzwanzig Millionen Francs, die über Jahrzehnte hinweg von den Herrschern Frankreichs zusammengetragen worden waren. Unter den kleinen bis winzigen Diamanten, die sich zu Dutzenden mit den Händen in die Säcke schaufeln ließen, befand sich auch der „Regent“, ein weißer Diamant in eckigem Brillantschliff mit einhundertvierzig Karat Gewicht und einem Wert von zwölf Millionen Francs. Zudem der birnenförmige „Sancy“, blassgelbe fünfundfünfzig Karat, und der „Hortensia“ in zartem Orange und Rosa von beinahe schon lächerlichen zwanzig Karat. Und schließlich der „Bleu de France“, ein blauer Diamant von gut achtzig Karat und nahezu unschätzbarem Wert.

Sie waren reich.

Auf demselben Weg, auf dem sie gekommen waren, machten sie sich auch wieder davon, zurück in ihren Schlupfwinkel: ein halb verfallenes Haus am Rande der Stadt, wo Guillot im Morgengrauen die Beute sortierte. Jeder erhielt eine funkelnde Hand voll; den Rest teilte er nach seinem geschätzten Wert unter seinen Männern auf. Hier eine Krone und da einen größeren Diamanten, dort einen Reichsapfel. Den „Regent" behielt Guillot selbst; den blauen Diamanten jedoch überließ er Jacques Penot und Mathieu Chattelait, die ihn verkaufen und jeweils die Hälfte von dessen Erlös bekommen sollten. Danach ging ein jeder seiner Wege und in den neuen Tag hinein, um in diesem Land, das im Umsturz war, ein neues Leben zu beginnen oder woanders sein Glück zu versuchen.

„Wusstest du, dass er verflucht sein soll?", wollte Mathieu unter herzhaftem Gähnen wissen, als er das modrige Stroh unter sich zurecht schob und sich dann mit verschränkten Armen hineinkuschelte.

„Wieso verflucht?" Fasziniert drehte Jacques den Stein in den Fingern und hielt ihn in die blassen Lichtstrahlen, die durch die zersprungenen Fensterscheiben zu ihnen in den nackten, staubigen Raum hineinfielen.

„Erzählt man sich so", murmelte Mathieu schon schläfrig. „Kann uns ja auch egal sein. Stoßen ihn ja so schnell wie möglich wieder ab. Und ... " – ein erneutes Gähnen –, „und ... machen uns mit all den vielen Francs ... " Dezente Schnarchgeräusche verrieten, dass er mitten im Satz eingeschlafen war.

Auch Jacques bettete sich auf ein Bündel muffig riechender Halme. Doch an Schlaf war nicht zu denken. Er verlor sich gänzlich in der Farbe des Steins, an deren Tiefe und Kraft nichts heranreichte, was er bisher in seinem Leben gesehen hatte. Betrank sich am Spiel der Regenbogenstrahlen und Lichtblitze, die die facettierte

Oberfläche aussandte. Millionen und Abermillionen würden sie beide womöglich dafür bekommen. Nie wieder irgendwo für einen Hungerlohn schuften, nie wieder stehlen und in fremde Häuser eindringen müssen. Millionen, für sie beide.

Das Doppelte, für einen allein.

Verstohlen schielte er zu Mathieu hinüber, der tief und fest schlief.

„Mathieu?", raunte er. „Mathieu?"

Doch der antwortete nicht, regte sich nicht einmal.

Sachte schob Jacques den Stein in seine Jackentasche und erhob sich geräuschlos, schlich auf Zehenspitzen in Richtung der morschen Tür, die schief in ihren rostigen Angeln hing.

„Wo zum Teufel willst du hin?"

Jacques zuckte zusammen, wirbelte herum, als er sich an der Schulter gepackt fühlte. Die Augen Mathieus, eben noch schlafverquollen, wurden groß, als das Messer in seinen Leib fuhr. Er keuchte, als Jacques es wieder herauszog, und sank in die Knie. Dann kippte er seitlich zu Boden.

„Da hast du deinen Fluch", knurrte Jacques, als er sich über den sterbenden Mathieu beugte und dessen Taschen nach dem Tuch absuchte, in das die übrigen Diamanten eingewickelt waren. Er steckte das Bündel ein, schleuderte das Messer hinter die Strohballen und schob sich durch die Tür.

Die kleinen Diamanten waren gut an den Mann zu bringen, und Jacques verkaufte noch am selben Tag einige von ihnen. Davon leistete er sich gute Kleidung, eine üppige Mahlzeit und ein wohnliches Zimmer in einem Gasthof und hatte dennoch immer noch mehr als genug übrig. Doch der blaue Stein schien tatsächlich mit einem Fluch behaftet zu sein; sogar die Hehler, die dafür bekannt waren, selbst noch die heißeste Ware abzunehmen, wehrten ab.

Ende des Königtums hin oder her – diesen Diamanten wollte keiner. Als schienen sie Mathieus Blut, das an ihm klebte, zu wittern.

Wie sich auch Jacques davon verfolgt fühlte und den modrigen Eisengeruch des Blutes immer in der Nase hatte, wohin er auch ging. In Paris, in Reims, in Rouen, wo er ein ums andere Mal nur bedauerndes Kopfschütteln erntete, wenn er den Stein in den Hinterzimmern einschlägiger Händler vorzeigte. Und ihm kam es so vor, als ob er umso schneller eine abschlägige Antwort erhielt, je mehr er sich danach sehnte, den auffälligen und dadurch verräterischen Diamanten loszuwerden. In Le Havre erhielt er schließlich den Tipp, es einmal in Antwerpen zu versuchen, der Metropole des Diamanthandels, deren abendliche, aufgrund der Kälte fast menschenleere Straßen Jacques nunmehr entlanghetzte.

Er blieb stehen. Sein eigener Atem klang überlaut in seinen Ohren, als er sich suchend umsah. „Pelikanstraat", verkündete ein Metallschild unter einer Laterne, und Jacques' Mundwinkel hoben sich an. Hier musste es sein. Im Laufschritt bewegte er sich über das Pflaster, bis er die schlichte Aufschrift über einer Tür entziffern konnte: *W. Cornelis.*

Jacques rang nach Atem, bestrebt, sein rasendes Herz ruhiger schlagen zu lassen, während er daran zweifelte, tatsächlich vor dem richtigen Haus angelangt zu sein. Erstaunlich klein und geduckt wirkte es, Grau in Grau im Schein der Laterne vor dem Nachbarhaus. Nichts Besonderes, fast schon schäbig. Nur die massive, eisenbeschlagene Eingangstür und das dazugehörige, an den Scharnieren aufgeklappte und an die Hauswand gelehnte schmiedeeiserne Gitterwerk in seinem starken Metallrahmen sowie die Eisenstreben vor allen Fenstern wiesen darauf hin, dass in diesem Häuschen Dinge von großem Wert aufbewahrt wurden, die es tags und vor allem nachts zu schützen galt. Er fasste sich ein Herz, schob die Tür auf und trat ein.

Es war nicht mehr als ein Kämmerchen, in dem er sich wiederfand. Nur ein Tisch stand darin, von einer Laterne beleuchtet. Daran saß ein alter Mann, das Haupthaar weiß und struppig, und musterte ihn missmutig über die Ränder seiner Brille hinweg.

„Was kann ich für Euch tun, Mijnheer?“, empfing er Jacques auf Flämisch und machte keine Anstalten, die Papiere, die er mit Bleistift bearbeitete, beiseitezuschieben.

Jacques, der kein Wort verstanden hatte, geriet ins Schwitzen.

„Seid Ihr Willem Cornelis?“, brachte er zögernd auf Französisch hervor. „Der Diamantenhändler?“

„Derselbe“, entgegnete der alte Mann nun ebenfalls in Jacques' Muttersprache. „Was führt Euch zu mir?“

Entschlossen trat Jacques zu ihm hin. „Ich hätte hier etwas für Euch.“

Bemüht, sich seine Anspannung nicht anmerken zu lassen, platzierte er in einer schwungvollen Geste den blauen Diamanten inmitten der Blätter mit Skizzen und Musterzeichnungen, die der alte Mann in Arbeit hatte. Stumm und ohne ihn zu berühren, musterte den Diamantenhändler das Objekt.

„Um ihn zu schätzen oder zum Verkauf?“, wollte er schließlich wissen.

„Zum Verkauf. Was bietet Ihr mir?“

Ohne ein Wort erhob sich Cornelis, schlurfte in seinen Pantoffeln zu einer Tür hinter dem Tisch, klimperte mit einem dicken Schlüsselbund, um die drei gewaltigen Schlösser des Türblatts zu öffnen, und verschwand dahinter. Bange Minuten verstrichen für Jacques, ehe der alte Mann mit einem prall gefüllten Lederbeutel zurückkehrte und ihm diesen hinstellte.

„Das hier.“

Hastig zog Jacques die Lederschnüre auf und spähte hinein, kramte zwischen den Goldmünzen herum.

„Ist das alles?" Seine Stimme zitterte vor Enttäuschung. „Er ist doch gewiss viel mehr wert!"

Cornelis' buschige weiße Augenbrauen hoben sich. Er griff nach dem Beutel, zog ihn zu sich heran und vertiefte sich wieder in seine Zeichnungen.

„Geht darauf ein oder lasst es bleiben. Hier in der Stadt gibt es mehrere hundert Diamantenhändler. Vielleicht bietet Euch ein anderer mehr für ihn. Wetten würde ich darauf allerdings nicht."

Jacques biss die Zähne zusammen, zornig darüber, dass Cornelis ihn durchschaut hatte und genau wusste, dass er die Macht hatte, ihn herunterzuhandeln. Er hatte keine Wahl – entweder ging er auf das Angebot ein, oder er würde mit etwas Pech bis ans Ende seiner Tage durch die Welt wandern, um einen Händler zu finden, der ihm den vermaledeiten Stein abkaufte. Oder womöglich sogar Fragen zu stellen begann und wusste, woher das Juwel stammte. Je schneller er ihn loswurde, umso besser; und fünfzigtausend waren besser als nichts.

„Er gehört Euch", murmelte Jacques daher kleinlaut.

„Mazal", erwiderte Cornelis und streckte ihm seine Rechte hin.

Mit einem Handschlag und der alten jiddischen Formel der Diamantenhändler Antwerpens besiegelten sie ihr Geschäft.

Als Jacques Penot wieder über die Schwelle trat, fühlte er sich leicht und frei, trotz des erheblichen Gewichts in seinen Taschen. Das Geld in seiner Anonymität würde ihn vergessen lassen, dass er es für den gestohlenen Stein, für den er zudem getötet hatte, erhalten hatte. Nie wieder müsste er den Diamanten berühren und sich an Mathieus Blut erinnern. Nur noch ein einziges Mal die Hände waschen, um sich endgültig davon zu befreien.

Froh gestimmt marschierte er die verwinkelten Gassen entlang, zurück zu den Uferkais der Schelde, wo er sich eine Stelle suchte, von der mehrere Stufen hinab zur Wasseroberfläche führten. Er bückte sich und tauchte seine Hände ins eisige Wasser. Es stach und brannte auf der Haut, ließ seine Finger im Nu gefühllos werden. Doch danach fühlten sie sich sauber an, rein, wie sie es seit jenem Septembermorgen nicht mehr getan hatten. Und Jacques Penot lachte. Lachte auch noch, als die Beutel mit Gold und Diamanten in seinem Wams nach vorne rutschten, er sie zurückzuschieben versuchte und dabei das Gleichgewicht verlor.

Kopfüber stürzte er in den Fluss, dessen Kälte ihm den Atem raubte, die Glieder lähmte und sein Bewusstsein betäubte. Das Gewicht des Goldes zog ihn hinab und die Strömung voran, die Schelde hinauf, in Richtung der Flussmündung vor der Nordsee.

Ein Kabeljau-Kahn fischte seine aufgedunsene Leiche Wochen später aus dem Wasser.

Seine Taschen waren leer.

Willem Cornelis ließ sich Zeit.

Unter gewöhnlichen Umständen hätte er den jungen Franzosen wieder weggeschickt und ihn gebeten, bei Tageslicht wiederzukommen. Dann wäre er mit ihm in die rückwärtige Werkstatt gegangen und hätte die angebotene Ware eingehend unter dem Fenster, das nach Norden ging, begutachtet und geprüft. Denn nur in dem von Norden einfallenden Licht enthüllten Diamanten dem menschlichen Auge zur Gänze, welche Farben und Brechungen sich in ihnen verbargen. Bei diesem Diamanten jedoch war eine solche Prozedur nicht notwendig gewesen. Selbst im trüben Lampenschein hatte Cornelis sofort gesehen, welche Kostbarkeit vor ihm lag. Es war Liebe auf den ersten Blick gewesen, das hatte er unmittelbar gespürt – genauso wie es auch sein musste, wenn einem ein wirklich großer, bedeutender Diamant vorgelegt wurde. Nach der Herkunft hatte er nicht zu fragen gebraucht; wer als Privatmann ein solches Juwel einzeln zum Kauf anbot, hatte es keinesfalls auf koschere Weise in seinen Besitz gebracht. Doch das störte Cornelis nicht; sein Ruf als Händler war untadelig, und er hatte Kunden, die einen derartigen Schatz ohne weiter nachzufragen sofort kaufen würden. Doch zuvor musste er den Stein noch bearbeiten – und sich zuallererst mit ihm anfreunden. Genau so, wie man eine Frau, die man auf den ersten Blick begehrte und liebte, umwarb und sich mit ihr vertraut machte.

Tag für Tag entnahm er den Diamanten seinem Safe im rückwärtigen Teil des Hauses, legte ihn auf den Tisch der Werkstatt und betrachtete ihn. Umschritt ihn langsam und besah ihn von allen Seiten, aus der Ferne und mithilfe der Lupe aus allernächster Nähe.

„Wo kommst du her?", flüsterte Cornelis ihm zu, unverhohlene Zärtlichkeit und Demut in seiner Stimme. „Wer hat dich geschnitten und geschliffen? Wer dich besessen? Was verbirgst du in dir, was wir der Welt noch zeigen müssen? Sag mir – was muss ich tun? Was muss ich machen, um das Schönste in dir zum Vorschein zu bringen?"

Der Schnee vor den Fenstern und Türen schmolz, wich dem knospenden, jubilierenden Frühling, und noch immer sprach der alte Mann mit dem Diamanten, der jedoch stumm blieb und seine Geheimnisse für sich behielt. Doch Willem Cornelis wusste sich in Geduld zu üben. Seit sieben Generationen wurde in seiner Familie das Handwerk des Diamantenschleifens vom Vater an den Sohn weitergegeben, all das Wissen um die magische Substanz der Steine und die Kunst ihrer Bearbeitung. Und sowohl in Antwerpen als auch weit darüber hinaus hieß es, der alte Willem sei der beste Schleifer, den die Cornelis' je hervorgebracht hatten. Weil er mit den Steinen sprach und ihr Wesen verstand wie kein Zweiter.

Monat um Monat verging, während Willem Cornelis andere Diamanten kaufte, schnitt und schliff und weiterverkaufte. Doch es verstrich kein Tag, an dem er sich nicht Zeit für seinen blauen Diamanten nahm, Stunden in seiner kühl glitzernden, stummen Gegenwart verbrachte.

Und endlich, im Sommer, brach der Diamant sein Schweigen. Er begann zu summen, zu flüstern; Klänge und Töne, die Cornelis nicht mit den Ohren, sondern seinem ganzen Körper wahrnahm und denen er aufmerksam lauschte. Der alte Mann spürte, wie sich ihm der Stein anvertraute, seine tiefsten Geheimnisse enthüllte, und Cornelis begann, unter seinen Fingerspitzen die einzelnen Facetten zu fühlen, die der Stein in sich verborgen hielt. Die Tage wurden kürzer, die Blätter der Bäume verfärbten sich und fielen zu Boden, wurden von Wind und Regenschauern durch die Gassen getrieben, als Cornelis sich ans Werk machte.

Nur Diamant kann Diamant schneiden, und sorgsam schnitt der Diamantenhändler mit seinem Werkzeug ab, was den blauen Stein bedrückte und beschwerte. Vor jedem Handgriff schickte er ein Stoßgebet zum Himmel, dass der Stein ihm keine kristallinen Einschlüsse, keine Fehler in seinem Inneren verheimlicht hatte, die ihn beim nächsten Arbeitsgang zum Splittern brächten und damit zerstörten. Er setzte sein Schleifwerkzeug an, das einen surrenden und pfeifenden Ton erzeugte, wenn es auf das harte Material traf, doch Cornelis hörte darin keinen Missklang. Er hörte nur das Lied des Steines, das lauter und klarer wurde mit jeder neuen Facette, jeder Kante und Ecke.

Erneut war es Dezember; Schneehauben lagen vor der Tür und auf der Fensterbank, und Cornelis' Arbeit war vollendet. Seine Augen füllten sich mit Tränen, als er den fertigen Diamanten betrachtete. Keine andere Form war ihm angemessener als das sanfte Oval; keine Facette war zu viel, keine zu wenig oder zu klein oder zu groß. Selbst bei nur schwachem Licht versprühte er Funken, sogar wenn man ihn nur mit den Fingerspitzen berührte.

Der perfekte Diamant. Der Diamant, auf den er sein Leben lang gewartet, auf den er all die Jahre hingearbeitet hatte.

„Guten Abend, Vater."

Willem Cornelis sah auf, und seine Züge, die eben noch weich gewesen waren, verhärteten sich, als er den jungen Mann erblickte.

„So. Lässt du Nichtsnutz dich nach all der Zeit auch mal wieder blicken."

Sein einziges Kind, das er seit fast zwei Jahren nicht mehr gesehen hatte. Das einzige von insgesamt fünf, das es bis ins Erwachsenenalter geschafft hatte. Dasjenige, das seine Mutter das Leben gekostet hatte und doch keinen Anlass zur Freude bot. Schon lange nicht mehr. Faul war er immer gewesen, frech und aufsässig als Kind, dumm und boshaft als Heranwachsender. Hendrik trank und spielte und stahl, hielt wenig von Arbeit und nichts von Ehrlichkeit. Immer öfter zog es ihn ohne ein Wort des Abschieds aus dem Haus, um erst viele Monate später zurückzukehren, meist mit neu ausgestellten Wechseln in den Taschen.

„Vater, ich brauche Geld", brachte Hendrik dementsprechend auch sein Anliegen vor.

„Geld?", knurrte Cornelis senior. „Arbeite, dann hast du welches!"

„Du besitzt wohl mehr als genug", versetzte Hendrik heftig. „Da kannst du mir ruhig etwas abgeben. Bin doch schließlich alles, was du noch hast!"

Willem Cornelis starrte seinen Sohn an, und ein bitterer Zug schlich sich auf sein zerfurchtes Gesicht.

„Das ist wohl wahr. Mehr war mir in der Tat nicht vergönnt."

Er klang müde, und auch seine Bewegungen waren schleppend, als er sich von seinem Stuhl erhob. Sorgsam schob er den blauen

Diamanten in ein Futteral und wandte sich um, um ihn wieder an seinem sicheren Platz zu verwahren.

Ohne zu Zögern ergriff Hendrik den Kerzenleuchter und holte aus. Es gab einen dumpfen Schlag und ein mahlendes Knirschen, als das silberne Gerät auf den Schädel von Willem Cornelis krachte, ein Poltern, als der alte Mann zusammensackte und auf dem Boden aufschlug. Hendrik beugte sich nieder, las das Futteral mit seinem kostbaren Inhalt vom Boden auf, das seinem Vater aus den schlaffen Fingern geglitten war, und löste den Schlüsselbund vom Gürtel. Er stieg über den reglosen Körper hinweg und stopfte sich im Tresorraum die Taschen mit blitzenden und glänzenden Steinen und Goldmünzen voll.

Danach verließ er ohne Hast das Haus. Ohne einen Blick zurück. Ohne Reue.

Robyn schwieg, nachdem Frank Kendall geendet hatte, und er sah ihr an, wie nah ihr diese Episode gegangen war.

Um die gedrückte Stimmung wieder etwas aufzulockern, setzte er hinzu: „Guillot, der Anführer der Diebesbande, wurde vier Jahre nach dem Einbruch geschnappt. In London, wo er Stücke der Beute zu verkaufen suchte. Er landete im Gefängnis, doch die von ihm und seiner Bande gestohlenen Diamanten und Gegenstände verschwanden dennoch auf irgendwelchen verschlungenen Wegen. Der ‚Sancy' tauchte später allerdings wieder auf, zusammen mit dem ‚Hortensia'. Sogar schon zwei Jahre nach dem Einbruch, auf einem Pariser Dachboden. Ein Kleinganove namens Depeyron brachte die Behörden auf die Spur der Steine – wohl um seine Haftstrafe etwas zu verkürzen."

Robyn nickte verstehend. Ein kleines Lächeln erschien auf ihrem Gesicht. „Sie erzählen wie ein Impressionist."

„Ich nehme das als Kompliment", erwiderte Frank. „Aber ich kann mir sehr gut vorstellen, wie es sein muss, mit Ihnen eine Galerie oder ein Museum voller Gemälde zu besuchen. Mr. Cheltenham ist um Ihre charmante und kluge Begleitung zu beneiden!" Er verneigte sich leicht.

„Oh nein", gab Robyn lachend zurück, „Edward macht sich nichts aus Bildern von Degas und kann vermutlich Monet und Manet nicht auseinanderhalten! Er zieht Stillleben vor oder gewaltige Ölschinken mit Burgen und Wäldern."

„Stillleben", murmelte Frank vor sich hin, „*Nature Morte*. Das passt in der Tat hervorragend."

Sie sahen sich an und brachen in Gelächter aus. Robyn schlug die Hand vor den Mund.

„Oje, das ist nicht nett von uns! Edward – Edward hat eben nun einmal andere Qualitäten."

„Davon bin ich überzeugt", bestätigte er nüchtern und erhob sich rasch. „Verzeihen Sie meinen Aufbruch, Miss Fairbanks, aber ich würde nur ungern das Dinner verpassen. Die Scheiben des Roastbeefs sind in der zweiten Klasse nämlich eindeutig dicker als in der ersten!"

„Mr. Kendall", ergriff Robyn an der Tür noch einmal das Wort, „eine rein hypothetische Frage: angenommen ... angenommen, ich oder jemand anderes würde den Diamanten gegen eine Fälschung austauschen, und ich würde dann diese Kopie statt des echten Diamanten in Benares dem Fluss übergeben. Würden Sie das überhaupt bemerken?"

Mit einem Ausdruck höchster Verblüffung sah er sie an, und seine Stirn legte sich in Falten.

„Ich meine", führte sie den Gedanken weiter aus, „prüfen Sie den Stein dort noch einmal nach?"

Seine Miene verdüsterte sich schlagartig. „Miss Fairbanks, bemühen Sie sich nicht weiter, mir Fallen zu stellen. Ich werde sicher in keine davon hineintappen. Guten Abend."

Noch ehe Robyn etwas entgegnen konnte, war er gegangen. Mit nachdenklicher Miene schloss sie die Tür hinter ihm ab. Ihre Frage war aufrichtig und ohne jeden Hintergedanken gestellt gewesen. Dennoch hatte Frank Kendall sie als Winkelzug ihrerseits aufgefasst. Aus schlechtem Gewissen vielleicht? Erneut war Robyn verunsichert, ob sie einem rechtschaffenen Menschen Unrecht getan hatte, unbeabsichtigt diesmal, oder ob Frank Kendall nur ein besonders gerissener Betrüger war. Ein hartnäckiger Gähnanfall zwang sie jedoch, ihre Überlegungen fürs Erste einzustellen und sich erst einmal gründlich auszuschlafen.

Das Einzige, was für sie jedoch so gut wie sicher feststand, war, dass der Täter bestimmt noch einen weiteren Versuch wagen würde, um an den Diamanten zu kommen. Stellte sich nur noch die Frage: *wann?*

4. TAG – NORDAFRIKA

Gemäß der Redewendung, dass Angriff die beste Verteidigung ist, warf sich Robyn am nächsten Morgen wieder mit Feuereifer in das gesellschaftliche Leben an Bord. Bereits beim Frühstück verbreitete sie solch eine gute Laune, wie es nur jemand vermochte, der sich nach einem Tag überstandener *Unpässlichkeit* wie neugeboren fühlte und der Enge und Einsamkeit seiner Einzelkabine entronnen war.

„Ach Gott, Miss Fairbanks, wie überaus gut ich Ihnen das nachfühlen kann", bekundete Lady Ainsworth ihr Mitgefühl und ihre Erleichterung, die sympathische junge Dame so überaus wohl wieder am Tisch des Speiseraums vorzufinden. „Wenn ich da an meine eigenen ersten Seereisen denke ... Völlig ohne Vorwarnung überkam es mich. Oft auch erst am fünften oder sechsten Tag! Und wenn das schon so eine starke englische Eiche wie mich umgeworfen hat – um wie viel mehr müssen Sie zartes Wesen dann darunter gelitten haben."

Voller Zuneigung tätschelte Lady Ainsworths mollige Hand Robyns schlanke Finger, die gerade Orangenmarmelade auf ihr drittes Scone hatten streichen wollen.

„Frauen sind nun einmal das empfindsamere Geschlecht", ließ sich Miss Sissinghurst vernehmen, die sich ungefragt den verwaisten Stuhl geschnappt hatte, der eigentlich für Frank Kendall reserviert gewesen war. „Solange man jung ist, nimmt man die Warnzeichen des Körpers nicht ernst. Aber irgendwann rächt es sich dann doppelt und dreifach!"

Angelegentlich rührte sie in ihrem eigens für sie zubereiteten Haferschleim und ließ mit zufriedener Miene die graubeige, klumpendurchsetzte Masse vom Löffel in den tiefen Teller rinnen. Ein Anblick, der Robyns Magen unruhig flattern und es sie vorziehen ließ, ihre Augen wieder ganz auf das luftige, goldgelbe Gebäck auf ihrem Teller zu richten, das zusammen mit der feinherben Konfitüre der reinste Genuss war.

„Ich bin ja überzeugt davon, dass meine Herzbeschwerden von den zu eng geschürten Korsetts meiner Jugendzeit herrühren. Doch, doch, Miss Fairbanks, das können Sie mir ruhig glauben! Es wäre gesünder für Sie, würden Sie übergroßer Eitelkeit abschwören und sich mitsamt Ihres Korsetts von allen gesellschaftlichen Zwängen befreien! Das zerquetscht Ihnen die Rippen und die inneren Organe. *Mens sana in corpore sano* kommt nicht von ungefähr!"

Lord Ainsworth gab daraufhin ein konsterniertes Räuspern von sich, um Miss Sissinghurst damit in Erinnerung zu bringen, dass sich noch Gentlemen mit am Tisch befanden, die es vorzogen, von Details weiblicher Anatomie und Leibwäsche verschont zu bleiben. Doch Miss Sissinghurst blieb davon gänzlich unberührt, genauso wenig wie das Husten General Higginbottoms, der sich vor Schreck an seinem Earl Grey verschluckt hatte, irgendeinen Eindruck auf sie machte. Überhaupt schien sich die ältliche Dame den Herren prinzipiell und in jeder Hinsicht überlegen zu fühlen und sich das Recht herauszunehmen, ihre eigenen Konversationsregeln aufzustellen. Edward, der dem General mit der flachen Hand auf den breiten, gedrungenen Rücken klopfte, warf Robyn einen entnervten Blick zu, den sie ihm aber mit einem unvermindert fröhlichen Zwinkern beantwortete und danach genüsslich in Scone Nummer vier biss.

Auch als sich die Runde von der Frühstückstafel erhob und an Deck begab, strahlte Robyn mit der Sonne des Mittelmeeres um die Wette. Miss Sissinghurst ergatterte einen der begehrten Liegestühle, indem sie einem Jüngling von kaum sechzehn Jahren eine flammende Rede über *„Ladies first“* und „Respekt vor Alter und Gebrechlichkeit“ hielt, worauf dieser erschreckt sein Buch und den Strohhut packte, aufsprang und das Weite suchte. Wohlig streckte sich Miss Sissinghurst auf den erbeuteten Polstern aus und döste augenblicklich ein, unter gutturalen Lauten durch die markante Nase einatmend und die Luft durch den geöffneten Mund mit einem pferdeähnlichen Prusten wieder ausstoßend. Währenddessen hielt der General Edward und Lord Ainsworth bereits einen Vortrag darüber, wie Napoleon seiner Meinung nach mit einer ganz einfachen Änderung seiner Strategie die Schlacht von Waterloo doch noch hätte gewinnen können – und dies derart lebhaft, dass ihm dabei alle fünf Minuten das Monokel aus dem Auge fiel. Sogar die Stewards mit ihren Tabletts sahen sich gezwungen, einen großen Bogen um ihn herum zu machen, um nicht mit seinem in Feuereifer geschwungenen Spazierstock zu kollidieren.

„Ach, was sind Sie zu beneiden, Miss Fairbanks“, seufzte Lady Ainsworth. „Ein Privatier als Zukünftiger! Das halbiert doch gleich die Anzahl Ihrer gesellschaftlichen Verpflichtungen! Wenn ich an all die Dinner und Teepartys und Bälle denke, die wir der Position meines Mannes wegen zu geben oder zu besuchen haben ... Nicht dass es uns dazu an Mitteln fehlen würde, oh nein, das nicht! Diesbezüglich haben wir Glück, genauso wie mit unserem Personal. Was ich dagegen so von meinen Nachbarn und Bekannten höre ... Der Inder an sich ist ja eher faul veranlagt. Arbeitsscheu, verstehen Sie? Aber ich habe ein Händchen dafür, die Mädchen und die Butler und Gärtner zum Fleiß anzuhalten. Dafür muss man einfach geboren sein, das liegt nicht jeder *Memsahib*. Wenn ich da an Lady Summerfield von gegenüber denke, herrje! Was die sich so alles von ihren Bediensteten gefallen lässt, nein, wirklich ...“

Während Robyn mitfühlend blickte und zustimmend nickte, Erstaunen an den Tag legte oder beifällig lachte, je nachdem, was Lady Ainsworths Redefluss gerade an Reaktionen von ihr verlangte, begann sie ihre kurzen Zwischenfragen geschickt auf die Passagiere der ersten Klasse zu lenken. Womit sie bei ihrer Gesprächspartnerin offene Türen einrannte; denn Robyn hatte richtig vermutet: Wer an Bord zur guten Gesellschaft zählen wollte, musste zuerst an Lady Ainsworths imposanter Gestalt vorbei und die richtigen Losungsworte – Name, Herkunft, Titel, gemeinsame Bekannte – nennen. Oder er fiel mit Pauken und Trompeten in nicht wiedergutzumachende Ungnade.

„Der schlanke Herr dort drüben, sehen Sie den, Miss Fairbanks? Im hellbraunen Anzug? Das ist Mr. Troublefield. Ein angesehener Richter in Kalkutta. Und die Blonde neben ihm, im marineblauen Kostüm mit gesteifter Bluse? Das ist seine Gattin, eine geborene Norwich. Da hat Vermögen Vermögen geheiratet. Leider sind die beiden bislang kinderlos, aber sie ist ja noch nicht ganz über das Alter hinaus, in dem ... Sie wissen schon. Dort vorne, an der Reling, mit diesem scheußlichen dottergelben Hut ... Nein, die Farbe ist hübsch, aber die Federn sind einfach viel zu viele, wie ich finde, schließlich ist sie doch kein Kanarienvogel! Das ist Mrs. Winthrop-Fortescue. Zusammen mit ihren Kindern und deren Nanny. Der Größe nach sind das: Alberta, Blanche, Charles, Denholm, Elliott. Sie sind allesamt auf dem Weg zu Mr. Winthrop-Fortescue nach Delhi. Oh, und dieser grobschlächtige Kerl dort mit der hässlichen roten Weste zum blauen Jackett – das ist Mr. Earnshaw.“

Lady Ainsworth gab ein trockenes Schnauben von sich.

„Ein Amerikaner! Das lässt sich eben nicht verleugnen: vulgär und ohne jede Kultur, da nützt der ganze Wohlstand nun einmal nichts. Stil erwirbt man sich nicht einfach so, man hat ihn seit Generationen im Blut! Wie Ihr Mr. Cheltenham“, mit beglückter Miene nickte Lady Ainsworth in Richtung Edwards, der mit übereinandergeschlagenen Beinen dem General gegenübersaß, in der gleichen Mischung aus selbstbewusster Lässigkeit und tadelloser Haltung, wie sie ebenso für einen exklusiven Club oder einen vornehmen Salon angemessen war. Und sein heller, leichter Anzug, das perfekte i-Tüpfelchen für solch eine Fernreise, verriet nicht nur seinen guten Geschmack, sondern auch sein Gespür für die empfindliche Balance zwischen Garderobe und Ambiente.

„Schon von Weitem ist ihm anzusehen, dass seine Vorfahren bereits in den höchsten Kreisen verkehrt haben müssen“, fuhr Lady Ainsworth fort. „So etwas kann man nicht lernen und noch weniger vortäuschen. Da muss man hineingeboren worden sein! Ihre Eltern müssen sich wahrhaftig glücklich schätzen angesichts Ihrer hervorragenden Wahl, Miss Fairbanks! Sie und Mr. Cheltenham sind das perfekte Paar! – Ach, und sehen Sie diesen rotblonden Gentleman in Grau, der gerade den Steward zu sich heranwinkt? Das ist der zweite Sohn von Lord Pangbourne. Nur niedriger Landadel, aber mit großem Besitz gesegnet. Wenn man bedenkt, dass noch vor wenigen Jahren ...“

In dieser Manier bestritt Lady Ainsworth auch noch den restlichen Vormittag bis zum Lunch. Bei Ochsenschwanzsuppe, Aal in Aspik und gedecktem Apfelkuchen mit Sahne mischte sich dann auch noch Miss Sissinghurst ins Gespräch mit ein und steuerte weitere Informationen über die Mitreisenden bei, gewürzt mit medizinischen Diagnosen, die sie dem Augenschein nach erstellt hatte, wie „Neigung zur Apoplexie“, „zu wenig Bewegung“ oder „maßlos bei Speis und Trank“.

Miss Sissinghurst selbst war, wie Lady Ainsworth Robyn beim Verlassen des Speiseraums zuflüsterte, eine von insgesamt drei Töchtern eines ehemaligen Brigadegenerals der britischen Armee in Indien, „reich und exzentrisch“. Sie fuhr nach Delhi via Kalkutta, um ihre dort verheirateten Schwestern und frühere Schulfreundinnen zu besuchen.

„Und in der verzweifelten Hoffnung, dass sich irgendein Mann ihrer doch noch erbarmt", wie Lady Ainsworth mit verächtlichem Schnauben hinzusetzte.

Erneut hatte Frank Kendall bei Tisch durch Abwesenheit geglänzt, was Robyn befremdet zur Kenntnis nahm; sie schwankte zwischen Schuldbewusstsein für den missstimmigen Abschluss ihrer gestrigen Unterhaltung und Gekränktheit. Doch der fortwährende Redefluss der beiden älteren Ladies, die darin enthaltene Flut an Namen und Einzelheiten hatten ihr keine Zeit gelassen, weiter darüber nachzudenken.

Die beiden Damen nahmen Robyn auch weiterhin in Beschlag, froh darüber, ein so dankbares Publikum für ihr immenses Wissen gefunden zu haben, und versuchten sich gegenseitig darin zu übertrumpfen, das eine oder andere Skandälchen in ihre Erzählungen mit einzustreuen. Bis zum Nachmittag hätte Robyn genug Stoff für mehrere Gesellschafts-Kolumnen der *Times of India* beisammengehabt, so gut wie sie nun über Herkunft und Status der Passagiere der ersten Klasse auf dem Laufenden war. Während diejenigen der zweiten Klasse weiterhin unbekanntes Terrain für sie blieben.

Erst die Partie Boccia an Deck mit anschließender Revanche verschaffte Robyn eine kleine Pause, in der sie Edward anfeuerte und seine Treffer bejubelte, so wie Lady Ainsworth es von ihrem Stuhl aus mit ihrem Gatten tat und Miss Sissinghurst, die trotz Mangels an einem Gefährten nicht zurückstehen wollte, Partei für den General ergriff. Für die dritte Runde des Spiels entschuldigte sich Lord Ainsworth mit Rückenschmerzen, und Robyn sprang nur zu gerne für ihn ein, wobei sie Lady Ainsworth ihre Handtasche anvertraute, die diese mit grimmig entschlossener Miene derart fest umklammerte, dass kein Strauchdieb auch nur gewagt hätte, die Finger danach auszustrecken.

Als die Sonne sich anschickte, in der weiten Fläche des Mittelmeeres zu versinken und Wellen und Himmel und die wenigen Wolken darin in Kupfer, Gold und Flamingorosa färbte, erlöste Robyn Lady Ainsworth von der Bewachung ihrer Tasche und machte sich, bei Edward untergehakt, auf den Weg zu ihrer Kabine. Erhitzt von Sonne und Spiel, küsste sie Edward vor ihrer Tür atemlos, als stünde ihnen eine wochenlange Trennung bevor.

„Mach dich hübsch", empfahl Edward ihr zwischen zwei Küssen.

Worauf Robyn in gespieltem Vorwurf ihre Stirn runzelte und ihn fragte: „Bin ich das nicht auch so?"

Edward lachte leise, als er ihre Hand nahm und zärtlich liebkoste.

„Ohne Zweifel. Aber ich habe etwas Besonderes geplant für heute Abend."

„Hm", Robyn zog ihre Nase kraus und verengte die Augen. „Ich nehme an, du wirst mir nicht verraten, was das ist?"

Er legte den Kopf in den Nacken und lachte laut heraus. „Auf keinen Fall! Nur so viel: nimm eine Stola mit. Wird dir eine Stunde reichen?"

„Knapp", erwiderte Robyn, „aber ich werde mir alle Mühe geben."

„Dann also bis gleich", verabschiedete sich Edward und verschwand in seiner Kabine.

Als das Dienstmädchen wenig später klopfte und eintrat, hatte Robyn bereits hektisch zwischen ihren Kleidern im Schrank gewühlt, ohne jedoch fündig geworden zu sein. Schließlich entschied sie sich – nach einer weiteren Erforschung ihrer Garderobe – für ein tief dekolletiertes schwarzes Kleid, bestickt mit feinen Perlen in Schwarz und Silber, das sie sich eigentlich für das *Captain's Dinner* am letzten Abend hatte aufheben wollen. Geduldig saß sie in Unterwäsche und hauchfeinen Strümpfen auf dem Hocker vor der Frisierkommode, bis das Mädchen ihr das Haar ausgebürstet und zu einer kunstvollen Frisur aufgesteckt hatte, die mit Kämmen geschmückt war, auf deren Kanten Strasssteine funkelten. Ihr Korsett ließ sich Robyn so eng wie nur möglich schnüren und danach in die kostbare Robe helfen, die am Rücken mit mehreren Dutzend Häkchen zu schließen war. Schließlich vervollständigte sie ihre Abendgarderobe noch mit einem langen Ohrgehänge und ein paar Tupfern von Guerlains *Jicky*, das sie sich hinter die Ohrläppchen, den Hals und auf die Innenseite des Handgelenks tupfte.

Ihre Mutter verabscheute dieses Parfum, galt sein herb-schwüler Duft doch noch immer als anstößig und nicht ladylike, obwohl es bereits vor zwanzig Jahren auf den Markt gekommen war. Zu Hause durfte Robyn es daher nicht tragen – sofern sie nicht eine mittelschwere Krise im Hause Fairbanks heraufbeschwören wollte. Für diese Reise hatte sie den schlichten Lalique-Flakon aus Rauchglas daher umso lieber eingepackt. Außerdem entsprach der Duft gerade heute Abend, angesichts Edwards Heimlichtuerei und der bevorstehenden Überraschung, ihrer eigenen Stimmung.

Kaum war sie mit ihrer Toilette fertig, als es auch schon klopfte und Robyn das Mädchen schickte, Edward die Tür zu öffnen.

„Einen Moment“, rief sie aus dem Schlafzimmer, während sie hastig den Diamanten aus seinem Versteck in der Handtasche pulte, ihn unter das Futter der ähnlich präparierten schwarz-silbernen Abendtasche schob und zur farblich passenden Stola griff.

„Ich bin so weit“, rief sie Edward entgegen, als sie über die Schwelle trat, und nickte dem Mädchen zu, das mit einem Knicks die Kabine verließ.

„Wunderschön!“, entfuhr es Edward, der einen Smoking trug, und streckte die Hand nach ihr aus. „Und dieser mondäne Duft dazu ...“

„Fehlt nur noch deine Überraschung“, entgegnete Robyn lachend, als sie sich von ihm aus der Kabine führen ließ.

Aber anstatt sie wie gewöhnlich in Richtung des Speiseraums zu geleiten, ging Edward mit Robyn auf das Oberdeck hinauf.

„Oh, Edward“, hauchte Robyn entzückt, als sie den für zwei Personen gedeckten Tisch dort erblickte.

Ein bodenlanges Damasttuch und helle Servietten schimmerten ihr entgegen, und Silber und Kristall spiegelten und blitzten im Licht der Laternen, die rings um den Tisch herum auf den Boden gestellt worden waren. Zwei Stewards, die Hände auf dem Rücken, standen an einem Servierwagen bereit, und ein Violinist im Frack, in diskretem Abstand und halb im Schatten verborgen, setzte den Bogen seines Instrumentes zu einer schmeichlerischen, verträumten Melodie an.

„Ich dachte mir“, begann Edward leise, unmittelbar an ihrem Ohr, „nach all der Aufregung und den vielen Menschen, die seit Tagen um uns herum sind, hätten wir uns ein paar Stunden zu zweit verdient.“

Als Robyn, überwältigt vom Zauber dieses Anblicks, jedoch stumm blieb, fügte er mit einer Spur von Enttäuschung in der Stimme hinzu: „Freust du dich nicht?“

„Und ob, Edward“, flüsterte Robyn und schlang die Arme um ihn, „und ob! Was für eine wunderbare Überraschung!“

Staunend legte Robyn den Kopf in den Nacken, als einer der Stewards ihr ihren Stuhl zurechtrückte, und bewunderte das schwarzsamtene Firmament, dessen Sterne zum Greifen nahe schienen.

„Ist dir auch nicht kalt?“, erkundigte sich Edward besorgt, obwohl die Temperatur an Deck der Nähe zur nordafrikanischen Küste durchaus Rechnung trug. Es war eine laue, südliche Nacht, und der Wind, der verhalten blies und eher mild denn kühl war, würzte die Luft zudem mit dem Salz des Meeres und einer rauchigen Note aus den Schornsteinen des Dampfers.

Robyn schüttelte den Kopf und seufzte wohlig auf. „Nein, mir geht es wunderbar."

Ein gedämpftes Knallen verriet, dass einer der Stewards eine Champagnerflasche geköpft hatte, und sprudelndes Zischen, dass er ihnen einschenkte.

„Auf dich", verkündete Edward und hob sein Glas.

„Nein, auf dich", widersprach Robyn und tat es ihm gleich.

„Dann auf uns", suchte Edward mit leisem Lachen den Kompromiss, als die Kristallflöten klingend zusammenstießen.

„Du bist verrückt", meinte Robyn, als ein Teller mit hauchdünnen Toastecken, Kaviar, liebevoll garnierten Hummer- und Lachshäppchen vor sie hingestellt wurde. „So viel Geld auszugeben!"

„Das Leuchten in deinen Augen ist es mir wert."

Robyn schwieg und senkte um Worte verlegen den Blick auf ihren Teller.

„Jeder Penny dieses Dinners ist mehr als gut angelegt", bekräftigte Edward. „Und was mein ist, soll auch dein sein – spätestens nach unserer Hochzeit."

Lange sahen sie einander in die Augen, wortlos und in stillem Glück.

Robyns Befangenheit wich nach den ersten Bissen, den nächsten Schlucken Champagner, und sie äußerte sich bewundernd über den Ausblick über das nächtliche Meer, plauderte während der schaumigen Pilzcremesuppe munter über die Anekdoten, die Lady Ainsworth zum Besten gegeben hatte, und amüsierte sich zum Lamm mit Rosmarinkartoffeln gemeinsam mit Edward über die Schrullen der älteren Dame und die der anderen Passagiere.

Die Käseplatte war gerade abgetragen worden, als Edward unvermittelt fragte: „Hast du eigentlich noch mehr über die Geschichte des Steins in Erfahrung bringen können?"

Robyn war froh darüber, dass das schummrige Licht am Tisch

die Röte verbarg, die ihr auf seine Frage hin unwillkürlich in die Wangen schoss. Und obwohl sie sich sagte, dass nichts Verwerfliches dabei gewesen war, sich alleine und ohne Edwards Wissen mit Frank Kendall getroffen zu haben, verspürte sie Gewissensbisse.

Unbeabsichtigt patzig gab sie zurück: „Können wir dieses Thema heute Abend vielleicht außen vor lassen? Es hat mich in den vergangenen Tagen mehr als genug beschäftigt."

„Nicht ganz", gab Edward ungerührt zurück. „Ich hätte durchaus noch etwas in meinem Programm, was damit zu tun hat. Wenn auch indirekt."

Sie setzte zu einer heftigen Erwiderung an, hielt aber inne, als sie sah, wie er in sein Jackett langte und ein längliches Etui über den Tisch zu ihr hinüberschob.

„Was ist das?"

„Mach es auf und sieh nach."

Robyn sog überrascht die Luft ein, als sie das flache Kistchen aufklappte. Auf Satin gebettet, funkelten ihr Diamanten entgegen: jeweils mehrere zu einer Blütenform arrangiert, die wiederum eine nach der anderen zu einem Armband zusammengefügt waren.

„Edward ... " Die Stimme versagte ihr.

„Ursprünglich hatte ich vorgehabt, es dir erst in Indien zu geben. Aber ich hatte das Gefühl, es müsste heute Abend sein. In genau dieser Atmosphäre."

„Es ist wunderschön", flüsterte Robyn. Sie schob ihm das Etui zurück und streckte ihm ihren bloßen Unterarm entgegen. „Leg es mir um."

Bewundernd drehte sie den Arm hin und her und erfreute sich am Aufglitzern und an den Reflexionen der geschliffenen Steine.

„Danke, Edward, tausend Dank." Sie drückte seine Hand, so fest sie konnte.

Edward wartete, bis das Zitronensorbet aufgetragen war, ehe er leise, kaum hörbar, sagte: „Es hat früher meiner Mutter gehört. Ich wünschte so sehr, sie hätte dich noch kennen gelernt.“

Robyns Fingerspitzen strichen zart über das Schmuckstück, und sie presste den Unterarm an ihre Brust.

„Umso wertvoller ist es für mich, und umso lieber werde ich es tragen.“

„Genau das meine ich“, bekräftigte er und sah von seinem Sorbet auf, das er gedankenvoll mit dem Dessertlöffel in der flachen Kristallschale hin- und herzuschieben begonnen hatte. „Deine gesamte Art ... Mutter hätte dich sofort ins Herz geschlossen, das weiß ich. Und Vater gewiss auch.“

Robyns Kehle war wie zugeschnürt. Sie hatte sich oft vorzustellen versucht, wie es für Edward gewesen sein musste, praktisch von heute auf morgen ohne Eltern und ohne Geschwister dazustehen. So ganz ohne die familiären Bande, von denen sie selbst sich umgeben und gehalten fühlte, seit sie denken konnte. Zwar war er schon erwachsen gewesen, als er zur Waise geworden war, aber dies hatte seinen Schmerz gewiss nicht lindern können.

„Wie ... wie ist es eigentlich passiert?“, hörte sie sich selbst zaghaft fragen.

Edward blies die Wangen auf, und Robyn hob ihre Hand in einer abwehrenden Geste.

„Entschuldige, ich wollte nicht ... Du musst natürlich nicht, wenn es für dich zu ...“

„Nein“, widersprach er. „Nein, ist schon gut. Du solltest es wissen. Wer – wenn nicht du?“

Der Versuch eines Lächelns misslang, und er begann aufs Neue, das schmelzende Dessert zu malträtieren, eine Falte angestrengter Konzentration über der Nasenwurzel. „Meine Mutter war lange bettlägerig. Die Einzelheiten möchte ich dir lieber ersparen. Eine schleichende Krankheit, die den Ärzten Rätsel aufgab. Zumindest konnten sie sich auf keine Diagnose einigen, geschweige denn sie heilen. Allenfalls ihren Zustand stabil halten. Und irgendwann nicht einmal mehr das. Langsam und unaufhaltsam ging es mit ihr bergab. Gott" – er unterbrach sich und massierte sich die Stirn –, „es war furchtbar, das mit ansehen zu müssen, ohne das Geringste tun zu können!"

Robyn beugte sich vor und ergriff voller Mitgefühl seine Hand.

„Als ... als sie starb, war ich zwanzig. Aber mir kam es vor, als hätte ich kaum Erinnerungen daran, wie sie war, bevor ... bevor sie krank wurde. Mein ... mein Vater trug schwer an ihrem Tod. Sehr schwer. Ich sehe ihn noch vor mir, an ihrem Totenbett. Völlig gebrochen. Zwei Tage später setzte er sich an seinen Schreibtisch, schrieb seinen letzten Willen nieder, nahm den Revolver aus der Schublade und ..."

„Oh mein Gott, nein! Edward, das ist ja grauenvoll!"

Er nickte und kämpfte sichtlich mit seinen Erinnerungen und der Heftigkeit seiner Emotionen, atmete schließlich tief durch.

„Ja, das war es. Und es verfolgt mich bis heute. Für mich brach damals eine Welt zusammen. *Meine* Welt. Zumal auch die Gefahr bestand, durch einen solchen Skandal unseren guten Namen zu beschmutzen. Die Cheltenhams und etwas so Verabscheuungswürdiges wie Selbstmord – undenkbar! Der Anwalt unserer Familie riet mir, möglichst Stillschweigen über die Todesursache zu bewahren. Deshalb gab es auch keinen Nachruf in der *Times* oder dergleichen. Aber es war schmerzlich, sich in aller Stille und Heimlichkeit von ihnen verabschieden zu müssen! Wenigstens konnte ich sie nebeneinander begraben lassen." Er verfiel in Schweigen.

„Wenn wir zurück in England sind – dann würde ich gerne ihr Grab besuchen", flüsterte Robyn nach einer kleinen Weile. „Sofern es dir recht ist."

„Natürlich ist es das", antwortete Edward. Seine Augenbrauen zogen sich zusammen und stießen über der Nasenwurzel zusammen. „Ich hatte entsetzliche Schuldgefühle, dass ich es dir nicht schon vor unserer Verlobung ..."

„Nein, das musstest du nicht ... "

„Doch, ich hätte es tun sollen. Über einen solchen Makel hätten deine Eltern Bescheid wissen ..."

„Edward", unterbrach ihn Robyn mit Bestimmtheit. „Für meine Eltern bist du beinahe schon wie ein dritter Sohn und für Alan und David fast wie ein Bruder. Für sie zählt nur, *wer* und *was* du bist – und dass wir uns lieben. Nicht was für eine Tragödie sich vor über einem Jahrzehnt in deinem Elternhaus ereignet hat. Außerdem ..." – sie senkte ihre Stimme zu einem verschwörerischen Flüstern –, „außerdem müssen wir es ihnen ja nicht unbedingt erzählen."

„Nein, Robyn, das ist nicht recht, ich ..."

„Schluss jetzt", schalt sie ihn liebevoll. „Ich entscheide das so. Ich bin froh, dass du es mir gesagt hast, aber wir können das ruhig für uns behalten. Ohne dass wir ein schlechtes Gewissen haben. Ich habe ohnehin nicht vor" – ein schelmisches Lächeln stahl sich auf ihr Gesicht –, „in Zukunft jedes unserer ehelichen Geheimnisse mit meinen Eltern zu teilen."

Dankbar erwiderte Edward ihr Lächeln, blickte dann aber wieder voller Ernst auf ihrer beider Hände hinab, die sich umschlungen hielten. „Nur vier Monate später war ich mündig und konnte über mein Erbe verfügen. Doch reich zu sein schmeckt unter diesen Umständen fade. Vielleicht liegt mir deshalb so wenig an meinem Vermögen. Und möglicherweise sorge ich mich deshalb auch so sehr, dass dir etwas zustoßen könnte."

„Das brauchst du nicht. Wir bringen diese Reise hinter uns und auch noch den Rest der Verlobungszeit. Doch spätestens nach unserer Hochzeit wird uns nichts und niemand mehr auf der Welt wieder auseinanderbringen."

Edward sah sie nur an, mit einem schwer zu deutenden Ausdruck in den Augen.

„Ich wusste es", sagte er schließlich langsam. „Ich wusste, es war richtig, so lange zu warten, bis ich dich gefunden hatte."

Just in diesem Moment stieg Frank Kendall die Treppen zum Oberdeck hinauf. Eine Zigarettenlänge hatte er an der Reling des unteren Decks verweilt, unentschlossen und grübelnd, ehe er die Kippe ins Meer geworfen und sich ein Herz gefasst hatte. Doch nun fiel sein Blick auf das glückliche, verlobte Paar bei seinem romantischen Dinner zu zweit, und er blieb stehen. Unwillkürlich ballte sich seine Hand zur Faust, dann machte er auf dem Absatz kehrt und nahm ungesehen den Weg zurück, den er soeben gekommen war.

Es war spät, als Edward und Robyn zu ihren Kabinen zurückkehrten. Eng umschlungen, weil Robyn Edwards Nähe suchte, und auch, weil ihre Schritte unsicher waren, ihr einen schlingernden Zickzackkurs vorgaben. Vor ihrer Tür angelangt, schmiegte sie sich an Edward und küsste ihn.

„Gute Nacht, Liebes", murmelte er.

Heute Nacht. Heute soll es sein, hallte es in Robyn wider.

„Komm mit", flüsterte sie zurück. „Bleib heute Nacht bei mir."

Robyn war nicht gänzlich unerfahren, wenn ihre Praxis in diesen Dingen auch nicht über wilde Knutschereien oder harmlose Zärtlichkeiten auf Gartenfesten oder Studentenpartys hinausging. Doch die jeweiligen *Jungs*, die sie hatte gewähren lassen oder aus eigenem Antrieb dazu verlockt hatte, waren kaum älter als sie selbst gewesen und daher meist unbeholfen und verunsichert. Und so hatte Robyn auch stets eher gefürchtet, enttäuscht zu werden, denn ihren guten Ruf aufs Spiel zu setzen, und sich nie zu mehr hinreißen lassen. Doch Edwards Küsse waren nicht nur vielversprechend, er war auch um einige Jahre älter als sie und gewiss kein unbeschriebenes Blatt mehr. Und schließlich ...

„Schließlich sind wir doch schon so gut wie verheiratet", umschmeichelte sie ihn und drängte sich noch enger an ihn, als sie wahrnahm, wie er unter ihrer Umarmung reglos, fast kühl wurde und Anstalten machte, sich ihr zu entziehen.

„Bist du sicher, dass du das willst?" Seine Stimme klang rau; Begehren durchmischt mit vorsichtiger Abwehr.

„Ganz sicher", wisperte sie, fuhr mit ihren Lippen über seinen Hals und sein Kinn und zog ihn mit sanfter Gewalt mit sich, spürbar erleichtert, dass er nachgab.

„Warte kurz."

Im Lichtschein des Korridors, der in ihre Kabine fiel, huschte sie hinüber ins Schlafzimmer, knipste die Nachttischleuchte an und legte ihre Tasche daneben. Über den Milchglasschirm, der einer umgekehrten Tulpenblüte nachempfunden war, warf sie ihre Stola, was ein verruchtes Schummerlicht ergab. Leise klickte das Schloss der Kabinentür, und Edward kam ihr entgegen, zog sie in seine Arme. Robyn glaubte, niemals freier und ungehemmter geküsst zu haben als jetzt, schälte Edward aus seiner Smokingjacke, zog das schwarze Band der Fliege auf und ließ es zu Boden flattern. Ein kehliger Laut, wie ein heiseres Seufzen, entfuhr ihr, als er mit Mund und Zunge an ihrem Hals hinabglitt, und zuckte gleich darauf zusammen, als er an ihrer Halskette zu nesteln begann. Es war die Kette mit dem Medaillon, das er ihr zu ihrem Geburtstag im Frühjahr geschenkt und das sie eigens heute Abend für ihn angelegt hatte, obwohl es nicht zu ihrer festlichen Garderobe passte.

„Es stört mich", murmelte Edward an ihrer Schläfe. „Es fühlt sich kalt an auf deiner warmen Haut. Ich mag den Silbergeruch nicht, er beißt sich mit deinem betörenden Parfum."

„Lass mich das machen", flüsterte sie zurück, löste den Verschluss und wandte sich um, um den Schmuck sorgsam zu ihrer Tasche auf den Nachttisch zu legen. Doch als sie sich wieder aufrichtete, erstarrte sie. Das Bild neben dem Bett, das den Safe verbarg, stand gut zwei Fingerbreit von der Wand ab. Und Robyn war sich vollkommen sicher, dass das nicht der Fall gewesen war, nachdem sie die Ohrgehänge aus dem Tresor geholt und das Zimmer verlassen hatte.

Edwards Arme schlossen sich von hinten um ihre Taille, und er bedeckte ihren bloßen Nacken mit Küssen. „Was ist?"

„Nichts."

Robyn bemühte sich, das ungute Gefühl, das sie beschlichen hatte, wieder abzuschütteln. Schließlich trug sie den Diamanten nach wie vor sicher im provisorischen Geheimfach ihrer Tasche bei sich. Nur dass sich allem Anschein nach erneut jemand während ihrer Abwesenheit in ihre Kabine geschlichen hatte, war mehr als unangenehm.

Als sei nichts geschehen, drehte sie sich in Edwards Umarmung herum, schlang die Arme um ihn und ließ sich mit ihm aufs Bett fallen. Robyn zwang sich, an nichts mehr zu denken, sie wollte nur noch fühlen. Fühlen wie Edwards Hände über ihr Gesicht strichen, die Kurven und Einbuchtungen ihres Körpers nachzeichneten, ihr sanfte Schauder verursachten. Doch ihre Erregung von vorhin war auf einmal ebenso wie die Wirkung des Champagners verschwunden. Verzweifelt versuchte sie, das Gefühl von eben zurückzuholen, und stürzte sich umso heftiger auf Edward, den sie küsste, bis er nach Atem rang. Aber es war vergebens. Ernüchterung und Kälte breiteten sich immer mehr in ihr aus, bis sie schließlich kapitulierte, Edward zur Seite drückte und sich aufsetzte.

„Es tut mir leid. Ich kann nicht."

Ein kleiner Moment des Schocks bei Edward, bis er begriff und sich ebenfalls aufrichtete.

„Bitte?!“

Die Schärfe in seiner Stimme ließ Robyn zusammenzucken.

„Es tut mir leid“, wiederholte sie und strich sich mit mechanischen Bewegungen über das Kleid, kringelte eine lose Haarsträhne um ihren Finger und schob sie in ihre kunstvolle Frisur zurück.

„Willst du mir vielleicht verraten, was mit dir los ist? In einem Augenblick spielst du die Verführerin und im nächsten die kühle Unschuld! Was habe ich davon, bitteschön, zu halten?“

„Ich sagte doch, es tut mir leid! Wir oft willst du es noch hören?“, gab Robyn nun nicht minder gereizt zurück.

Edward schnaufte, fuhr sich glättend über sein Haar, schüttelte den Kopf und legte dann sacht die Hand unter Robyns Kinn. Mit altvertrauter Zärtlichkeit sagte er: „Etwas zu viel Champagner vermutlich, hm?“

„Ja, das wird es wohl sein.“ Robyns Mundwinkel hoben sich, brachten aber kein echtes Lächeln zustande.

„Dann schlaf dich aus, Liebes.“ Sachte drückte er seinen Mund auf ihre Stirn und streifte flüchtig ihre Lippen, ehe er aufstand und Jackett und Binder vom Boden auflas. „Gute Nacht.“

Mit angstvoll schlagendem Herzen wartete Robyn noch so lange, bis sich die Kabinentür hinter ihm geschlossen hatte. Dann sprang sie auf und machte überall Licht. Sie schaute unter dem Bett nach, im Badezimmer, in den Schränken und sogar unter dem Tisch, ob sich auch wirklich nirgendwo ein Eindringling versteckt hielt, bevor sie abschloss und den Riegel vorschob. Erst danach klappte sie das Bild gänzlich von der Wand weg und schluckte, fuhr mit bebender Hand über das spiegelglatte Metall. Das Schloss des Safes war von haarfeinen Kratzern umgeben, die ebenfalls am frühen Abend noch nicht da gewesen waren. Robyns zitternde Finger tasteten nach dem Schlüssel in ihrer Handtasche und öffneten die Stahltür, durchsuchten das Wandfach. Es war alles noch da und scheinbar unberührt. Nur das Collier ihrer Urgroßmutter – rechteckige Smaragde, von winzigen Brillanten eingefasst –, lag im falschen Fach der Schmuckschatulle.

„Stümper“, kommentierte Robyn den Versuch des unbekannten Einbrechers, keinerlei Spuren zu hinterlassen. Doch sie fühlte sich nicht halb so selbstsicher, wie sie klang. Fremde Hände hatten zwischen ihren Schmuckstücken und gewiss auch zwischen ihren Kleidern und in den Schubladen mit ihren Strümpfen und ihrer Leibwäsche gewühlt. Eine Vorstellung, die ihr Übelkeit erregte. Zudem empfand sie Angst bei dem Gedanken, der dem Phantom nun unzweifelhaft durch den Kopf gehen musste: dass Robyn den blauen Diamanten gut an Bord versteckt hatte. Oder bei sich trug.

Mit zusammengebissenen Zähnen verstaute sie alles wieder an seinem ursprünglichen Platz, legte auch das Armband von Edwards Mutter dazu und verrenkte sich dann Arme, Hände und Finger im Kampf mit den tückischen Häkchen des Kleides und den Schnüren des Korsetts, nachdem sie heute nicht einmal mehr eines der freundlichen Dienstmädchen zu sehen wünschte. Keine Menschenseele mehr. Nicht nach diesem Abend, der so wunderbar begonnen und nun gründlich verdorben war. Sie zog sich nur noch die Nadeln aus dem Haar, das sie nicht einmal mehr bürstete, und schlüpfte in ihrem Nachthemd unter die Decke. Die Lampen ließ sie angeschaltet, als könnte sie ihrem Unbehagen und ihrer Angst dadurch Einhalt gebieten. Doch ihre Gedanken, die wild durcheinanderwirbelten, ließen sich davon nicht in Schach halten.

Warum nur hatte sie Edward nicht erzählt, dass offensichtlich jemand am Safe gewesen war? Warum nicht davon, dass sie den Diamanten nun ständig in einer ihrer Taschen mit sich führte? Angesichts seiner Offenheit heute Abend, was seine Familie und sein Schicksal betraf, war ihre eigene Verschlossenheit beschämend. Robyn kam sich schäbig vor, und doch wollte sie ihn aus irgendeinem, ihr selbst unerklärlichen Grund noch immer nicht einweihen. Sie vergrub ihren Kopf tief in den Kissen, voller Furcht, dass diese Reise zu guter Letzt auch noch einen Schatten auf ihre Beziehung zu Edward werfen und der verfluchte blaue Diamant einen Keil zwischen sie beide treiben könnte.

Und noch zwei Tage, bis sie den nächsten Brief ihrer Großtante öffnen durfte.

Weißlicher Nebel waberte über das Deck. Sie horchte auf, als Schritte näher kamen. Männerschritte. Langsam zwar, aber zielgerichtet. Etwas Lauerndes lag in diesem Geräusch. Sie wandte sich um. Aber außer der hellen Dunstwand, die zum Greifen dick war, war nichts zu sehen. Doch – ein Schatten, und dann zwei Hände, die sich aus dem Nebel schoben. Männerhände. Die Linke streckte sich ihr geöffnet entgegen, wie um ein Almosen bittend. Die Rechte aber hielt einen Revolver, dessen Lauf auf sie gerichtet war. Sie schüttelte den Kopf, wollte etwas sagen, brachte jedoch keinen Laut heraus. Mit Stummheit geschlagen, sah sie starr zu, wie der Daumen der rechten Hand den Hahn der Waffe spannte. Wie der Zeigefinger gegen den Abzug drückte, ihn Millimeter um Millimeter mehr nach hinten zog. Dann, in der Stille – ein Schuss. Sie schrie.

„Bekomme ich noch ein Glas?“

Den schwarzen Stoffstreifen seiner Fliege leger um den aufgeknöpften Hemdkragen gehängt, setzte Edward sich auf dem Barhocker zurecht und stützte beide Hände auf den Tresen aus rötlichem Holz.

Der Steward, der hinter der Theke gerade mithilfe eines Leintuchs ein Glas polierte, schmunzelte.

„Selbstverständlich, Sir.“

Es kam nicht selten vor, dass sich zu so später Stunde noch der eine oder andere Gast in die Bar verirrte. Meist, weil er den in warmen Braun- und Rottönen gehaltenen und mit Glanzlichtern aus Messing aufpolierten Raum seiner Kabine vorzog oder aber einem Ehezwist vor dem Zubettgehen auszuweichen suchte. Manchmal aber auch, weil er noch auf angenehme Gesellschaft hoffte, mit der ins Gespräch zu kommen in der ebenso gediegenen wie intimen Atmosphäre der Bar bei Weitem leichter war als in der offiziellen an Deck oder im Speiseraum. Einige kamen aber auch nur, weil es einfach mehr Stil hatte, sich hier und nicht allein in seiner Kabine mit einer beim Zimmerservice bestellten Flasche Hochprozentigem zu betrinken – und nicht zuletzt, weil Barkeeper im Allgemeinen gute Zuhörer waren, die über eine ganz eigene Lebensklugheit verfügten. Aus den letztgenannten Gründen hatte sich auch Edward Cheltenham hierher begeben, nachdem der romantische Abend mit seiner Verlobten ein solch unerwartetes Ende gefunden hatte.

„Was darf ich Ihnen bringen, Sir?"

„Bourbon. Einen doppelten." Es war Edward nur recht, dass er der einzige Gast war und sogar der Pianist schon Feierabend gemacht und sein schwarzglänzendes Instrument verwaist zurückgelassen hatte.

„Sehr wohl, Sir." Der Steward wandte sich um und hantierte zwischen den Karaffen herum, die in der Stille des Raumes, die kaum vom gedämpften Brummen der Maschinen gestört wurde, überlaut klirrten. „Bitte sehr, Sir."

„Danke", murmelte Edward, als er den Tumbler hingestellt bekam, und nahm einen tiefen Zug.

„Ärger?", erkundigte sich der Barkeeper mitfühlend, während er damit fortfuhr, ein Glas nach dem anderen sorgfältig abzureiben. Er musste ungefähr in Edwards Alter sein; ein fescher Bursche mit gebräuntem Teint und glatt gebürstetem Haar in einem rötlichen Braunton. Edward atmete tief durch.

„Sagen Sie" – er kniff die Augen zusammen, um im Schummerlicht das Namensschild am Revers der Livree entziffern zu können –, „Harold ... verstehen Sie eigentlich immer, was in Frauen vor sich geht?"

Harold, der Barkeeper der *Arcadia*, lächelte und stellte das makellos blinkende Glas auf eines der Borde mit hochgezogener Vorderfront hinter sich, bevor er das nächste ergriff und mit dem Tuch bearbeitete.

„Nun, Sir, aus der Art, wie Sie diese Frage gestellt haben, entnehme ich, dass es Ihnen wohl weniger um die holde Weiblichkeit im Allgemeinen als um eine ganz bestimmte Dame geht."

Edward brummte zustimmend, während er den nächsten Schluck Whisky zwischen Zunge und Gaumen hindurchsog und die Kehle hinabrinnen ließ.

„Und ganz zweifellos", fuhr Harold fort und hielt das Glas kurz gegen eine der Lampen mit Milchglasschirm, bevor er weiter daran herumrieb, „kennen Sie die betreffende Dame näher als ich. Aber lassen Sie es mich folgendermaßen formulieren: Das Wesen einer Frau ist wie das Meer – mal sanft und schmeichlerisch, mal aufbrausend und wild, immer jedoch unbeständig und unberechenbar. Wer auf See keinen Schiffbruch erleiden will, ist gut beraten, seine Nase immer in den Wind zu halten und auf das noch so geringste Anzeichen eines Umschwungs zu achten. Und bevor man seine Segel zu starken Böen aussetzt, die sie zerreißen können, sollte man lieber auf einen anderen Kurs umschwenken oder sich mit der Strömung treiben lassen. – Noch einen?"

Wortlos schob ihm Edward das leere Glas hin und bedankte sich mit einem Nicken für den Nachschub. Und da Harold wusste, wann es Zeit war zu schweigen, überließ er seinen Gast wieder seinen eigenen Gedanken und beschäftigte sich erneut mit den noch zu polierenden Gläsern.

Edward starrte in sein Glas, aus dem er ab und zu einen Schluck nahm und den Bourbon zwischendurch kreisen ließ, während er über die Worte des Barkeepers nachdachte.

Es war nicht so, dass er nicht gelernt hätte, sich bei Robyn auf Überraschungen gefasst zu machen. Waren sie zu einer Ausfahrt verabredet, konnte es durchaus vorkommen, dass sie kurzfristig umdisponierte und stattdessen doch lieber mit ihm über einen Flohmarkt schlenderte, dessen Ankündigung sie während des Frühstücks in der Zeitung entdeckt hatte. Hatten sie Theaterkarten und die entsprechende Aufführung hatte Robyn nach dem letzten Vorhang in besondere Hochstimmung versetzt, bettelte und schmeichelte sie so lange, bis er mit ihr danach eines der eher zwielichtigen Lokale am Haymarket besuchte, in denen sonst nur Schauspieler, Musiker und Damen und Herren aus der Halbwelt verkehrten. Und einmal – es war im Februar gewesen – hatte sie gar unangemeldet vor der Eingangstür seines Hauses am Berkeley Square gestanden, in der behandschuhten Faust die ersten Schneeglöckchen des neuen Jahres, die sie auf ihrem Weg von der Universität nach Hause in einem Vorgarten entdeckt und dort gestohlen hatte, um sie ihm vorbeizubringen.

Robyn war wie das Londoner Wetter – sprunghaft und kapriziös, und dieser Wesenzug machte sie ebenso reizvoll wie anstrengend. Besonders für einen Mann wie Edward Cheltenham, der keine Launen kannte und immer konsequent zu Ende brachte, was er sich vorgenommen hatte, der Korrekturen und Abweichungen von seinem einmal eingeschlagenen Weg hasste. Doch Robyn verfügte durchaus noch über andere anziehende Eigenschaften, wie Edward heute Abend buchstäblich am eigenen Leib erfahren hatte. Zwar nicht zum ersten Mal, aber bislang war es ihr noch nie gelungen, ihn derart aus der Reserve zu locken.

Für Edward Cheltenham gab es vier Kategorien von Frauen: Zur ersten gehörten die, in denen durchaus ein gewisses Feuer loderte, die es aber nicht wagten, ihm freien Lauf zu lassen. Dann gab es diejenigen, die immer und unter allen Umständen kalt und unnahbar blieben wie ein Stein, und die, die keinen Hehl aus ihrer leichten Entflammbarkeit machten, dabei aber ins Gewöhnliche und Grobe abrutschten. Selten waren jedoch Exemplare wie Robyn, bei denen sich Lebensfreude mit Sinnlichkeit paarte, und Freiheitsliebe und Selbstbestimmung mit Stil, Stolz und Würde Hand in Hand gingen. Frauen wie Robyn waren dünn gesät, so rar wie ... wie der blaue Diamant, mit dem ihre Großtante sie auf diese Reise geschickt hatte.

Edward leerte sein Glas in einem Zug, schnappte nach Luft, hustete und nickte, als der Barkeeper fragend die Karaffe hochhielt.

Der Whisky betäubte seinen Kopf auf angenehme Weise, hüllte seine Gedankenwelt in sanfte Schleier, die sich zu einer wattigen Masse verdichteten. Doch er nahm ihm nicht die körperliche Erregung, sondern verstärkte sie ganz im Gegenteil sogar noch bis zur Schmerzhaftigkeit.

Nicht im Traum wäre Edward in den Sinn gekommen, von sich aus die unausgesprochene Regel zu brechen, die da hieß: keine gemeinsame Nacht vor dem Gang zum Traualtar. Dazu hatte es keiner ausdrücklichen Ermahnung seitens George Fairbanks', bedurft, keiner vagen Andeutung durch Robyns Mutter oder Brüder – Edward hatte auch so gewusst, dass die gesamte Familie sich vertrauensvoll darauf verließ, dass er sich fern der Heimat ebenso als Gentleman verhalten würde wie im Fairbank'schen Hause selbst. Und Robyn selbst hatte sich bislang ebenfalls immer an diese Regel gehalten und sich mit heimlichen Küssen begnügt. Bis heute Abend.

Um Haaresbreite hätte Edward den Kopf verloren, betört von Robyns ganz eigenem Zauber, verhext vom Duft ihrer Haut und dem Geschmack ihrer Küsse, den Berührungen ihrer Hände. Und wie sich Robyns warmer Körper umgekehrt unter den seinen angefühlt hatte! Beinahe wäre er schwach geworden, entgegen seinen Absichten. Und er wusste nicht, was ihn mehr entsetzte: der unerwartete Stimmungsumschwung Robyns, der wie ein eiskalter Guss gewesen war und ihn zur Räson gebracht hatte, oder dass er es überhaupt so weit hatte kommen lassen.

Edward gab auf. Aller Whisky der Welt würde sein Begehren heute Nacht nicht mehr zum Verlöschen bringen; aber die getrunkene Menge hatte genügt, um seine Gedankengänge wohltuend zu zerfasern und aufzulösen.

Er knallte das Glas auf den Tresen und rutschte vom Barhocker in einen sacht schwankenden Stand. „Danke, Harold", sagte er mit schwerer Zunge. „Setzen Sie den Bourbon auf meine Rechnung. Cheltenham, A-4. Und das hier" – er kramte aus der Innentasche seines Dinnerjacketts einen Geldschein hervor und schob ihn über das rötlich schimmernde Holz –, „das hier ist für Sie. Gute Nacht."

„Danke, Sir. Ihnen ebenfalls eine gute Nacht."

Mit einer leichten Grimasse tippte Edward sich mit zwei Fingern gegen die Schläfe und wandte sich zum Gehen.

In der Hoffnung, am nächsten Morgen wieder Herr seiner Sinne zu sein.

5. TAG – MALTA

Robyn hätte nicht zu sagen vermocht, was sie am nächsten Tag auf das Zwischendeck trieb. Neugierde vielleicht auf die Passagiere der zweiten Klasse, von denen sie nur Frank Kendall bislang näher kannte. Möglicherweise der Wunsch, Lady Ainsworths niemals abreißendem Redefluss zu entgehen, bei dem sie sich fühlte wie der Zauberlehrling, der die Geister, die er gerufen hatte, nicht mehr loswurde noch sie im Zaum halten konnte. Gewiss auch der feine Stachel der Missstimmung, der sich spürbar zwischen Edward und ihr eingeschlichen hatte – auch wenn Robyn ihn nicht zu greifen und mit einem offenen Gespräch aus der Welt zu schaffen wusste. Edward grollte ihr wegen vergangener Nacht, das empfand Robyn sehr deutlich, aber sie wusste nicht, ob aufgrund ihrer Wankelmütigkeit oder aufgrund der entgangenen Liebesfreuden. Und Robyn nahm es ihm ihrerseits übel, dass er ihr deswegen mit unterkühlter Einsilbigkeit begegnete und sich erneut vom General in Beschlag hatte nehmen lassen – diesmal mit einem Vortrag über Leben und Sterben des glorreichen Lord Nelson.

Natürlich suchte sie außerdem auch noch Ablenkung von den Schrecken der letzten Nacht. Aber vor allem wollte sie herausfinden, weshalb Frank Kendall seinen für teures Geld erkauften Platz im Speiseraum der ersten Klasse nicht in Anspruch nahm. Das gestrige Dinner hatte er wiederum ausfallen lassen, wie Lady Ainsworth ihr nur allzu bereitwillig Auskunft gegeben hatte – nicht ohne ihrer Konsternation über eine solche Undankbarkeit gebührend Ausdruck zu verleihen. Und auch beim heutigen Frühstück und Lunch hatte Miss Sissinghurst Frank Kendall bei Tisch auf ihre ganz eigene Art und Weise vertreten müssen.

Doch obwohl sich Robyn auf ihrem Weg nach unten mehrfach selbst versichert hatte, dass es ihr nicht nur zustand, sich nach seinem Fernbleiben zu erkundigen, sondern dies allein schon die reine Höflichkeit und die Anteilnahme an Frank Kendalls Befinden gebot, schlug ihr das Herz bis zum Hals, als sie vor der Kabine C-8 angelangt war. Sie atmete tief durch, um sich zu beruhigen, legte das Ohr an die Tür und lauschte. Nichts – oder aber die solide Bauweise der *Arcadia* hatte auch in der zweiten Klasse für hervorragend isolierte Türen gesorgt. Robyn schrak zusammen, als sich ein Paar mittleren Alters näherte, das sein Gespräch bei ihrem Anblick unterbrach und ihr unverhohlen neugierige Blicke zuwarf. Sie rang sich ein möglichst unschuldiges Lächeln und einen kurzen Gruß ab. Um gleich darauf über sich selbst den Kopf zu schütteln, als das Paar sich wieder entfernte. Weshalb benahm sie sich derart kindisch? Kurz entschlossen und ohne weiteres Nachdenken klopfte sie mit den Fingerknöcheln an das Türblatt.

Ein, zwei Herzschläge vergingen, dann öffnete sich die Tür, und Frank Kendall sah ihr verblüfft entgegen. Erhitzt und mit aufgerollten Hemdsärmeln stand er ihr gegenüber .

„Miss Fairbanks“, murmelte er, mit hörbar erzwungener Höflichkeit, die sogleich Verärgerung in Robyn aufsteigen ließ.

„Dieselbe“, gab sie schnippisch zurück. „Haben Sie etwas Zeit für mich, oder komme ich ungelegen?“

„Im Augenblick ist es in der Tat ...“, setzte er an, unterbrach sich dann aber und meinte stattdessen mit einem verkniffenen Zug um die Mundwinkel: „Warten Sie einen Moment. Ich will mir nur eben mein Jackett holen, danach begleite ich Sie an Deck.“

Er machte Anstalten, Robyn die Tür wieder vor der Nase zuzuschlagen, als plötzlich hinter ihm eine Männerstimme ertönte: „Keine Umstände, Frank! Wir machen ein andermal weiter!"

Robyn stellte sich auf die Zehenspitzen, ihre Augenbrauen erstaunt hochgezogen – und sogleich verlegen errötend, als sie den wütenden Blick Franks auffing, der zur Seite trat und die Tür entgegen seiner ursprünglichen Absicht weiter öffnete. Der Herr, mit dem ihn Robyn zuvor schon zweimal zusammen gesehen hatte, wirkte ähnlich atemlos wie Frank und war gerade dabei, seine Hemdsärmel hinabzurollen und sein schokoladenfarbenes Haar zu glätten.

Robyns Augenbrauen strebten noch weiter ihrem Haaransatz zu, und ihre Augen wurden groß. Einen wirklichen Reim auf das, was die beiden Männer in der Kabine getan hatten, konnte sich Robyn allerdings nicht machen. Und als der Fremde in sein Jackett schlüpfte und sich mit einem Nicken aus der Tür und an Robyn vorbeischieben wollte, stellte sie sich ihm daher mit einem eleganten Seitwärtsschritt in den Weg.

„Möchten Sie uns nicht miteinander bekannt machen, Mr. Kendall?", zwitscherte sie in einem Tonfall, der zwischen honigsüßer Anbiederung und beißendem Spott lag, während sie die Gelegenheit nutzte, den Fremden eindringlich zu mustern. Hoch aufgeschossen und drahtig von Gestalt, besaß er einen unverhältnismäßig massiven Schädel mit groben Gesichtszügen. Als hätte ein Bildhauer einen olivfarben getönten Stein mit dem Meißel zu bearbeiten begonnen, dann aber die Lust verloren und aus Wut darüber noch ein paar narbenartige Kerben in die Wangen und die quadratische Kinnpartie geschlagen. Robyn erschauerte unwillkürlich.

„Mr. Hamilton Marshall, mein Tischnachbar im Speisesaal", gab Frank Kendall gepresst bekannt. „Miss Robyn Fairbanks ..."

„Die junge Dame, der Sie die Schönheiten Indiens näherbringen werden, ich weiß", fiel Mr. Marshall ihm lachend ins Wort und streckte Robyn seine Rechte entgegen. „Sehr erfreut, Miss Fairbanks!"

Seine Hand, obwohl heiß, fühlte sich angenehm an und übte einen sympathisch festen Druck aus, so wie auch seine Freundlichkeit seinen Gesichtszügen ihre Düsternis nahm und goldene Funken in seinen dunklen Augen aufschimmern ließ. Robyn murmelte eine entsprechende Floskel als Antwort.

„Wir sehen uns“, verabschiedete sich der Mann mit einem Nicken von Frank Kendall und verschwand raschen Schrittes in der Kabine drei Türen weiter. Robyn sah ihm nachdenklich nach, unschlüssig, was sie von ihm halten sollte. Denn sie wollte keineswegs von ein paar flüchtigen Eindrücken ausgehen und lediglich aufgrund des äußeren Anscheins den Stab über diesen Mr. Marshall brechen. Schließlich konnte nicht jeder mit so einer ebenmäßigen Physiognomie aufwarten wie beispielsweise Edward Cheltenham. Und hieß es nicht auch, dass man nie ein Buch nach seinem Einband beurteilen sollte?

Robyn schrak aus ihren Gedanken auf, als sie Frank Kendalls Stimme vernahm, die eine leichte Ungeduld verriet. „Also, was kann ich für Sie tun?“

„Oh, ich ... ich wollte mich lediglich erkundigen, wie es Ihnen geht“, beeilte sich Robyn zu antworten. „Wir haben Sie nämlich bei Tisch vermisst.“

„Tatsächlich.“ Allein dieses Wort triefte nur so vor Sarkasmus. „Wie Sie sehen, geht es mir hervorragend. Und ich bin zu der Überzeugung gelangt, dass ich in der zweiten Klasse eindeutig besser aufgehoben bin. Unter meinesgleichen, wo ich auch hingehöre.“

„Wie Mr. Marshall?“, rutschte es Robyn unbeabsichtigt provokativ heraus.

„Genau. Wie Mr. Marshall.“

Robyn schwieg einen Moment und blinzelte ein paarmal, bevor sie sagte: „Merken Sie eigentlich nicht, dass Sie sich wie der größte Snob verhalten?“

„Wie bitte?! Miss Fairbanks, ich ...“

„Doch, genau das tun Sie!“, fiel Robyn ihm ruhig ins Wort. „Ich kann verstehen, dass Sie sich uns finanziell bessergestellten Passagieren unterlegen fühlen. Und manch einer dort oben“ – sie machte eine Geste in Richtung des Oberdecks –, „trägt seine Nase wahrhaftig sehr hoch. Das rechtfertigt meines Erachtens aber nicht, sich deshalb kleinzumachen. So etwas haben Sie nicht nötig; Sie könnten es mit fünfen aus der ersten Klasse aufnehmen! Und darüber hinaus verstehe ich nicht, weshalb Sie Ihren Unmut an mir auslassen. Falls ich Ihnen einen Grund gegeben habe, verärgert zu sein, nennen Sie ihn mir bitte, aber zieren Sie sich nicht auf diese Art und Weise!“

Um Frank Kendalls Mund zuckte es. „Da muss ich Ihnen wohl einen falschen Eindruck vermittelt haben.“ Urplötzlich blickte er ernst. „Es geht nicht um Standesdünkel oder Neid auf finanziell Bessergestellte.“

„Worum denn dann?“

„Ich denke, das ist meine Privatsache. Das muss Ihnen leider genügen“, erklärte er knapp.

„Hm“, machte Robyn, nur halb besänftigt, da er ihr mit seinen knappen Sätzen den Wind aus den Segeln genommen hatte.

„Sind ... sind Sie tatsächlich deshalb gekommen?“, fragte er nach einer kleinen Pause, in der er sich mit seinen Hemdsärmeln und dem Schließen der Manschetten beschäftigt hatte.

„Ja. Warum auch nicht?“, fragte Robyn erstaunt. Dann lachte sie auf und setzte hinzu: „Ich würde mich allerdings auch darüber freuen, noch mehr über den Stein zu erfahren.“

„Gerne“, stimmte er mit einem Nicken zu. „Gehen wir dazu an Deck? Ich fürchte, meine Kabine befindet sich augenblicklich in keinem sehr einladenden Zustand.“

Er trat wieder über die Schwelle und verschwand für einen Moment aus Robyns Sichtfeld, was sie nutzte, um einen Blick in die

Kabine zu werfen, die aus einem einzigen Raum bestand. Der einsame Stuhl und der winzige Tisch, der eine Menge Bücher und beschriebene Papiere beherbergte, waren in die hinterste Ecke, gegenüber dem schmalen Bett, gerückt. Ansonsten stand nur noch ein Wandschrank darin.

„Ich bin so weit", verkündete Frank, als er zurückkehrte und im Gehen in sein Jackett schlüpfte.

„Finden Sie es nicht schade, einen solch herrlichen Tag in Ihrer Kabine anstatt an Deck zu verbringen?", konnte Robyn sich nicht verkneifen. „Ich habe vorher sogar schon Malta erspäht. Rauer Fels und Festungsmauern."

Frank lachte leise, als er die Tür hinter sich abschloss und den Schlüssel in seiner Hosentasche versenkte. „Es hätte wohl einen etwas merkwürdigen Eindruck hinterlassen, hätten Mr. Marshall und ich unseren Boxkampf in aller Öffentlichkeit ausgetragen."

„Einen Boxkampf?" Robyns Miene spiegelte ihre Verwirrung wider, als sie neben ihm den Korridor entlangging. „Sie scheinen aber doch auf freundschaftlichem Fuß miteinander zu stehen!"

Erneut lachte Frank. „Das haben Sie richtig beobachtet! Keine Angst" – ihr besorgter Seitenblick schien ihn zu amüsieren –, „ich habe ihm nichts über den eigentlichen Zweck dieser Reise verraten! Aber während unserer Tischgespräche haben wir doch einige Gemeinsamkeiten entdeckt. Unter anderem die, dass wir beide leidenschaftlich gerne Boxclubs besuchen. Als Zuschauer wie auch als aktive Kämpfer. Und da bat er mich um ein paar Tipps, die ich ihm gerne gezeigt habe. Bis Sie dazwischenkamen."

„Entschuldigung", murmelte Robyn schuldbewusst, „aber das konnte ich nicht wissen."

„Natürlich nicht. Es sei denn, Ihnen wäre zuvor aufgefallen, dass meine Nase erhebliche Beschädigungen durch diesen Sport erlitten hat."

Robyn sah ihm aufmerksam ins Gesicht. „Nein, das ist mir wirklich nicht aufgefallen und tut es auch jetzt nicht, da Sie es erwähnt haben.“

Was der Wahrheit entsprach; Frank Kendalls Nase war zwar kräftig, vielleicht auch nicht ganz gleichmäßig im Bereich des Nasenbeines, fügte sich aber harmonisch in sein energisches Gesicht und bot keinerlei Anlass zu Spekulationen. Höchstens darüber, ob Robyn ihn attraktiv fand oder nicht. Bei diesem Gedanken brannten ihr die Wangen so unvermittelt, dass sie rasch den Blick abwandte, ihm aber doch immer wieder verstohlene Seitenblicke aus den Augenwinkeln zuwarf. Auch Frank schenkte dem marineblauen Läufer auf dem Boden des Ganges seine ganze Aufmerksamkeit, als suchte er etwas darauf.

„Ich hätte es Ihnen schon alleine deshalb nicht erzählt“, ließ er sich vernehmen, „weil ... na ja“ – mit zerknirschtem Grinsen deutete er auf sein Kinn –, „jahrelanges Training und Kampfpraxis, um mich dann von einem blinden Treffer niederschlagen zu lassen ... das ist schon recht blamabel für mich gewesen.“

Robyn lächelte verstehend, blieb ihm aber eine Erwiderung schuldig.

An Deck schlug ihnen flirrende Hitze entgegen, und erst nach wenigen Schritten brachte der auffrischende Wind eine Spur von Erleichterung und Abkühlung. Und so stimmte Robyn zu, als Frank vorschlug, um das Heck herum auf die Steuerbordseite des Dampfers zu gehen, die jetzt im Schatten liegen musste. Auch wenn ihnen dadurch die Aussicht auf die Insel Malta entgehen würde, an der die *Arcadia* gerade vorüberglitt.

„Was sagt eigentlich Ihr Verlobter dazu, dass Sie mich alleine aufsuchen?“, wollte Frank wissen, bar jeglicher Koketterie.

„Nichts. Ich habe es ihm nicht erzählt.“ Robyn erschrak selbst über den Anflug von Bitterkeit, den sie in ihrer Stimme wahrnahm, als sie daran dachte, dass Edward ihre Abwesenheit wohl nicht einmal bemerkt hatte.

„Wie lange kennen Sie einander eigentlich schon?"

„Warum fragen Sie das?" Robyn blieb stehen, und ihre Stirn legte sich in Falten.

„Nur so", erwiderte Frank mit einem Achselzucken. „Aus Neugierde."

„Lange genug, um zu wissen, dass ich mein Leben mit ihm verbringen will", gab sie zurück.

Der nachdenkliche Blick Franks, den sie nach diesen Worten auf sich ruhen spürte, war ihr unangenehm. Wie eine kratzige Wolldecke, die sie gerne abgeschüttelt hätte.

„Also, wie ging es weiter mit dem Diamanten?", wechselte sie daher schnell das Thema.

Unbewusst umklammerten ihre Finger die jadegrüne Tasche, in der sich das kostbare Kleinod an diesem Nachmittag befand, noch einmal fester. Falls Frank ihr Unbehagen und den abrupten Umschwung ihres Gesprächs bemerkt hatte, ließ er es sich jedenfalls nicht anmerken.

„Mit dem Tode des Diamantenhändlers Willem Cornelis beginnt ein Abschnitt in der Geschichte des blauen Diamanten, der von Legenden umrankt ist. Die Skizzen und Notizen über die Bearbeitung des Juwels, die sich in Cornelis' Nachlass befanden und erst über hundert Jahre später unter Staub und Spinnweben auf einem Speicher entdeckt wurden, sollten für längere Zeit die letzten Dokumente und Hinweise über seinen Verbleib sein. Es heißt, Cornelis' Sohn Hendrik sei später aus Gram über den von ihm verübten Vatermord wahnsinnig geworden und habe zuletzt Selbstmord begangen."

Frank war so sehr damit beschäftigt, die einzelnen Fakten aus seinem Gedächtnis zusammenzutragen und sie Robyn zu erläutern, dass er gar nicht bemerkte, dass sie bei seinem letzten Satz zusammengezuckt war.

„Zuvor hatte er angeblich den Diamanten verkauft, an einen Händler namens Jakob Elias, der nach dem Erwerb des Steines mysteriöserweise nicht mehr in der Lage gewesen sein soll, Nahrung zu sich zu nehmen, und deshalb schließlich verhungert ist. Ein anderer Händler, Raymond Beaulieu, soll ihn ebenfalls besessen haben und bankrott gegangen sein. Weitere Gerüchte bringen den Diamanten mit König George III. von England in Verbindung."

„Der unter einer Geisteskrankheit litt", warf Robyn ein. „Wobei die wissenschaftlichen Meinungen auseinandergehen, ob eine ererbte Stoffwechselkrankheit oder eine schleichende Vergiftung die Ursache dafür war."

Frank nickte. „Es ist jedoch nicht bewiesen, ob er den blauen Diamanten tatsächlich besaß und ihn später aufgrund finanzieller Schwierigkeiten verkaufen musste, wie manche behaupten. Nach einer anderen, davon abweichenden Überlieferung erwarb König Karl IV. von Spanien den Stein. Der berüchtigte Fluch soll schuld daran gewesen sein, dass er während der Napoleonischen Kriege um seinen Thron gebracht wurde und sämtliche Juwelen verkaufen musste, um seine Flucht und den Aufenthalt im Exil bezahlen zu können. Es heißt, er habe danach keine Ruhe mehr gefunden und den Rest seines Lebens unablässig auf Reisen verbracht." Er verstummte, als er sah, wie Robyn sich nachdenklich mit den Zeigefinger über ihren Nasenrücken fuhr.

„Ich glaube, ich habe ...", überlegte sie halblaut. „Doch, ich bin mir sicher! – Es gibt ein Gemälde von Goya, auf dem Karl IV. und seine Gattin Marie Luise von Parma dargestellt sind. Ein Familienporträt, um 1800 oder 1801 entstanden."

„Ganz recht", bestätigte Frank ihr.

„Daran erinnere ich mich noch sehr gut aus meinem ersten Studienjahr. Goya beschrieb die Königin als bösartig und grob, den König als dümmlich und gänzlich unter dem Pantoffel Marie Luises stehend. Genauso wenig schmeichelhaft hat er die beiden auch gemalt, und sich selbst im Hintergrund verewigt, wo er halb im Schatten verborgen vor einer gigantischen Leinwand steht, von der man nur die Rückseite des Keilrahmens sieht. Und sofern mich nicht alles täuscht, trägt die Königin auf diesem Gemälde ein mehrsträngiges Collier, in dessen Mitte ein großer Edelstein eingearbeitet ist. Aber", mit zusammengekniffenen Augen schüttelte sie den Kopf, „ich könnte keinen Eid darauf schwören, dass er auch nur entfernt unserem blauen Diamanten ähnelt."

„Das ist auch schwer zu erkennen. Goyas Malweise und der Altersfirnis über Leinwand und Ölfarben erlauben uns leider nicht, diesbezüglich Gewissheit zu erlangen. Es gibt keinerlei Fakten oder Beweise, wo der Diamant tatsächlich abgeblieben sein könnte, nachdem er in Cornelis' Werkstatt zu Antwerpen seinen endgültigen Schliff erhielt. Was die folgenden vier Jahrzehnte betrifft, tappen wir völlig im Dunkeln."

„Wann und wo ist er danach wieder aufgetaucht?" Robyn genoss es, an Franks Seite über das Deck zu schlendern und die südliche Wärme zu spüren, in der sie sich immer ungleich wohler fühlte als in kühleren Klimazonen.

„1838, in der Inventarliste des Pariser Juweliers Georges Allard auf den Champs-Élysées."

„Wo sonst", rief Robyn mit einem Lachen dazwischen, in das Frank mit einstimmte.

„In der Tat – wo sonst! Allerdings enthält dieses Verzeichnis keinerlei Angaben darüber, wie er in den Tresor Allards gelangt ist. Dafür geben die Unterlagen den Schätzwert auf eine Million Francs an. Weiterhin findet sich in der Buchhaltung Allards eine Verkaufsquittung über eineinhalb Millionen zwei Jahre später."

1840

„Dies hier könnte Euren Geschmack treffen, Euer Hoheit."

Georges Allard, ein schlanker, grauhaariger Herr, zog aus dem stilvollen, aus Mahagoni gefertigten und in mehrere Fächer unterteilten Rollwagen eine quadratische Kassette und platzierte sie auf der Fläche des imposanten Schreibtisches, exakt drei Fingerbreit von der Kante entfernt. Er hielt einen Augenblick inne, um die Spannung zu steigern, öffnete dann den Verschluss, der ein sachtes Klicken von sich gab, und klappte den Deckel zurück. Die Hände auf dem Rücken seines dunklen Gehrocks verschränkt, trat er daraufhin mit gesenktem Blick einen Schritt zurück, um seinem Kunden eine ungestörte Betrachtung der auf schneeweißen Satin gebetteten Preziosen zu ermöglichen.

Monsieur Allards Verhalten war stets souverän und distinguiert, dennoch wusste er, dass sein Beruf immer auch eine Bereitschaft zur Demut verlangte. Er war der Auffassung, dass Juweliere, die lauthals und wortreich die Vorzüge ihrer Schmuckstücke anpriesen, damit nur deren Mängel und Makel zu übertünchen versuchten. Es war Teil der Firmenphilosophie, dass die Schätze aus den Tresorräumen für sich sprechen sollten, ebenso wie die klassische Fassade des Gebäudes an den Champs-Élysées No. 95 und dessen Interieur. Ein in die Farben des Hauses *Allard et Cie.* – Royalblau, Weiß und Gold – gewandeter Page öffnete dem geneigten Interessenten einen Flügel der gläsernen Eingangstür, hinter der ein großzügiger Empfangsraum mit einem dicken Teppich in den Firmenfarben jegliches Geräusch schluckte. Wandnischen zwischen Säulen enthielten Vitrinen, kleine Tische und gepolsterte Louis-XVI.-Stühle. Auch sie, selbstredend, in Weiß, Blau und Gold gehalten; die Hölzer der Glasschränke und Möbel in warmen, dunklen Tönen. Hier wurden die kleineren Geschäfte abgewickelt, die Georges Allard seinen fähigen Angestellten überließ. Er selbst und seine Partner kümmerten sich in den Nebenräumen um diejenigen Besucher seines Hauses, die das Besondere suchten und willens waren, dafür entsprechend hohe Summen auszugeben.

So wie der Kunde, der an diesem nasskalten Februartag die Geschäftsräume betreten hatte und unverzüglich in den salonähnlichen Raum von Georges Allard persönlich hinaufgeführt worden war. Anatol Demidoff war kein Unbekannter. Im Gegenteil. Der Mann mit den vampirartigen Zügen, dem gelblichen Teint, seinem tiefschwarzen Haar und Bart sowie den Wimpern, die so dicht waren, dass die dunklen, feurigen Augen wie schwarz umrandet wirkten und ihm ein dramatisches Aussehen verliehen, war schon häufig Kunde von *Allard et Cie.* gewesen. Verbrachte er doch mit schöner Regelmäßigkeit die Wintermonate in Paris, ehe es ihn im späten Frühjahr dann nach London, in seine Heimat Russland oder auf seinen herrschaftlichen Besitz San Donato in der Toskana, nahe Florenz, zog. Demidoff liebte schöne Dinge. Gemälde ebenso wie Mobiliar, Porzellan, Silber, Teppiche, luxuriöse Häuser und Statuen. Auch der Wissenschaft und der Literatur galt sein Interesse. Vor allem hatten es ihm jedoch edle Geschmeide angetan, je prächtiger und wertvoller, desto besser.

Und er liebte schöne Frauen. Die derzeitige in der langen Reihe seiner Errungenschaften war die aparte Fanny de la Rochefoucauld, verheiratete de Montault, die unlängst von einem totgeborenen Sohn entbunden worden war, dessen Vaterschaft unzweifelhaft Demidoff zugerechnet werden musste.

Für Gerüchte, Klatsch und Skandale hatte Monsieur Allard immer ein offenes Ohr, auch wenn davon niemals ein Sterbenswörtchen über seine schmalen Lippen drang. Er war jedoch der Überzeugung, dass jede noch so geringe oder banale Information über seine Kundschaft ihm dabei behilflich sein konnte, deren Sehnsüchte und Bedürfnisse zu erraten und deren oftmals unausgesprochene, weil noch nicht bewusste Wünsche zu erfüllen. So war er an diesem Tag aufgrund der brodelnden Gerüchteküche davon ausgegangen, der Prinz suche ein als Trost gedachtes Geschenk für seine Mätresse. Doch nichts, was er an glitzernden, farbenprächtigen, verschwenderischen Kostbarkeiten in Etuis und Kassetten und Kästchen ausgewählt und auf dem Rollwagen hatte hereinbringen lassen, hatte vor den finster dreinblickenden Augen Demidoffs Gnade gefunden.

Der Juwelier wartete geduldig, während Demidoff das prächtige Collier begutachtete und befingerte: drei Dutzend daumennagelgroße Rubine und Smaragde in eckigem Schliff, die zahllosen Bögen und Schlaufen der komplexen Grundform überzogen von weißen Brillanten. Schließlich gab der Graf der Kassette einen Schubs und lehnte sich zurück.

„Nein, das entspricht auch nicht dem, was ich suche."

„Sehr wohl", erwiderte Georges Allard unverändert freundlich, schloss die Kassette und verstaute sie wieder im Rollwagen zwischen all den anderen Behältnissen abgelehnter Preziosen.

„Sehen Sie, Allard" – Demidoff spielte angelegentlich mit der Kette seiner Taschenuhr –, „ich suche etwas wirklich Besonderes. Etwas Einzigartiges. Die junge Dame, der ich das Schmuckstück zu verehren beabsichtige, ist keine Geringere als die Nichte unseres großen Napoleon Bonaparte."

„Ich verstehe", bekundete der Juwelier mit einem Nicken und betätigte den Klingelzug neben der Tür, ehe er sich seinem Kunden gegenüber am Schreibtisch niederließ. „Unter diesem Aspekt wäre natürlich etwas von gewisser Symbolkraft angebracht."

Die fleischigen Lippen Demidoffs verzogen sich zu einem maliziösen Lächeln.

„Diese Ankündigung gefällt mir, Allard. Ich hoffe, Sie enttäuschen mich nicht in deren Umsetzung."

Georges Allard zog eine Schublade des Schreibtisches auf, ließ seine Finger mit den Bewegungen eines Klavierspielers über deren Inhalt gleiten und zog schließlich eine dicht beschriebene Karteikarte heraus, die er mit vollster Zufriedenheit betrachtete.

„Euer Hoheit – ich habe exakt, was Ihr sucht!"

Demidoffs Lächeln verbreiterte sich zu einem Grinsen. „Ich warte mit Spannung darauf."

Ein junger Mann in Gehrock und mit akkurat gebundener Krawatte trat unter dezentem Klopfen ein, verbeugte sich ehrerbietig und nahm sowohl Rollwagen als auch Karteikarte mit sich.

„Einen Cognac, um die Wartezeit zu überbrücken, Euer Hoheit?", erkundigte sich Allard, und als sein Gegenüber wohlwollend nickte, stand der Juwelier auf, um sich an der kleinen Bar unter dem Fenster zu schaffen zu machen, das, im zweiten Stock gelegen, einen fantastischen Blick auf die Champs-Élysées bot.

Auf den Service seiner Mitarbeiter war Verlass: Demidoff hatte kaum an seinem Schwenker genippt, als der junge Mann auch schon zurückkehrte, in der Hand eine einzelne Kassette, die er dem Oberhaupt der Firma mit einer Verbeugung überreichte.

„Danke, Simon." Georges Allard ließ den Deckel aufschnappen und stellte die geöffnete Kassette vor seinen Kunden auf den Tisch. „Das hier meinte ich, Euer Hoheit."

Aufmerksam beobachtete der Juwelier, wie es angesichts dieses Kleinods selbst einem Mann die Sprache verschlug, dessen ohnehin bereits gewaltiges Vermögen zusätzlich noch durch einen jährlichen Unternehmensgewinn von sagenhaften fünf Millionen Rubel vermehrt wurde. Ein schlichtes Band aus Silber, an der Unterseite durch zarte, brillantbesetzte Schlaufen verziert, umschloss einen ovalen Diamanten von tiefem, irisierendem Blau, der von einem Kranz weißer Brillanten umsäumt wurde. Allard wusste, er würde Demidoff nicht über Seltenheit, Qualität und Wert des blauen Steines aufklären müssen; sein Kunde verfügte über genügend Sachkenntnis, um darüber im Bilde zu sein. Zufriedenheit erfüllte ihn, als er sah, wie sich Demidoffs Augen ungläubig weiteten und danach ein gieriger Glanz darin aufschien. Ein einziger Satz würde nunmehr genügen, um das Geschäft perfekt zu machen.

„Ihr solltet wissen, Euer Hoheit, dass sich dieser blaue Diamant bis zur Revolution im Besitz der Könige Frankreichs befunden hat."

Demidoff beugte sich vor, ergriff die Kassette und ließ sie zuschnappen, ehe er sie dem Juwelier hinhielt. „Packen Sie mir das ein."

Mathilde Letizia Wilhelmine Bonaparte, Prinzessin von Montfort, saß vor ihrem Frisiertisch und betrachtete staunend ihr Spiegelbild, während draußen vor dem geöffneten Fenster der toskanische Frühling in pastellfarbigem Blütenkleid und knospendem Grün Einzug hielt. Ungläubig betastete sie immer wieder das Collier um ihren Hals, das ihr ein Bote heute von San Donato herübergebracht hatte. Vor allem der massive blaue Diamant, der ihrem ebenholzfarbenen Haar und den dunkelbraunen Augen einen satteren Ton verlieh, hatte es ihr angetan.

„Seht nur, wie er Eurem Teint schmeichelt", sagte Mariette,

ihre Zofe, über ihre Schulter hinweg und strich mit der Rückseite ihrer Hand über Mathildes Wange. „So frisch! Man könnte ein Rosenblatt darauflegen und müsste scharf hinsehen, um Blüte und Haut voneinander unterscheiden zu können!“

Mathilde errötete leicht, obwohl sie seit ihren frühesten Kindertagen gewohnt war, Komplimente zu bekommen. Ihre mittlerweile verstorbene Mutter Katharina, die Tochter des Königs von Württemberg, hatte Recht behalten, als sie über die kleine Mathilde gesagt hatte, sie sei ein liebenswürdiges Püppchen, das allerliebst zu werden verspräche. Mit ihrem ausdrucksvollen Gesicht und ihrer wohlgerundeten Gestalt war Mathilde ein wahrer Blickfang; sie sprach Deutsch und Englisch neben Französisch und Italienisch, zeichnete und aquarellierte hervorragend und konnte auch mit ihrem Harfen- und Klavierspiel bezaubern. Weniger überzeugend war jedoch ihr Gesang, denn Mathilde hatte von ihrem Vater Jérôme, dem jüngsten Bruder des seligen Napoleon, bedauerlicherweise die Bonapart'sche Unfähigkeit, Töne zu treffen, geerbt. Zusammen mit ihren Verwandtschaftsbanden, die von Frankreich über die deutschen Lande bis gar an den Zarenhof in St. Petersburg reichten, stellte Mathilde daher zwar keine glänzende, aber doch eine passable Partie dar. Dem tat auch die Tatsache kein Abbruch, dass ihr Vater, einst durch Napoleons Gnaden König von Westphalen, hoch verschuldet war. Bewerber um ihre Hand hatte es schon so manche gegeben, die Meisten von ihnen vermögend bis reich, darunter auch Mathildes Cousin Louis-Napoléon Bonaparte. Doch keiner hatte Anatol Demidoff das Wasser reichen können. In jeder Hinsicht.

„Er muss Euch sehr schätzen“, fuhr Mariette fort, während sie die Bürste durch Mathildes üppiges Haar zog. Erneut errötete die Neunzehnjährige.

„Ich wünsche es mir so sehr“, seufzte sie. „Er ... er ist“, sie drehte sich halb auf dem Hocker um und sah ihre Zofe mit leuchtenden Augen an. „Er ist so anders! Allein sein Äußeres! Er wirkt so ... wild, so ungezähmt! Stell dir vor, er hat noch nie zuvor ernsthaft um eine Frau gefreit, erst um mich!“ Sie wandte sich wieder um und wiegte nachdenklich den Kopf. „Natürlich, er ist auch reich. Millionenschwer sogar, sagt Vater.“ Erneut fuhr sie herum. „Doch er tut auch viel Gutes damit! Nicht nur, dass er die Kunst, die Literatur und die Wissenschaften fördert. Sogar eine Expedition in das unerforschte Südrussland hat er geleitet und selbst finanziert. In Petersburg hat er eine Wohltätigkeitsanstalt gegründet, um armen Frauen Arbeit zu verschaffen, leichtsinnigen Mädchen den Weg zurück in ein ehrbares Leben zu ermöglichen und die Armen der Stadt zu speisen. Dazu spendet er noch für viele weitere Asyle, Krankenhäuser und Volksküchen! Als die Cholera in Petersburg wütete, ließ er ein spezielles Hospital errichten und besuchte persönlich die Kranken darin!“

Mit sanfter Gewalt schob Mariette die Schultern ihrer jungen Herrin wieder quer zum Spiegel und begann erneut, ihr Haar zu bearbeiten.

„Ich weiß“, setzte Mathilde hinzu, und sie klang dabei bedrückt, „die Leute sagen, er sei jähzornig und grob. Aber das ist nicht wahr! Wer von unserer Familie Schlechtes über ihn behauptet, lügt und ist nur neidisch, weil er mir diese Heirat nicht gönnt! Anatol besitzt zwar ein ungezügeltes Temperament; zu mir ist er jedoch der zärtlichste und aufmerksamste Verehrer, den ich mir nur wünschen kann. Wie ich liebt er die Malerei über alles. Stunden um Stunden kann ich ihm davon erzählen oder ihm zuhören.“ Nachdenklich schob sie Puderdose, Kamm und Handspiegel auf der Tischplatte vor sich herum. „Stell dir doch nur mal vor, Mariette – die Villa San Donato, dieses herrliche Anwesen, von Äckern und Flüssen und Seen umgeben! Und Petersburg ... Der Zarenpalast. Schlittenfahrten im Schnee und die kurzen Nächte im Sommer, *Weiße Nächte* genannt! Oh, Mariette, wenn nur erst die Formalitäten alle geklärt wären ... Ich weiß, es wird wunderbar werden, mit Anatol an meiner Seite!"

Sie hob den Blick, und im Spiegel trafen sich ihre Augen mit denen Mariettes. Und Mathilde strahlte voll hoffnungsvollen Glücks.

Ein halbes Jahr verbrachte Mathilde noch mit solchen Schwärmereien, mit Hoffen und Bangen, ob Demidoff und ihr Vater sich tatsächlich einig werden oder ob nicht doch noch eine Missstimmung oder Unklarheit das Vorhaben zunichte machen würde.

Doch am 1. November desselben Jahres endlich konnte Mathilde ihrem Anatol Demidoff das Jawort geben. Zuerst nach orthodoxem Ritus in der griechischen Kapelle von Florenz, danach in der Sakristei des Doms in einer Zeremonie, die vom Erzbischof der Stadt geleitet wurde. Mathilde sah zauberhaft aus; in einer tief ausgeschnittenen Robe aus englischer Spitze, am Hals das Perlencollier ihrer Mutter, wurde sie mit Blumen, Komplimenten, Glückwünschen, Versen und Segenssprüchen nur so überschüttet. Doch das Schönste an diesem Tag war die Verliebtheit, die sie in Demidoffs Augen zu lesen glaubte, und die Freude über seine Großherzigkeit, aus der heraus er den Armen von Paris zwölftausend Francs spendierte und denen in St. Petersburg entsprechend zwölftausend Rubel. Mathilde war nie zuvor in ihrem Leben so glücklich gewesen.

Und auf diese unbeschwerte, überschäumende Art sollte sie es auch nie wieder sein.

Denn niemand hatte ihr erzählt, wie es der schönen Fanny de Montault ergangen war, nachdem Demidoff ihrer überdrüssig geworden war und zudem erfahren hatte, dass auch noch ein Schauspieler vom Theater ihre Gunst weidlich genossen hatte. Eine bühnenreife Szene war die Folge dieser Entdeckung gewesen, in deren Verlauf Demidoffs Geliebte seine Reitpeitsche und die Sporen seiner Stiefel zu spüren bekommen hatte. Er schleifte sie schließlich an den Haaren die zwei Treppen hinunter in den Hof, wo er auf sie spuckte und sie dann sich selbst überließ. Mit mehreren klaffenden Wunden im Gesicht und einem zerfetzten Augenlid. Der Skandal wurde mit Rücksicht auf die Familienehren der de la Rochefoucaulds und de Montaults vertuscht, und Demidoff war ungeschoren davongekommen.

Ebenso wenig konnte Mathilde ahnen, dass ihr frisch angetrauter Gatte trotz seines immensen Reichtums noch nicht annähernd dort angelangt war, wo er hinwollte: an die Spitze der Gesellschaft. Noch unter Peter dem Großen waren seine Vorfahren einfache Schmiede gewesen, die sich dann später dem gewinnträchtigeren Gewerbe der Waffenherstellung zugewandt hatten. Mit dem Erlös aus deren Verkauf hatten sie wiederum Land erworben – reiches Land, in dem sich erfolgreich Erze schürfen ließen, Eisen, Silber und Platin. Ihr Fleiß und Geschick wurde belohnt, sodass ihr Vermögen und ihr Einfluss von Generation zu Generation wuchsen. Dennoch galten die Demidoffs noch immer als exzentrische Emporkömmlinge, auf die die feinen Leute herabsahen.

Nein, Mathilde konnte nicht wissen, dass Demidoffs gute Taten weniger von Nächstenliebe als von dem Verlangen getragen wurden, seinem Ruf als neureicher, kaltherziger Parvenü zu entkommen. Noch weniger konnte sie wissen, dass der Glanz in seinen Augen an ihrer beider Hochzeitstag nicht von aufrichtiger, wahrer Liebe zu ihr hervorgerufen worden war. Zwar frohlockte Demidoff bei der Vorstellung, ein solch reizendes Geschöpf wie

Mathilde nun jede Nacht in seinem Bett zu wissen – doch das reichte bei Weitem nicht an die Aussicht heran, in die Familie des von ihm verehrten Napoleon Bonaparte einzuheiraten und damit von einem Tag zum andern dem Adel anzugehören. Sogar die Verleihung des Titels eines Prinzen von San Donato war ihm durch den Großherzog der Toskana nur aufgrund der bevorstehenden Verlobung mit Mathilde gewährt worden.

Mathilde Bonaparte war eine gekaufte Braut, die für Hunderttausende von Francs gegen gesellschaftliche Anerkennung eingetauscht worden war. Und sie besaß keinerlei Vorstellung davon, was für ein Verhängnis es war, wenn eine solche Eitelkeit, wie Demidoff sie besaß, auch nur für einen einzigen Tag befriedigt wurde und sein Hunger nach mehr dadurch erst richtig entfacht wurde.

Sie sollte es bald erfahren. Am eigenen Leib, im wahrsten Sinne des Wortes.

Bereits ihre Hochzeitsreise stand unter keinem guten Stern. Von Florenz aus hatte sich das Gerücht verbreitet, Demidoff hätte Würdenträger der katholischen Kirche bestochen, um die Heiratserlaubnis Mathildes mit ihm, einem Angehörigen der orthodoxen Konfession, zu erlangen. Diese üble Nachrede traf noch vor dem frisch vermählten Paar in Rom ein, wo man ihnen mit eisiger Zurückhaltung begegnete. Dass der Russe Demidoff neben der *Mesalliance*, die Mathilde mit ihm eingegangen war, außerdem im Besitz eines Schwertes des glorreichen Napoleon war, das Jérôme Bonaparte seiner Tochter zur Hochzeit geschenkt hatte, verstärkte die Ressentiments gegen ihn nur noch mehr. Und seine aufbrausende Arroganz bei jeder passenden oder unpassenden Gelegenheit tat ein Übriges, um ihn seiner Umgebung geradezu verhasst zu machen. Mathilde hielt sich tapfer; falls die Anfeindungen sie bedrückten, ließ sie es sich nicht anmerken, und wo auch immer sie sich in Gesellschaft befand, betörte sie mit ihrem Liebreiz und ihrer Schönheit.

Es war ein kalter Winter in jenem Jahr; selbst in Italien lag Schnee, und gleich so viel davon, dass die Postwagen darin stecken blieben. Doch auch der mit heißem Wasser beheizte Reisewagen, den Demidoff eigens gekauft hatte, vermochte kaum Wärme zu spenden. Wohlbehagen indes versprach die Pelzdecke, die sich Mathilde auf ihrer Fahrt gen Norden, über Bologna und Wien, gekauft hatte. Demidoff riss sie ihr aus den Händen, bedankte sich kurz dafür und kuschelte sich darin ein; schließlich war er kränklich und gegen Kälte empfindlich, wie er stets betonte. Und so fügte sich Mathilde und fror. Diamanten wärmten nicht, wie sie auf dieser Reise lernen musste, auf der ihr der eisige Wind in die Knochen drang und ihr das Herz wie in einem Schraubstock zusammenpresste. Während sie dem Ziel der Fahrt, St. Petersburg, entgegenfieberte, schien Demidoff jede Verzögerung zu genießen. Ob der Wagen von Rädern auf Kufen ummontiert wurde und zurück, über Eis und Schnee oder durch sumpfiges Gelände; oder ob Mathilde in einer polnischen Schenke nach dem Einatmen von giftigen Ofendämpfen zusammenbrach und ein paar Tage rasten musste – Demidoff schien alles recht zu sein, um den Augenblick möglichst lang hinauszuschieben, in dem er Zar Nikolaus I. gegenübertreten musste.

Denn dieser war über Mathildes Heirat, die ihn mit dem neureichen Demidoff verschwägerte, nicht eben beglückt gewesen. War doch die Gattin des Zaren, Maria Fjodorowna, eine gebürtige Sophia Dorothea von Württemberg und Mathildes Großtante. Dementsprechend herzlich empfing der Zar Mathilde, und umso kühler fiel die Begrüßung ihres Gatten aus. Demidoffs Plan, sich durch diese Heirat nach oben zu katapultieren, war gescheitert;

der Zar betrachtete ihn allenfalls als Prinzgemahl Mathildes und gedachte auch nicht, jemals etwas an dieser Rangordnung zu ändern.

Nach außen hin stellten Mathilde und Anatol Demidoff das perfekte Paar dar, wo auch immer sie sich in der gehobenen Gesellschaft Europas bewegten. Ob im Lichterglanz St. Petersburgs oder in den Kurstädten von Ems und Baden-Baden; in Berlin, Karlsbad, München, Florenz und Livorno. Und natürlich in Paris, der Stadt, von der Mathilde sagte: „Ihr haben meine Träume gegolten, seit ich mich selbst empfand", und wo ihr Demidoffs Palais in der Rue St. Dominique wie ein märchenhafter Feenpalast vorkam.

Die Demidoffs waren dank Mathildes Herkunft und Liebreiz überall *en vogue*. Auf Kostümbällen, Abendgesellschaften, Soireen und Matineen, Kutschfahrten, Landpartien; auf gepflegten Ausritten durch Parks, im Theater, der Oper und auf Vernissagen – überall war Mathilde der strahlende Mittelpunkt, umschwärmt, begehrt, bewundert. Das Spitzenhäubchen, das sie sich nach eigenen Vorstellungen anfertigen ließ, wurde sogleich als „Capote Mathilde" überall nachgefertig und verkauft. Ein in zartem Lavendelton eingefärbter Seidenstoff, aus dem sie sich eine Balltoilette hatte schneidern lassen, wurde als „Levantine Mathilde" der Renner der Saison. Ihre Kleidung, ihre Juwelen wurden überall gepriesen. Mathilde sei das Beste, was Demidoff zu zeigen habe, hieß es allenthalben. Was er nur zu gut wusste und es Mathilde deshalb doppelt und dreifach spüren ließ.

„Neulich, in der Comédie Française ..."

Satzfetzen schwirrten durch den sanft erleuchteten Salon der Herzogin Decazes, wo sich die *Crème de la Crème* zusammengefunden hatte, die Damen tief dekolletiert in Samt und Seide und brillantengeschmückt, die Herren distinguiert und sich ihrer Wichtigkeit bewusst.

„Ja, dieses Stück habe ich auch gesehen – herrlich, wenn ich auch die Inszenierung gewöhnungsbedürftig ...“

„Apropos: der Stern der Comédie, Mademoiselle Rachel, soll sich für zweihunderttausend Francs an den Operndirektor Véron verkauft haben!“

Anatol Demidoff lächelte sein berühmtes maliziöses Lächeln, als er in sarkastischem Tonfall einwarf: „Was doch das Geld für seltsame Verbindungen zwischen einem Mann und einer Frau zu schmieden vermag!“

Betretenes Schweigen senkte sich über die versammelte Gesellschaft, und unwillkürlich richteten sich aller Blicke auf Mathilde, die auf ihrem Stuhl gleichsam schrumpfte und sichtlich mit den Tränen kämpfte. Ihre Rettung nahte, als weiterer Besuch gemeldet wurde, dem sich die Aufmerksamkeit des Kreises unverzüglich zuwandte.

Verzweifelt klammerte sich Mathilde an die Hoffnung, ihre Demut, die Zeit und ihre Zärtlichkeit, mit der sie Demidoff überschüttete, würden einen anderen Menschen aus ihm machen. „Wenn wir erst wieder in Petersburg sind, wo seine Wurzeln liegen ... wenn wir nach Paris zurückkehren, in die Stadt der Liebe ... wenn wir erst wieder in der Sonne der Toskana sind ...“

Sechs Jahre vergingen. Sechs Jahre, in denen Mathilde Zeuge wurde, wie Demidoff seinen Unmut an Lakaien und Sekretären mithilfe eines Rohrstocks kundtat und oft genug auch gegen seine Gattin die Hand erhob, manchmal sogar in aller Öffentlichkeit. Sechs Jahre, in denen das eheliche Bett immer häufiger kalt blieb und er keinen Hehl daraus machte, sich anderweitig schadlos zu halten. Mit Schauspielerinnen, Tänzerinnen und käuflichen Damen. Aber auch die verheiratete Herzogin von Dino wurde von ihm umworben, und mit Valentine de St. Aldegonde unterhielt er ein Verhältnis, das nur durch seine Flitterwochen mit Mathilde unterbrochen worden war.

„Anatol", Mathilde schluckte, „Anatol, ich muss dich sprechen."

Die Hände vor der Brust gefaltet, stand sie vor ihm. Die Beine übereinandergeschlagen, saß er in seinem Sessel vor dem Kamin, selbstgefällig wie ein orientalischer Pascha in seiner Hausjacke aus besticktem Samt.

„Es ... es geht um meinen Vater." Furcht stieg in ihr auf, als sie sah, wie seine Augen zu funkeln begannen. Als wüsste er um ihre Demütigung. Der einzige Grund, Demidoff nicht zu verlassen, war bislang ihre Familie gewesen, die abhängig von den finanziellen Zuwendungen aus Demidoffs Schatulle und darauf angewiesen war, dass Mathilde keine Schande über die Namen Bonaparte und Montfort brachte.

„Er ist in Schwierigkeiten finanzieller Natur."

„Hat er neue Schulden gemacht, mein Schwiegervater Jérôme Bonaparte?" Demidoffs Miene verzog sich süffisant. Mathilde nickte nur. „Und du möchtest jetzt für ihn bei mir bitten?"

Wieder nickte sie angstvoll gespannt. „Ich weiß, er hat geschworen, dich niemals wieder darum anzugehen", sprudelte sie hervor. „Aber er weiß keinen anderen Ausweg mehr, als ..."

„Nein." Schneidend kam seine Ablehnung, und er vertiefte sich wieder in sein Nachrichtenblatt.

„Bitte, Anatol."

Er schwieg, sah keine Sekunde lang mehr auf; für Mathilde eine ebenso vernichtende Erniedrigung wie die zahlreichen Ohrfeigen, die ihr im Laufe der Jahre zuteil geworden waren. In ihren Augen schimmerten Tränen, als sie sich schließlich vor ihm auf die Knie sinken ließ.

„Und wenn es das Letzte ist, was du für mich tust – erfüll mir wenigstens diese Bitte", hauchte sie. „Ich flehe dich an. Nicht für mich – für meine Familie!"

Den Kopf demutsvoll gesenkt, sah sie nicht, wie Anatol den Klingelzug betätigte. Erst als sich die Tür öffnete und der Haushofmeister mit einer Gruppe Lakaien ins Zimmer trat, sah sie auf, Entsetzen und tiefe Scham in ihrem Blick.

„Seht ihr das?" Triumph hallte in Demidoffs Stimme wie ein Fanfarenstoß. „Das ist die Nichte Napoleons! Die sich vor mir auf die Knie wirft, damit ich ihrem Schuldenbaron von Vater Geld gebe!"

Mit eiserner Disziplin erfüllte Mathilde trotzdem weiterhin ihre gesellschaftlichen Verpflichtungen. Über den Winter erstrahlte San Donato in voller Lichterpracht; zu Karneval tobte der farbige Wirbel eines glanzvollen Kostümballs darin herum. Doch eisern war auch ihr Wille, sich aus dieser Ehe zu befreien. Wenn sie auch erst im Sommer ihre Angelegenheiten so weit geregelt hatte, dass sie nach Paris reisen konnte, wo sie ein Zimmer in einem kleinen Hotel in der Rue de Courcelles bezog.

Was auch kommen mag, ich werde nicht zurückweichen, schrieb sie von dort. *Denn mein Herz hat nichts von seiner Frische verloren, trotz all der Verletzungen, die es erfahren hat ... Je eigenwilliger ich bin, desto mehr sage ich mir, dass es noch Menschen gibt, die es verstehen werden, mich um meiner selbst willen zu lieben, und mein Glück wird umso tiefer sein, je begrenzter es ist.*

Endlich, Ende des Jahres 1846, erhörte Zar Nikolaus ihre Bitten und erklärte ohne weitere Formalitäten kraft seines Amtes die Ehe seines Untertanen Anatol Demidoff mit Mathilde Bonaparte für beendet. Er verpflichtete Demidoff, Mathilde bis zu ihrem Lebensende jährlich eine Summe in Höhe von zweihunderttausend Francs zu zahlen, und sprach ihr die Hälfte des von ihr getragenen Schmucks zu, darunter auch den kostbaren blauen Diamanten.

Mathilde war frei.

„Bald darauf hat sie das Collier mit dem blauen Diamanten verkauft“, erzählte Frank weiter. „An Gilles Pabst, einen Juwelier in der Pariser Rue du Faubourg St-Honoré. Sie soll davon überzeugt gewesen sein, dass der Stein ihr Unglück verursacht hätte, und hat ihn deshalb so schnell wie möglich abgestoßen. Möglich wäre aber auch, dass sie es sinnvoller fand, den entsprechenden Gegenwert in Francs zu erhalten und bei einer Bank zu deponieren.“

„Ist sie glücklich geworden?“, flüsterte Robyn.

Frank schob die Unterlippe vor und bewegte nachdenklich den Kopf. „Ich weiß es nicht. Zumindest verliefen die folgenden Jahrzehnte nicht ohne Turbulenzen für sie, andererseits waren sie durchaus erfüllend. In ihrem berühmten Salon versammelte sie alle literarischen Größen ihrer Zeit, ebenso die der bildenden Künste, der Philosophie und der Wissenschaft. Sie widmete sich wieder ihrer Malerei und betätigte sich aktiv in der Politik. Auch heute ist sie eine noch recht agile Dame, trotz ihres hohen Alters.“ Als er Robyns überraschten Seitenblick auffing, lachte er. „Ja, sie lebt in der Tat noch. Zweiundachtzig müsste sie jetzt sein, und sie ist ihrem Paris, ihrer *Feenstadt*, wie sie es nannte, immer treu geblieben. Oh – und sie findet im Übrigen die Impressionisten scheußlich! Sie hat sie einmal als *Frevler gegen die wahre Natur der Kunst* bezeichnet.“

Robyn lachte leise. „Wie ist es ihr sonst ergangen? Hat sie doch noch die Liebe gefunden?“

Frank blickte auf das sich verdunkelnde Meer hinaus. „In der Liebe …“, murmelte er gedankenvoll. „In der Liebe erging es ihr wie den Meisten von uns: Höhen und Tiefen. Über zwanzig Jahre war sie ohne Trauschein mit einem Bildhauer liiert, der sie dann wegen einer Jüngeren verließ. Danach heiratete sie einen erfolglosen Maler und Dichter, mit dem sie es ebenfalls nicht leicht hatte. Dennoch war es ein furchtbarer Schlag für sie, als er vor zwanzig Jahren starb."

In der Liebe erging es ihr wie den Meisten von uns: Höhen und Tiefen, klangen seine Worte in Robyn nach. Vor allem hinterließ seine Stimme, die dabei eine dunklere Färbung angenommen hatte, einen unauslöschlichen Eindruck in ihr. Als ob er aus eigener Erfahrung wüsste, worüber er sprach. Gab es vielleicht eine Frau, die sein bescheidenes Leben mit ihm teilte? Die in England sehnsüchtig auf seine Rückkehr wartete? Ein feiner Stich durchfuhr Robyn, doch der Schmerz ging sogleich in einer Woge der Verärgerung unter, die sie über sich selbst und ihre Gedanken empfand. Sie zog ihre Unterlippe zwischen die Zähne, während sie mit sich rang, ob sie es wagen konnte, ihn ohne Umschweife danach zu fragen. Es schien ihr jedoch zu plump und zu intim, und so beschränkte sie sich stattdessen darauf, zu erwidern:

„Mit Höhen und Tiefen verbunden! Verhält es sich tatsächlich so?"

Erstaunt sah er sie an. „Kennen Sie das nicht?"

Robyn schüttelte den Kopf und fühlte sich auf einmal entsetzlich jung, naiv und oberflächlich.

„Ich kenne überschäumende Verliebtheit und durchweinte Nächte, wenn ein Flirt in die Brüche gegangen ist. Das ja." Unwillkürlich huschte ein Lächeln über ihr Gesicht, als sie sich an ihre Backfischzeit erinnerte, an den großen Ball, auf dem sie in die feine Gesellschaft eingeführt worden war, und an alle weiteren, die ihm gefolgt waren. An Landpartien und Theaterbesuche und an einen ganz bestimmten Studienfreund von Alan. Erneut schüttelte sie den Kopf. „Aber das waren alles flüchtige Liebeleien, die nie sehr tief gingen. Und dann", sie atmete schwer aus, „dann kam Edward. Bei ihm gibt es kein Auf und Ab. Er ist immer ... nun, Edward eben. Beständig und verlässlich."

Frank schwieg und starrte auf das Meer hinaus. Seine Miene wirkte wie versteinert.

Eine kleine, für Robyn bedrückende Pause entstand, ehe sie fragte: „Was geschah weiter mit dem Diamanten?"

„Gilles Pabst hat das Collier offenbar in seine einzelnen Bestandteile zerlegt", erklärte Frank nüchtern, und Robyn glaubte wahrzunehmen, dass ihm der Themenwechsel ebenso willkommen war wie ihr selbst. „Warum er das tat, ist nicht bekannt. Der blaue Diamant – wieder als Einzelstück – blieb zumindest so lange im Besitz seiner Firma, dass er ihn zur großen Weltausstellung 1851 in London präsentieren konnte. Die streng bewachte Vitrine, in der er während dieser fünfeinhalb Monate gezeigt wurde, stellte einen wahren Publikumsmagneten dar, wie zahlreichen Zeitungsartikeln aus jener Zeit zu entnehmen ist. Darüber hinaus sind eine Menge Postkarten und Briefe von Besuchern der Ausstellung erhalten, in denen sie ihre Begeisterung über den sagenhaften Diamanten zum Ausdruck bringen. Demnach war der ausgeschriebene Wert von einer Million damals genauso eine Attraktion wie die Schönheit und Rarität des Steines und seine Geschichte." Er grinste. „Oder vielmehr: das hartnäckige Gerücht, es läge ein Fluch auf ihm."

„Wann und an wen hat der Juwelier ihn danach weiterverkauft?"

Frank hob die Schultern. „Das wissen wir nicht. Die Firma Pabst hat von jeher nicht nur mit ihrem exklusiven Sortiment geworben, sondern vor allem mit ihrer Diskretion. Bis heute verweigern die Erben von Gilles Pabst alle diesbezüglichen Auskünfte und jeglichen Einblick in die Bücher. Daher sind bislang alle Historiker oder sonstige an dieser Kostbarkeit Interessierte davon ausgegangen, dass der Stein nach der Weltausstellung irgendwann von einem Privatmann gekauft worden ist. Offiziell galt er allerdings als verschollen. – Bis zur Testamentseröffnung Ihrer Großtante", fügte er mit einem Nicken in Robyns Richtung hinzu. „Nur wir beide – und Mr. Cheltenham und Mr. Chisholm natürlich – wissen nun Genaueres. Und auch ..." Er schien seine Worte genau abzuwägen. „Und auch, wo er in etwa einer Woche verbleiben wird."

Seine Stimme hob sich leicht am Ende des Satzes, als ob er unentschlossen wäre, seinen Satz als Aussage oder Frage zu formulieren. Robyn blieb ihm jedoch auf beide Möglichkeiten eine Antwort schuldig. Abendliches Zwielicht hatte sich über das Schiff gesenkt, und sie merkte erst, dass die Sonne untergegangen war, als sie in ihrem leichten Kleid zu frösteln begann.

„Wie spät ist es?", fragte sie unvermittelt.

Frank sah auf seine Uhr – ein schnörkelloses Modell an einer einfachen Kette, wie Robyn schon festgestellt hatte – und hielt sie in den Rest des rasch schwindenden Tageslichts.

„Kurz nach acht."

„Grundgütiger!", rief Robyn erschrocken aus. „Ich komme viel zu spät zum Dinner! Danke für den Nachmittag, Mr. Kendall", sprudelte sie in aller Eile hervor, schon halb auf dem Sprung. „Wie gesagt: Sie sind uns bei Tisch herzlich willkommen!"

„Soll ich Sie nicht lieber zu Ihrer Kabine beglei..."

„Nein, nicht nötig", rief sie über ihre Schulter hinweg, während sie schon losgelaufen war, den Rock mit einer Hand gerafft, mit der Tasche in der anderen winkend. „Aber vielen Dank!"

Lachend lief sie weiter, mit undamenhaft langen und schnellen Schritten. Sie nahm den kürzesten Weg: durch die tiefen Schatten unter den Rettungsbooten hindurch, die hoch oben an der Außenseite des Schiffaufbaus an Davits befestigt waren. Sachte schaukelten sie im Seegang, waren aber nur noch als Schemen im Halbdunkel erkennbar. Auf einmal glaubte sie, inmitten des Dröhnens der

Maschinen und des Rauschens der See noch einmal Franks Stimme zu hören.

Atemlos blieb sie stehen und drehte sich auf dem Absatz um. Er schien aufgeregt, wedelte mit den Armen und brüllte aus Leibeskräften. Doch mehr als ein paar Wortfetzen kamen nicht bei ihr an. Ratlos hob sie ihre Arme, seufzte und setzte sich dann schließlich widerwillig in Bewegung, um wieder zu ihm zurückzulaufen. Verblüfft hielt sie jedoch nach drei Schritten erneut inne, als sie sah, dass er seinerseits losspurtete und aus Leibeskräften auf sie zugerannt kam.

Als er bei ihr angelangt war, riss er ihren Kopf mit der flachen Hand so heftig gegen seine Brust, dass sie glaubte, er bräche ihr das Genick. Einige Schritte schleifte er sie in vollem Lauf mit sich, dann warf er sich der Länge nach mit ihr zu Boden. Schmerzhaft schlug Robyns Körper halb auf den harten Bohlen, halb auf Franks Körper auf. In diesem Moment spürte sie auf einmal einen Luftzug, dem ein hässliches Knarren folgte. Keine zwei Sekunden später erschütterte ein Knall den Boden unter ihr, und sie hörte das Geräusch splitternden Holzes und berstenden Eisens. Reflexartig kniff Robyn die Augen zu und versuchte sich kleinzumachen, soweit dies in Franks Armen, die sie fest an sich gepresst hielten, überhaupt möglich war.

Dann Stille. Ein, zwei Herzschläge lang. Durch die geschlossenen Lider nahm Robyn wahr, wie Licht aufflackerte: die Laternen gingen an, pünktlich wie an jedem Abend. Sie blinzelte, hob den Kopf an und öffnete vorsichtig die Augen. Und blickte geradewegs in diejenigen Franks.

Dunkel schienen sie in diesem merkwürdigen Licht, das nicht mehr Tag und noch nicht Nacht, das teils natürlich und teils künstlich war. Ruhig schauten sie einander an, aufmerksam und fast erstaunt. Hätte Robyn nicht seinen heftigen Herzschlag gespürt, hätte sie beinahe geglaubt, dass nichts geschehen wäre. Er roch gut; nach staubigem Cord und Sonne. Wie warmes, trockenes Holz, das lange im Freien gelegen hatte; so gänzlich anders als Edward mit seinen kühlen Noten und dem minzigen Hauch seines Rasierwassers. Die Wärme seines Körpers, der durch den schnellen Lauf glühte, drang durch die Stoffschichten bis auf Robyns Haut und jagte Hitzewellen durch sie hindurch, die sich in ihrer Leibesmitte sammelten und sie schneller atmen ließen. Sein Gesicht war so nahe an ihrem, dass seine Lippen fast ihr Jochbein streiften. So nahe, dass eine kleine Regung genügt hätte, um seinen Mund über ihre Stirn wandern zu lassen, um seine Wange gegen ihre zu schmiegen.

Doch die Magie des Augenblicks zerbrach, als sie plötzlich ein Murmeln hörte, das rasch an Lautstärke zunahm und dem Rufe und schnelle Schritte folgten.

Sanft schob Frank sie von sich und half ihr, sich aufzusetzen. „Geht es Ihnen gut?“

Robyn nickte automatisch und begann sich erst danach zu vergewissern, ob alles heil an ihr geblieben war. Hastig zerrte sie den Saum ihres Kleides, der ihr übers Knie gerutscht und einen Seidenstrumpf und die breite Spitzenborte ihres Unterkleides hatte sehen lassen, wieder über die Knöchel. Sie stürzte sich förmlich auf ihre Tasche, die sie fallen gelassen hatte. Knetete und befühlte sie, bis sie schließlich das diamantene Oval ertasten konnte.

„Haben Sie Schmerzen? Können Sie aufstehen?“

Einen Arm um ihre Taille gelegt, ihr mit dem anderen Stütze bietend, zog Frank sie nach oben. Stöhnend tastete Robyn sich über ihre Rippenbögen. Seine Hand zog sich eilig zurück, als Robyns Finger sie streiften.

„Was Miss Sissinghurst wohl dazu sagen wird, dass mich die Stäbe des Korsetts offenbar vor gravierenden Verletzungen bewahrt haben?“

Noch etwas kurzatmig, lachte er trocken auf. „Weshalb?“

Doch Robyn antwortete nicht. Stumm starrte sie auf die Überreste des Rettungsbootes, das keine drei Fuß von ihnen entfernt kopfüber auf das Deck gestürzt war. Lose Spanten und Balken ragten wie die Stachel eines halb kahlen Igels in alle Richtungen; der Bootsrahmen aus Eisen war verbeult und verzogen, die Ruder entzweigebrochen und die Plane zum Schutz gegen Regenwasser heruntergerissen und zerfetzt. Das Ende eines Taus ringelte sich über das Deck wie eine tote Schlange. Robyn war fassungslos, denn es handelte sich nicht um ein Bötchen mit zwei oder vier Sitzplätzen, wie es sie auf dem See im Hyde Park gab, sondern um ein geräumiges, seetüchtiges Begleitboot, in dem zwei ausgewachsene Männer Kopf an Kopf liegend bequem Platz fänden. Nicht auszudenken, was geschehen wäre, wenn es Robyn ...

Ihre Knie gaben nach, und Frank hielt sie fest. „Vorsicht“, murmelte er und fügte mit Blick auf das Boot hinzu: „Ich habe gesehen, dass es an einer Seite schief zwischen den anderen hing und bedenklich hin und her schaukelte. Deshalb rief ich nach Ihnen – um Sie zu warnen.“

Robyn nickte und wollte etwas erwidern, doch sie kam nicht mehr dazu.

„Was ist passiert?“ Atemlos kam ein Mann angerannt, dicht hinter ihm weitere Passagiere beiderlei Geschlechts, dazwischen Stewards und ein Offizier. Doch die Szenerie brauchte keine weiteren Erklärungen, und im Nu waren Robyn und Frank von einem Pulk hektisch durcheinanderredender Menschen umgeben, die sich den Schaden mit großen Augen besahen, Näheres wissen wollten, sich nach Robyns Befinden erkundigten und Mutmaßungen über den Hergang des Unfalls anstellten, während sich zwei weitere Offiziere bemühten, die Schaulustigen zurückzudrängen und die Stelle abzusichern.

„Lassen Sie mich durch! Lassen Sie mich durch, verdammt!“ Edward hatte alle Mühe, zu Robyn durchzudringen. Wortlos schubste er Frank beiseite und zog Robyn an sich, die sichtlich unter Schock stand und wie erstarrt wirkte.

„Grundgütiger! Ich hatte mich schon gewundert, wo du bleibst!" Er nahm ihr Gesicht in beide Hände. „Geht es dir gut? Bist du unverletzt?" Als Robyn nickte, schloss er sie wieder in seine Arme, so fest, dass Robyn zu ersticken glaubte. „Nicht auszudenken, wenn dir etwas geschehen wäre!"

„Achgottachgottachgott!" Jammernd und unter schwerem Schnaufen tippelte Lady Ainsworth herbei, ihre silbern glitzernde Abendtasche an der Umhängekette wie ein Banner vor sich her schwenkend, während sie mit der anderen Hand ihr prall sitzendes, glitzerndes Kleid raffte.

„Sie armes Schätzelchen!" Schwungvoll warf sie sich mit einer Autorität zwischen Robyn und Edward, dass selbst Letzterer keine Widerworte wagte.

„Kommen Sie, ich bringe Sie zu Ihrer Kabine. Sie müssen ja vollkommen verängstigt sein! – Ich kümmere mich schon um Ihre Verlobte, keine Sorge, das ist Frauensache!", warf sie Edward über die Schulter hinweg zu, als sie Robyn vom Ort des Unglücks wegführte. „Ist ja gut, Herzchen", redete sie unaufhörlich auf Robyn ein. „Ist ja schon gut!"

Frank, der ihr nachgesehen hatte, fuhr herum, als er sich am Arm gepackt fühlte.

„Was ist das für ein merkwürdiger Zufall?", zischelte Edward, als er ihn an den Rand der sich nur zögerlich zerstreuenden Menge zerrte. „Ein Rettungsboot erschlägt beinahe meine Verlobte, und Sie sind sogleich zur Stelle! Können Sie mir das vielleicht erklären, hm?"

„Ich ... ich meine, wir ..." Frank geriet ins Stottern, wie ein Schuljunge, der sich bei einer Verfehlung ertappt fühlte, und Wut brandete in ihm auf. „Genauso könnte ich *Sie* fragen, weshalb *Sie* nicht an der Seite von Miss Fairbanks waren!“, trat er die Flucht nach vorne an. „Haben Sie sie tatsächlich vermisst heute Nachmittag und später bei Tisch? Oder war Ihnen ihre Abwesenheit völlig gleichgültig? Gar willkommen?“

Edward starrte ihn wütend an, ließ ihn aber los und tippte ihm dafür mit spitzem Zeigefinger vor die Brust. „Passen Sie bloß auf, Mister! Von nun an werde ich ein Auge auf Sie haben!“

Bevor Frank noch etwas erwidern konnte, hatte Edward Cheltenham sich auf dem Absatz umgedreht und war in langen Schritten davongeeilt.

Frank stützte die Hände in die Hüften, beugte sich etwas vor und atmete tief durch, bevor er seine schmerzende Schulter betastete, ein paarmal seinen lädierten Ellenbogen anzog und sich wieder streckte.

Jetzt brauchte er einen Whisky. Am besten einen doppelten.

Auf der Schwelle zur Bar hätte er am liebsten wieder kehrtgemacht. Nachdem es an der Unfallstelle nicht mehr viel zu sehen gab und die Besatzung des Dampfers höflich, aber nachdrücklich alle Schaulustigen gebeten hatten, sich zu entfernen, hatten sich etliche von ihnen, statt zurück zum Dinner zu gehen, hierher zurückgezogen. Um den wohligen Schauder, beinahe Zeuge eines Unglücks geworden zu sein, mit ein paar Gläsern Single Malt und Gin Tonic zu würzen und ratlos oder hitzig darüber zu debattieren, wie es überhaupt dazu hatte kommen können. Bei Franks Eintreten verstummten die Gespräche, und alle Köpfe wandten sich in seine Richtung, als hätte er ein Schild des Inhalts vor sich hergetragen, in nämlichen Vorfall verwickelt gewesen zu sein. Auf den ihm fremden oder vom Sehen flüchtig bekannten Gesichtern standen deutlich Neugierde und kaum bezähmbare Fragen nach dem Wie und Warum geschrieben. Frank biss die Zähne zusammen, setzte eine maskenhaft starre Miene auf und nickte einmal kurz in die Runde, ohne jemand Bestimmten damit zu meinen.

Am Tresen ließ er sich einen doppelten Whisky geben, den er gleich bezahlte, danach steuerte er mit dem Tumbler in der Hand einen Tisch im entlegensten Winkel des Raumes an. Mit dem Rücken zu den übrigen Gästen ließ er sich in das knarzende Leder eines niedrigen Clubsessels fallen und nahm einen tiefen Schluck. Die Ellenbogen auf die Knie gestützt, starrte er in sein Glas.

Der Augenblick gespannter Stille, den sein Eintreten hervorgerufen hatte, war bereits vorüber; die Passagiere wandten sich wieder einander zu, und an Franks Ohr drangen Gesprächsfetzen.

„Schlamperei – und das bei einer solch namhaften Gesellschaft ..." – „... sparen eben, wo sie nur können ..." – „Ha, und das bei *den* Preisen! Als wir vor fünf Jahren dieselbe Passage gebucht hatten, haben wir nur ..." – „... ob das mal kein Nachspiel haben wird. Schließlich trägt die Besatzung die Verantwortung dafür, dass so etwas nicht ..."

Franks Bemühung, nicht weiter hinzuhören, bewirkte, dass er stattdessen das Zittern in seinen Beinen und Armen umso stärker wahrnahm. Eine Reaktion seiner überanstrengten Muskeln, gewiss auch eine Folge seines schmerzhaften Aufschlagens auf Deck. Denn obwohl Robyn Fairbanks schlank war, hatte er doch schwer an ihrer Last getragen, als er sie über das Deck geschleift und sich mit ihr der Länge nach möglichst weit von der Gefahrenzone entfernt zu Boden geworfen hatte. Doch Frank Kendall war kein Narr, noch hatte er je eine Neigung zur Selbsttäuschung besessen. Daher wusste er genau, dass das Brennen und Ziehen in seiner Bauchgegend nicht allein durch das Gewicht von Robyns Körper, den er mit dem seinem zu schützen versucht hatte, herrührte. Erstaunlich kräftig hatte sie sich in seinen Armen angefühlt, und doch hatte er gefürchtet, sie mit seiner Umklammerung und seinem instinktiven Sprung auf die Planken zu zerbrechen, so weich und anschmiegsam, wie sie gleichzeitig gewesen war. Ihre helle Haut schien im Halbdunkel zu leuchten; ihre Augen waren tiefe, dunkle Seen gewesen, und Frank hatte gar geglaubt, eine Hand voll Sommersprossen auf ihrem Nasenrücken erkannt zu haben. Doch das Betörendste war ihr Duft gewesen: schwer und süß wie Lilien, durchmischt von der Frische nassen, gemähten Grases, wie ein Sommermorgen auf dem Land.

Frank blickte auf, als er aus dem Augenwinkel eine Gestalt sah, die sich auf ihn zubewegte und in den Sessel neben ihn sinken ließ, dann die Hand in Richtung eines der Stewards hob.

„Brandy, bitte", gab Hamilton Marshall seine Bestellung auf, bevor er Frank ansah. „Gerade noch mal Glück gehabt, was?"

Frank verzog seinen Mund und zuckte mit den Achseln, bevor er den nächsten Schluck Whisky großzügig durch die Kehle rinnen ließ.

Hamilton Marshall bedankte sich bei dem Steward, nahm sein Glas von dessen Tablett und hob es in Franks Richtung. „Auf den heldenhaften Retter!"

Frank reagierte nicht weiter darauf, nahm aber gleichzeitig mit Hamilton einen weiteren tiefen Schluck aus dem Glas. Seine Reisebekanntschaft wies mit seinem Glas in Richtung der Barbesucher, die immer noch in ihre Diskussionen zu Ursache und Hergang des Geschehens vertieft waren und deren Seitenblicke hin und wieder den Tisch mit Frank und Hamilton streiften. „Eines steht jedenfalls fest: Die gepflegte Langeweile der Herrschaften hat vorerst ein Ende! Die nächsten Tage wird es kein anderes Thema mehr geben als den Unfall. Die Sache mit dem Boot hat sich bereits wie ein Lauffeuer herumgesprochen. Auf meinem Weg hierher habe ich an allen Ecken und Enden nichts anderes mehr gehört."

Doch Frank schwieg noch immer, drehte den Tumbler zwischen den Handflächen hin und her und beobachtete, wie sich die bräunliche Flüssigkeit darin bewegte. Hamiltons forschender Blick ließ ihn sich unbehaglich fühlen. Er empfand ihn als aufdringlich, als nahezu körperlichen Eingriff in seine Privatsphäre. Nähe zu ertragen war ihm schon immer schwergefallen, und neben seiner Angewohnheit, die meiste Zeit über zu arbeiten, war dies auch einer der Gründe, weshalb seine Beziehungen zu Frauen nie über flüchtige Affären hinausgegangen waren.

Als hätte Hamilton die Richtung erraten, in die seine Gedanken gewandert waren, sagte er leise: „Schwierigkeiten, Professionalität und Privatleben auseinanderzuhalten?"

Frank behielt sich unter Kontrolle und den im Tumbler kreisenden Whisky fest im Auge, als er trocken erwiderte: „Weshalb?"

„War heute Nachmittag mein Eindruck." Hamiltons Augenbrauen zuckten. „Verstehe ich nur zu gut – eine solche Frau kann einem gehörig den Kopf verdrehen!"

Frank legte den Kopf zurück und stürzte den Rest Whisky hinab, stellte das Glas unsanft auf dem Tisch vor sich ab und stand auf. „Gute Nacht."

Ohne eine Erwiderung abzuwarten, verließ er fluchtartig die Bar.

„Bist du auch wirklich in Ordnung?" Edward sah ihr prüfend ins Gesicht, während er ihre Ellenbogen umfasst hielt. Robyn gab ein nervöses, künstliches Lachen von sich, wich seinem Blick aus und machte Anstalten, sich ihm zu entziehen. „Natürlich bin ich das."

Edward hielt sie unverändert fest. „Natürlich ist gar nichts an dem, was du gerade erlebt hast."

Mit einem Ruck befreite sie sich aus seinem Griff und wandte sich um. Unruhig hantierte sie mit ihren Toilettengegenständen. Edwards Besorgnis war ihr im Moment genauso unangenehm wie zuvor Lady Ainsworths überschwängliche Fürsorge auf dem Weg zu ihrer Kabine, und sie schämte sich dafür, dass sie so empfand.

„Ich glaube, ich gehe besser zu Bett", sagte sie mit matter Stimme und massierte sich die Stirn, hinter der es heftig pochte. „Morgen werde ich den Schrecken schon wieder halbwegs überwunden haben und mich besser fühlen."

Edwards Augen ruhten unverändert auf ihr. „Es ist sicher besser, wenn ich heute Nacht auf der Chaiselongue nächtige, für alle Fälle."

„Nein." Unwillkürlich ballte sich Robyns Hand zur Faust, als sie ihres scharfen Tonfalls gewahr wurde, und wie zur Entschuldigung drehte sie sich wieder zu ihrem Verlobten um und schmiegte sich an ihn. „Nein, das musst du nicht", murmelte sie gegen das Revers seines Dinnerjacketts. „Du schläfst in einem richtigen Bett sicher besser."

„Ganz wie du willst", kam seine Antwort, die bei aller Nüchternheit doch hörbar gekränkt klang. Betont sanft schob er sie von sich und küsste sie sacht auf beide Wangen, dann, flüchtig, auf den Mund. „Gute Nacht, mein Herz. Erhol dich. Ich gehe morgen früh gleich zum Captain und bestehe darauf, dass er uns eine prompte Erklärung für diesen Unfall liefert. Und selbstverständlich auch eine Entschuldigung."

Nachdem sich die Tür hinter ihm geschlossen hatte, war es nach dem Geschnatter Lady Ainsworths und Edwards beharrlichen Nachfragen plötzlich bedrückend still in der Kabine. Eine Stille, die Robyns Herz rasen ließ. Jeder Knochen, jeder Muskel tat ihr weh, und obwohl sie wusste, dass sie nur ein paar leichte, oberflächliche Blessuren davongetragen hatte, fühlte sie sich trotzdem elend. Schon jetzt hatte der Vorfall mit dem Rettungsboot im Rückblick etwas Unwirkliches für sie, vor allem aber war ihr Innerstes in Aufruhr. Abflauender Schrecken mischte sich mit den Spuren, die Franks Nähe und Berührungen in ihr hinterlassen hatten. Die sie immer noch spüren konnte, genauso wie das Echo dessen, was sie empfunden hatte, als er sie mit sich zu Boden gerissen und sie in seinen Armen auf dem Deck gelegen hatte. Unwillkürlich rieb sich Robyn quer über ihren Magen, in dem sie das Zentrum dessen zu spüren glaubte, was sie so verwirrte. Heiß fühlte es sich darin an, ziehend und wirbelnd, herrlich und beunruhigend zugleich.

„Du bist ganz schön überspannt", schalt sie sich halblaut selbst und schnitt ihrer Doppelgängerin in dem hohen Standspiegel eine Grimasse. Sie straffte sich, so gut es ging, und läutete nach einem der Mädchen, damit es ihr aus dem Kleid half, das gehörig ramponiert aussah.

Der jadegrüne Satinstoff war an manchen Stellen eingerissen und ausgefranst, an anderen überdehnt, ausgebeult und angeschmutzt – und genauso fühlte sich auch Robyn, als sie wenig später in ihr Bett kroch. An Leib und Seele überstrapaziert und mitgenommen.

6. TAG – ZYPERN

„Sabotage also“, flüsterte Robyn. Ihr Blick war abwesend und ins Leere gerichtet, während sie sich setzte und an ihrer Teetasse nippte. Der grelle Sonnenschein vor ihrem Kabinenfenster verriet, dass es draußen warm war, doch seit dem vergangenen Abend fror sie unablässig.

„Beide Taue waren bis auf wenige Fasern vollständig durchtrennt. Saubere Schnitte, mit einer sehr scharfen Klinge durchgeführt.“ Sichtbar schockiert fasste Edward das Untersuchungsergebnis in knappen Worten zusammen. „Wenige kräftige Stöße haben ausgereicht, um diese reißen und das Boot aus seiner Aufhängung an den Davits auf Deck stürzen zu lassen.“

„Unklar ist jedoch“, fügte Frank hinzu, „wie jemand ungesehen dort hinaufkommen konnte.“

Trotz erheblichen Protestes von Seiten Edwards hatte Frank es sich nicht nehmen lassen, ebenfalls beim Captain zu erscheinen, um Näheres über die Ursachen des gestrigen Unfalls zu erfahren. Da Frank – im Gegensatz zu Edward – bei besagtem Vorkommnis zugegen gewesen war, hatte aus Sicht des Captains auch nichts dagegengesprochen, und Edward war nichts weiter übrig geblieben, als sich zähneknirschend mit Franks Anwesenheit abzufinden. Ebensowenig hatte sich Frank davon abbringen lassen, Robyn danach mit Edward zusammen in ihrer Kabine aufzusuchen, die sie seit dem gestrigen Abend nicht mehr verlassen hatte. Ohne die Hilfe eines der Mädchen hatte sie sich in ein legeres Hausgewand aus fließendem zitronengelbem Satin gekleidet, dessen Ärmel ab dem Ellenbogen in eine Kaskade aus Spitzenvolants übergingen, das Haar nur locker aufgesteckt. Falls der sonst so korrekte Edward ihren Aufzug in Gegenwart von Mr. Kendall unpassend fand, ließ er sich zumindest nichts dergleichen anmerken.

„Es ist anzunehmen", fuhr Frank nun fort, „dass die Aufhängung in einer der vorangehenden Nächte präpariert worden ist. Der Captain lässt die Männer der Besatzung, die zuletzt für die nächtlichen Rundgänge eingeteilt waren, jetzt noch befragen. Er will herausfinden, ob die regelmäßigen Materialprüfungen eventuell schlampig absolviert worden sind. Trotzdem", er atmete tief durch, und es klang wie ein wütendes Schnauben, „trotzdem möchte der Captain möglichst wenig Unruhe an Bord und verzichtet deshalb darauf, die Passagiere ebenfalls zu befragen. Die offizielle Version wird auf einen Unfall hinauslaufen, damit der Ruf der Schifffahrtsgesellschaft nicht beschädigt wird. Aus demselben Grund wird heute auch nochmals jede Gerätschaft an Bord genauestens auf ihre Sicherheit hin überprüft."

Edward beugte sich zu Robyn herüber und legte ihr sacht die Hand auf den Unterarm. „Er wollte dich ebenfalls noch ein paar Dinge fragen. Aber ich habe ihn auf deinen angegriffen Zustand hingewiesen und ihm gesagt, dass du garantiert nichts gesehen hast. Sollte dir doch noch etwas einfallen, so wirst du es mir sagen, ja?"

Robyn nickte, ohne ihn direkt anzusehen, und nahm einen weiteren Schluck.

„Der Captain ist im Übrigen davon überzeugt, dass es sich nur um einen unglücklichen Zufall handelt und dass ganz gewiss niemand an Bord die Absicht hatte, Sie mit dem Boot zu erwischen", warf Frank ein.

„Kein Wunder, so wie Sie den Vorfall dargestellt haben!", schleuderte Edward ihm wütend entgegen.

„Wie bitte?“ Franks Miene zeigte ehrliche Verblüffung. „Ich habe das erzählt, was ich gesehen – oder eben *nicht* gesehen habe! Im Gegensatz zu Ihnen war ich nämlich dabei!“

„Ja, und genau das finde ich doch reichlich seltsam!“ Edwards Augen wurden schmal, als er sich aus seinem Stuhl erhob und einen Schritt auf Frank zu machte. „Dass das Boot sabotiert wurde, ist eine Sache. Aber dass ausgerechnet Sie mit meiner Verlobten dort spazieren gehen, just in dem Moment, in dem es herunterkracht ... Das kann doch kaum Zufall gewesen sein!“

Robyn sah von ihrer Tasse auf und richtete ihren Blick aufmerksam auf Frank, der erstaunlich ruhig blieb.

„Demnach beschuldigen Sie also *mich*, etwas damit zu tun zu haben?“

„Ich bitte Sie, Mr. Kendall – das liegt doch auf der Hand!“, ereiferte sich Edward.

Franks Mund verzog sich zu einem spöttischen Lächeln. „Dann sind Sie gewiss in der Lage, bis ins Detail zu erläutern, wie ich das angestellt haben soll.“

„Sie haben die Taue entsprechend präpariert und dann meine arglose Verlobte beinahe ins Verderben laufen lassen!“

„Das ist unmöglich“, mischte Robyn sich ein. „Fr... ich meine, *Mr. Kendall* und ich waren den ganzen Nachmittag zusammen.“ Sie biss sich auf die Unterlippe, als Edward herumfuhr und sie mit einem Ausdruck in den Augen ansah, der nicht anders als mit wütender Verletztheit zu deuten war.

„Ich habe mir von ihm mehr über den Diamanten erzählen lassen“, fügte sie trotzig und bemüht sachlich hinzu. Mit gesenktem Kopf beugte sie sich vor, um sich Tee nachzugießen.

„Dann hat er sich in der Nacht zuvor daran zu schaffen gemacht. Oder einen Helfer gehabt!“, beharrte ihr Verlobter stur auf seiner Theorie. Robyn zuckte zusammen, als ihr Mr. Marshall einfiel, der angebliche Boxschüler Franks, und ein paar Tropfen Tee träufelten auf das Tischtuch.

„Das sind schwerwiegende Anschuldigungen, die Sie da gegen mich erheben, Mr. Cheltenham", sagte Frank nach einer Pause. In seinen Worten schwang etwas Drohendes mit.

„Aber das ergibt keinen Sinn, Edward", kam Robyn ihm zu Hilfe. „Mr. Kendall hat mich im Gegenteil gerettet, als das Boot hinabstürzte. Du könntest ihm gegenüber ruhig etwas mehr Dankbarkeit zeigen!"

Aber Edward reagierte nicht auf ihre Worte, sondern fixierte weiterhin Frank Kendall, der seinem bohrenden Blicken standhielt. „Vielleicht habe ich Sie unterschätzt, Mr. Kendall. Vielleicht sind Sie ja doch kein so abgebrühter Ganove, wie ich anfangs dachte. Ein kluger Plan, aber im letzten Moment ergreift Sie so etwas wie Reue, und Sie bringen es nicht über sich, zuzusehen, wie die hübsche junge Lady unter dem Rettungsboot begraben wird. Oder Sie sind doppelt gerissen und spielen den Helden, um uns alle in trügerischer Sicherheit zu wiegen."

„Dergleichen brauche ich mir nicht länger anzuhören. – Guten Tag", wandte sich Frank mit einem knappen Kopfnicken an Robyn. Die Tür fiel unsanft hinter ihm ins Schloss.

„Endlich sind wir ihn los", stöhnte Edward auf. „Den ganzen Tag hing er schon wie eine Klette an mir!"

„War das wirklich nötig?" Heftig setzte Robyn ihre Tasse ab.

„Ja, das war es." Edward kniete sich vor sie hin und nahm ihre Hände, strich zart über ihre Fingerknöchel. „Er soll ruhig wissen, dass ich mich von ihm nicht täuschen lasse."

Robyn atmete ein, um eine Erwiderung vorzubringen, doch Edward fuhr fort: „Das Unglück gestern hat mir bewusst gemacht, in welch großer Gefahr du dich befindest, und der Gedanke ist mir unerträglich. Wie niederträchtig muss jemand sein, der dich mit einem herabstürzenden Boot zu erschlagen plant, nur damit er dir den Schlüssel zum Safe abnehmen kann!"

Robyn lachte auf. Ein kleines, spitzes Lachen, das künstlich klang.

„Wirklich, Edward, jetzt geht aber deine Fantasie mit dir durch! Wo soll denn das ominöse Phantom gewesen sein, als das Boot herabfiel?"

Edward legte seine Stirn in Falten. „Kannst du beschwören, dass sich bei den schlechten Lichtverhältnissen niemand an den Tauen über deinem Kopf zu schaffen gemacht hat und unmittelbar nach dem Unfall von dort oben wieder heruntergestiegen ist, um sich unauffällig unter die Menge der Hilfsbereiten und Schaulustigen zu mischen?"

Sie schwieg und versuchte sich jedes noch so kleine Detail des gestrigen Abends in Erinnerung zu rufen. Die Bordwand hatte in völliger Dunkelheit gelegen, und sie hatte auch kein einziges Mal zu den Davits und den Booten hochgesehen. Dann hatte Frank sie auch schon mit sich gerissen, wobei ihr Gesicht der Reling zugewandt gewesen war. Und danach waren noch einige Momente vergangen, bis die Laternen aufgeflackert waren. Zeit genug für jemanden, um sich davonzustehlen oder sich verborgen zu halten oder sich in der Tat auf unverdächtige Art zu den herbeigelaufenen Passagieren zu gesellen. Frank und sie waren außerdem viel zu erschrocken gewesen, um ein Geräusch oder einen Schatten wahrzunehmen. Zumindest sie, Robyn, war es gewesen ...

„Siehst du", sagte Edward sanft, als sie stumm blieb. „Du hast doch den Diamanten sicher verwahrt, oder?" Als Robyn zögerlich nickte, setzte er hinzu: „Immer noch im Safe?"

Sie war noch dabei, nach einer passenden Antwort zu suchen, die ihre Gedanken, ihren Plan, den Diamanten geschickt zu verstecken, erklären sollte, als sein Atem hörbar stockte und er nach ihrer Hand griff.

„Du trägst ihn doch nicht etwa ständig bei dir?“

Robyn brauchte nichts zu sagen; die feine Röte, die ihr in die Wangen stieg, verriet sie. Er packte sie bei den Schultern und schüttelte sie leicht. „Grundgütiger, Robyn, bist du verrückt geworden? Das ist viel zu gefährlich!“

„Ich kann auf mich achtgeben“, erwiderte sie gereizt.

„Oh ja, in der Tat.“ Es klang sarkastisch. „Das haben wir ja gestern Abend gesehen.“ Unvermittelt nahm seine Stimme wieder einen zärtlichen Tonfall an, der aber nichtsdestotrotz eindringlich war. „Du kannst nicht von mir verlangen, dass ich gleichgültig dabei zuschaue, wie du dich weiterhin solchen Gefahren aussetzt. Gib mir den Diamanten, und ich bewahre ihn für dich in meinem Safe auf, bis wir in Kalkutta von Bord gehen, wie wir es von Anfang an hätten tun sollen. Was sagst du dazu?“

Robyn wich seinen drängenden Blicken aus, nahm sich aber Zeit, um seinen Vorschlag kurz zu überdenken. Schließlich schüttelte sie den Kopf.

„Nein“, entgegnete sie. „Auch wenn ich dir bald mein Jawort gebe und den Rest meines Lebens an deiner Seite sein will, ist das hier ganz allein meine Sache. Ich ...“, sie sah ihn entschlossen an, als er etwas einwenden wollte. „Ich bin dir dankbar, dass du diese Reise mit mir machst und dich um mich sorgst. Aber den Diamanten wohlbehalten nach Indien zu bringen, obliegt allein mir.“

Edward senkte den Kopf, atmete tief durch und stand dann auf.

„Schön“, gab er gepresst zur Antwort. „Wenn du mir so wenig Vertrauen entgegenbringst ... In diesem Fall solltest du vielleicht besser noch einmal in dich gehen, ob du auch wirklich meine Frau werden willst.“

„Edward ...“

„Nein, bemüh dich nicht weiter“, winkte er ab. „Du weißt, dass ich dich nie zu etwas zwingen würde. Ich respektiere deine Entscheidung – mag sie mir auch noch so zusetzen. Aber selbst wenn du die erste Frau bist, die ich je heiraten wollte, so weiß ich doch auch, dass zu einer guten Ehe noch immer zwei gehören.“ Er wirkte müde, als er ihr zunickte und sich aus der Kabine schlich.

Robyn kaute auf ihren Lippen herum und kämpfte mit den Tränen, blinzelte, um sie zurückzuhalten. Dann zog sie ihre Knie an sich heran, umschlang sie fest und starrte aus dem Fenster. So hatte sie sich diese Reise wahrlich nicht vorgestellt. Ein Spaß hatte es werden sollen, ein abenteuerliches Intermezzo zwischen ihrem behüteten Jungmädchendasein und den auf sie zukommenden gesellschaftlichen Verpflichtungen als Gattin eines Gentleman. Nur ein Gefallen, den sie ihrer unbekannten Großtante hatte tun wollen. Doch zunehmend glich diese Fahrt einem Albtraum, dem sie nichts entgegenzusetzen wusste.

Robyn war bei allen Freiheiten, die sie in ihrem Elternhaus genossen hatte, stets dazu erzogen worden, ein Leben in der Gesellschaft respektabler Ladies und Gentlemen zu führen. Eine Rolle wie in einem Kriminalroman von Collins zu spielen, war dabei nicht vorgesehen gewesen. Aber nun waren ihre Eltern und ihre Brüder Tausende von Meilen entfernt und die einzige Verbindung zu ihnen die Telegrafenleitung zwischen Port Said und London, zwischen London und Bombay. Und Robyn bezweifelte ohnehin, dass ihr Vater, ihre Mutter oder Alan und David ihr in dieser Situation einen guten Ratschlag hätten geben können – außer dem, unverzüglich von Bord zu gehen und zurückzukehren.

„Nein, aufgeben werde ich nicht“, machte sich Robyn mit zusammengebissenen Zähnen selbst Mut, obwohl es mehr der Mut der Verzweiflung war, der aus ihr sprach. Aber vielleicht, so überlegte sie, bedeutete Erwachsensein genau das: gänzlich auf sich allein gestellt zu sein.

Für Robyn stand jedenfalls fest, dass sie unter keinen Umständen klein beigeben und auf halbem Weg umkehren würde. Alles andere war hingegen längst nicht mehr sicher. Hier hatte sie eher das Gefühl, dass ihr alles, was ihr Leben bislang ausgemacht hatte, zu entgleiten drohte. Sie hasste sich für ihre Sturheit, dafür, dass sie Edwards Angebot, das zumindest ein wenig mehr Sicherheit für sie bedeutet hätte, so brüsk ausgeschlagen hatte. Weil sie immer und überall ihren Willen durchsetzen musste.

Robyn vergrub das Gesicht in ihren Händen und begann zu weinen.

„Viel zu nachlässig!" Der ehrenwerte Emery Troublefield, zweithöchster Richter des High Court von Bengalen in Kalkutta, ließ seine Faust so heftig auf die Tischplatte krachen, dass die Teetassen und Löffel leise klirrten und man sich am Nebentisch empört nach ihm umwandte. „Um nicht zu sagen: grob fahrlässig, wie sich der Captain in dieser Angelegenheit verhält. Ich an seiner Stelle", er nahm seine Tasse, trank einen Schluck und strich sich mit angewinkeltem Zeigefinger über den gepflegten grau gestromerten Schnurrbart, „ich an seiner Stelle hätte keine Ruhe gegeben, solange ich den Schuldigen nicht ausfindig gemacht hätte. Einen nach dem anderen hätte ich verhört und alle Kabinen durchsuchen lassen. Es kann ja wohl nicht sein", unwillig schüttelte er den Kopf, als seine Frau, schweigsam wie gewöhnlich, ihm einladend den Teller mit Gebäck hinhielt, „dass der Täter noch immer unter uns weilt! Was wird er wohl als Nächstes vorhaben – vielleicht die Rettungsringe zerstechen? Die Reling ansägen? Die Maschinen lahmlegen?"

Edward Cheltenham rührte Milch unter seinen Earl Grey, während er Troublefield zuhörte und zustimmend nickte. Beim Lunch war der Richter zu ihm an den Tisch getreten und hatte ihn für den Nachmittag in den Teesalon eingeladen. Edward hatte dankbar angenommen. Stand ihm doch keineswegs der Sinn danach, sich weiterhin Robyns merkwürdigen Launen auszusetzen, die sie dazu bewogen hatten, auf das Essen zu verzichten. Als er wider besseres Wissen zwei Stunden nach ihrem Streit an ihre Kabinentür geklopft hatte, um sie in den Speiseraum zu begleiten, waren ihre Augen zwar vom Weinen gerötet, ihr Gebaren aber weiterhin abwehrend und trotzig gewesen. Achselzuckend war Edward wieder gegangen, davon überzeugt, dass einige Stunden ungestörten Alleinseins am besten geeignet wären, um Robyn wieder zur Vernunft zu bringen. Bis zum Dinner würde sie sich gewiss wieder gefangen haben. Außerdem lag es nun an ihr, den entscheidenden Schritt zur Versöhnung zu machen.

Halb in des Richters Ausführungen, halb in seine eigenen Gedanken vertieft, entgingen Edward deshalb die seelenvollen Blicke, die Nora Troublefield ihm unter halb gesenkten Lidern zuwarf.

„Ein strenges Regiment hat noch nirgendwo Schaden angerichtet", fuhr Richter Troublefield nun fort. „Weder in Europa noch anderswo. Hätten wir Indien etwa unter unsere Herrschaft gebracht, wenn wir die Einheimischen umschmeichelt und ihnen ihren Willen gelassen hätten? Wenn wir zu jeder ihrer abstrusen Forderungen, ihren gottlosen Sitten und Gebräuchen, Ja und Amen gesagt hätten? Damals, während des Aufstands von '57, haben wir ja gesehen, wohin es führt, wenn wir zu rücksichtsvoll und nachlässig sind! Nein, mein lieber Mr. Cheltenham, eine harte Hand, das ist es, was Indien braucht!" Zur Bekräftigung seiner Worte schlug er erneut auf die marmorierte Platte des Tisches, diesmal allerdings mit der flachen Hand. „Man darf nicht zulassen, dass Störenfriede und Ganoven den Respekt vor einem verlieren. Und genauso verfahre ich auch mit meinen Angeklagten. Erst letztes Jahr habe ich ..." – er unterbrach sich und wandte sich kurz an seine Gattin –, „hol doch eben schnell die Mappe mit den Zeitungsausschnitten aus unserer Kabine. Letztes Jahr hatte ich ein Verfahren verhandelt, in dem ..."

Eilfertig erhob sich Mrs. Troublefield, um dem Wunsch ihres Gatten nachzukommen, der sich in Folge darin erging, Edward Cheltenham in die kniffligen Winkelzüge der Rechtsprechung *à la Troublefield* einzuweisen, in der Begriffe wie „Milde", „Gnade" oder „im Zweifel für den Angeklagten" nicht vorkamen.

Robyn holte tief Luft, ehe sie mit den Fingerknöcheln gegen das Türblatt pochte. Sie glaubte schon, zu leise geklopft zu haben oder dass Edward vielleicht gar nicht in seiner Kabine wäre, als sich die Tür doch noch öffnete und Edward sie mit überraschtem Blick begrüßte.

„Schön, dass du kommst." Mit einer einladenden Geste trat er beiseite und bat sie herein. Robyn folgte seiner Aufforderung, wich aber seinen Blicken aus und sah sich stattdessen in seiner tadellos aufgeräumten Kabine um.

„Du wirst dich beeilen müssen, wenn du noch halbwegs rechtzeitig zum ersten Gang fertig sein willst", hörte Robyn ihn sagen. Unwillkürlich sah sie an ihrem Hauskleid hinab, das sie noch immer trug, und schüttelte den Kopf. „Ich werde nicht mitkommen. Ich habe keinen Appetit." Entschlossen hob sie den Kopf und sah ihn unverwandt an. Edward nickte verstehend, konnte jedoch nicht verhindern, dass sich seine seine Mundwinkel bitter nach unten zogen.

Robyn atmete schwer aus. „Ich wollte dir jedoch sagen, dass es mir leidtut, dich heute Vormittag verletzt zu haben. Das lag nicht in meiner Absicht."

Edward nickte und fuhr sich mit der Hand über den Nacken. Schließlich machte er einen Schritt auf sie zu und berührte sie sacht am Arm. „Schon gut", erwiderte er leise. „So etwas kann vorkommen. Hauptsache, du hast eingesehen, was für gefährliche Auswirkungen dein Starrsinn haben kann."

Nun war es an Robyn, verblüfft dreinzublicken. „Meine Meinung habe ich deshalb noch lange nicht geändert. Den Diamanten nach Indien zu bringen, halte ich nach wie vor für allein meine Angelegenheit."

Edwards Hand glitt kraftlos an ihrem gelben Satinärmel herab.

„Warum fällt es dir so schwer, das zu akzeptieren?" Sie klang heiser, als kämpfte sie gegen einen heftigen Sturm in ihrem Inneren an.

„Das fragst du noch?!" Entgeistert starrte Edward sie an und machte dann eine heftige Geste. „Um ein Haar wärst du gestern wegen dieses vermaledeiten Edelsteines schwer verletzt worden! Und trotzdem verlangst du von mir, weiter zuzusehen, wie dir vielleicht noch etwas Schlimmeres zustößt?"

Robyn kaute auf ihren Lippen herum; sie rang sichtlich mit sich. „Es bleibt trotzdem ganz allein meine Sache", entgegnete sie, und ihre Stimme zitterte. „Das ist alles, was ich von dir verlange – dass du diese Tatsache akzeptierst." Bittend sah sie ihn an. „Du hast doch gewusst, worauf du dich mit mir einlässt, oder?", unternahm sie den Versuch, die angespannte Atmosphäre mit einer Neckerei wieder aufzulockern. Doch es misslang.

„Du hast dich verändert, seit wir an Bord gegangen sind", stellte Edward nüchtern fest, doch seine Stimme klang dabei so traurig, dass Robyn tief bewegt war.

„Nein, das stimmt nicht", widersprach sie ihm. „Es ist nur so, dass ich ..."

„Es ist dieser Kendall, nicht wahr?", fiel er ihr ins Wort, und Robyn zuckte zusammen. „Er ist zwischen uns getreten."

Das bildest du dir nur ein, das stimmt nicht. Robyn lagen die Worte auf der Zunge, doch sie brachte sie nicht über die Lippen, schüttelte nur stumm den Kopf.

„Doch, Robyn, so ist es." Er lachte auf, und es klang bitter. „Und du wärst nicht die Erste, die einen zwielichtigen Gesellen – halb Gauner, halb edler Ritter – einem Langweiler wie mir vorzöge."

Robyn schluckte. „Du täuschst dich gewaltig."

Seine Schultern hoben und senkten sich, und er wirkte erschöpft, als er zur Tür ging und sie öffnete. „Mag sein – aber dann liegt es allein an dir, mich vom Gegenteil zu überzeugen."

Sie zögerte und schwankte zwischen dem Impuls, diesen Streit bis zum bitteren Ende mit ihm auszufechten oder sich mit ihm auszusöhnen. Letztendlich trat sie ohne ein weiteres Wort mit brennenden Wangen über die Schwelle und floh zurück in ihre Kabine, wo sie den Rest des Abends damit verbrachte, ihre widerstreitenden Gefühle und Gedanken wieder einigermaßen zu ordnen.

„Sie gestatten?" Ohne auf eine entsprechende Antwort Edwards zu warten, ließ sich Richter Troublefield in den Ledersessel neben ihm fallen. Er trank einen Schluck aus seinem Tumbler und gab einen genießerischen Laut von sich. „Verdammt guter Jahrgang!" Wohlig lehnte er sich zurück und musterte Edward, der in sein noch volles Glas starrte. „Ich habe Ihre reizende Verlobte heute Abend gar nicht beim Dinner erblickt."

„Sie fühlt sich nicht wohl."

„Na, kein Wunder! Das ist, was mich am meisten an solch einer laxen Vorgehensweise wie der des Captains erbost: dass es immer die Schwächsten sind, die darunter leiden, Frauen und Kinder! Dabei sollte ihre Sicherheit stets oberste Priorität haben! Wenn wir die Schwachen und Hilflosen nicht mehr schützen –

was für ein Fundament hat unsere Gesellschaft denn dann noch?"

Edward nickte, doch es war seiner Miene anzusehen, dass er nur mit halbem Ohr zugehört hatte. Der Richter beugte sich halb zu ihm herüber und flüsterte im Verschwörerton: „Kleine Unstimmigkeiten zwischen Ihnen beiden?"

„Wenn Sie es so ausdrücken wollen."

Der Richter gab ein kurzes, halb unterdrücktes Lachen von sich. „Mit Verlaub – aber die junge Dame an Ihrer Seite scheint nicht gerade der fügsamsten Sorte anzugehören. Oh, bitte, verstehen Sie mich nicht falsch, Mr. Cheltenham: Ich kann durchaus nachvollziehen, dass eine solche Wesensnatur für uns Gentlemen von Stand einen besonderen Reiz hat. Aber auf Dauer ist es ermüdend. Unter uns", wieder beugte er sich vor und senkte seine Stimme, die dieses Mal eine joviale Färbung enthielt. „Nur nicht nachgeben! Hart bleiben und die Zügel fest anziehen! Die paar Tränchen, die daraufhin fließen werden, lassen sich mit teuren Geschmeiden oder dem Besuch eines Modehauses wieder trocknen. Glauben Sie mir – ich weiß wovon ich rede! Sehen Sie mich an", er machte eine ausgreifende Geste. „Ich bin seit über zehn Jahren glücklich verheiratet!"

Edward schnitt eine Grimasse. „Ich kann mir nicht vorstellen, dass das bei meiner Verlobten funktionieren würde."

„Ach was!" Richter Troublefield klopfte Edward aufmunternd auf die Schulter. „Trauen Sie sich ruhig. Lassen Sie ..." Er unterbrach sich, winkte einem Gentleman, der soeben die Bar betreten hatte, zu, und erhob sich eilig. „Lassen Sie sich besser gar nicht erst von den Launen eines solchen Wildfangs kirremachen. Vor allem aber würde ich sie an Ihrer Stelle nicht aus den Augen lassen. Man weiß ja nie."

Stirnrunzelnd sah Edward ihm nach, wie er den Gentleman

herzlich begrüßte und die beiden kurz darauf gemeinsam die Bar verließen. Schließlich schüttelte Edward den Kopf und brütete weiter über seinem Bourbon vor sich hin.

7. TAG – PORT SAID

„Ah, das Käsesoufflé war einfach zu köstlich!", schwärmte Lady Ainsworth unter genussvollem Seufzen. „Und dieses exquisite Trifle als Dessert mundete mindestens ebenso gut, wie es eine Augenweide darstellte!"

„Hm-hm", stimmte Robyn gedankenverloren zu, ihre Augen unverwandt auf die Seiten des aufgeschlagenen Buches geheftet. Wirklich zu fesseln vermochte Henry James' Erzählkunst sie allerdings nicht. Doch das Buch bot ihr zumindest die Möglichkeit, sich hinter dessen Einbanddeckeln zu verschanzen und dadurch den neugierigen bis mitfühlenden Blicken der anderen Passagiere zu entgehen, zusätzlich zu dem Sichtschutz, den ihr die breite Krempe ihres Sonnenhutes gewährte. Lady Ainsworth schob ihren Körper etwas näher an die Liege, auf der Robyn in ihrem luftigen Marinekleid es sich mit ausgestreckten Beinen bequem gemacht hatte.

„Ich habe gehört", flüsterte sie in verschwörerischem Tonfall, „dass wir ab heute von der Gegenwart dieses unsäglichen Mr. Earnshaw erlöst sein werden!"

Als sie Robyns Blick unter gerunzelter Stirn auffing, fuhr sie triumphierend fort: „Sie wissen schon – dieser ungehobelte Amerikaner! Haben Sie ... ach, nein, Sie Ärmste, Ihnen ging es ja gestern nicht gut ... Kein Wunder, bei dem Schrecken, der sie ereilt hat! – Gestern jedenfalls trug er zum Lunch ein schlecht sitzendes blaues Jackett, eine karottenfarbene Weste und dazu eine gelbe Krawatte. Meine Güte! Und als ob das noch nicht genug gewesen wäre, um meinen ohnehin schon heiklen Appetit", Robyns Stirn zerfurchte sich weiter, „zu beeinträchtigen, habe ich genau gesehen, wie er bei Tisch die Ellenbogen aufstützte. Doch, meine Liebe, so wahr ich hier neben Ihnen sitze! Unglaublich! Weshalb ich auch dafür plädiere, dass von den Passagieren der ersten Klasse, die nicht wie wir aus den entsprechenden Kreisen kommen, neben einer Bonitäts- auch noch eine Eingangsprüfung in Anstand und Manieren verlangt werden sollte. Jedenfalls", sie schnaufte beglückt auf, „wird er in Port Said von Bord gehen. Er war geschäftlich in England unterwegs und will nun zum Vergnügen ein wenig durch den Orient reisen, wo seine nicht vorhandenen Tischmanieren nicht weiter auffallen werden. Dort isst man ja meist nur auf dem Boden hockend und unter Zuhilfenahme der Finger. Insofern ..."

Ein stärkeres Seitwärtsschlingern des Schiffs, begleitet von einem dröhnenden, fanfarengleichen Tuten aus den Schornsteinen, ließ Lady Ainsworth abbrechen und stattdessen ihren kurzen Hals recken.

„Oh, wir legen ja schon an. Kommen Sie, Miss Fairbanks, das müssen Sie sich anschauen. Nein, keine Widerrede, Port Said ist von Bord aus betrachtet durchaus zwei bis drei Blicke wert!"

Robyn unterdrückte ein Seufzen, legte ihren Henry James beiseite, ergriff ihre Handtasche und ließ sich von Lady Ainsworth, die sich bei ihr untergehakt hatte, an die Reling führen. Vorbei an General Higginbottom, der erneut eine seiner Reden schwang, und Miss Sissinghurst, die ihm andächtig lauschte, ihr schafsähnliches Gesicht dabei schräg legte und immer wieder kokett mit den spärlich bewimperten Augendeckeln flatterte.

Die Szenerie, die sich vor Robyn ausbreitete, entbehrte tatsächlich nicht eines gewissen Reizes. Auf den Kais und Molen des Hafens sowie vor den mehrstöckigen Lagerhäusern herrschte lebhaftes Gedränge. Kisten, Fässer und Säcke wurden geschleppt und von

Schiffen auf Boote oder auf Karren, vor die Esel oder Pferde gespannt waren, umgeladen. Hellhäutige Menschen in fremdländischer Kleidung – grellweiß bis leuchtend bunt – bevölkerten das Ufer. Männer mit braunen und bronzenen Gesichtern, dazwischen einige, deren ebenholzfarbene Haut ihre Herkunft aus dem Inneren des afrikanischen Kontinentes verriet. Im Hintergrund entdeckte Robyn eine Anzahl von Hafenbecken, in denen Schiffe vor Anker lagen, und Kräne, die sich in den hitzeflirrenden Himmel reckten. Robyn beugte sich weit über die Reling, blickte nach links und nach rechts und sah, wie vor und hinter der *Arcadia* weitere Dampfschiffe darauf warteten, die Durchfahrt durch den Suez-Kanal antreten zu dürfen. Der Kanal selbst war eine breite, schnurgerade Rinne, die sich durch zwei flache, von der Sonne zu Ocker und Umbra gebrannte Landstreifen hindurchschob. Das Wasser, das der Kanal führte, war stellenweise grünlich schimmernd, dann wieder schlammig-braun, und glitzerte unter der Sonne bis an den Horizont, wo Dunstfelder Himmel und Erde miteinander verschmolzen.

„Eine gute Stunde Aufenthalt werden wir haben“, meldete sich Lord Ainsworth zu Wort, der zu seiner Gattin und Robyn getreten war. Mit zusammengekniffenen Augen schielte er auf das Zifferblatt seiner Taschenuhr, ehe er sie wieder in seiner Weste verstaute und ein Taschentuch hervorholte, mit dem er sich über die gerötete, schweißnasse Stirn wischte.

„Bis alle Gepäckstücke der Reisenden, die hier von Bord gehen, verladen und die neuen Passagiere zugestiegen sind, dauert es seine Zeit. Wenn ich allerdings an die Zeit vor gut vierzig Jahren denke, als es den Kanal noch nicht gab ... Mein Vater war damals in der Kolonialverwaltung tätig, und ich habe zu jener Zeit mit meinem Kindermädchen einmal die gleiche Reise wie heute unternommen. Nach Alexandria mit dem Schiff, dann mit einem Dampfer den Nil abwärts nach Kairo. Von dort in einem holprigen Pferdekarren durch eine grässliche Einöde nach Suez und wieder aufs Schiff, das Rote Meer hinab. Eine wahre Tortur! Die technische Errungenschaft dieses Kanals ist nicht zu unterschätzen; sie hat den Seeweg nach Indien nicht nur erheblich verkürzt, sondern gestaltet ihn auch ungleich angenehmer!"

„Ah, sehen Sie!" Lady Ainsworth tippte Robyn an. „Dort unten steht er ja schon bereit, der werte Herr Amerikaner!"

Robyns Blick folgte ihrem dezenten Hinweis. In der Tat stand Mr. Earnshaw – in hellem Anzug und Tropenhelm, wenn auch nicht konventionell, so doch zweifellos passend für Ägypten gekleidet – am oberen Ende der Gangway, zusammen mit mehreren anderen Passagieren, die Robyn vom Sehen her kannte, darunter auch Lord Pangbournes Zweitgeborener. Unter den kritischen Blicken der scheidenden Passagiere wurden ihre Lederkoffer und Hutschachteln von Pagen die Gangway hinuntergekarrt, an deren Ende eine kleinere Gruppe von Reisenden neben aufgestapeltem Gepäck darauf wartete, an Bord gehen zu können. Ein Fährschiff würde die Passagiere, die das Schiff verließen, auf die andere Seite übersetzen, wo sie dann die Eisenbahn nach Cairo und Alexandria nehmen oder mit dem Boot erst noch eine Rundfahrt über den Nil machen würden. Sehnsucht durchzog Robyn, als sie gewahr wurde, wie gerne sie diese beiden Städte und die Pyramiden ebenfalls besichtigt hätte. Vielleicht sollte sie ihre Reisepläne für den Rückweg ändern und noch zwei Wochen Ägypten anhängen, ehe ...

„Nanu, Ihr Mr. Kendall hat es aber eilig!"

Auf diesen Ausruf Lady Ainsworths hin krampften sich Robyns Hände um die Reling. In der Tat drängte sich Frank unter beschwichtigenden Entschuldigungen nach allen Seiten zwischen den wartenden Passagieren hindurch und lief die Gangway hinab, wo er geschickt den Gepäckkarren auswich, sich nach allen Seiten umsah und dann im Getümmel auf dem Kai verschwand.

Es hatte den Anschein gehabt, als sei er auf der Flucht gewesen.

Robyn blickte suchend auf dem Deck umher und entdeckte Edward ein gutes Stück von sich entfernt. Auf die Reling gestützt, Robyn halb den Rücken zugewandt, unterhielt er sich mit ... ja, mit Richter Troublefield, ordnete Robyn dem Gesicht einen Namen zu. Nachdenklich richtete sie ihre Aufmerksamkeit wieder auf den Hafen von Port Said, während der erneut anhebende Redefluss von Lady Ainsworth – wie heiß es doch sei und wie dankbar sie sein konnten, dass die Speisen an Bord wunderbar englisch seien, scharfe Gewürze ließen sie sehr schnell an Dyspepsie leiden – an Robyn vorbeirauschte. Sie war dankbar dafür, dass Lady Ainsworth am liebsten sich selbst reden hörte und von ihrem Gegenüber so gut wie nie eine Antwort erwartete.

Übelkeit wallte in Robyn auf, und Enttäuschung versetzte ihr schmerzhafte Stiche, als sie an Frank dachte. War sein eiliges Verlassen des Schiffes etwa ein Eingeständnis seiner Schuld? War er geflohen, damit Edward ihm nicht mehr auf die Schliche kommen und seinen Verdacht melden konnte? Robyn hatte sich zwar das Frühstück noch in ihre Kabine bringen lassen, sich dann aber doch dazu durchgerungen, sich zum Lunch wieder in den Speiseraum zu begeben. Zu ihrem Erstaunen – und Edwards sichtbarem Verdruss – hatte sich Frank Kendall ebenfalls bei Tisch eingefunden. Allerdings hatte er sich ziemlich einsilbig gegeben, geistesabwesend in seiner Gemüsebrühe herumgerührt und sich nach nur zwei Löffeln seines Trifles mit einer gemurmelten Entschuldigung wieder zurückgezogen. Hatte er ein schlechtes Gewissen gehabt? Dass Frank Kendall – allein oder mit Hilfe einer zweiten Person – die gesamte Reise über hinter dem Diamanten her gewesen war und in einem perfiden Plan womöglich Robyns Leben aufs Spiel gesetzt hatte, war eine Vorstellung, die Robyn genauso absurd wie einleuchtend erschien. Auch wenn sich alles in ihr gegen Letztere sträubte. Doch was war schon unmöglich auf dieser Reise?

Erneut wanderten Robyns Augen zu Edward hinüber. Bis sie an Bord der *Arcadia* gegangen waren, hatte sie sich nicht einmal annähernd vorstellen können, dass sie beide sich derart entzweien würden. Kleine Auseinandersetzungen und hitzige Debatten, wenn sie einmal unterschiedlicher Meinung gewesen waren, hatte es zwar von Anfang an zwischen ihnen gegeben, aber Robyn hatte diese Kabbeleien zwischen ihnen letztlich immer als belebend empfunden und sie für ein untrügliches Zeichen dafür gehalten, dass ihre Ehe niemals Gefahr laufen würde, an Langeweile und klebrigsüßer Harmonie zu ersticken. Doch nun schienen sie unaufhaltsam auseinanderzudriften und nicht mehr dieselbe Sprache zu sprechen, und wenn doch, dann nur, um einander wehzutun. Robyn, die zuvor nie Zweifel gekannt hatte, wenn es um ihre Gefühle ging oder darum, sich freimütig für oder gegen etwas zu äußern, sah sich nun gezwungen, vieles infrage zu stellen. Hatte sie wirklich recht daran getan, darauf zu beharren, dass der Diamant allein ihre Angelegenheit war, und war es tatsächlich nicht zu vertreten, ihn nicht einmal dem Mann anzuvertrauen, den sie zu heiraten beabsichtigte? Auch dann nicht, wenn er dies als Vertrauensbruch empfand? Sie grübelte auch darüber nach, ob es ein Fehler gewesen war, das Testament anzunehmen und diese Reise anzutreten, und ob Edward und sie überhaupt auf lange Sicht hin miteinander glücklich werden konnten, wenn schon jetzt Differenzen von diesen Ausmaßen zwischen ihnen auftraten. Ein Gedanke, der Robyn jedes Mal über sich selbst erschrecken ließ und den sie um keinen Preis weiterverfolgen wollte. Auch nicht in diesem Augenblick.

„Ach, da kommt er ja wieder!“

Robyn fuhr auf, als Lady Ainsworth neben ihr lostrompetete. Wahrhaftig – immer noch schnell, aber doch gemäßigteren Schrittes strebte Frank Kendall wieder auf die *Arcadia* zu. Die neu zusteigenden Passagiere waren bereits an Bord gegangen, und die Pagen beförderten nun deren Koffer und Kisten die Gangway hinauf. Frank zeigte einem der Pagen seine Bordkarte, und als dieser nickte, marschierte er zurück auf das Schiff. Mit dem Handrücken wischte er sich den Schweiß von Hals und Kinn. Er schien sich sehr beeilt zu haben, und Robyn unterdrückte einen Seufzer der Erleichterung. Sogleich begann jedoch erneut Schuldbewusstsein an ihr zu nagen.

Es ist dieser Kendall, nicht wahr? Er ist zwischen uns getreten. Edwards gestrige Worte waren wie mit Säure in ihr Gedächtnis eingeätzt. Denn Robyn wusste tief in ihrem Inneren, dass sie der Wahrheit entsprachen. Sie rätselte nur noch darüber, ob Frank wie ein Katalysator die bereits bestehende, aber bislang verborgen gebliebene Unstimmigkeit zwischen Edward und Robyn sicht- und spürbar gemacht hatte, oder ob er einfach nur eine magische Anziehungskraft auf sie ausübte, der sie sich nicht entziehen konnte, und sie sich deshalb von Edward entfremdete. Ein wohliger Schauder durchlief Robyn, als sie sich daran erinnerte, wie Frank sie mit sich gerissen und umklammert gehalten hatte, um sie vor dem herabstürzenden Boot zu retten. Zum wiederholten Male drängten sich Bilder und Gerüche in ihr Bewusstsein, vermeinte sie Empfindungen auf ihrer Haut wahrzunehmen, die in ihrer Intensität ein Gefühl leichten Schwindels und ein sehnsüchtiges Ziehen in ihr auslösten.

„Vermutlich war er noch Souvenirs kaufen“, warf Lord Ainsworth nun ein und lachte, dass sein umfangreicher Bauch bebte. „*Grüße aus Port Said* oder etwas in der Art!“

Port Said. Robyn erstarrte. Ihr war komplett entfallen, dass sie heute den nächsten Brief ihrer Großtante öffnen durfte.

„Entschuldigen Sie mich bitte“, murmelte sie und vermied dabei, Lord und Lady Ainsworth direkt anzusehen. „Ich glaube, ich habe zu viel Sonne abbekommen. Ich muss mich ein wenig hinlegen." Und ohne auf eine Erwiderung zu warten, hastete sie davon.

Im Schlafzimmer ihrer Kabine klappte sie das Bild von der Wand weg und öffnete den Safe mit dem dazugehörigen Schlüssel, den sie inzwischen mit trotziger Nachlässigkeit in der Schublade ihres Nachttisches aufbewahrte. Wer auch immer zweimal in ihre Kabine eingedrungen war, hatte nichts anderes als den Diamanten gesucht, und den würde er hier auch weiterhin nicht finden.

Sie zog den obersten Brief aus dem zugeschnürten Bündel heraus, schlüpfte aus ihren leichten Schuhen und warf sich bäuchlings aufs Bett. Ungeduldig bohrte sie den Zeigefinger unter eine Ecke des Umschlags, ratschte ihn der Länge nach auf und zog seinen Inhalt heraus.

„Oh, Robyn, so gib doch Acht", schimpfte sie mit sich selbst, als sie bemerkte, dass sie einige Papiere, die zwischen die Briefbögen gesteckt worden waren, mit ihren fahrigen Bewegungen eingerissen hatte. Was allerdings keiner allzu starken Gewalteinwirkung bedurft hatte: die rechteckigen Blättchen waren aus dünnem Zeitungspapier, trocken und von staubig-muffigem Geruch. Neugierig drehte Robyn sie um und besah sich das erste.

Es war eine Heiratsannonce, deren Text – in filigranem Schnörkelrahmen, zu stilisierten Maiglöckchen auslaufend – die Vermählung von Miss Louisa Bedford und Mister Richard Cavendish verkündete, am 5. Mai 1811 zu St. Mary's in Chipping Norton, Oxfordshire. Zudem waren zwei Zeitungsanzeigen beigelegt, mit denen das Ehepaar Cavendish die Geburt ihres Nachwuchses der Öffentlichkeit kundtat: und zwar die von Adele Joana, geboren am 23. Mai 1812, und die von Charles Francis, geboren 18. Dezember 1814.

Charles Francis Cavendish – Robyns Großvater mütterlicherseits. Alan und David hatten ihn noch gekannt; Robyn hatte sich hingegen mit einem Porträt von ihm begnügen müssen, das zu Hause über dem Kamin in der Bibliothek hing, war er doch fünf Jahre vor ihrer Geburt gestorben. Das Gemälde zeigte einen gut aussehenden Mann um die vierzig, mit entschlossenen Gesichtszügen und stechend blauen Augen, die den Betrachter voller Stolz, fast schon arrogant zu mustern schienen. Robyns Mutter hatte ihren Vater hingegen als warmherzig und duldsam beschrieben, was damit zusammenhängen mochte, dass Charles Cavendish bereits das reife Alter von siebenunddreißig erlangt hatte, als seine einzige Tochter zur Welt gekommen war. Und auch Alan und David hatten als Halbwüchsige noch von den früheren Ausflügen mit ihrem Großvater geschwärmt, bei denen sie zum Fischen oder mit dem Kescher auf Schmetterlingsjagd gegangen waren – und das mit solch glänzenden Augen und weichen Stimmen, dass die kleine Robyn immer wütend mit dem Fuß aufgestampft hatte und ihrer Mutter bittere Vorwürfe gemacht hatte, sie erst so spät bekommen und damit um das Vergnügen gebracht zu haben, ihren Großvater noch kennen zu lernen.

Bei dieser Erinnerung lachte Robyn leise in sich hinein und strich zärtlich über das vergilbte Papier. Aus Franks Mund von der Vergangenheit des Diamanten zu hören, war ohne Zweifel interessant gewesen; aber jene Geschichten hatten keinen unmittelbaren Bezug zu Robyn selbst gehabt. Die Zeugnisse der Vergangenheit, die Robyn jedoch jetzt in ihren Händen hielt, waren ein Teil ihrer eigenen Geschichte und der ihrer Familie, floss doch auch in ihren Adern das Blut von Charles, Adele und deren Eltern.

Robyn nahm die vierte Anzeige zur Hand. Eine Todesanzeige dieses Mal, von dicken, schwarzen Balken umrandet, in der Louisa und ihre Kinder Adele und Charles am 3. November 1850 *voll untröstlichen Schmerzes und Trauer* den Verlust ihres Gatten und Vaters Richard Cavendish bekannt gaben. Nachdenklich musterte

Robyn die Zeitungsausschnitte, die sie vor sich auf der Weiß in Weiß bestickten Tagesdecke ausgebreitet hatte. Es war nur Papier und Druckerschwärze, mit denen Leben und Sterben festgehalten worden waren, und doch verbargen sich hinter den Ziffern und Lettern Menschen und ihre Empfindungen: Liebe, Hoffnung, Freude, Kummer, Unglück.

Robyn entfaltete den Brief, den ihre Großtante ihr hinterlassen hatte.

Meine liebe Robyn,

Verzeih, dass ich einige Tage zwischen meinem ersten Brief an Dich und diesem hier habe verstreichen lassen. Aber ich wollte Dir Zeit geben, Dich an Bord einzuleben und Dich mit den Gedanken an meinen ungewöhnlichen Plan vertraut zu machen. Gewiss ist es Dir schwer gefallen, meinem Wunsch zu folgen und nicht schon bei der Abreise diesen Umschlag zu öffnen. Oder gleich alle zusammen.

Robyn errötete unwillkürlich, schmunzelte aber darüber, dass ihre unbekannte Großtante sie so gut eingeschätzt hatte.

Ich danke Dir daher doppelt für Deine Geduld! Hattest du eine gute Reise bislang?

„Ach, Tante Adele", seufzte Robyn vor sich hin, „wenn du wüsstest ..."

Nun bist Du also in Port Said angekommen. Für uns Engländer das Tor zum Orient. Weißt Du, ich beneide Dich ein wenig um das, was Du schon alles von der Welt gesehen hast und noch sehen wirst. Ich selbst bin nie aus England herausgekommen. Zu meiner Zeit war das Reisen für unser „schwaches Geschlecht" noch nicht alltäglich, und später fühlte ich mich bereits zu alt dazu. Das kommt Dir gewiss merkwürdig vor – aber auch das wirst Du vielleicht verstehen können, sobald Du mehr über mich weißt. Bei Euch jungen Leuten von heute ist das etwas anderes; wenn ich dabei nur an meinen Enkel denke …

Robyn ließ die Bögen verblüfft sinken. Der Enkel ihrer Großtante wäre demnach Robyns Großcousin – doch Robyn hatte bislang genauso wenig von ihm gehört wie von ihrer Großtante. Da Robyn jedoch als Alleinerbin für den Besitz von Adele Wetherby eingesetzt worden war, konnte dies nur bedeuten, dass deren Enkel aus irgendwelchen Gründen von der Erbfolge ausgeschlossen worden war oder ebenfalls nicht mehr lebte … Mit gerunzelter Stirn las Robyn weiter.

Aber wer weiß: Vielleicht kann ich von dort aus, wo ich jetzt bin, ja auf irgendeine Art mit Dir reisen? Die Toten sind selten wirklich tot und begraben; etwas von ihnen bleibt doch immer unter den Lebenden zurück.

Bestimmt hast Du die Zeitungsausschnitte als Erstes zur Hand genommen. Genau das hätte ich an Deiner Stelle auch getan! Mit diesen Personen beginnt nämlich die Familiengeschichte, die ich Dir als mein Erbe hinterlassen möchte. Denn ich fürchte, ich bin die Einzige, die so gut wie alles darüber weiß – und auch die Einzige, die willens ist, es Dir zu erzählen.

Ja, mit Louisa Bedford begann alles. Meine Mutter und Deine Urgroßmutter. In jungen Jahren war sie eine sehr schöne Frau. Ohne es zu wollen, wurde sie zu einer Art „schönen Helena", die wie jene den Keim des Verhängnisses in unserem Zweig der Familie säte. Ich kann ihr keinen Vorwurf machen; denn sie ist nur ihrem Herzen gefolgt und hat ihre Entscheidungen gefällt, so gut sie es vermochte. Niemand konnte damals absehen, was geschehen würde, waren es im Einzelnen doch nur kleinere Schritte – hier ein Nein, dort ein Ja –, die sich aufsummierten und viele, viele Jahre später zur Katastrophe führen sollten. Und jede Generation trug ihren eigenen Teil dazu bei – ich mit eingeschlossen. Im Rückblick ist es immer leicht zu sagen, „hätte ich doch" oder „hätte ich nur nicht". Geschehen ist geschehen und nicht mehr rückgängig zu machen. Und nun, da alle tot sind (ich mit eingerechnet, zu diesem Zeitpunkt, an dem Du diese Zeilen liest), muss ich auch keine falsche Rücksicht mehr nehmen.

Die schöne Louisa – so nannte man meine Mutter. Und mein Vater Richard Cavendish war sehr in sie verliebt. Genau wie sie in ihn. Bis zuletzt. Doch das ist nur eine Seite der Medaille. Denn Richard Cavendish hatte einen sehr viel jüngeren Bruder namens George ...

1851

„Madam bittet Sie noch um ein wenig Geduld, Sir. Sie ist aber gleich bei Ihnen."

„Danke." George Cavendish nickte dem Dienstmädchen zu, das kurz vor ihm knickste und ihn dann allein ließ.

Es war ihm gar nicht einmal so unrecht, noch einige Augenblicke für sich zu haben, ehe er der Herrin des Hauses in der Pulteney Road No. 6 gegenübertrat. Es war ein bescheidenes Haus, eng und dunkel, ganz in der Nähe der gleichnamigen Brücke über den Avon, die, überdacht und eine Ladenzeile enthaltend, aus demselben schmutziggrauen Sandstein erbaut worden war wie die meisten Häuser von Bath. Bescheiden war es wie die finanziellen Mittel, die Richard noch zur Verfügung gestanden hatten, nachdem er seinen Beruf als Rechtsanwalt aus gesundheitlichen Gründen nicht mehr hatte ausüben können. Seine vielen Krankheiten waren auch der Grund dafür gewesen, weshalb seine Frau Louisa und er vor einigen Jahren von Chipping Norton nach Bath umgezogen waren. Die heilsamen Quellen des Kurbades hatten seine Beschwerden zwar in gewissem Maße zu lindern vermocht; dennoch hatte vor einem Jahr Gevatter Tod an die schmale, weiß gestrichene Haustür geklopft und Richard Cavendish zu sich geholt.

Aufmerksam sah sich George im Zimmer um. Louisa hatte sich große Mühe damit gegeben, das sah er. Nirgendwo auf den einfachen Holzmöbeln lag ein Stäubchen, und fadenscheinige

Stellen und Löcher in den sonnengelben und maigrünen Stuhlpolstern und Vorhängen waren derart kunstfertig ausgebessert, dass man schon genau hinsehen musste, um die geflickten Stellen entdecken zu können. Außer man hatte den geschulten Blick eines Mannes vom Fach – so wie George Cavendish.

Während sein elf Jahre älterer Bruder dank des geringen Erbes ihrer früh verstorbenen Eltern und eines Stipendiums studiert hatte, war für George nur die Möglichkeit geblieben, ein Handwerk zu erlernen. Nach seiner Lehrzeit bei einem Tuchweber in Oxford hatte ihn dann das Reisefieber gepackt, und er war nach London gegangen, wo er eine Stelle bei einem großen Stoffhändler angetreten hatte. Dieser hatte ihn dann in die ganze Welt hinausgeschickt, nach Paris, Lyon, Marseille, nach Mailand und Rom, schließlich nach China und Indien. Doch mit jedem Jahr, das seitdem ins Land gegangen war, war George Cavendish zunehmend bewusst geworden, dass es nicht allein die Abenteuerlust gewesen war, die ihn als Halbwüchsigen in die Ferne gezogen hatte.

Er trat an den Kamin, in dem an diesem schneeverwehten Dezembertag ein munteres Feuerchen brannte, und betrachtete die Sammlung kleiner Ölporträts, die dort auf dem Sims standen. In einem ovalen Doppelrahmen Richard und Louisa, als sie noch jung gewesen waren. Er schmal, dunkel und kantig; sie blond und hellhäutig, in einer ausgewogenen und bezaubernden Mischung aus zarten Zügen und weiblicher Rundlichkeit. Daneben ihre Kinder: Charles, eine Miniaturausgabe seines Vaters, jedoch mit den blauen Augen Louisas, schon als Junge ernsthaft und zielstrebig. Und Adele, in ihrem Wesen das Gegenteil ihres Bruders, quirlig, aufmüpfig, ein schwer zu bändigender Wildfang, aber ihrer Mutter wie aus dem Gesicht geschnitten. Beide waren längst erwachsen. Charles war in die Fußstapfen seines Vaters getreten und Anwalt geworden. Allerdings mit weitaus größerem Erfolg als Richard; man hörte, dass er kurz davor stand, Partner in der Kanzlei von *Havisham & Co.* zu werden. Privat hatte es dagegen einige Zeit nicht so gut für ihn ausgesehen. Seine erste Frau Evelyn war lange kränklich gewesen und nach nur sieben gemeinsamen Jahren gestorben, ohne dass aus ihrer Ehe Kinder hervorgegangen waren. Danach hatte es fünf Jahre gebraucht, bis Charles wieder den Mut gefunden hatte, noch einmal vor den Altar zu treten, und seine zweite Frau Sylvia hatte ihm in diesem Jahr endlich den lang ersehnten Nachwuchs geschenkt: ein Mädchen, Emma.

Adele war trotz ihrer unbändigen Art eine fabelhafte Partie gelungen: Henry Trevor Wetherby besaß eine gut gehende Druckerei in London. Kennen gelernt hatten sie sich, als Charles einen Schuldner Wetherbys vor Gericht vertreten und Adele ihren Vater zur Verhandlung begleitet hatte, um ihm mit den Unterlagen zur Hand zu gehen. Adele und Henry hatten ebenfalls eine Tochter, Henrietta, die bald zwanzig werden würde und bereits verlobt war.

George schmunzelte gerade über die Tatsache, dass dies nun schon die zweite Generation der Cavendishs war, in der solch ein großer Altersabstand herrschte, dass innerhalb derselben Generation die einen Nachkommen noch Kind, die anderen aber schon erwachsen waren, als er Schritte und das steife Rascheln von Kreppstoff hörte und sich umdrehte.

„George, welch eine Freude!“ Mit ausgestreckten Händen kam ihm Louisa entgegen.

Es spielte keine Rolle, dass ihr goldenes Haar längst von zahlreichen Silberfäden durchzogen war, ihr Gesicht plump und von Sorgenfalten gezeichnet. Auch nicht, dass das schwarze Trauerkleid mit den weißen Manschetten und einem ebensolchen Kragen ihrem Teint nur wenig schmeichelte und ihre füllige Gestalt unzureichend kaschierte. Ihre Augen, groß und dunkelblau, waren immer noch jung und immer noch dieselben, die seinen Blick einst gebannt und sein Herz zum Aussetzen gebracht hatten. Damals, als George Cavendish ein schlaksiger, sommersprossiger Dreizehnjähriger gewesen war und sein älterer Bruder zum ersten Mal seine Verlobte mit nach Hause gebracht hatte. Und so wie damals durchlief es ihn auch jetzt wieder heiß und kalt, als Louisa ihn in die Arme schloss und mit sachten Wangenküssen links und rechts begrüßte.

„Du hast dich lange nicht mehr bei uns sehen lassen. Nicht mehr seit ...“ Ein Schatten glitt über ihr Gesicht.

„Seit dem Begräbnis vergangenen Winter“, sprach George es aus, nüchtern, aber doch mit der gebotenen Einfühlsamkeit.

Louisa atmete tief durch, als könnte sie so den Anflug von Schmerz abschütteln, der sich in ihrem Gesicht abgezeichnet hatte, und wies auf den Tisch. „Nimm doch Platz. Nell wird uns gleich Tee bringen.“

„Ich wäre gern früher gekommen. Doch ich hatte ein betriebsames Jahr. Die Ausstellung, weißt du ...“

Und während sie beide an ihren Tassen nippten, die Haferplätzchen jedoch unberührt ließen, erzählte George seiner Schwägerin von der großen Weltausstellung im Londoner Hyde Park, die von Mai bis Oktober gedauert hatte. Louisa hatte Berichte von Freunden und Nachbarn gehört, die einen Ausflug dorthin unternommen hatten, sowie ausführlich in der Zeitung darüber gelesen. Doch es war selbstredend etwas anderes, wenn ihr Schwager ihr davon erzählte, der mit einem eigenen Stand dort vertreten gewesen war und das gesamte Ereignis vom Anfang bis zum Ende miterlebt hatte.

George Cavendish war schon bei der prunkvollen Eröffnung

am 1. Mai zugegen gewesen, an einem Tag, an dem sich Sonne und Regen miteinander abgewechselt hatten. Um elf Uhr hatte sich bereits eine halbe Million Menschen vor dem Kristallpalast versammelt – einem Gebäude, das nur aus Eisenstreben und Glasscheiben erbaut worden war, wie ein gigantisches, prächtiges Gewächshaus mit knapp einer Million Quadratfuß Ausstellungsfläche. Die Welt hatte dergleichen noch nicht gesehen: Eine Kathedrale aus Transparenz und Licht zwischen den alten Ulmen des Parks. Dreißigtausend geladene Gäste in teuren Roben und Uniformen, bedeckt mit Juwelen und Orden, waren Zeuge, wie Königin Victoria in rosafarbener Toilette, übersät mit Diamanten und Silberstickerei, an der Seite von Prinzgemahl Albert die Ausstellung eröffnete. Die Zeremonie wurde durch das Singen der Nationalhymne „God Save the Queen" feierlich eingerahmt, ebenso wie durch Gebete und Reden, begleitet von Orgelspiel, Trompetenfanfaren und Kanonensalven.

Sechs Millionen Besucher kamen in den folgenden fünfeinhalb Monaten, um die mannigfachen Waren aus aller Herren Länder zu bestaunen: Porzellan und Silberwaren, Schmuck und Mobiliar, Parfum und Pianos. Besonderes Interesse zogen die Maschinen auf sich: Dampfhämmer und Stahlpressen, alles, was der neueste technische Fortschritt zu bieten hatte, war hier vertreten. Weine konnte man verkosten, verschiedene Biersorten und Käse-Varietäten; Brotarten, deftig und fein, aus unterschiedlichem Mehl, originelles Gebäck und kunstfertige Patisserien, die in ihren Regenbogenfarben und ihrer kunstfertigen Machart beinahe zu schade waren, um verzehrt zu werden. Geräucherter Speck und Fisch und fremdartige, exotisch gewürzte Speisen. Ganze Ausstellungshäuser gab es zu besichtigen, Eisenerzeugnisse, befremdlich anmutende Anzüge aus Gummi mit daran befestigten Helmen aus Metall, um das Atmen unter Wasser zu ermöglichen.

Waffen, Feuerwerk und Haushaltsgegenstände. Und natürlich Stoffe, wie George Cavendish sie seit bald zwanzig Jahren in seiner eigenen, inzwischen namhaften Firma vertrieb: Damast und Kattun, Kaliko und Tweed, Seiden- und Baumwollatlas, Tüll, Organza, Taft.

Mit leuchtenden Augen lauschte Louisa seinen Schilderungen, und die Lebendigkeit, die dabei in ihr Gesicht zurückkehrte und die müde Trauer daraus vertrieb, berührte George zutiefst.

„Ich habe dir im Übrigen etwas von der Ausstellung mitgebracht", leitete er zu dem eigentlichen Zweck seines Besuches über und zog aus seinem Gehrock ein schwarzsamtenes Kistchen mit gewölbtem Deckel hervor, das er ihr über den Tisch hinweg zuschob.

„Sieh nach", beantwortete er ihren fragenden Blick.

Louisa entfuhr ein erstickter Laut, als sie den Deckel aufschnappen ließ. Auf schwarzem Satin funkelte ihr ein Diamant entgegen, blau wie der Ozean, groß wie eine Walnuss und in seiner Pracht einer Königin würdig.

„Er hat die gleiche Farbe wie deine Augen", ließ sich George leise vernehmen und wagte es kaum, seinen Blick über sein Teegedeck zu erheben. „Deshalb musste ich ihn unbedingt für dich haben." Zweiundfünfzig war er jetzt, beruflich auf seinem Zenit angelangt und vermögend, und doch fühlte er sich wie ein Dreizehnjähriger, der mit einem Strauß Veilchen unbeholfen um seine Angebetete warb.

„George ..." Louisa rang noch immer nach Worten. „Er ... er muss doch Unsummen wert sein!"

Er schwieg einige Herzschläge lang, bis er sachte hinzufügte: „Er war nicht halb so teuer, wie du es mir all die Jahre gewesen bist."

Seinen ganzen Mut zusammennehmend, fuhr er fort: „Louisa,

ich weiß, es noch nicht lange her, seit Richard ... von uns gegangen ist. Dennoch kann ich nicht länger schweigen. Ich muss meinem Herzen Luft machen. Du warst die Eine für mich, seit damals, als ich dich das erste Mal gesehen habe, und du bist es bis heute geblieben."

Er sah auf, sah, wie sich auf Louisas Zügen Verblüffung, Ungläubigkeit und Mitgefühl zeigten.

„Deshalb hast du nie geheiratet", stellte sie sachlich fest. Sie gab ein Lachen von sich, so leise, dass es kaum mehr als ein Ausatmen war. „Richard und ich waren immer überzeugt, es läge daran, dass du so viel arbeitest und ständig unterwegs bist, glaubten aber, dass die Richtige schon noch kommen würde."

George hob in einer hilflosen Geste die breiten Schultern. „Viele Jahre dachte ich das auch, ja."

Und wie in einem auseinandergezogenen und flüchtig betrachteten Leporello zogen nun all die Frauen an ihm vorüber, von denen er gehofft hatte, einer von ihnen möge es gelingen, Louisa aus seinem Kopf und seinem Herzen zu vertreiben. Vergeblich.

Ein flatteriges, schüchternes Lächeln flog über sein Gesicht. „Ich hätte schwören können, du hättest es bemerkt oder zumindest erraten."

Louisa schob das Kinn vor und presste die Lippen zusammen, bis sie nur mehr ein schmaler Strich waren. Dann schüttelte sie den Kopf. „Nein, George, davon wusste ich bis eben nichts. Und jetzt, da du es mir gesagt hast, mache ich mir entsetzliche Vorwürfe, all die Jahre über so blind und taub gewesen zu sein."

„Du hast dir nicht das Geringste vorzuwerfen", erwiderte er hastig. „Du hattest auch mehr als genug zu tun, erst mit den Kindern und später mit Richards Krankheit. Im Grunde war es wohl auch besser so. Sonst hätte ich wohl weder dir noch Richard ohne Schuldgefühle unter die Augen treten können. Ich hatte mich auch schon vor vielen Jahren damit abgefunden, aber so, wie es das Schicksal nun gewollt hat ..." Er atmete tief durch. „Louisa, ich erwarte nicht, dass du dich heute oder morgen entscheidest. Ich lasse dir alle Zeit der Welt. Noch erwarte ich, dass du mich je so lieben wirst, wie du meinen Bruder geliebt hast. Ich werde nichts von dir verlangen. Dich nur in meiner Nähe zu wissen, wäre mir schon genug und alles, was ich mir wünsche."

Ihre Augen füllten sich mit Tränen, während sie ihm schweigend zuhörte. Sie rannen aus ihren Augenwinkeln, kollerten über ihre Wangen und tropften auf das Tischtuch, wo sie feuchte Flecken hinterließen. Louisa ließ das Kistchen mit dem Diamanten zuschnappen und legte es zurück auf den Tisch.

„Es tut mir entsetzlich leid, George. Ich will dich nicht verletzen, aber ich kann das nicht annehmen. Weder das Juwel noch ... noch dein Werben um mich."

„Louisa, ich ..." Er brach ab, als sie vehement den Kopf schüttelte.

„Nein, George. Für mich hat es nie einen anderen Mann gegeben als Richard, und es wird auch nie einen anderen geben."

„Dann lass mich dir wenigstens finanziell unter die Arme greifen – ohne Gegenleistung deinerseits! Ein besseres Haus, mehr Personal ..."

Sie lachte leise und tupfte sich mit einem spitzenumsäumten Tuch über die Augen. „Wenn ich das wollte, hätte ich schon längst Charles' und Adeles Drängen nachgegeben. Beide haben mir bereits mehrfach angeboten, entweder zu ihnen zu ziehen oder mir ein neues Haus zu kaufen. Doch was soll ich woanders?" Ihre Augen wanderten durch den engen Raum. „Hier wohnen alle meine Erinnerungen an die letzten Jahre mit Richard. Hier, innerhalb dieser vier Wände, kann ich ihm Tag für Tag so nahe sein wie sonst nirgends. Für keinen Palast der Welt würde ich das eintauschen."

Mit Nachdruck schob sie das schwarzsamtene Behältnis noch ein Stückchen weiter in Georges Richtung. „Auch für keinen Diamanten." Sie holte tief Luft. „Und auch nicht für dich."

George nahm das Kistchen auf und drehte es zwischen den Fingern. Blanke Enttäuschung mischte sich mit Respekt für Louisas Haltung und seiner unzerstörbaren Hoffnung, als er den Stein wieder in die Innentasche seines Gehrockes schob. „Ich werde ihn für dich aufbewahren. Vielleicht ..."

„Nein", fiel sie ihm ins Wort, und klang dabei das erste Mal zornig. „Kein ‚Vielleicht', George! Nicht heute, nicht morgen und nicht übermorgen."

Ihr Zorn verebbte rasch; milde, fast zärtlich fügte sie hinzu: „Du warst mir immer das, was du auch für Richard gewesen bist: ein Bruder. Nicht mehr, aber auch nicht weniger. Ich ...", sie seufzte auf, „ich kann dir nicht vorschreiben, wie du mit dem Diamanten verfahren sollst. Aber eines ist gewiss: Für mich brauchst du ihn nicht aufzubewahren."

Sie erhob sich und ging an ihm vorüber ans Fenster und sah hinaus, die Arme eng um den Oberkörper geschlungen, als fröre sie plötzlich. Mehr zu sich selbst als an ihren Schwager gewandt, sagte sie:

„Ich erwarte nichts mehr vom Leben, als Richards Andenken zu bewahren. Und darauf zu warten, dass mich der Herr zu sich befiehlt und wieder mit meinem Mann vereint. Jeden Tag bete ich dafür, dass dies bald geschehen mag."

George stand ebenfalls auf. „Trotzdem werde ich auf dich warten, Louisa."

Sie antwortete nicht, wandte sich auch nicht um, blieb unbeweglich am Fenster stehen und starrte hinaus. Auf das Fensterbrett, auf dem sich der Schnee zu einem weichen Polster aufhäufte; auf die Eisblumen, die nach und nach auf der Scheibe erblühten.

„Bis zum letzten Tag", fügte er hinzu.

Und wusste selbst nicht, ob er es ausgesprochen oder nur gedacht hatte.

„Der Kontakt zwischen ihnen brach danach völlig ab", schloss Robyn ihre Erzählung. Auch ohne sie anzusehen, bemerkte Frank, dass sie aufgeregt und tief bewegt war. Er hörte es an der Veränderung ihrer Stimme, die eine tiefere Klangfarbe angenommen hatte, als sie sie sonst besaß. Schweigend starrte er weiterhin auf den Teppich, während er sich wie zuvor an die Wand lehnte und die Arme verschränkt hielt; wohingegen Robyn auf dem einzigen Stuhl in seiner Kabine Platz genommen hatte.

„Louisa, die in Bath wohnen blieb, starb sechs Jahre später. Es hieß, George habe tatsächlich bis zuletzt darauf gehofft, dass sie doch noch auf sein Werben eingehen würde. Großtante Adele hat ihn zuletzt bei Louisas Begräbnis gesehen – wozu er *ein Meer aus weißen Rosen* habe kommen lassen, wie sie schrieb. Anschließend hat er seine Firma verkauft und sich komplett zurückgezogen. Fast auf den Tag genau ein Jahr nach Louisas Tod starb auch er; seine Haushälterin fand ihn morgens in seinem Sessel. Herzinfarkt, wie der herbeigeholte Arzt feststellte."

„An gebrochenem Herzen gestorben", murmelte Frank unwillkürlich und sah hastig auf. „Verzeihung. Es steht mir nicht zu, das zu ..."

„Nein", fiel ihm Robyn kopfschüttelnd ins Wort, und ihr Herz machte vor Freude einen Sprung, weil Frank genau die gleiche Schlussfolgerung gezogen hatte wie sie. „Sie haben vollkommen Recht, Mr. Kendall. Ich habe mir das auch gedacht. Es klang jedenfalls danach, so wie meine Großtante sich ausdrückte."

Die beiden sahen sich einen Moment lang in stummem Einvernehmen an, ehe Frank sich räusperte.

„Hat sie Ihnen auch mitgeteilt, was weiter mit dem Diamanten geschah?"

„Nein, leider nicht. Zumindest nicht in diesem Brief ... Ich habe mir aber Gedanken darüber gemacht. Es klang so, als habe George Cavendish keine Nachkommen gehabt. Nach dem Gesetz müsste sein gesamtes Vermögen daher an die Kinder seines Bruders gefallen sein, also an meinen Großvater und Großtante Adele, in deren Besitz der Diamant ja auch bis zu ihrem Tod war. Als ich im Sommer die Einladung von Mr. Chisholm zur Testamentseröffnung erhielt, erzählte mir meine Mutter zum ersten Mal von einem Nachlassstreit innerhalb der Familie, im Laufe dessen sich mein Großvater und meine Großtante derart überworfen hätten, dass danach jegliche Verbindung zwischen den beiden Familienzweigen zum Erliegen gekommen wäre. Aufgrund dieser Tatsache habe ich auch so lange nichts von der Existenz meiner Großtante gewusst."

„Und Sie glauben, es sei in diesem Streit um den Diamanten gegangen?"

Robyn hob die Schultern. „Mit Sicherheit weiß ich das nicht. Für mich liegt es jedoch nahe. George Cavendish muss *sehr* reich gewesen sein. Aber ein Diamant im Wert von einer Million ist wohl Grund genug, um sich deswegen in die Haare zu geraten. Auch oder gerade unter Geschwistern." Ihre Lippen kräuselten sich amüsiert, als sei ihr gerade ein kecker Gedanke gekommen, und sie setzte hinzu: „Haben Sie Geschwister, Mr. Kendall?"

Er lachte. „Zwei Schwestern, beide jünger als ich. Und Sie?"

„Zwei Brüder. Beide sehr viel älter."

Wieder hielten ihre Blicke einander fest, in diesem merkwürdigen Gleichklang, der Robyns Herz aus dem Takt geraten ließ.

„Danke, dass Sie mir diese Geschichte erzählt haben", ergriff Frank nach einer Pause erneut das Wort, und Robyn nickte. Sie dachte daran, wie sie Edward als Erstem davon hatte berichten wollen. Aufgewühlt, wie sie war, und voller Begeisterung über ihre Entdeckungen, die sie mithilfe der Aufzeichnungen ihrer Tante gemacht hatte. Doch Edward hatte sie in dürren Worten abgefertigt: wenn Robyn schon nicht bereit sei, das Risiko des Diamantenbesitzes mit ihm zu teilen, so möge sie ihn doch bitte auch mit den dazugehörigen „Märchen“ verschonen. Danach hatte er sich mit dem Hinweis empfohlen, er sei mit Richter Troublefield auf eine Partie Shuffleboard an Deck verabredet. Wütend und verletzt, aber mit ungebremstem Mitteilungsdrang, hatte Robyn zunächst gezögert, Frank aufzusuchen, denn Edwards Beschuldigungen hatten doch erhebliche Zweifel an seiner Unbescholtenheit in ihr aufkommen lassen. Aber letztlich sagte sie sich, dass es nur fair von ihr wäre, sich bei Frank für seine Erzählungen über den Diamanten mit ebensolchen aus ihrer Familienchronik zu revanchieren, mussten diese für ihn als Historiker doch von großem Wert sein. Und was seine mögliche Beteiligung an dem Unfall mit dem Rettungsboot betraf: Frank würde sie wohl kaum in seiner Kabine niederschlagen oder ermorden, um dadurch an den Diamanten zu gelangen. Das Risiko, dabei Spuren zu hinterlassen, die eindeutig auf ihn hinwiesen, wäre viel zu groß, überlegte sie in einem Anflug von Galgenhumor. Zumal die *Arcadia* erst wieder in Bombay anlegen würde, sie also alle dazu verdammt waren, die nächsten vier Tage in dem begrenzten Raum des Schiffes auszuharren.

„Wann ist der nächste Brief Ihrer Großtante an der Reihe?“, schreckte Franks Stimme Robyn aus ihren Gedanken auf.

„Morgen.“ Ein unverhohlenes Strahlen verriet ihre Vorfreude.

„Ich könnte ja ... wenn Sie ...“

„Falls Sie möchten – ich würde sehr gerne mehr ...“, begannen sie gleichzeitig und fielen sich gegenseitig ins Wort, bis sie in Gelächter ausbrachen.

„Gut“, bekundete Robyn schließlich mit leichtem Nicken und einem breiten Lächeln. „Ich werde Ihnen dann morgen berichten.“

Sie erhob sich und strich ihr schmales cognacfarbenes Sommerkleid glatt.

„Mr. Kendall …“, begann sie in plötzlich ernstem Tonfall, fast beschämt. Aufmerksam sah er sie an. „Es tut mir leid, dass … dass mein … dass Edward Sie grundlos derart beschuldigt hat.“

Frank schien zu überlegen, dann nickte er sachte. „Ich finde, man sollte sich nie dazu gezwungen sehen, sich für einen anderen Menschen zu entschuldigen. Ganz gleich, wie nahe man diesem auch steht. Abgesehen davon kann ich Mr. Cheltenhams Verhalten durchaus verstehen. Ich an seiner Stelle wäre ebenfalls misstrauisch. Zumal die Umstände in der Tat ungewöhnlich, wenn nicht gar verdächtig waren.“ Seinem Gesicht war bei den letzten Worten keinerlei Regung anzusehen, doch seine Augen lächelten.

Robyns Magen zog sich zusammen, als ihr Franks Abstecher in den Hafen einfiel, während die *Arcadia* in Port Said vor Anker gelegen hatte. *Was hattest du dort zu erledigen, Frank? Was führst du im Schilde?* Trotzdem, wider besseres Wissen, konnte sie nicht anders, als mit einem Lächeln zu antworten und zu sagen: „Könnten Sie sich trotzdem vorstellen, uns später beim Dinner Gesellschaft zu leisten?“

„Ja, kann ich“, erwiderte er schlicht. „Sehr gern sogar.“

„Gut, dann bis später“, kam Robyns eilige Antwort, und beschwingt verließ sie seine Kabine, um sich für den Abend umzukleiden. Besonders sorgfältig, auch wenn sie sich das niemals eingestanden hätte.

Wider Erwarten fiel das Dinner sogar recht harmonisch aus. Ließ man einmal Edwards sauertöpfische Miene außer Acht, mit der er die angeregte Unterhaltung bei Tisch über sich ergehen ließ. Franks Schilderung seiner Reisen stand dabei im Mittelpunkt, und sogar Lord und Lady Ainsworth, denen Indien zur zweiten Heimat geworden war, ja selbst General Higginbottom, der so viele Jahre auf dem Subkontinent verbracht hatte, lauschten gebannt, als Frank von den Höhlen von Ellora erzählte. Im Dekkan gelegen, hatten dort vor über tausend Jahren Buddhisten ihre Tempel in den Stein gegraben und Hindus heilige Stätten aus den Felsen herausgehauen, mit Höfen, Säulen, Skulpturen und kunstvollen Fassaden. Häufig war Frank in den Dörfern Rajputanas angesprochen worden, woher er käme und wohin er ginge, und war freundlich, aber bestimmt eingeladen worden, mit der Familie zu Abend zu essen, *Chutney und Chapattis*, und er hatte die betreffenden Lehmhütten nie verlassen, ohne noch ein kleines Geschenk aufgedrängt bekommen zu haben: ein Paar bestickter Lederpantoffeln, ein bunt eingefärbtes Stück Tuch oder eine aus Holz geschnitzte Schale. Als er in Kalkutta einmal rastete und in die Betrachtung einer alten Wandmalerei vertieft war, war es einem vorwitzigen Äffchen gelungen, die Schnalle von Franks Tornister zu öffnen und sich an seinem Proviant zu bedienen, und Frank blieb nur noch zuzusehen, wie es seine Beute brüderlich auf einem Mauervorsprung mit zwei Artgenossen teilte. Robyn vergaß über seinen Geschichten beinahe das Dinner, und trotzdem war sie erleichtert, als die Tafel nach dem Orangen-Soufflé aufgehoben wurde und sich die Runde zerstreute.

Edwards kühle Gleichgültigkeit, der flüchtige Kuss, mit dem seine Lippen die ihren bei der nächtlichen Verabschiedung vor ihrer Kabinentür gestreift hatten, ließen sie tief gekränkt zurück. Und die Tatsache, dass sich ihr im Laufe des Abends die Frage aufgedrängt hatte, ob der Reiz, den Frank auf sie ausübte, allein darin beruhte, dass er weit und abseits der ausgetretenen Touristenpfade gereist war und seine Erlebnisse in der Fremde so lebhaft zu schildern verstand, ließ sie sich keinesfalls besser fühlen.

Doch zum Glück gab es genug anderes, auf das sie ihre Aufmerksamkeit richten konnte und das ihr willkommene Ablenkung verschaffte. Als sie sich zu Bett begab, nahm sie noch einmal den Brief ihrer Großtante zur Hand, dessen letzte Absätze noch lange in ihr nachgeklungen waren.

Für Dich, liebe Robyn, wird nur mehr ein Tag vergehen müssen, ehe Du den nächsten Umschlag öffnen kannst. Oh ja, ich habe mich sehr lange mit Karten und Fahrplänen der gängigen Reisegesellschaften beschäftigt! Ich schlafe nicht mehr besonders viel, musst du wissen, und so habe ich viel Zeit, um alles nachzulesen und zu planen. Auch wenn ich mich selbst dafür schelte, dass ich so wenig dem Zufall überlassen will – müsste ich doch nach so vielen Jahrzehnten auf dieser Welt wissen, dass der Mensch zwar denkt und handelt, aber Gott allein lenkt.

Aber ich schweife ab. Auch das, sagt man, sei typisch für alte Menschen wie mich. Ich werde zwischen der Niederschrift dieses Briefes und der des nächsten wohl mehr als einen Tag verstreichen lassen müssen. Um Kraft zu sammeln und Mut. Auch wenn ich mir dessen bewusst bin, dass meine Zeit auf Erden unaufhaltsam davonrinnt. Denn im nächsten Brief wird es um meine Rolle in dieser Geschichte gehen. Keine, auf die ich im Rückblick besonders stolz bin. Und ich habe viele Jahre damit zugebracht, meine Worte und Taten aufs Bitterste zu bereuen. Vergeblich, leider. Es lässt sich nichts mehr rückgängig machen.

Ach, was habe ich in Deinem Alter die betagten Leutchen gehasst, die mich immer mit Binsenweisheiten überschütteten! Und wahrscheinlich erzähle ich auch Dir, Robyn, nichts Neues, wenn ich Dir schreibe, dass man im Nachhinein immer klüger ist. Was ich in Deinem Alter allerdings noch nicht wusste, war, dass man verzeihen können muss. Vor allem sich selbst. Solange man weiß, dass man jede Entscheidung nach bestem Wissen und Gewissen und in vollster Ehrlichkeit mit sich selbst getroffen hat – so lange hat man sich nichts vorzuwerfen. Selbst wenn man sich für das Falsche entschieden hat und dafür bezahlen muss.

Doch wer bestimmt, was „richtig" und was „falsch" ist? Hätte ich nicht ...

Aber ich greife dem nächsten Brief vor; vielleicht in dem Versuch, schon jetzt Dein Verständnis zu erlangen, bevor ich Dir Weiteres erzähle.

Es grüßt Dich herzlich,

Deine Großtante Adele

Es waren Zeilen, die Robyn tief berührten, aber dennoch keinen Sinn für sie machten. Was um alles in der Welt konnte diese Frau, die ihr so warmherzige, kluge Worte hinterlassen hatte, zu ihren Lebzeiten verbrochen haben, dass es sie im hohen Alter noch derart belastete? Dass sie ihrer Großnichte ein solch merkwürdiges Vermächtnis hinterließ, sie auf diese Reise schickte und ihr Briefe voller alter Geschichten, gespickt mit düsteren Andeutungen, schrieb?

8. TAG – ADEN

Weil Robyn nicht damit warten wollte, den nächsten Umschlag, beschriftet mit „Aden“, erst nach dem gemeinsamen Frühstück zu öffnen, ließ sie sich Tee, Rühreier und Brötchen mit Orangenmarmelade in ihrer Kabine servieren. Außerdem, befand Robyn, hatte sie sich diesen Luxus nach den überstandenen Schrecken der bisherigen Reise mehr als verdient. Ganz abgesehen davon, dass ihr an Deck ohnehin nichts Sehenswertes entgehen würde, denn die Route der *Arcadia* führte an diesem Tag durch das Rote Meer. Sonnenverbrannte Felsen und Wüstensand der arabischen Insel an Backbord, steinige Ufer und leere Strände der afrikanischen Küste an Steuerbord. Gegen Abend dann die Meerenge des Bab el-Mandeb zwischen Arabien und Afrika, danach die schwarzen Lavafelsen der Hafenstadt Aden im Südwesten der arabischen Halbinsel, seit den Vierzigerjahren des vorangegangenen Jahrhunderts von den Briten besetzt, als diese Strecke des Seewegs nach Indien noch ein beliebter Tummelplatz für Piraten gewesen war.

Nachdem der erste morgendliche Hunger gestillt war, schuf Robyn Platz auf dem Tisch, wischte sich die Finger gründlich an der Serviette ab und machte es sich in ihrem Hauskleid in ihrem Stuhl gemütlich. Dann öffnete sie den Umschlag vorsichtig – dieses Mal mit ihrem Papiermesser.

Was auch klug von ihr gewesen war, da dieses Kuvert einen dicken Packen Zeitungsausschnitte enthielt, deren Schlagzeilen Robyn sogleich ins Auge sprangen: *Streit um Cavendish-Vermögen entbrannt – Erben zeigen sich unversöhnlich* konnte sie lesen. *Keine Einigung im Cavendish-Erbstreit in Sicht,* posaunte eine andere Überschrift, und schließlich: *Cavendish-Vermögen bleibt in der Familie.* Robyn war zu ungeduldig, um sich die entsprechenden Artikel in Ruhe durchzulesen. Sie empfand allerdings einen nicht geringen Unmut, dass eine Episode ihrer Familiengeschichte, die seinerzeit – die Daten auf dem Zeitungspapier umfassten den Zeitraum von 1858 bis 1860 – derart hohe Wellen in der Öffentlichkeit geschlagen hatte, ihr bislang vorenthalten worden war. Begierig stürzte sie sich jedoch auf die beiden Fotografien, die unter einer der Meldungen abgedruckt waren: zwei Daguerrotypien, wie sie in den aus dem Boden sprießenden Studios jener Epoche entstanden sein mussten.

Die eine zeigte Robyns Großvater, Charles Cavendish, ungefähr zu jener Zeit, in der auch das Porträt in ihrem Elternhaus gemalt worden sein musste. Er blickte darauf sehr energisch, aber nicht unsympathisch. Auf dem anderen war eine Frau im Halbprofil abgebildet. Sie mochte ungefähr Mitte vierzig sein, mit hellem, in der Mitte gescheiteltem und streng aufgestecktem Haar. Ihre Augen blickten ernst, fast melancholisch. *Tante Adele.* Robyns Herz schlug rasch vor Freude, neben den Briefen nun auch endlich ein Bild ihrer Großtante vor Augen zu haben, doch zu ihrer großen Enttäuschung vermochte sie selbst nach eingehendem Studium der Fotografie Aussehen und Schreibstil der Tante nicht miteinander in Einklang zu bringen. Adele Wetherby, geborene Cavendish, wirkte unnahbar und kühl auf der Fotografie, wie eine gestrenge Gouvernante. Oder lag das an der damaligen Technik des Fotografierens – dem minutenlangen, unbewegten Stillsitzen, bis das Bild im wahrsten Sinne des Wortes endlich im Kasten war? Und ebenso vergeblich suchte Robyn nach einer Familienähnlichkeit, und sei es nur ein winziges Detail, das ihr quasi den Beweis dafür lieferte, dass das alles kein verrückter Traum, sondern die Dame auf dem Bild in der Tat ihre bislang unbekannte Großtante war.

Seufzend wandte sie sich den Briefbögen zu und entfaltete sie.

Liebe Robyn,

bitte wundere Dich nicht allzu sehr über das Bild von mir, das Du mit diesen Zeitungsausschnitten erhältst. Ich selbst fand es damals so scheußlich, dass ich außer mir war, es in der Zeitung abgedruckt zu sehen. Weiß der Himmel, warum ich damals dachte, all diese Artikel aufheben zu müssen – doch heute bin ich froh darum. Nicht zuletzt, weil sie mir ersparen, Dir gegenüber die große Beichte ablegen zu müssen. Denn auch nach all den Jahren fällt es mir noch immer nicht leicht, darüber zu schreiben.

Es ist viel Böses durchgesickert an die Presse damals; kein Wunder, ging es doch um sehr viel Geld und darum, seinen guten Ruf zu behalten. Und um zwei unversöhnliche Streithähne – nämlich Deinen Großvater und mich. Ich kann nicht verhehlen, dass beide Seiten jeweils bewusst Informationen über die Gegenseite an die Journalisten weitergaben, um den jeweils anderen „fertigzumachen". (Ihr jungen Leute heutzutage verfügt über eine zwar saloppe, aber in mancher Hinsicht treffende Ausdrucksweise!)

Die Geschichte ist im Grunde schnell erzählt, zumindest bemühe ich mich, es kurz zu machen – ich hoffe, Du siehst es mir nach! George Cavendish verfügte in seinem Testament, dass sein Besitz zu gleichen Teilen an meinen Bruder Charles und mich gehen sollte. Ich weiß nicht, warum er das tat, es war gänzlich gegen die Gepflogenheiten unserer Zeit, denen entsprechend die männlichen Nachkommen immer den ersten Platz in der Erbfolge einnahmen. Vielleicht hatte er bei seinen seltenen Besuchen mitbekommen, wie Charles und ich zueinander standen. Ich schrieb Dir, dass meine Eltern einander sehr liebten. So sehr, dass wir Kinder oft außen vor und uns selbst überlassen blieben. Leider führte dies nicht dazu, dass wir uns enger aneinanderbanden. Im Gegenteil: Charles und ich waren wie Hund und Katz. Ohne bösen Willen – wir kamen einfach nicht miteinander zurecht. Zu unterschiedliche Temperamente, wenn du es so nennen willst.

Der Berichterstattung der damaligen Presse kannst Du alles bis ins Detail entnehmen: die Ausgangssituation, alles, was Charles und ich uns im zähen Ringen vor Gericht gegenseitig an den Kopf geworfen haben (wobei mein lieber Henry – Gott hab ihn selig – immer nur versucht hat, mich und unseren guten Ruf zu schützen). Und auch wie der Prozess letztendlich ausging, wirst Du darin finden.

Ein kleines Detail wirst Du darin jedoch vergeblich suchen: dass es auch um den blauen Diamanten ging, den Du für mich nach Indien bringen sollst. Über ihn bewahrten wir eisernes Stillschweigen, als hätten wir uns abgesprochen, Charles und ich.

Es gab einen Experten, der unter Eid und gerichtlich auferlegter Schweigepflicht den Wert des Steins schätzen und auch seine Herkunft bestimmen musste. Damals, in der dementsprechend für die Öffentlichkeit geschlossenen Sitzung vor Gericht, hörte ich zum ersten Mal, dass ein Fluch auf ihm liegen sollte. Was ich für ausgemachten Humbug hielt.

Hätte ich damals gewusst, dass etwas Wahres daran ist – ich hätte auf ihn verzichtet. Ich weiß nicht, was geschehen wäre, hätte Charles ihn letztlich zugesprochen bekommen. Ich weiß nur, dass ich selbst teuer genug dafür bezahlt habe.

Dass ich darauf beharrte, meinen Teil des Erbes zu erhalten, werde ich mir nie verzeihen. Genauso wenig, dass ich einer gewissen Klausel in Onkel Georges Testament keinerlei Bedeutung beimaß. Denn er verfügte, der Diamant dürfe erst einhundert Jahre nach seinem Ableben veräußert werden. Ich war habgierig und starrköpfig und dachte nur daran, dass ich selbst keine Million bräuchte (Henry, der Gute, war wohlhabend), meiner Kindeskinder Kinder sich aber vielleicht über einen solchen Schatz in ihrer Mitte freuen würden.

Ich Närrin.

Zorn auf sich selbst zehrt an einem, wenn man so alt und tatterig ist wie ich. Deshalb lasse ich es für heute gut sein und zerschmettere vielleicht stattdessen ein paar hässliche Vasen in meinem Haus, über deren Vorhandensein Du Dich dann nicht mehr ärgern musst.

Herzlichst,

Großtante Adele

Robyn ließ verwirrt den Brief sinken. Das also warf sich die alte Dame auf dem Totenbett vor – wegen des Erbes in einen nicht wiedergutzumachenden Streit mit dem Bruder geraten zu sein und den Diamanten für sich beansprucht zu haben? Dann aber begriff Robyn. Vielmehr: Sie begann zu ahnen, weshalb sie zur Alleinerbin bestimmt worden war, und nicht Großtante Adeles Enkel, der im vorangehenden Brief erwähnt worden war.

„Er muss tot sein", murmelte Robyn, „und sie gibt sich die Schuld daran, weil sie den verfluchten Diamanten in ihre Familie gebracht hat." Im Kopf überschlug Robyn rasch, wie alt der unbekannte Großcousin heute sein müsste. Adeles Tochter Henrietta war im Dezember 1851 bereits verlobt gewesen. Dann hatte sie möglicherweise 1852 geheiratet und, nach normalen, gesellschaftlichen Maßstäben gemessen, frühestens 1853 ein Kind zur Welt gebracht. Demnach wäre Adeles Enkel heute höchstens neunundvierzig ...

„Oder", Robyn wollte sich unbedingt eine weitere, weniger tragische Option offenhalten, „oder die beiden haben sich überworfen, und sie litt bis zuletzt darunter."

Doch Robyn vermutete, dass selbst eine alte Dame wie Tante Adele über ein bloßes Zerwürfnis nicht solch dramatische Worte verloren hätte. Ein Schauder überlief sie, mitten am hellen, warmen Vormittag. Und dementsprechend heftig schreckte sie auch zusammen, als es gleich darauf an ihrer Tür klopfte.

Es war Edward, der auf ihr „Herein" den Kopf durch den Türspalt steckte, einen besorgten Ausdruck im Gesicht. „Fühlst du dich nicht wohl? Ich habe dich oben im Speiseraum vermisst, und der Steward sagte mir, du hättest dir das Frühstück auf dein Zimmer bringen lassen."

Erleichtert darüber, seine vertrauten Züge zu sehen, verkniff sich Robyn die Bemerkung, dass er sie ja auch hätte abholen oder nach ihr sehen können, bevor er hinaufgegangen war.

Stattdessen sagte sie: „Nein, es geht mir gut. Mir war nur nach ein wenig Ruhe."

Er nickte verstehend, blieb aber unschlüssig im Türrahmen stehen.

„Magst du dich nicht setzen?", forderte Robyn ihn in der Hoffnung auf, ihre Streitigkeiten, die sie mit jedem Tag stärker belasteten, beilegen zu können. „Ich klingle nur rasch nach einer zweiten Tasse!"

Edward schüttelte den Kopf, trat aber dennoch ein und nahm gegenüber Robyn am Tisch Platz. Er wirkte bedrückt.

„Robyn, Liebes", begann er zögerlich, „mir geht unsere dauernde Kabbelei sehr nahe. Und ich habe mir überlegt ... Schau, die Ainsworths fahren bis Kalkutta und nähmen dich bestimmt nur zu gerne unter ihre Fittiche. Und Mr. Kendall muss dich ohnehin bis Benares begleiten. Kurz: Ich habe mir überlegt, ob es nicht eine Erleichterung für dich wäre, wenn ich in Bombay von Bord ginge und dort warten würde, bis du wieder aus Benares zurückkehrst?"

Ungläubig starrte Robyn ihren Verlobten an. Dann zerfurchte

sich ihre Stirn, und ihre Augen verengten sich. „Du traust Mr. Kendall zu, mich umbringen zu wollen, um an den Diamanten heranzukommen ... und dann willst du mich ihm für den Rest der Reise anvertrauen? Wie passt das zusammen?“

„Mag sein, dass ich überreagiert habe, was Mr. Kendall angeht“, brummte Edward und machte sich am Deckel der Zuckerdose zu schaffen. „Es – es ist nicht leicht für mich, mit anzusehen, wie er dich mit seinen Blicken geradezu auffrisst. Und dann auch noch aus deinem Mund zu erfahren, dass ihr hinter meinem Rücken Zeit miteinander verbringt.“ Er rang sich ein verlegenes Lächeln ab. „Du weißt doch, wie eifersüchtig ich sein kann!“

Robyns Verblüffung steigerte sich ins Unermessliche. Außerdem schoss ihr bei der Nachricht, dass Frank sich offensichtlich für sie interessierte, das Blut ins Gesicht, und sie spürte, wie ihr Herz schneller schlug. Doch sogleich begann eine hässliche Mixtur aus Schuld und Scham an ihr zu nagen, als sie Edward so zerknirscht vor sich sitzen sah. Es war ihm gewiss nicht leichtgefallen, zu ihr zu kommen und ihr diesen Vorschlag zu unterbreiten, der zudem auch noch eine unausgesprochene Entschuldigung enthielt. Und sie selbst hatte nichts Besseres im Sinn, als sich von Franks eigentümlicher Verwegenheit einwickeln zu lassen und sich in Träumereien zu verstricken, die einem Kitschroman entstammen konnten! Edward hatte sie um ihre Hand gebeten, und sie hatte sie ihm aus freiem Willen und tiefster Überzeugung versprochen.

Sie stand auf, schlang die Arme um Edwards Hals und setzte sich auf seinen Schoß, wo sie ihr Gesicht in seine Halsbeuge schmiegte.

„Ich will auch nicht, dass wir uns so oft streiten“, flüsterte sie ihm ins Ohr. „Aber noch weniger will ich, dass du gehst.“

Sie küsste sich vom Hals über sein Kinn zu seinem Mund empor, zuckte kurz zusammen, als sich dabei Franks Gesicht vor das seine schob, verdrängte es aber sogleich wieder, als Edward ihre Küsse erwiderte.

„Was hältst du davon“, raunte er, als er seine Hände über ihre Hüften gleiten ließ, „wenn wir uns eine Flasche Champagner kommen lassen und die Kabine heute nicht mehr verlassen? Als Entschädigung für neulich Nacht?“

Unwillkürlich versteifte sich Robyn in seiner Umarmung. „Einfach so?“ Es war ihr selbst unangenehm, wie sie Zeit zu gewinnen versuchte, nur weil Frank erneut vor ihrem inneren Auge auftauchte.

„Mhm, einfach so“, bestätigte Edward und begann an ihrem Ohrläppchen zu knabbern. Etwas, das Robyn von jeher nicht mochte und das letztlich den Ausschlag gab. Sie stemmte sich gegen seine Brust, zupfte aber mit der einen Hand spielerisch an seinem Hemdkragen herum.

„Schau, ich würde wirklich gerne ... Aber meine Großtante hat mir einen Stapel Zeitungsartikel hinterlassen“, nutzte sie die erstbeste Notlüge, die ihr einfiel, und deutete hinter sich auf die ausgebreiteten Papiere. „Ihre Lektüre verspricht sehr spannend und aufschlussreich zu werden, und ich wollte sie heute gern in aller Ruhe durcharbeiten.“

Edward erstarrte und drückte sie von sich weg. „Natürlich, deine geschätzte Großtante.“ Er klang bitter.

„Edward“, begann Robyn erneut in einem einschmeichelnden Tonfall, der ihr selbst Übelkeit erregte, weil er so gar nicht ihrem Wesen entsprach.

„Schon gut.“ Er schob sie von sich hinunter und stand auf. „Gegen eine tote Tante und ihre Vorliebe für Klatsch und Tratsch kann ich natürlich nicht mithalten.“

Robyn hielt ihn am Ärmel fest. „Versuch doch, mich ein wenig zu verstehen. Es ist mir wichtig. Deswegen sind wir doch auch auf diese Reise aufgebrochen – um zu ergründen, was mir meine Tante mit diesem Vermächtnis sagen wollte."

Edwards Zeigefinger stach vor Robyn in die Luft. „Irrtum, meine Liebe – *du* hast dich zu dieser Reise entschlossen! Du ganz alleine! Ich bin nur ein Anhängsel, das dich offensichtlich zunehmend stört."

„Das ist doch nicht wahr!" Nun nahm auch Robyns Stimme an Lautstärke zu.

„Und ob das wahr ist!" Edward begann, wütend zu gestikulieren. „Du merkst es nur nicht mehr, vor lauter blauen Diamanten und alten Geschichten." Er hielt inne und holte tief Luft, ehe er ihr entgegenschleuderte: „Vielleicht wollte die alte Dame dir aber auch nur sagen: Bleib keusch bis zu deiner Vermählung! Oder gar: Heirate nie!"

„Was redest du da!"

„Genau so kommt es mir vor!" Zornesröte überzog Edwards Gesicht. Robyn hatte ihn noch nie so erlebt, seit sie ihn kannte. „Ich erkenne dich nicht mehr wieder, Robyn!" Brüsk wandte er sich um und ergriff den Türknauf.

„Wo gehst du hin?" Angst mischte sich in Robyns Zorn, und sie erschrak, weil der nörgelnde Tonfall, in dem sie ihre Frage gestellt hatte, ihr fremd war.

„Dorthin, wo ich mich nicht als Störenfried fühle!"

Robyn zuckte zusammen, als Edward die Tür hinter sich zuschlug, aber ihr Stolz verbot ihr, ihm nachzulaufen. Dennoch fühlte sie sich unglücklich, und die Stille, die den Raum füllte, nachdem Edwards Schritte verklungen waren, war bedrückend.

Was war bloß los mit ihnen beiden? Früher hatte Edward an allem Anteil genommen, woran Robyn Interesse hatte, selbst wenn es ihn zu einer Stichelei oder liebevollem Kopfschütteln herausgefordert hatte. Neuerdings schien er jedoch in der Tat eifersüchtig auf die Zeit zu sein, die sie dem mysteriösen Diamanten widmete. *Oder eifersüchtig auf Frank*, ging ihr durch den Sinn. Ihre Wangen glühten, um ihre Mundwinkel zuckte es, und gleichzeitig setzte sie zu einem Kopfschütteln an. Robyn fühlte sich von den unterschiedlichsten Empfindungen hin- und hergerissen. Die stärkste davon war jedoch die Übelkeit, die durch die Ahnung hervorgerufen wurde, dass ihre Beziehung zu Edward unwiderruflich Schaden nehmen würde, wenn sich die Reise in ähnlicher Weise fortsetzte.

„Drum prüfe, wer sich ewig bindet", hatte Robyn ihn an jenem Nachmittag geneckt, als der Brief des Anwalts in Curley Hill Cottage angekommen war. Und Robyn beschlich das vage Gefühl, dass dies unter anderem eines der Dinge war, die Großtante Adele ihr mit dieser Reise hatte sagen wollen.

9. TAG – AM HORN VON AFRIKA

Nach Edwards Vorwürfen hatte Robyn beschlossen, den Egoismus, den er ihr unterstellt hatte, noch auf die Spitze zu treiben: Kurzerhand hatte sie sich auch den Lunch in ihrer Kabine servieren lassen – beziehungsweise nur einen Teller Salat und ein paar Sandwiches bestellt; auf mehr hatte sie keinen Appetit gehabt. Immer noch im Hauskleid und barfuß, hatte sie es genossen, den ganzen Tag über mit den Zeitungsartikeln zu verbringen, sie zu lesen und sich immer wieder auf Briefbögen mit dem Emblem der *P & O Company* dazu Notizen zu machen. Etwaige Schuldgefühle gegenüber Edward verflüchtigten sich im Laufe der Stunden. *In ein paar Tagen*, sagte sie sich selbst, *in ein paar Tagen, wenn diese Reise vorbei ist, wird alles wieder sein wie früher. Eine Liebe wie unsere hält auch solche Turbulenzen aus! Was sind schon ein paar Tage?*

Frank Kendall streiften ihre Gedanken nur hin und wieder, wenn sie sich überlegte, ob sie ihn nicht über den Inhalt des jüngsten Briefs ihrer Großtante in Kenntnis setzen sollte. Doch Robyns Ehrgeiz war erwacht; sie wollte Frank genauso fundiert und detailliert berichten können, wie er ihr die Geschichte des Diamanten in einzelnen Etappen erzählt hatte.

Darüber war der Nachmittag nur so dahingeflogen, und Robyn hatte sich sputen müssen, um rechtzeitig in passender Garderobe beim Dinner zu erscheinen. Edwards kühle Gleichgültigkeit, Franks neugierige bis fragende Blicke, Lady Ainsworths Klagen über die unsägliche Hitze und die an Letztere gerichteten, vorsichtig formulierten Erkundigungen des Generals nach der Person Miss Sissinghursts, die wegen Franks Anwesenheit mit unglücklicher Miene wieder einen Tisch weiter hatte Platz nehmen müssen – das alles hatte Robyn nur am Rande wahrgenommen. Zu sehr war sie mit dem Erbschaftsstreit *Cavendish gegen Wetherby* beschäftigt gewesen; zu sehr, diesen mit ihrer Familiengeschichte, wie sie sie bislang gekannt hatte, zusammenzufügen und mit dem Diamanten sowie dem Zweck dieser Reise in Einklang zu bringen. Und unter Edwards waidwundem Blick hatte sie auch nicht gewagt, Frank Kendall nach dem Dessert noch zu einem Gespräch unter vier Augen zu bitten.

Doch heute, während Edward mit den anderen Gentlemen in einem schattigen Winkel des Oberdecks die Hitze mit Gin Tonic zu bekämpfen suchte, hatte Robyn Gelegenheit, Frank diese Episode in der Chronologie des Diamanten zu erzählen. Und so saßen sie nun in ihrer Kabine beisammen, um unliebsamen Lauschern vorzubeugen, aber auch um die empfindlichen, altersschwachen Zeitungsausschnitte vor der Sonne und dem heißen Wind zu schützen, der beständig über Deck fegte.

Zwei Jahre lang hatten Charles Cavendish und Adele Wetherby, geborene Cavendish, um das Erbe ihres Onkels George gestritten. Zwei Jahre außergerichtlicher Verhandlungen zwischen der Kanzlei *Havisham & Co.* einerseits, die in ihrer Gesamtheit alles daransetzte, ihrem neuen Partner Charles Cavendish das gesamte Vermögen zu erhalten und dadurch selbst enorm an Prestige zu gewinnen. Und der Kanzlei von Albert Chisholm in Hampstead andererseits – dem Vater des Testamentsvollstreckers von Großtante Adele, wie Robyn vermutet und Frank ihr bestätigt hatte. Da weder Großtante Adele noch Mr. Chisholm senior bereit waren, nachzugeben, ging die Angelegenheit schließlich vor Gericht. Das Haus George Cavendishs im noblen Stadtteil Belgravia wurde von gerichtlich bestellten Experten geschätzt, ebenso das Mobiliar, Gemälde, Uhren, Porzellan, Silber, bis hin zu jeder Krawattennadel, die der Verblichene besessen hatte. Schließlich bezifferte sich das Gesamtvermögen aus der Hinterlassenschaft einschließlich des Diamanten auf zweieinhalb Millionen Pfund. Und erst nach zwei Jahren erbitterten Tauziehens, juristischer Haarspaltereien, hitziger Argumentationen und dem Waschen schmutziger Wäsche, bei dem böse Worte wie „Erbschleicher" und „Gierschlund" fielen, schlug der Richter mit seinem Holzhammer auf seinen Tisch und fällte sein Urteil: Das Testament wurde in seinem Wortlaut für gültig erklärt; das darin hinterlassene Erbe wurde bis auf den letzten Penny zu gleichen Teilen an die beiden Geschwister aufgeteilt. Wobei Adele Wetherby mit dem unverkäuflichen Diamanten zwar das etwas schlechtere Los gezogen hatte – aber dennoch gesiegt und ihren Erbanspruch durchgesetzt hatte. Zudem begannen die hundert Jahre der merkwürdigen Klausel ja bereits abzulaufen, und spätestens ihre Ur-Urenkel würden den Stein dann zu Geld machen können.

„Doch der Bruch zwischen Charles und Adele war nicht mehr zu kitten", schloss Robyn ihren Bericht. „Mein Großvater sagte sich unmittelbar nach der Urteilsverkündung in aller Öffentlichkeit von seiner Schwester los. Kein Wunder also, dass ich nie etwas von meiner Großtante und dem Prozess erfahren habe. Ich kann mir gut vorstellen, dass mein Großvater den Namen seiner Schwester nie wieder in seiner Gegenwart hören wollte, nach allem, was ich nun über ihn weiß."

Frank nickte, während er sich noch einen der auf dem Tisch ausgebreiteten Zeitungsausschnitte besah. „Dieser Rechtsstreit erklärt auch, weshalb der Verbleib des Diamanten so lange ungeklärt war", sagte er. „Gerichtlich bestellte und vereidigte Experten hätten sich um Kopf und Kragen gebracht, wenn sie etwas über ihn hätten verlauten lassen. Richter verstehen da nämlich keinen Spaß." Er überlegte kurz, ehe er hinzufügte: „Und wenn die Familie ebenfalls Stillschweigen darüber bewahrt hat – aus welchen Gründen auch immer –, ist es aussichtslos, über ein solch wertvolles Stück etwas in Erfahrung zu bringen. Anders läge der Fall natürlich, wenn der Diamant sofort nach dem Prozess zum Verkauf angeboten worden wäre. Aber das verhinderte ja die Klausel in George Cavendishs Testament ..." Er zuckte bedauernd mit den Schultern.

„Wie verhält es sich eigentlich damit", Robyn lehnte sich im Stuhl zurück, „kann ein solcher Passus nicht umgangen werden?"

Frank schüttelte den Kopf. „Kaum. Es kommt übrigens gar nicht so selten vor, dass eine Rarität innerhalb einer Familie unter solchen Bedingungen weitervererbt wird. Schlecht für uns Leute vom Museum", witzelte er mit einem Grinsen. „Aber es kommt immer wieder vor. Meist, weil der Erblasser das betreffende Stück auch nach seinem Ableben im Besitz der Familie wissen will oder weil er seinen Erben nicht uneingeschränkt traut. Die ziehen dann vor Gericht, haben aber wenig Aussicht, die Klage zu gewinnen." Er machte eine kleine Pause. „Mir geht gerade durch den Kopf, was Sie mir über ihre Großtante erzählten – vorhin, ganz am Anfang. Dass diese davon überzeugt war, der Fluch auf dem Diamanten sei kein Mythos, sondern Realität. Zuerst habe ich mich gefragt, warum sie ihn dann nicht einfach verkauft hat. Vor dem Hintergrund von George Cavendishs Verfügung macht das jedoch Sinn – es war schlicht und ergreifend nicht möglich."

Robyn zupfte nachdenklich am Saum des Tischtuchs herum. „Großtante Adeles Überzeugung, sie habe Schuld auf sich geladen, indem sie auf ihrem Erbanspruch beharrte und den Diamanten schließlich zugesprochen bekam, bedrückt mich sehr. Seither überlege ich, ob sie mir den Stein anvertraut hat, weil sie glaubte, ihre letzte Ruhe nur dann zu finden, wenn ich ihn nach Indien bringe und der Fluch dadurch aufgehoben ist."

Sie spürte Franks Blick auf sich ruhen; mit einer solchen Eindringlichkeit, dass sie nicht wagte, die Augen anzuheben. Leise hörte sie ihn sagen: „Mir hingegen geht seither die Frage im Kopf herum, warum George Cavendish den Diamanten gekauft hat, obwohl er auf der Weltausstellung von dem Fluch gehört haben muss. Maß er ihm keine Bedeutung bei – oder wollte er sich an Louisa rächen? – Verschmähte Liebe treibt sonderliche und oft sehr giftige Blüten", beeilte er sich auf Robyns überraschten Blick hin zu sagen.

Sie ließ diesen ihr neuen Gedanken in sich wirken und meinte dann: „Und die Klausel hat er demnach in sein Testament eingefügt, um Louisas Nachkommen zu strafen? Aus Rache, weil sie erst Richard geheiratet, ihn immer nur als Schwager wahrgenommen und ihn auch noch als Witwe abgewiesen hat?"

„Denkbar wäre es, finden Sie nicht?"

Robyn machte ein unschlüssiges Gesicht und kaute auf ihrer Unterlippe herum.

„Es entspräche so gar nicht dem Bild, das ich mir nach dem Brief Großtante Adeles von meinem Urgroßonkel gemacht habe. Ich weiß", hob sie in einer entwaffnenden Geste die Hände, als Frank etwas einwerfen wollte, „meine Großtante wusste genauso wenig wie wir heute, was in George Cavendish vorging. Andererseits ", fügte sie behutsam hinzu, „hätte ich nach den Schilderungen meiner Mutter und meiner Brüder auch nie vermutet, dass mein Großvater versucht hat, das Testament seines Onkels anzufechten, und danach auch noch derart nachtragend reagiert hat."

„Nun ja", erwiderte Frank lachend, „nicht jeder begnügt sich mit eineinviertel Millionen, wenn er auch zweieinhalb haben kann!" Amüsiert fügte er hinzu: „Sofern er gut damit gewirtschaftet hat, müsste die Familie ihrer Mutter seither sehr wohlhabend sein."

„Nur meine Mutter“, murmelte Robyn ohne nachzudenken und biss sich gleich darauf auf die Lippen für ihre Gedankenlosigkeit. Aber da es nun schon gesagt war, fuhr sie fort: „Meine Mutter war die Alleinerbin.“

„Eine gute Partie also?“

Robyn schaute ihn etwas verwirrt an, da sie nicht wusste, ob Franks Bemerkung scherzhaft oder ernst gemeint gewesen war. „Ja, natürlich, das wusste ich aber auch schon vorher. Oder wollen Sie damit andeuten, dass mein Vater ...“

„Gott bewahre!“ Nun war es an Frank, in einer ähnlichen Geste wie Robyn zuvor die Hände zu heben. „Es steht mir nicht zu, irgendwelche Mutmaßungen über Ihre Eltern anzustellen. Noch lag es je in meiner Absicht.“

Robyn starrte vor sich hin. Sie wusste, dass Emma und George Fairbanks einander kennen gelernt hatten, weil Charles Cavendish ein guter Kunde von *Fairbanks & Stevenson* gewesen war. Der Gedanke, Charles' Vermögen könnte ein nicht unwesentlicher Faktor für den Heiratsantrag ihres Vaters gewesen sein, beunruhigte sie. Ihrer Vorstellung nach war die Ehe ihrer Eltern im Himmel geschlossen worden, wie man so schön sagte. Romantisch und ungewöhnlich vom ersten Blick bis hin zur Trauung vor dem Altar. Robyn hatte nie Zweifel an dieser von ihren Eltern so gerne erzählten Version gehabt. Und auch jetzt wollte sie nicht glauben, dass so etwas Profanes wie eineinviertel Millionen mit im Spiel gewesen sein sollte.

„Miss Fairbanks? Entschuldigen Sie, wenn ich Sie ...“

Robyn hatte sich wieder gesammelt und atmete tief durch. „Sie brauchen sich nicht zu entschuldigen, Mr. Kendall. Es ist nur ...“ Sie lachte verlegen auf. „Mein ganzes Leben lang war ich überzeugt davon, in eine heile Familie hineingeboren worden zu sein. Natürlich gab es auch Streit und Auseinandersetzungen ... Aber dennoch schien mir alles so ... so anständig zu sein. Ohne Leichen im Keller." Sie machte eine Geste der Hilflosigkeit.

„Ich verstehe, was Sie meinen. Aber glauben Sie mir – es gibt keine Familie ohne einen missratenen Onkel oder eine Tante, die in jungen Jahren einen Fehltritt begangen und damit einen handfesten Skandal ausgelöst hat. Deshalb bleibt Ihre Familie trotzdem das, was sie immer für Sie war. Selbst wenn Ihre Großtante dem Bild einen kleinen Kratzer verpasst haben sollte." Sanft, fast zärtlich klang seine Stimme, und als ob ihm das selbst unangenehm wäre, wechselte er sogleich in einen scherzenden Tonfall, noch ehe sich Robyn für seine Worte bedanken konnte: „Und dank Ihrer Familie und George Cavendish stellen Sie ja nun ebenfalls eine glänzende Partie dar!"

Der beabsichtigte humoristische Effekt dieser Bemerkung verpuffte, und als sei ihm diese Tatsache erst eben bewusst geworden, sah Frank sie ernst an. Auf eine Art, die Robyn neu an ihm war und die sie nicht von ihm erwartet hatte.

„Vergessen Sie dabei nicht, dass ich mein Erbe mit meinen Brüdern teilen muss."

Sie hatte wie er einen scherzhaften Ton anschlagen wollen; herausgekommen war jedoch eine Drohung, die er allerdings nicht wahrzunehmen schien.

„Ich bewundere schon die ganze Zeit Ihren Verlobungsring. Darf ich?" Auffordernd streckte er ihr seine Hand über den Tisch entgegen. Robyn überlegte kurz, was gefährlicher sein mochte: Frank den Ring zu geben oder ihm ihre Hand zu reichen. Angesichts dessen, was sie unmittelbar nach dem Unfall in seiner Gegenwart gespürt hatte, erschien ihr Ersteres weitaus harmloser, deshalb zog sie den Ring vom Finger und reichte ihn ihm.

Frank betrachtete ihn lange, drehte ihn im Licht hin und her, einmal nach links und einmal nach rechts, dann wieder vor und zurück. Seine Miene war undurchsichtig, als er ihn ihr zurückgab. „Ein ... außergewöhnliches Schmuckstück."

„Ja, nicht wahr?" Robyns Stimme kam ihr selbst hohl vor, als sie den Ring wieder über den Finger streifte.

„Gibt es eigentlich noch irgendwelche Neuigkeiten bezüglich des Diamantenjägers?", wollte er unvermittelt wissen. Robyn brauchte ein paar Augenblicke, bis sie begriff, was er damit meinte; die Geschichte ihrer Großtante und ihr Zwist mit Edward hatten vorübergehend alles andere aus ihrem Bewusstsein verdrängt. Aber seit jenem Zwischenfall an Deck war auch nichts weiter geschehen, was sie Frank mitteilte, der es mit merkwürdig gleichgültiger Miene zur Kenntnis nahm.

„Es ist schon spät", ließ er sich daraufhin vernehmen und erhob sich. „Danke für den Nachmittag, Miss Fairbanks."

„Gern geschehen. Sehen wir uns zum Dinner?"

Seine Augen wurden schmal, wirkten spottlustig. „Sofern Mr. Cheltenham nichts dagegen hat. Er wirkt derzeit etwas ... missmutig, was meine Anwesenheit bei Tisch betrifft."

„Oh", Robyn errötete, um eine ehrliche Antwort verlegen. „Es ist ... wir haben momentan die ein oder andere Meinungsverschiedenheit."

„Hochseekoller?", fragte Frank lachend, die Tür schon in der Hand.

„So in etwa, ja", gab Robyn heiter zurück, doch ihr Magen zog sich schmerzhaft zusammen.

Beim Dinner zeigte sich Edward wie ausgewechselt. Er versprühte gute Laune nach allen Seiten, war aufmerksam zu Robyn und sogar Frank gegenüber um freundliche Höflichkeit bemüht, der seinerseits mit leicht zusammengezogenen Brauen und einem Anflug von Ironie darauf reagierte.

„Und, werden Sie später hinübergehen in den Salon, zum Tanz?", richtete Lady Ainsworth das Wort an Robyn und zwinkerte ihr dabei schelmisch über dem letzten Löffel Sahnepudding hinweg zu. Robyn sah sie fragend an.

„Oje." Lady Ainsworth presste geziert die Fingerspitzen an ihre Lippen und blickte mit schuldbewusster Miene zwischen Edward und Robyn hin und her. „Jetzt habe ich wohl unbeabsichtigt Mr. Cheltenhams Überraschung verdorben! Wissen Sie", sie neigte sich zu Robyn herüber, „Ihr Herr Verlobter war sicher, Sie hätten die Handzettel im Foyer und im Salon nicht gesehen, und hat mir im Vertrauen erzählt, wie gerne er sie zu diesem Anlass ausführen möchte."

Robyn hatte tatsächlich keinen der erwähnten Zettel zu Gesicht bekommen, nachdem sie die vergangenen zwei Tage fast ausschließlich in ihrer Kabine verbracht hatte. Doch obwohl sie zu Hause keinen Ball und keinen Tanztee ausgelassen hatte, wirkte Lady Ainsworths Ankündigung in diesem Moment wenig verlockend auf sie.

„Ach, eigentlich ...", begann Robyn daher zögerlich, doch ihre Tischnachbarin fiel ihr überschwänglich ins Wort. „Liebe Miss Fairbanks! Gibt es etwas Romantischeres, als verliebt auf hoher See und in tropischen Breitengraden eine Nacht durchzutanzen?" Es war offensichtlich, dass Lady Ainsworths scharfen Augen der fortwährende Unfriede zwischen dem jungen Paar nicht entgangen war und sie sich nun darum bemühte, eine Versöhnung zwischen ihnen zustande zu bringen.

„Du würdest mir damit eine große Freude bereiten", ließ sich Edward von gegenüber vernehmen, und sein hoffnungsvoller Blick, fast schon bittend, gab schließlich den Ausschlag für Robyn, zuzustimmen.

„Sie entschuldigen mich", warf Frank Kendall ein und legte

seine Serviette beiseite. „Ich bin noch verabredet. Ihnen allen einen vergnüglichen Abend." Er nickte knapp in die Runde und verließ den Speiseraum. Bestürzt blickte Robyn ihm hinterher. Bevor sie jedoch erfassen konnte, was ihn außer seiner tatsächlichen oder angeblichen Verabredung zu seinem eiligen Aufbruch bewogen haben mochte, war Edward schon neben ihren Stuhl getreten und reichte ihr seinen Arm, einen freudigen Glanz in den Augen.

Aus dem Salon waren etliche Tische entfernt worden und die verbliebenen hatte man zusammen mit den Stühlen an die Wand gerückt, sodass genug Platz für die kleine Kapelle und ein hereingerolltes Klavier sowie die Tanzpaare aller Altersgruppen und beider Passagierklassen entstanden war, die sich im dezenten Takt der schmeichlerischen Melodien im Kreis drehten. Es waren langsame Rhythmen, die die Besucher der Veranstaltung allmählich in Stimmung brachten und auch älteren Herrschaften erlaubten, mit den Jüngeren Schritt zu halten. Das Licht der Kronleuchter und Wandlampen war gedämpft, aber gerade noch hell genug, um die Juwelen der Damen auffunkeln zu lassen und die Farben und Texturen ihrer Roben wirkungsvoll in Szene zu setzen. Es war aber auch schummrig genug, um eine nahezu verzauberte Atmosphäre zu schaffen, die jenseits von Raum und Zeit zu existieren schien.

Um Worte verlegen und so viel Abstand wie nur möglich zwischen ihnen, glitt Robyn in Edwards Armen über das Parkett. Sie spürte Edwards Blicke auf ihrem Gesicht, forschend und doch vorsichtig.

„Ich habe mich dir gegenüber unmöglich benommen", hörte sie ihn schließlich leise sagen, jedes Wort so deutlich betont, als koste es ihn ungeheure Anstrengung, es auszusprechen. „Ich ... ich weiß nicht, was in mich gefahren ist. Ich meine – ich weiß es durchaus, aber ich weiß auch, dass jeglicher Versuch einer Rechtfertigung fehl am Platz ist. Das Einzige, was ich tun kann, ist, dich um Verzeihung zu bitten."

Robyn presste die Lippen zusammen und fixierte angestrengt Edwards Schulter. Was und vor allem wie er es gesagt hatte, rührte sie, und doch konnte sie ihm nicht so einfach vergeben. Vor allem nicht, weil sie sich ihres eigenen Anteils an ihren Streitereien sehr wohl bewusst war und sich auf abstruse Weise sowohl schuldig als auch im Recht fühlte.

„Ich bin zu weit gegangen, das habe ich begriffen", fuhr er fort. „Obwohl ich doch eigentlich hätte wissen müssen, wie wichtig dir deine Unabhängigkeit ist. Ich will dich nicht einsperren, Robyn, auf keinen Fall. Aber es fällt mir manchmal so unsäglich schwer, mit dir umzugehen. Ich", er gab ein verlegenes Lachen von sich, „Gott, ich habe so viele Frauen kennen gelernt, aber eine wie du war nie darunter. Ich kann dir nicht versprechen, keine weiteren Fehler mehr zu begehen. Nur, dass ich mich nach Kräften bemühen werde, aus jedem einzelnen davon zu lernen und dir ein guter Ehemann zu sein."

Endlich sah Robyn ihn an. Seine Unterlippe zitterte, als müsse er eine wahre Flut an Emotionen zurückdrängen, und in seinen Augen glaubte sie gar einen feuchten Schimmer zu entdecken. Sie ließ es zu, dass er sie dichter an sich zog, und spürte, wie sie weich und nachgiebig wurde.

„Ich will dich glücklich machen, Robyn. Und nichts ist mir unerträglicher als die Vorstellung, dich zu verlieren."

„Gestatten Sie?"

Sie fuhren auseinander, als sich eine sonore Stimme zwischen sie drängte. Darin vertieft, das Band zwischen ihnen neu zu knüpfen, das überdehnt und im Zerreißen begriffen gewesen war, hatten sie gar nicht wahrgenommen, dass das Musikstück zu Ende und der Moment gekommen war, in dem die Etikette einen Partnerwechsel gestattete.

„Natürlich", antwortete Edward und machte eine verbindende Geste zwischen Robyn und dem Gentleman. „Ich glaube, ich habe Sie beide einander noch nicht vorgestellt. Meine Verlobte Miss Robyn Fairbanks – der ehrenwerte Richter Emery Troublefield."

Robyn spürte ein Gefühl der Abneigung in sich aufsteigen, das nicht allein darin gründete, dass der Richter ihre zarte Annäherung rüde unterbrochen hatte. Troublefield war ihr aus der Nähe betrachtet zutiefst unsympathisch. Doch Robyn wusste, dass es sowohl von Edward als auch von ihr äußerst unhöflich gewesen wäre, seine Aufforderung zum Tanz abzulehnen, und so ergab sie sich in ihr Schicksal.

„Wir haben uns bislang nur von Weitem gesehen", sprach Richter Troublefield sie an. „Umso größer ist mein Vergnügen, Sie nun auch persönlich kennen lernen zu dürfen."

„Ganz meinerseits", murmelte Robyn pflichtbewusst und mit gezwungener Freundlichkeit.

„Ihr Herr Verlobter schwärmt in den höchsten Tönen von Ihnen. Nun, ich kann es ihm nicht verdenken, schließlich ..." Robyn ließ seine Schmeicheleien und plumpen Komplimente an sich vorbeirauschen, ebenso wie die Prahlereien über sein weitläufiges Anwesen in Kalkutta, seine edlen Pferde und seine Gemäldesammlung. Aus dem Augenwinkel heraus sah sie, wie Edward im Gegenzug Mrs. Troublefield um einen Tanz bat. Und wie diese freudig errötete und in Edwards Armen sichtlich aufzublühen begann, sogar im Nu mit ihm in eine angeregte Unterhaltung vertieft war, die offensichtlich heiter und ausgesprochen amüsant verlief. Fast schon vertraut schienen die beiden, und vor Robyns innerem Auge entrollte sich eine Folge von Bildern und Szenen, die ihr ihre Zukunft als Mrs. Edward Cheltenham zeigten. So würde es immer sein: gesellschaftliche Verpflichtungen, die sie zu geben oder zu besuchen hätte. Männer vom Schlag eines Richter Troublefield, die ihr verstohlen ins Dekolleté schielten und deren Handfläche beim Tanz einen feuchten Fleck auf dem Rücken ihres Kleides hinterließ. Frauen wie Mrs. Troublefield, die Edward anflirteten und mit denen sich Robyn im Anschluss daran wohl oder übel gepflegt würde unterhalten müssen. Weil es die Konvention so verlangte und alles andere ein schlechtes Licht auf sie selbst und nicht zuletzt auf Edward werfen würde. Nicht mehr die Freiheit zu besitzen, sich unter einem Vorwand einem unliebsamen Tanzpartner zu entziehen oder sich mit der besten Freundin in ein Nebenzimmer zu flüchten, wenn die Füße im Laufe einer Ballnacht schmerzten, die Schuhe abzustreifen und unter munteren Plaudereien heimlich die Konfektschale der Gastgeberin zu plündern. Einen Augenblick lang schien der Boden unter Robyn ins Wanken zu geraten, und Übelkeit wallte in ihr auf. Dann verklangen die letzten Takte der Melodie.

„Es war mir eine Ehre, Miss Fairbanks", verkündete der Richter mit einer Verbeugung und drückte seine Lippen auf Robyns Handrücken. Sie war erlöst.

Troublefield und Edward wechselten im Aneinandervorbeigehen einige Worte, und der Richter führte seine Gattin zurück zu ihrem Sitzplatz am Rande des Geschehens. Als Edward sie wieder umfasste und sich in ihr erneut das Gefühl vertrauter Sicherheit einstellte, kannte Robyns Erleichterung keine Grenzen. Im Takt des nächsten Stückes setzten sie sich in Bewegung.

„Er hat uns für morgen zum Tee eingeladen", berichtete Edward ihr.

Robyn schnitt ein Gesicht. „Erspar mir das bitte!"

Seine Stirn legte sich in Falten. „Weshalb?"

„Ich mag ihn nicht. Und sie ebenso wenig."

Edward lachte auf. „Du kennst die beiden doch gar nicht! Gönn dieser armen Person doch wenigstens für ein paar Minuten die Gesellschaft eines Gentleman, der ihr nicht ständig über den Mund fährt."

„Trotzdem", meinte Robyn beharrlich, obwohl ihr durchaus bewusst war, dass sie sich wie ein trotziges Kind aufführte. Doch es tat ihr wohl und schien ihr wie ein kleiner Sieg über die gesellschaftlichen Zwänge, von denen sie gerade einen kleinen Vorgeschmack erhalten hatte. Als könnte sie damit die Zeit in ihre unbeschwerte Jungmädchenzeit zurückdrehen oder die Uhren des Lebens gar anhalten.

„Ich werde dich nie zu etwas zwingen", raunte Edward ihr nun zu und schlug damit den Bogen zurück zu seiner zuvor so abrupt unterbrochenen Rede.

Aufmerksam sah Robyn ihn an. Etwas hatte sich verändert zwischen dem ersten Tanz des Abends und diesem hier. Was sie verloren geglaubt hatte, war zurückgekehrt. Sie hatte keinen Grund, an der Aufrichtigkeit von Edwards Worten zu zweifeln. Edward würde ihr ihre Freiheit lassen, und an seiner Seite würde es ihr auch gelingen, einen Kompromiss zwischen dem zu finden, was die Gesellschaft von ihr verlangte, und dem, was sie selbst wollte. Die besten Voraussetzungen also, zuversichtlich in die Zukunft zu blicken, alle Sorgen und Zweifel hinter sich zu lassen und den Abend in vollen Zügen zu genießen.

Mit vorgerückter Stunde verjüngte sich das Publikum, wurde die Musik beschwingter, schneller und auch unstandesgemäßer. Aus dem Walzer wurde ein Boston, der in einen Two Step überging. Im Vorüberwirbeln glaubte Robyn, Mr. Marshall zwischen den umstehenden Gästen zu erkennen, an die Wand gelehnt und ein Glas in der Hand. Aber noch ehe sie feststellen konnte, ob auch Frank im Saal war, leiteten die Takte des letzten Stückes schon nahtlos zu den ersten eines Cakewalk über, und Robyn stürzte sich mit Feuereifer an Edwards Hand in diesen wahnwitzig schnellen Modetanz, der aus dem Süden der Vereinigten Staaten kam und in der feinen Gesellschaft Großbritanniens noch immer verpönt war.

Frank sog indes an Deck tief die warme Nachtluft ein, die nur in dieser Ecke der Welt so würzig roch. Bereits nach zwei Gläsern hatte er sich wieder von Hamilton Marshall verabschiedet und sich auch nicht durch gutes Zureden zum Bleiben bewegen lassen. Keine Sekunde länger hatte er es in der Bar ausgehalten. Das Schiff wurde ihm zu eng, wie meist auf solch einer Reise. Solange Räume statisch waren, konnte Frank sie gut ertragen; aber sobald er sich in Pferdewagen, Aufzügen, Untergrundbahnen und Ähnlichem fortbewegen musste, bekam er innerhalb eines bestimmten Zeitraums Beklemmungen. Er musste den Wind spüren, die Aromen der Luft riechen und schmecken und Landschaften und Menschen ohne trennende Glasscheiben erleben, sonst fühlte er sich wie in einem Verlies eingeschlossen, das seine Sinne betäubte und abstumpfte. Noch immer zog er die Natur allen anderen Örtlichkeiten vor. Frank brauchte die Weite, die großzügige Distanz zwischen Himmel und Erde, um atmen zu können. Es war der Fluch seines Berufs, dass ihm das nur noch selten oder zeitweise vergönnt war.

„Noch sechs Tage", murmelte er vor sich hin. „Noch sechs Tage, dann ist es vorbei. Dann werde ich auch endlich wieder Ruhe finden und nicht mehr so rastlos sein."

Doch seine Worte überzeugten ihn nicht. Denn er wusste, dass er nach dieser Reise viel mehr Zeit benötigen würde, um wieder zur Ruhe zu kommen – sofern es ihm überhaupt je wieder gelingen würde. Wie sehr sehnte er sich doch danach, ohne Sinne, blind und taub zu sein. Kein betörendes Parfum, nicht den Duft von Frauenhaar und weicher Haut am Dinnertisch neben sich wahrnehmen zu müssen. Ein Herz aus Stein zu besitzen – das wünschte sich Frank Kendall in dieser Nacht.

Die überschäumende Ausgelassenheit der Tänze mit solch absurden Bezeichnungen wie „Texas Tommy", „Turkey Trot" und „Grizzly

Bear“, die Robyn auf ihren Studentenpartys kennen gelernt hatte, brachte die sorglose Unbeschwertheit zwischen ihr und Edward zurück. Atemlos und erhitzt verließen sie als Letzte den Salon, und Edward küsste sie zum Abschied noch lange vor ihrer Kabine, ohne sie zu bedrängen. Als er ihr dann auch noch „Ich wünsche dir eine wunderbare Nacht, meine Liebste“ zuflüsterte, war Robyn vollkommen davon überzeugt, dass ihre Krise überwunden war und sie auch sonst nichts mehr zu befürchten hatte.

Es war die Ruhe vor dem Sturm.

10. TAG – ARABISCHES MEER

Auch am nächsten Morgen präsentierte sich Edward in bester Laune. Als er und Robyn zum Frühstück den Speiseraum betraten, machte er sogar kurz am Nebentisch Halt und erkundigte sich nach Miss Sissinghursts Befinden – was diese derart verblüffte, dass sie entgegen ihren sonstigen Gepflogenheiten nur ein kurzes „Sehr gut, danke, Mr. Cheltenham" hervorbrachte. Wann immer Robyn am Tisch ihren Blick hob, blickte sie in Edwards Augen, die voll heiteren Glücks auf sie gerichtet waren. Lady Ainsworth, deren scharfen Augen die Missstimmung zwischen den Verlobten während der zurückliegenden Mahlzeiten nicht entgangen war, seufzte angesichts dieser zurückgewonnenen Harmonie immer wieder selig auf, als läse sie neben dem Genuss von Rührei mit Speck, knusprigem Toast und gebratenen Tomaten in einem rührseligen Liebesroman. Allein Frank Kendall schien diese Entwicklung zu missfallen. Je länger sich das Frühstück hinzog und er Zeuge von verliebten Blicken und Sätzen wie „Möchtest du noch ein wenig Milch in deinen Tee, Liebling?" wurde, desto mehr versteinerte seine Miene. Er blieb gerade einmal auf eine Tasse Tee mit einer Scheibe Toast und so lange, wie es die Höflichkeit gebot, dann empfahl er sich mit sichtbarer Erleichterung.

Robyn nahm dies befremdet und bedauernd zur Kenntnis, hielt ihn aber mit keinem Wort zurück. Zu kostbar und zu zerbrechlich war ihr die neue Vertrautheit mit Edward. Außerdem hielt sie es in jeder Hinsicht für klüger, ihr Verhältnis zu Frank Kendall für den

Rest der Reise auf eine rein sachliche Ebene zu stellen: Er war Historiker, sie die Hüterin des Diamanten; er hatte Kenntnisse über die frühe Geschichte des kostbaren Objekts, sie wusste um die Zeit danach bis zum heutigen Tag. Dabei wollte sie es belassen. Zumindest sagte ihr das ihr Verstand.

Nachdem der General unter verlegenem Hüsteln auf einen frei gewordenen Platz neben Miss Sissinghurst einen Tisch weitergewandert war und Lord und Lady Ainsworth sich zurückgezogen hatten, fragte Edward freundlich nach, ob Robyn auch heute wieder einen Brief ihrer Großtante öffnen dürfe. Und als sie zögerlich bejahte, schlug er zu ihrem Erstaunen von sich aus vor, dass sie sich ruhig den Tag über damit beschäftigen solle: „Es ist ja so heiß, Liebes. Besser als in deiner Kabine bist du bei diesen Temperaturen ohnehin nirgendwo aufgehoben!“

Womit Edward zweifellos Recht hatte, denn seit dem gestrigen Tag war das gesellschaftliche Leben an Bord fast vollständig zum Erliegen gekommen. Und auch heute glühte die Spielfläche des Shuffleboards verlassen in der gleißenden Sonne; die entsprechenden Utensilien und die Boccia-Kugeln blieben verstaut. Wer das Glück hatte, einen der wenigen schattigen Plätze an Deck ergattert zu haben, döste dort schwitzend vor sich hin. Ein paar umtriebige Ladies und Gentlemen zog es noch zu gepflegter Konversation und geeistem Tee mit Zitrone in den Salon. Der Rest der Passagiere suchte die Kühle der Kabinen auf, ruhte sich dort aus, las oder schrieb Briefe, die in Bombay vom Schiffspersonal aufgegeben werden würden. Selbst die sonst nur lebhaften Kinder wurden quengelig, greinten, plärrten und stritten sich mit hochroten Backen und glühenden Stirnen, bis sie schließlich auf den kühlen Laken ihrer Betten wieder zur Ruhe kamen.

Daher überlegte Robyn auch nicht lange, sondern verabschiedete sich von Edward mit einem Kuss auf die Wange und eilte so schnell, wie es die Hitze zuließ, in ihre Kabine. Sie kam sich geradezu verwegen dabei vor, unter ihrem Leinenkleid in Altrosé nach den Strumpfbändern zu angeln, die hauchdünne Seide mitsamt den Schuhen abzustreifen und das Gefühl von bloßer Haut zu genießen. Wie schon am Tag zuvor setzte sie sich am Tisch ihrer Kabine zurecht, öffnete das Fenster, das eine herrlich frische und salzige Meeresbrise zu ihr hereinschickte, und schlitzte den nächsten Umschlag auf.

Dieser enthielt diesmal nur eine beträchtliche Anzahl Bögen, die mit Großtante Adeles unverkennbarer Handschrift beschrieben waren, aber keine Zeitungsausschnitte, wie Robyn es erwartet hatte. Ein Anflug von Enttäuschung streifte sie, denn die Erzählungen ihrer Großtante waren bislang wunderbar von diesen ergänzt worden. Auch wenn Robyn keine Sekunde am Inhalt der Briefe zweifelte, hatten die Artikel die Glaubwürdigkeit von Adele Wetherbys Hinterlassenschaft doch nochmals um einige Grade erhöht.

Meine liebe Robyn,

Ich musste einige Tage verstreichen lassen, um ausreichend Mut für diesen Brief zu fassen. Doch selbst jetzt fällt mir jedes Wort unsäglich schwer – sodass ich ihn heute auf keinen Fall mehr beenden werde, dazu fehlt mir einfach die Kraft. Aber anfangen – anfangen muss ich ihn. Denn noch mehr, als ihn zu schreiben, fürchte ich, nicht mehr Zeit genug zu haben, um ihn beenden zu können. Der Sensenmann ist ein unhöflicher Gesell – er kommt nie zur rechten Zeit. Selten verspätet er sich, aber auch das soll schon vorgekommen sein. Mein Nachbar drei Türen weiter, der alte Mr. Jenkins – nur ein klein wenig älter als ich, aber zäh wie Leder –, schimpfte jeden Tag nicht nur über Petrus' Launen, sondern auch darüber, dass Gevatter Tod ihn schon wieder vergessen hätte. Seine Tochter, die täglich nach ihm sehen kam, hat mir oft davon erzählt. Je nun:

Vergangenen Herbst hat der Tod endlich Erbarmen mit ihm gehabt und ihm den lang ersehnten Besuch abgestattet. Aber meistens steht der Tod viel zu früh vor der Tür und kommt fast immer unangemeldet.

Du merkst gewiss, wie schwer es mir fällt, auf den eigentlichen Gegenstand meines Briefes zu sprechen zu kommen. Es hilft jedoch alles nichts – erzählen muss ich es, mag es auch noch so schmerzlich sein ...

1861

Eine träge Stille lag über dem Garten, wie sie typisch für einen Sonntagnachmittag im Juli war. Die Sonne ließ die Blätter der Sträucher aufglänzen, brach durch das Laub der Bäume und lockerte den kühlen Schatten unter ihnen auf. Unlustig und keineswegs mit sprichwörtlichem Eifer surrten einzelne Bienen zwischen den Rosenstöcken in Scharlachrot, Lachsrosa und Zitronengelb umher, als wollten sie ihren Unmut darüber kundtun, an solch einem herrlichen Tag arbeiten zu müssen. Fröhlich hingegen gaben sich die Schmetterlinge, die sich in der süßen Sommerluft am Blütennektar berauschten und in großen Schleifen über den Heliotrop, die Hortensien und den Lavendel hinwegtaumelten. Das Porzellan auf dem gedeckten Tisch schimmerte, das Silber glänzte, und beides zusammen gab einen feinen, anheimelnden Ton von sich, wenn damit hantiert wurde.

Sinclairs und Henriettas Gärtner hat wirklich ein gutes Händchen für den Rasen, dachte Adele Wetherby mit einer Spur von Neid, als sie ihren Blick durch den Garten ihrer Tochter und ihres Schwiegersohnes schweifen ließ. Es war Gewohnheit geworden, dass sich die Familie samstags stets im Hause Wetherby in Marylebone zum Dinner traf; die Sonntage jedoch kamen Adele und Henry Wetherby zu Tee und Obstkuchen und Gurkensandwiches nach Earls' Terrace, Kensington, wo ihre Tochter Henrietta mit ihrem Mann eine großzügige Stadtvilla im georgianischen Stil bewohnte. Waren die Wetherbys schon überaus vermögend, war Henrietta durch ihre Heirat vor neun Jahren die gesellschaftliche Leiter noch einmal weiter hinaufgeklettert: Sinclair Rhys-Jones entstammte einer Nebenlinie des Landadels und war von Haus aus noch reicher als die Wetherbys. Es erfüllte Adele immer wieder aufs Neue mit Zufriedenheit, wenn sie das Leben ihrer Tochter betrachtete: Sie war mit einem treuen, liebevollen Mann aus den allerbesten Kreisen verheiratet, in der Kirchengemeinde und in ihrem Lesezirkel beliebt und bei allen gesellschaftlichen Verpflichtungen ein gern gesehener Gast. So betrachtet, hatte Adele alles richtig gemacht.

Ein freudiges Quietschen, gefolgt vom glucksenden Lachen einer hellen Kinderstimme ließen Adeles Augen in einen Winkel des Gartens wandern, wo ein Junge in kurzen Hosen und Marinehemd den Ball, den er gerade zuvor in einen Holunderbusch gekickt hatte, wieder herausholte. Adeles Blick wurde weich und ihr Herz quoll vor Freude geradezu über. Ihr siebenjähriger Enkel, Henry Sinclair Wetherby Rhys-Jones, der aufgrund der Namensgleichheit mit seinem Großvater meist nur „Junior“ gerufen wurde, war ein strammer, quicklebendiger Bursche mit roten Wangen und einer selbst im Winter leicht gebräunten Haut, die wie sein dunkles Haar ein Erbteil seines Vaters waren, während sich bei seiner Augenfarbe einmal mehr das intensive Blau von Louisa Cavendish durchgesetzt hatte. Bislang war er das einzige Kind der Rhys-Jones', doch auch nach einer Fehl- und einer Totgeburt hatten Henrietta und Sinclair die Hoffnung auf weiteren Nachwuchs noch nicht aufgegeben.

„Wir dachten an eine kurze Reise“, erklärte Sinclair deshalb auch just in diesem Moment seinen Schwiegereltern.

„Eine Art zweiter Flitterwochen“, führte Henrietta weiter aus und ergriff lächelnd die Hand ihres Mannes, die neben seinem Gedeck auf dem weißen Tischtuch lag. Der noch nicht lang zurückliegende Verlust ihres letzten Kindes hatte in ihrem Gesicht keine Spuren hinterlassen. Mit ihren neunundzwanzig Jahren wirkte sie noch immer wie das junge Mädchen, das Henry Wetherby seinerzeit zum Altar geführt und Sinclair dort übergeben hatte.

„Natürlich könnten wir Junior auch mit dem Kindermädchen zusammen hier lassen. Er mag Miss Peterson schließlich sehr. Aber wir dachten ..."

„Er freut sich immer so", warf Henrietta eilig ein, „wenn er euch besuchen darf. Würdet ... würdet ihr so nett sein ...?" Bittend blickte sie von ihrer Mutter zu ihrem Vater und wieder zurück.

Als hätte Henrietta ihrem Sohn damit ein Stichwort gegeben, kam der Junge just in diesem Moment herbeigestürmt und zupfte Henry Wetherby am Ärmel seines Jacketts.

„Opa", kam es lang gezogen von ihm. „Spielst du mit mir Ball?"

Henry Wetherby wandte sich seiner Frau zu und umschloss ihre Hand mit der seinen. „Was meinst du, mein Herz? Ich überlasse es dir. Meinen Segen habt ihr jedenfalls", verkündete er mit einem Nicken in Richtung Tochter und Schwiegersohn und ließ sich dann bereitwillig von seinem Enkel aus dem Stuhl ziehen, um mit ihm den Lederball über den sorgfältig gepflegten Rasen zu kicken.

„Natürlich, Kinder!", rief Adele ohne langes Nachdenken aus und griff zur silbernen Teekanne. „Fahrt ruhig, das wird euch guttun. Wir freuen uns darauf, den Kleinen einige Zeit bei uns zu haben. Habt ihr euch denn schon ein Reiseziel ausgesucht?"

„Nichts Aufwendiges, keine Weltreise. Nur Brighton", erwiderte Sinclair und tauschte einen freudigen Blick mit seiner Frau. Er rückte mit seinem Stuhl näher an den Henriettas und legte seinen Arm um ihre Schultern. „Dann sind wir auch nicht so weit von London entfernt, falls etwas mit dem Kleinen sein sollte. Wir dachten an zwei Wochen im August. Baden, die Seeluft genießen, kleinere Ausflüge machen. Nur wir zwei, nicht wahr?"

Henrietta lächelte und nickte. „Ach, Mutter, bevor ich es vergesse ...", wandte sie sich wieder an Adele. „Ich war gestern bei der

Schneiderin und bin anschließend noch auf einen Sprung zum Juwelier. Er meinte, er müsse sich den Stein erst anschauen, aber prinzipiell würde er unverbindlich gern einmal mehrere Entwürfe für eine Fassung anfertigen."

„Danke, dass du ihn Henrietta überlassen willst", sagte Sinclair.

Adele steckte den Löffel in die Zuckerdose zurück. „Ach, keine Ursache! Es ist doch schade, wenn er nur im Safe herumliegt. In meinem Alter würde ich mich mit einem solchen Klunker nur lächerlich machen. Nein, zu Henrietta passt er viel besser, außerdem geht ihr ja auch zu genügend Bällen und Feiern, zu denen sie ihn tragen kann. Wenn im Herbst die Saison wieder beginnt, wird er sich zu ihren Abendroben gewiss hervorragend machen." Sie nahm ihre Tasse auf und seufzte. „Wenn ich daran denke, was ich für einen Ärger hatte – wegen dieses Monstrums von Diamanten!" Über den Rand ihrer Tasse hinweg zwinkerte sie ihrer Tochter und ihrem Schwiegersohn zu.

Die Eisenbahn brachte Henrietta und Sinclair nach Brighton, an die Südküste Englands, wo sie herrliche Tage verbrachten. Sie lagen faul in der Sonne – Henrietta von einem breitkrempigen Strohhut geschützt –, badeten in Anzügen mit langen Ärmeln und Beinen im Meer und genossen den Komfort des schicken Bedford Hotels direkt am Strand. Zusammen wanderten sie am Ufer entlang und suchten nach Muscheln oder angeschwemmten Fossilien. Sie besichtigten den Königlichen Pavillon mit seinem atemberaubenden indischen und orientalischen Interieur unter Kuppeln und Minaretten, die an der Taj Mahal erinnerten, aßen fangfrischen Fisch und schliefen lange. Ihre Postkarten in das nur knapp zwei Zugstunden entfernte London vermittelten den Eindruck, als weilten sie an sehr viel ferneren Gestaden. Glücklich klangen sie, unbeschwert und voller Hoffnung – zwei Wochen, die sich mehr als gelohnt hatten.

So lachten sie auch herzlich über das Missgeschick, das Henrietta an ihrem letzten Tag, kurz vor der Rückfahrt, widerfuhr. Buchstäblich in letzter Minute war ihr am späten Nachmittag noch eingefallen, am Strand doch eine Flasche mit Sand für Junior abzufüllen, um sie ihm mitzubringen. Über den Muscheln und den von der Brandung glatt geschliffenen Steinen hatte sie daraufhin die Zeit vergessen. Außerdem war sie den Strand auf ihrer Suche nach den Schätzen des Meeres ein gutes Stück hinabgewandert, und bis Sinclair sie dort gefunden hatte, war ihr Zug mit den reservierten Plätzen längst ohne sie abgefahren. Der letzte für diesen Tag in Richtung London.

Mit viel Schmeicheleien und Bitten erklärten sie an der Rezeption ihre missliche Lage, und dem Portier gelang das Unmögliche, in dem zum Wochenende vollkommen ausgebuchten Hotel noch ein freies Zimmer für das auf ihren gepackten Koffern sitzende Ehepaar aufzutreiben. Eng und bescheiden zwar, aber immerhin ein Nachtquartier.

„Glaub bloß nicht, dass wir für morgen früh noch Plätze erster Klasse bekommen", warnte Sinclair seine Frau und drohte ihr scherzhaft mit dem Finger. „Morgen ist Sonntag, da fahren alle zurück, die Montag wieder ins Kontor müssen!"

„Das macht nichts", erwiderte Henrietta vergnügt, „dann fahren wir eben zweiter oder dritter Klasse, wie andere Leute auch. Ich lasse den Portier nur noch schnell an Mutter kabeln, damit sie heute nicht mehr auf uns wartet und sich womöglich noch sorgt, weil wir nicht kommen."

Sinclair behielt Recht: Für den Morgenzug, der kurz nach acht nach London fuhr, waren bereits alle Sitze erster Klasse ausverkauft; nur für den vorletzten Wagen hatte er noch Tickets zweiter Klasse ergattern können. Und da der Zug aus Portsmouth, der ebenfalls über Brighton nach London fuhr, dreiundzwanzig Minuten Verspätung hatte, fuhr auch der Zug von Henrietta und Sinclair später ab als geplant. Wenn auch nur um wenige Minuten, um den eng gefassten Fahrplan der großen sonntäglichen Rückreisewelle nicht zusammenbrechen zu lassen. Und auch der nachfolgende Zug wartete im Bahnhof bereits auf seine Abfahrt.

Die Einhaltung des Fahrplans war auch der Grund, weshalb die Signalposten des Clayton-Tunnels fünf Meilen hinter Brighton sich um acht Uhr dreißig bemühten, die drei kurz nacheinander durchfahrenden Züge so schnell wie möglich abzufertigen.

Dabei kam es zu einem kleinen Missverständnis zwischen dem Signalposten am Nordtor und demjenigen an der südlichen Einfahrt des Tunnels. Ein Missverständnis, welchem Zug man denn nun das Signal zum Anhalten gegeben hatte. Der erste, aus Portsmouth kommende Zug passierte reibungslos den über zweitausend Yards langen Tunnel. Mit erhöhter Geschwindigkeit, um die bestehende Verspätung wieder wettzumachen.

Was der Posten am Einfahrtstor aber nicht wusste, der deshalb panisch die rote Flagge schwenkte, als keine zwei Minuten später der zweite Zug mit Henrietta, Sinclair und Hunderten von anderen Fahrgästen in insgesamt siebzehn Wagen heranschnaufte. Überrascht bremste der Zugführer, und seine Lokomotive kam in der Höhle aus Eisen und Stein nach etwa zweihundert Yards zum Stehen. Und wurde vergessen.

Der Posten des Einfahrtstores fragte per Signalübermittlung bei seinem Kollegen an, ob die Strecke frei sei, und dieser bejahte auf demselben Wege – meinte damit aber den schon längst abgefahrenen ersten Zug aus Portsmouth. Alles in bester Ordnung, Glück gehabt, dachte daher der Mann am Südtor und gab demzufolge keine drei Minuten später dem nachfolgenden Zug die Erlaubnis zur Durchfahrt.

Mit ungebremsten dreißig Meilen pro Stunde fuhr der dritte Zug in den Tunnel und raste dort in das Ende des noch immer wartenden zweiten Zuges. Dessen letzter Wagen wurde durch den Aufprall aus den Schienen gehoben und gegen die Tunnelmauer geschleudert; der vorletzte wurde von der Lokomotive hingegen glatt überfahren, eingedrückt und plattgewalzt. Eisen barst und faltete sich, bohrte sich durch Fenster und schnitt Wände auf. Zerbrach Knochen und durchtrennte Körper. Glut und Funken aus der Dampfmaschine der Lokomotive flogen umher; Flammen sprangen über, züngelten gierig nach Vorhangstoff und Kleidertuch, nach Haut und Haar.

Es war Sonntag, der 25. August 1861, und der Unfall im Clayton-Tunnel ging in die Annalen Englands als bis dato schwerstes Eisenbahnunglück ein. Einhundertsechsundsiebzig Menschen wurden verletzt, viele davon schwer, und dreiundzwanzig verloren ihr Leben.

Darunter Sinclair Rhys-Jones und seine Frau Henrietta, geborene Wetherby.

... So verloren mein Mann Henry und ich unsere Tochter und unseren Schwiegersohn. Und unser Enkel, der kleine Henry, auf einen Schlag seine Eltern.

Verzeih, dass ich keine Zeitungsausschnitte für Dich beigelegt habe. Aber vielleicht kannst Du verstehen, dass ich damals keine Bilder und Beschreibungen des Unglücks aufgehoben habe. Ich wollte nichts dergleichen in meiner Nähe wissen. Der Schmerz war ohnehin allgegenwärtig und ist es selbst nach so vielen Jahren immer noch. Von den Bildern, die Henrietta und Sinclair zeigen, konnte ich mich dagegen nicht trennen. Ich muss sie einfach bis zum letzten Tag um mich haben. Eines davon – für mich das Schönste – ist sogar noch in jenem Sommer aufgenommen worden. Du wirst sie alle sehen, wenn Du nach Deiner Reise in mein Haus kommst. Meine Haushälterin weiß, dass sie alles so lassen soll, wie es jetzt ist.

Als ob es damit nicht genug gewesen wäre, erlitt mein Mann zu Weihnachten desselben Jahres einen Schlaganfall. Zu viel Arbeit in der Druckerei und zu viele Zigarren, sagte der Arzt. Doch ich wusste es besser. Es war der Verlust und der Schmerz über den Tod unserer Tochter, der ihn innerlich zerbrochen hatte. Und so musste ich kurz nach Neujahr auch noch ihn zu Grabe tragen.

Es gäbe noch einiges dazu zu sagen, aber ich kann nicht mehr. Ich bin müde, nachdem ich das alles für Dich niedergeschrieben habe. Sterbensmüde.

Deine Großtante Adele

Robyn zitterte, als sie die Briefbögen wieder zusammenfaltete, und merkte erst jetzt, dass ihr Gesicht ganz nass von Tränen war.

Was für eine Tragödie ... Nun verstand sie, weshalb Adele Wetherby sich die größten Vorwürfe wegen des Diamanten gemacht hatte. Sie hatte ihn an ihre Tochter weitergegeben und deshalb geglaubt, nicht nur den Fluch, der auf ihm lag, an diese und ihren Schwiegersohn ebenso weitergegeben zu haben, sondern dadurch auch Schuld an deren Tod zu sein. Wie gerne hätte Robyn ihre Großtante nach dieser Reise nur ein einziges Mal gesehen und ihr versichert, dass sie keine Schuld traf, sondern alles ein tragischer Zufall gewesen war. Henrietta und Sinclair waren durch eine Verkettung unglücklicher Umstände zur falschen Zeit am falschen Ort gewesen und deshalb ums Leben gekommen.

Doch Robyn ahnte, dass es Selbstbezichtigungen gab, die kein Mensch der Welt einem anderen nehmen konnte. Ein Teil von ihr verlangte danach, sogleich den nächsten Umschlag aufzureißen, um nachzulesen, wie es ihrer Großtante nach diesem vernichtenden Schicksalsschlag ergangen war. Doch den Nächsten sollte sie nach dem Willen Adeles erst auf der Höhe von Ceylon öffnen, also in zwei Tagen. Und Robyn war versucht zu glauben, ihre Großtante habe vorausgesehen, dass Robyn etwas Zeit benötigen würde, um sich vom Inhalt des heutigen Briefes zu erholen.

Was Robyn den restlichen Tag über allerdings nicht so recht gelingen mochte. Schweigsam saß sie abends beim Dinner da, die geröteten Augen auf ihren Teller gerichtet, ohne diesen wirklich wahrzunehmen. Messer und Gabel schoben die vorzügliche Quiche darauf gedankenlos hin und her, die Gemüsecremesuppe davor hatte Robyn sogar gänzlich unberührt zurückgehen lassen.

Die besorgten Blicke ihrer Tischgesellschaft entgingen ihr, und die entsprechenden Nachfragen wehrte sie mechanisch und mit einem aufgesetzten Lächeln ab. Sie bemerkte auch nicht, wie sich Frank kurz entschuldigte und vom Tisch entfernte, bevor das

Lamm mit Rosmarin aufgetragen wurde, zu dem er pünktlich zurückkehrte.

Erst als sie ihn mehrfach und mit Nachdruck ihren Namen sagen hörte, blickte sie endlich auf.

„Dürfte ich mir wohl Ihr Armband einmal ansehen?“

Robyn starrte Frank einige Sekunden lang verständnislos an und begriff erst, als er auf ihr Handgelenk deutete. Gedankenverloren, wie sie heute den ganzen Tag über gewesen war, hatte sie wahllos in ihre Schmuckschatulle gegriffen, als sie sich zum Dinner umgekleidet hatte, und dabei das Armband von Edwards Mutter herausgefischt, das sie nun trug.

„Natürlich.“ Sie hielt ihm den Arm hin, und er ergriff sachte ihre Hand, betrachtete das Armband von allen Seiten, nahm schließlich sogar noch seine zweite Hand zu Hilfe.

„Ein Geschenk meines Verlobten“, fügte sie hastig hinzu, als könne sie damit das Prickeln und den angenehmen Schauder zurückdrängen, den ihr Franks Berührung den Arm hinaufjagte.

Gleich darauf zuckte sie zusammen, als sie auf einmal etwas Flaches, Kleines, Eckiges in ihrer Handfläche fühlte – derselben Hand, die von Franks Händen umschlossen wurde. Sie errötete, als sie Edwards zornfunkelnden Blick über den Tisch hinweg bemerkte. Rasch entzog sie Frank ihre Hand, die sie vorsichtshalber zur Faust ballte und sogleich im Schoß ihres smaragdgrünen Abendkleides verbarg.

„Eine sehr schöne Arbeit“, befand Frank leichthin, und Lady Ainsworth fühlte sich daraufhin bemüßigt, kein gutes Haar an den einheimischen Juwelieren Kalkuttas zu lassen.

„Halsabschneider, allesamt! Die Stücke sehen von Weitem hübsch und prächtig aus, schaut man aber genauer hin, entdeckt man handwerkliche Schlampereien und minderwertige Steine. Und dafür verlangen sie noch heillos überteuerte Preise, und …“

Unter dem Tischtuch entfaltete Robyn verstohlen den Zettel, den

Frank ihr soeben zugespielt hatte, und warf unauffällig einen Blick darauf.

Sie sehen aus, als bräuchten Sie jemanden zum Reden. Falls Sie möchten – ich werde nach dem Dinner auf dem Zwischendeck auf Sie warten. – F., stand in hastigen Bleistiftbuchstaben darauf gekritzelt.

„Ist alles in Ordnung, Liebes?"

Robyn schrak auf und sah Edward an, der sie mitfühlend betrachtete.

„Ja, natürlich", antwortete sie hastig und rang sich ein Lächeln ab, während sie den Zettel zusammenknüllte und unter den Tisch fallen ließ, wo er zu vorgerückter Stunde vom Personal hervorgefegt und in den Kehricht geworfen werden würde.

Nach der Zitronentarte zerstreute sich die Tischgesellschaft allmählich: Lord und Lady Ainsworth wollten vor dem Schlafengehen noch einen kleinen Spaziergang auf dem Oberdeck unternehmen; der General bot mit hochrotem Kopf Miss Sissinghurst seinen Arm an, um sie auf ein Glas Champagner in die Bar einzuladen, und Frank Kendall empfahl sich mit knappen Worten.

„Du siehst müde aus", ergriff Edward das Wort, als sie schließlich alleine am Tisch saßen. Robyn nickte. „Das bin ich auch."

„Die Hitze, nicht wahr?" Er langte zu ihr hinüber und berührte sanft ihre Hand, die neben dem halbvollen Weinglas auf dem Tisch lag. „Du bist solche Temperaturen einfach nicht gewohnt."

Robyn wusste nicht weshalb, aber aus irgendeinem Grund widerstrebte es ihr, ihm den wahren Grund für ihre gedrückte Stimmung zu nennen, und so nickte sie einfach erneut.

„Komm, ich werde dich zu deiner Kabine bringen. Richter Troublefield hat mich heute Nachmittag eingeladen, nach dem Dinner mit ihm auf ein Glas in die Bar zu gehen, aber ich sage ihm natürlich ab. Er wird Verständnis dafür haben."

„Nein, das musst du nicht", widersprach Robyn. „Geh ruhig. Ich werde mich ohnehin gleich schlafen legen."

„Aber begleiten darf ich dich doch wenigstens."

Robyn überlegte noch, ob sie sein Angebot annehmen und danach noch auf das Zwischendeck gehen sollte, als sie ihn plötzlich auflachen hörte.

„Gott, ich benehme mich fürchterlich! Verzeih mir, aber mir sitzt der Schrecken nach dem Zwischenfall mit dem Boot noch so in den Knochen, dass ich dich am liebsten unter eine Glasglocke setzen würde." Er drückte ihre Finger. „Allerdings sind die Gänge vor unseren Kabinen um diese Zeit noch so belebt, dass dir schon nichts geschehen wird – und ich muss lernen, nicht überängstlich zu sein, trotz allem, was war."

Zärtlichkeit erfüllte Robyn, als sie ihn so reden hörte und den inneren Kampf, der sich in seinem Gesicht widerspiegelte, bemerkte. Scham breitete sich in ihr aus, weil sie tatsächlich mehrere Augenblicke lang ernsthaft daran gedacht hatte, ihn zu hintergehen.

„Mir wird auch nichts geschehen", bekräftigte sie und erwiderte seinen Händedruck. „Ich gehe auf direktem Weg in meine Kabine und zu Bett."

Im Foyer zog Edward sie noch einmal an sich, so eng, dass es für ein unverheiratetes Paar in der Öffentlichkeit kaum mehr schicklich zu nennen war.

„Du weißt, du bist mein Ein und Alles", flüsterte er ihr zu.

„Du meines auch", kam Robyns Echo, und sie küsste ihn auf die Wange.

Tatsächlich war Robyn fest entschlossen, ohne den geringsten Umweg ihre Kabine aufzusuchen, doch dann schlugen ihre Füße wie von selbst die entgegengesetzte Richtung ein. Erst als sie ihren Fuß auf die erste Treppenstufe zum Zwischendeck setzte, hielt sie inne und fragte sich, was sie überhaupt hier zu suchen hatte. Doch die eilig niedergeschriebene Notiz, die Frank ihr zugesteckt hatte, hatte eine Saite in ihr zum Schwingen gebracht, die noch immer in ihr vibrierte und das beinah übermächtige Verlangen in ihr auslöste, ihn zu sehen. Robyn zögerte. Eine Stunde, vielleicht zwei würden reichen, um Frank ihr Herz auszuschütten. Edward brauchte nichts davon zu erfahren, zumal er mindestens ebenso lange mit dem Richter in der Bar zusammensitzen würde. Und schließlich: hatte Frank nicht sogar das Recht zu erfahren, wie es mit dem Diamanten weitergegangen war?

Entschlossen zog sie ihre Stola fester um die Schultern, ließ die feingliedrige Kette ihrer Abendtasche in ihre Armbeuge gleiten und raffte den langen Rock aus Seidentaft, um die Treppe hinabzugehen.

Im schummrigen Licht der Decklaternen lehnte Frank Kendall an der Reling und zog an einer Zigarette. Er blickte überrascht auf, als Robyn zu ihm trat, so als hätte er nicht mehr damit gerechnet, dass sie noch kommen würde, und schickte sich an, die angerauchte Zigarette ins Meer zu werfen.

„Nein, lassen Sie ruhig", wehrte Robyn ab. „Es stört mich nicht. Hätten ... hätten Sie vielleicht auch eine für mich?"

Franks Mund verzog sich zu einem Schmunzeln. Er klemmte sich die Zigarette in den Mundwinkel, langte in sein Jackett und holte ein einfaches, emailliertes Metalletui hervor, das er Robyn aufgeklappt hinhielt. Dann gab er ihr mit einem Blechfeuerzeug aus seiner Hosentasche Feuer.

„Danke." Langsam stieß sie den inhalierten Rauch aus und seufzte erleichtert auf. „Genau das habe ich jetzt gebraucht."

Schweigend standen sie für ein paar Augenblicke nebeneinander an der Reling, rauchten und blickten in den Sternenhimmel über dem Arabischen Meer. Über ihnen jagten Wolkenfetzen dahin, während sich die See unter ihnen ungebärdig zeigte. Sie schlug hohe Wellen, die an die Außenwand des Dampfers schlugen und dabei immer wieder Fontänen aus Gischt über das Deck schickten.

„Ist es ein Brief Ihrer Großtante, der Ihnen so nahegeht?", ergriff Frank schließlich das Wort.

Robyn nickte. Sie schluckte mehrmals, bis sie schließlich herausbrachte:

„Sie hat den Diamanten an ihre Tochter Henrietta weiter gegeben."

„Ist ihr etwas zugestoßen?", zog Frank sogleich die richtige Schlussfolgerung.

Aufmerksam und ohne sie zu unterbrechen hörte er zu, wie Robyn ihm von der Reise Henriettas und Sinclairs nach Brighton, von ihrem Tod im Tunnel und von Henry Wetherbys Schlaganfall erzählte.

Als Robyn geendet hatte, waren ihrer beider Zigaretten längst aufgeraucht und als Stummel im Meer gelandet, und Robyn wischte sich mit den Handflächen abermals über ihre tränennassen Wangen. Das Schicksal ihrer Großtante hörte einfach nicht auf, sie zu berühren.

„Wie tragisch", meinte Frank schließlich. „Ich habe von diesem Unglück gehört. Es muss furchtbar gewesen sein, all die nahezu bis zur Unkenntlichkeit entstellten und verbrannten Leichen. Entschuldigung", fügte er hastig hinzu, „ich wollte nicht ... "

„Nein", erwiderte Robyn und atmete laut aus. „Ich habe genau die gleichen Bilder im Kopf."

Wortlos hielt Frank ihr noch einmal das geöffnete Etui hin, gab ihr Feuer und zündete sich dann ebenfalls noch eine Zigarette an.

„Arme Tante Adele", murmelte er beim ersten Zug in das Brausen des Meeres hinein.

Robyn schwieg einen Moment lang, meinte aber schließlich: „Ich ertrage es kaum, dass ich ihr keinen Trost mehr spenden und auch sonst nichts mehr für sie tun kann. Auch wenn ich weiß, dass es für diese Dinge im Grunde keinen wirklichen Trost gibt. "

Frank ließ sich Zeit mit seiner Antwort. Dann sagte er leise: „Ich finde, Sie tun gerade eine Menge für sie, Miss Fairbanks. Und zwar genau das Richtige: Sie hören ihr zu. Außerdem war es ganz offensichtlich der Wunsch Ihrer Tante, dass Sie erst jetzt, nach ihrem Ableben, davon erfahren. Weiß der Himmel, warum es ihr so lieber war. Aber wäre es anders gewesen, hätte sie ja auch schon früher mit Ihnen in Kontakt treten können, nicht wahr?"

Als Robyn nichts darauf erwiderte, fuhr er fort: „Mrs. Wetherby hat sich darauf verlassen, dass Sie ihr die Last des Diamanten abnehmen und dafür sorgen, dass der angebliche Fluch, der auf ihm liegt, niemandem mehr ein Leid zufügen wird. Ich gehe davon aus, dass diese Vorstellung die alte Dame in ihren letzten Tagen mit großer Erleichterung erfüllt hat."

Robyn dachte über Franks Worte nach, und der Knoten in ihrer Magengegend, der ihr den ganzen Tag über Übelkeit verursacht hatte, begann sich aufzulösen.

„Danke", sagte sie nur, aber in diesem einen Wort schwang sehr viel mehr mit.

„Gern geschehen", entgegnete er, und Robyn hörte aus seiner Antwort heraus, dass alles, was sie nicht ausgesprochen hatte, dennoch bei ihm angekommen war.

„Ich hätte nicht damit gerechnet, dass Sie wirklich kommen würden", schlug er einen leichteren Tonfall an. „Doch ich bin froh, dass Sie es getan haben. Auch wenn ..." Er verstummte.

„Auch wenn ...?", hakte Robyn nach.

Frank zögerte. „Es geht mich natürlich nichts an ... Aber angesichts Ihrer Verfassung heute Abend und der Tatsache, dass Sie offenbar einen Zuhörer für diese Geschichte gebraucht haben, frage ich mich schon, weshalb Sie sie nicht Ihrem Verlobten erzählt haben."

„Edward?!“ Robyn erschrak selbst über ihren entsetzten Tonfall.

„Nun, weil ...“, begann sie erneut, hastig, wie um ihren Fauxpas wiedergutzumachen. „Edward ist nicht für das Dramatische zu haben. Er ... er hat selbst viel Schlimmes durchgemacht in seinem Leben; da muss ich ihn nicht noch mit einer weiteren tragischen Geschichte belasten. Vor allem nicht mit etwas, was ihn nicht unmittelbar betrifft.“

„Seltsam: Ich dachte immer, in einer guten Ehe sollte einer des anderen Last tragen. Es handelt sich dabei doch immerhin um *Ihre* Familiengeschichte, oder nicht?“

„Was wollen Sie damit sagen?“, fragte Robyn, die sich über den süffisanten Tonfall, den er seinen letzten Worten gegeben hatte, ärgerte. In hohem Bogen warf sie den Zigarettenstummel über die Reling, dem sogleich derjenige Franks folgte. Er setzte zu einer Erwiderung an, doch Robyn war schneller: „Sie haben Recht: Es geht Sie rein gar nichts an!“

Seine Miene nahm einen spöttischen Ausdruck an. „Verzeihung, Miss Fairbanks, wenn ich Ihnen zu nahegetreten bin. Ich nehme an, in diesem Fall sollte ich auch besser für mich behalten, dass ich Ihren Verlobungsring und das Armband, das ich vorhin in Augenschein nehmen durfte, für Imitationen halte?“

Robyn starrte ihn an, als glaube sie, einer von ihnen beiden habe den Verstand verloren. „Wie bitte?!“

Er machte eine abwägende Geste. „Mit hundertprozentiger Sicherheit kann ich es nicht sagen, aber etwas an der Lichtbrechung der Steine gefällt mir nicht. Natürlich müsste ich beides genauer untersuchen. Dennoch glaube ich, dass es sich in beiden Fällen um aufwändige, handwerklich hervorragende Fälschungen handelt, die echten Diamanten täuschend ähnlich sind.“

„Warum tun Sie das?“ Robyns Zorn war verraucht; an seine Stelle war Betroffenheit getreten. Sie glaubte Frank kein Wort; doch irgendetwas musste ihn dazu getrieben haben, solch eine dreiste und unglaubliche Behauptung aufzustellen.

Frank schwieg jedoch und machte den Anschein, als ob er noch nach der passenden Antwort suchte. Aber Robyn begriff auch so. Stück für Stück fügte sich das Puzzle aus all den Momenten zusammen, die sie gemeinsam verbracht hatten: Blicke, Gesten, Sätze. Bemerkungen, die Edward über Frank gemacht hatte.

„Sie sind eifersüchtig", flüsterte sie. „Und weil Sie sich nicht anders zu helfen wissen, versuchen Sie, Edward schlechtzumachen und uns auf diese Weise auseinanderzubringen."

Er lachte leise. „Ganz so einfach verhält es sich nun auch wieder nicht. Aber eifersüchtig", er seufzte auf, „eifersüchtig trifft den Nagel zumindest in einem Punkt auf den Kopf." Die Hände in den Hosentaschen vergraben, klopfte er mit der Spitze seines Schuhs gegen den untersten Holm der Reling und vermied dabei, Robyn anzusehen.

Endlich, nach einer kleinen Ewigkeit, stellte er den Fuß wieder auf die Planken, hob den Kopf und die Schultern, ließ Letztere aber gleich wieder sinken. Es war eine Geste der Hilflosigkeit, vielleicht auch der Entschuldigung. Und zum ersten Mal, seit Robyn ihn kannte, wirkte Frank Kendall hilflos und verloren auf sie.

Sie hätte nicht zu sagen vermocht, wer zuerst auf wen zugegangen war. Doch das Nächste, was sie wahrnahm, war, dass sie in seinen Armen lag, sich berauscht fühlte von seinem unverwechselbaren, warmen Duft. Davon, wie er sie an sich gepresst hielt, so fest, dass sie seinen Herzschlag und den ihren zugleich spüren konnte, beide gleich schnell, doch leicht versetzt, ein atemloser Dialog. Wie er sie küsste, hungrig und drängend. Als gälte es, sie davon zu überzeugen, keinen Widerstand zu leisten, obwohl sie ihm nichts entgegenzusetzen hatte. Das Einzige, was ihr blieb, war, in dieser Flut mitzuschwimmen.

Die Zeit stand still.

Doch irgendwann wurden Franks Küsse sachter, kürzer.

„Jetzt darfst du mich gerne feuern und morgen in Bombay von Bord schicken“, murmelte er zwischen zwei Atemzügen. „Aber nur, wenn du mir ins Gesicht sagst, dass es dir nicht gefallen hat.“

Seine Worte waren wie ein kalter Guss und ließen Robyn zusammenzucken. Sie kämpfte sich aus seiner Umarmung frei, taumelte zurück und hob die Hand, selbst im Unklaren darüber, ob sie sich damit über den Mund wischen oder ihn ohrfeigen wollte. Eine Schrecksekunde lang begriff sie, was sie getan hatte, und sie benötigte eine weitere, um zu wissen, was sie nun tun musste.

„Wagen Sie es niemals wieder“, fauchte sie ihn an. Dann raffte sie mit der einen Hand ihren Rock, umklammerte mit der anderen ihre Stola, die ihr von den Schultern zu rutschen drohte, und rannte los, das Deck entlang.

Er lauschte dem Klappern ihrer Absätze, sah ihre Gestalt im Licht der aufgereihten Laternen aufscheinen und mit zunehmender Entfernung immer mehr schwinden.

„Miss Fairbanks, andere Richtung!“, brüllte er ihr hinterher. Ein einzelner, glasklarer Gedanke inmitten des Nebels in seinem Kopf. Doch seine Stimme ging im Tosen des Meeres, dem Wummern der Maschinen und dem Brausen des Windes unter.

Frank legte seine Hände wie ein Dach über Mund und Nase und atmete tief durch, als Robyn außer Sichtweite war.

„Du Idiot“, fluchte er und ließ seine zu Fäusten geballten Hände auf die Reling herabsausen. „Jetzt hast du’s gründlich vermasselt!“

Was soeben geschehen war, hatte nicht in seiner Absicht gelegen. Seine Impulsivität hatte ihn schon als jungen Burschen oft genug in die Bredouille gebracht, aber über die Jahre hinweg hatte er gelernt, sich zu beherrschen. Dass er ausgerechnet jetzt die Kontrolle über sich verloren hatte, war mehr als nur ein Schnitzer. Es war unverzeihlich. Denn er hatte einen klar formulierten Auftrag erhalten, bei dem Gefühle oder andere Schwächen nichts zu suchen hatten. Doch das Allerschlimmste war, dass er einfach getan hatte, was er hatte tun wollen. Dass er seinem Verlangen einfach nachgegeben hatte und es ihm nicht einmal wirklich leidtat.

Die Fäuste erhoben, marschierte er so lange im Kreis herum, bis er sich wieder einigermaßen gefangen hatte. Dann lief er los, um sich zu entschuldigen und um zu retten, was noch zu retten war.

Robyn war währenddessen bis ans Heck des Schiffes gerannt, wo sie sich atemlos gegen die Reling fallen ließ und tief die nasse Luft in ihre Lungen einsog. Unter ihr kreiselten die Schiffsschrauben, wirbelten das tintige Wasser auf und erzeugten gespenstisch weißliche Strudel. Gischt spritzte bis zu ihr herauf, nässte ihr Gesicht und Dekolleté und fühlte sich dennoch herrlich an. Der Wind blies kräftig, zog und zerrte fast wütend an Robyns Kleid und Haaren. Sie schob die Kette ihrer Tasche, die ihr beim Laufen hinabgerutscht war, wieder in die Ellenbeuge zurück und presste den Arm vor ihren Brustkorb. Ihre Wangen glühten vom schnellen Laufen ebenso wie vor Scham und einem nur langsam abebbenden Begehren. Ein Begehren, das sie sich selbst mit jedem Herzschlag verbot. Was war nur in sie gefahren?

Robyn verstand sich selbst nicht mehr. Es tat ihr wohl, wie Wellengang, Wind, brodelndes Wasser und Maschinenlärm ihr zusetzten und ihre Gedanken an Frank übertönten. Sie horchte auf. Da war noch ein Geräusch. Eindeutig Männerschritte, in ihrem ausgreifenden Rhythmus. Zielstrebig klangen sie, als gälte es, keine Zeit zu verlieren.

Robyns Mundwinkel zuckten, und so, wie sich ihre Lippen zu einem Lächeln verzogen, runzelte sich ihre Stirn voller Zorn. So war Frank ihr also gefolgt ... Zorn über seine Dreistigkeit, Freude über seine Beharrlichkeit durchzogen sie, und gleichzeitig war sie wütend auf sich selbst, weil sie ihr Herz erwartungsvoll klopfen spürte.

Sie wandte sich um und erstarrte. Ihre Augen weiteten sich, mehr ungläubig denn voller Schrecken, als sie den Mann erkannte, der unmittelbar hinter ihr stand. Keine Zeit, zu fragen, was ausgerechnet er hier wollte. Instinktiv duckte sie sich, als sie im Schummerlicht sah, wie er ihr etwas über den Kopf warf und sie einen Luftzug spürte. Sie setzte zu einem Schrei an, doch schon zog sich die Schlinge um ihren Hals zu und sie bekam keine Luft mehr.

Ein scharfer Schmerz wie von einem kreisrunden Messer, das von allen Seiten in ihr Fleisch schnitt. Robyn keuchte und würgte, ihre Muskeln verkrampften sich. Sie riss ihre Hände hoch, versuchte verzweifelt, mit den Fingern zwischen ihren Hals und die Schlinge zu kommen. *Luft. Atem. Hilfe.* Goldene Flammen explodierten in pulsierenden Kreisen hinter ihren geschlossenen Augenlidern. Rote Schleier und grelle Funken umkreisten sie und flogen rasend schnell an ihr vorüber. In ihren Ohren rauschte und dröhnte es, ihr Schädel drohte zu zerspringen. Dann ein Schrei, der nur noch als dumpfes Vibrieren bei ihr ankam.

„Robyn!!“

Ein Schlag gegen ihre Schulter, der sie aus dem Gleichgewicht brachte, gegen die Reling krachen ließ. Plötzlich Luft, herrliche Luft im brennenden Hals, als die Schlinge sich lockerte. Robyn schwankte, hielt sich unsicher auf den Beinen. Einen entsetzlichen, viel zu langen Moment blickte sie genau in den Abgrund der kochenden, schäumenden See unter sich, dann gaben ihre Beine unter ihr nach. Die Seide ihres Kleides ratschte auf, und Robyn prallte mit Hüfte und Gesäß auf die Deckplanken. *Gerettet.*

Robyn röchelte, keuchte, rang nach Luft, konnte gar nicht genug davon bekommen. Sie griff sich an den Hals, ertastete ihre Kette, dann etwas Weiches, das dort nicht hingehörte. Voller Panik zog sie daran und warf es von sich. Schlaff fiel es zu Boden, wo es sich vor ihren entsetzten Augen im Nu zu einer harmlosen Krawatte verwandelte. Daneben lag etwas Glitzerndes, Halbrundes, an dem eine feingliedrige Metallkette befestigt war. Robyn musste ein paarmal blinzeln, um es erkennen zu können. Ihre Handtasche. Stöhnend streckte sie sich, packte den perlenbesetzten Stoffkörper und zog ihn zu sich heran, knetete und befühlte ihn mit allen zehn Fingern, erspürte endlich das harte Oval in seinem Inneren.

Ein Schluchzen entfuhr ihr. *Es ist alles gut. Ich lebe noch. Ich habe ihn noch.*

Dann erst sah sie zwei Männer miteinander ringen, konnte jedoch nicht unterscheiden, zu wem welcher Arm und welches Bein gehörte. Verzerrte Gesichter, im Wechsel von Licht und Schatten nicht erkennbar.

Robyn hörte das dumpfe Geräusch von Schlägen – Fäuste in Weichteile, Fingerknöchel auf fleischüberzogenes Gebein; stoßweise Atemzüge, gemurmelte Verwünschungen und Flüche. In Robyns Bewusstsein schob sich der Gedanke, Hilfe holen zu müssen, doch ihr Versuch, aufzustehen oder davonzukriechen, scheiterte kläglich. Ihre Muskeln wollten ihr einfach nicht gehorchen. Sie sah etwas im Halblicht aufblitzen, das kurz danach klirrend auf dem Deck aufschlug und in ihre Richtung kreiselte. Ein Messer, die Klinge blutverschmiert. Stöhnend beugte sie sich vor, reckte ihre Finger, um es ergreifen zu können. Schwer atmend ließ sie sich mit dem Rücken wieder an die Reling fallen, die Waffe fest umklammert. *Für alle Fälle.*

Die Reling erbebte, als die beiden Männer dagegenprallten. Robyn sah, wie ein Arm ausholte, den Gegner am Hals packte und ihm mit der anderen Hand immer wieder ins Gesicht schlug. Dann stöhnte der Angreifer auf einmal auf, als ein Konterschlag unerwartet seinen Kopf traf und ihn zurückfliegen ließ. Er lockerte seinen Griff, schnaufte, torkelte zwei Schritte zurück, um seine Kräfte zu sammeln, vielleicht den entscheidenden Treffer landen zu können. Sein Gegner an der Reling schien unsicher auf den Beinen, schwankte leicht und suchte sich wieder zu fangen. Doch stattdessen fiel er erneut heftig gegen die Reling. Seine Arme ruderten hilflos durch die Luft, und sein Rückgrat bog sich gefährlich nach hinten durch. Robyn konnte in Bauchhöhe einen dunklen Fleck auf seinem hellen Hemd erkennen. Sicher nicht tödlich, aber allemal schwächend. Der Mann tastete hinter sich, um einen der unteren Holme von außen zu greifen. Griff daneben, versuchte es viel zu weit unten nochmals, verlor dabei endgültig das Gleichgewicht und kippte nach hintenüber.

„Neiiiinnn!“

Der zweite Mann stürzte an die Reling und versuchte seinen Gegner noch zu fassen. Aber vergeblich. Robyn hörte den Körper ins Wasser klatschen. Der Rest ging im Rauschen des Wassers und dem Lärmen des Schiffes unter.

Den Arm noch über der Reling, erschöpft auf die oberste Strebe gelehnt, sah Frank sie an. An seiner rechten Schulter klafften Jackett und Hemd auseinander und ließen eine Wunde erkennen, aus der Blut sickerte. Sein Gesicht war zerschunden und stellenweise angeschwollen. Er nickte ihr kurz zu, dann stieß er sich von der Reling ab, taumelte zur Bordwand, riss einen der rot-weißen Rettungsringe herunter, wankte zurück zur Reling und warf ihn ins Meer hinab. Erneut schleppte sich Frank zur Bordwand, und im nächsten Moment schnitt das scheppernde Geläut der Alarmglocke in Robyns Ohren. Wieder und wieder, bis sie von Weitem Stimmen und Schritte hörte.

Frank ließ sich neben ihr auf das Deck fallen, lehnte sich außer Atem ebenfalls mit dem Rücken gegen die Reling, Arme und Beine weit von sich gestreckt. Vier, fünf Atemzüge lang, ehe er hörbar schluckte und sich ihr zuwandte, sie in seine Arme zog.

„Es ist vorbei“, flüsterte er in ihr Haar, als er sie sanft wiegte. „Es ist vorbei.“

An Franks Brust gedrückt sah Robyn aus dem Augenwinkel, wie Männer in den weißen Uniformen der *P & O Company* auf sie zustürmten. *Es ist vorbei …*

Das Pochen in Robyns Ohren ließ sie alle Geräusche nur gedämpft wahrnehmen und machte es ihr unmöglich, zu verstehen, was um sie herum gesprochen wurde. Frank redete aufgeregt mit einem Offizier, der sich zu ihnen hinunterbeugte, gestikulierte mit dem freien Arm hierhin und dorthin, während er Robyn mit dem anderen unverändert festhielt.

Wie in Trance nahm Robyn wahr, dass weitere Laternen angingen und plötzlich überall hektische Betriebsamkeit herrschte. Seeleute rannten hin und her, brüllten Befehle und Anweisungen; Robyn konnte sogar den Captain erkennen, einen weißhaarigen Mann mit buschigem Schnurrbart, der seine Männer in alle Richtungen scheuchte. Dann tauchten die ersten unvermeidlichen Schaulustigen auf, noch in Abendgarderobe oder schon in Schlafrock und Pantoffeln, machten große Augen und tuschelten, hielten einen Seemann am Ärmel fest, um Genaueres zu erfahren, wurden aber brüsk abgewiesen. Das Schiff vibrierte, zitterte, als unvermittelt die Maschinen erstarben und verstummten. Davits wurden ausgefahren, zwei Rettungsboote abgefiert, in die jeweils zwei Seeleute mit Laternen stiegen und zu Wasser gelassen wurden.

Willenlos ließ Robyn es geschehen, dass man ihr aufhalf und sie von Frank wegzog, ihr das Messer abnahm, und sie dann aus der Zone größter Betriebsamkeit wegführte. Auf einer rot lackierten Metallkiste an der Bordwand sitzend, ihre kostbare Tasche im Schoß, ließ sie die Untersuchung des Schiffsarztes über sich ergehen, der im Schein einer Taschenlampe ihre Augäpfel begutachtete, Hals und Kiefer betastete. Dem sie ihre Zunge herausstrecken musste, die er mit einem hölzernen Spatel niederdrückte und dahinter ebenfalls alles in genauen Augenschein nahm, ehe er aufmunternd nickte und seine Tasche wieder zuklappte. Robyn erschrak, als Edward plötzlich vor ihr stand, vor ihr in die Knie ging, ihr über Gesicht, Schultern, Hände strich. Sie mit Fragen überschüttete, die sie wie aus weiter Ferne hörte, aber nicht verstand und einfach immer nur nickte, bis er aufsprang und weglief.

Eine Decke über Schultern und Rücken geschlungen, als Ersatz für ihre Stola, die der Wind mit sich fortgetragen hatte, und einen Emailbecher mit heißem Tee in der Hand, starrte Robyn erschöpft auf das Gewimmel vor ihren Augen. Das gesamte Schiff schien auf den Beinen: Ganze Trauben von Passagieren drängten sich an die Reling und spähten hinunter. Robyn sah, wie Edward auf Frank losging, der sich inzwischen wieder aufgerappelt hatte und ebenfalls einen Teebecher hielt. Wie Frank sich lautstark verteidigte, Edwards Schubser und Knüffe empört abwehrte, bis der Captain höchstpersönlich eingriff und die beiden trennte. Der Captain befragte Edward, der fortlaufend den Kopf schüttelte und ratlose Gesten machten; einer der Offiziere unterhielt sich mit Frank und machte sich dabei Notizen, während der Schiffsarzt Franks Jackett- und Hemdärmel aufschnitt, um die Wunde besser verarzten zu können.

Robyn wandte den Kopf, als sie etwas Weiches, Gewichtiges an ihren Schultern spürte, das sich von der Seite her an sie drängte. Lady Ainsworth, höchst unadelig in rüschenbesetztem Nachthemd, seidenem Morgenrock und puscheligen Pantoffeln, hatte sich neben sie gesetzt. Das Gesicht der älteren Dame war voller Mitgefühl und Zuneigung, erschien Robyn wie die Verkörperung der Urmutter und ließ etwas in ihr aufbrechen.

Den Kopf an Lady Ainsworths gewaltigem Busen vergraben, weinte Robyn sich alle Schrecken dieser Nacht von der Seele.

Im ersten Licht des Tages wurde die Suche ergebnislos abgebrochen. Die Männer aus den Rettungsbooten, die im Umkreis von einer Meile die gesamte Wasserfläche abgesucht hatten, kehrten an Bord zurück.

Mr. Hamilton Marshall, Passagier der zweiten Klasse, der einen brutalen Überfall auf Miss Robyn Fairbanks verübt hatte, blieb verschollen. Aller Wahrscheinlichkeit nach war er im Arabischen Meer ertrunken und von der Strömung abgetrieben worden.

11. TAG – BOMBAY

Captain William Stafford Bennington war miserabler Laune. Aber wenigstens hatte er sich nunmehr in seine Kajüte zurückziehen können und die Anordnung erteilt, für die nächste Stunde nicht gestört zu werden – es sei denn, ein Eisberg würde unerwartet vor dem Kiel des Schiffes auftauchen, wie er in dem ihm eigenen Humor hinzugefügt hatte.

Die mit dicken Teppichen und viel Holz elegant ausgestattete Kapitänskajüte verfügte über einen Schlaf- und einen Arbeitsraum. Letzteren sah er eindeutig häufiger als Ersteren, den er in der vergangenen Nacht nicht einmal aufgesucht hatte. Dass er nun schon seit dreiunddreißig Stunden ununterbrochen auf den Beinen war, ohne dass er die Augen auch nur für ein halbes Stündchen hatte schließen können, steigerte seinen Verdruss noch zusätzlich. Ärgerlich rührte er in seinem starken Tee und schob mit der anderen Hand seinen Federhalter exakt an die Stelle zurück, an der er sich auch heute Morgen, bevor das Zimmermädchen zum Staubwischen gekommen war, befunden hatte. Dann schickte er sich in das Unvermeidliche und begann, sich mit den Vorfällen der vergangenen Nacht zu beschäftigen.

Es geschah zwar selten, dass ein Dampfer auf der Überfahrt nach Indien einen Passagier verlor, doch es kam vor. Auch heutzutage noch, obwohl Captain Bennington in den vier Jahrzehnten, die er zur See fuhr, eindeutig festgestellt hatte, dass die Zahl der Verluste stark zurückgegangen war. Früher waren es meist Soldaten der britischen Armee oder Kolonialbeamte gewesen, die schon kränklich auf Heimaturlaub geschickt worden und an Bord dann einem Fieber erlegen waren. Dass der eine oder andere Gast aus Langeweile oder Gewohnheit zu tief ins Glas geschaut hatte und danach aus Versehen oder durch sträflichen Leichtsinn über Bord gegangen war, hatte es dagegen häufiger gegeben. Und Captain Bennington wusste, dass allen Vorurteilen zum Trotz Unfälle dieser Kategorie ebenso häufig in der ersten wie in der zweiten Klasse auftraten. In den allermeisten Fällen jedoch blieb ein solcher Zwischenfall nicht unbeobachtet, und fast immer konnte der betreffende Unglücksrabe noch rechtzeitig aus den Fluten gefischt werden. Auch Prügeleien waren durchaus an der Tagesordnung, und zwar umso häufiger, je länger eine Reise dauerte, auf der es keine anderen Zerstreuungen gab, als Bridge und Whist, Schach und Shuffleboard zu spielen, als zu schlafen, zu essen, zu trinken und sich zu unterhalten. Schiffsreisen mit ihrem begrenzten Raum waren wie ein mit einem Deckel verschlossener Topf, dessen Inhalt schnell zum Überkochen kommen konnte.

Auch der Hang zur Kriminalität war nicht zu unterschätzen. Wer erster Klasse fuhr, war meist solvent. Die Gentlemen trugen teure Uhren und viel Bargeld bei sich, und die Ladies wollten weder während der Überfahrt noch an ihrem Reiseziel auf ihren kostbaren Schmuck verzichten. Fast auf jeder Fahrt wurde daher irgendein Langfinger erwischt. Sogar zwei Mordfälle fanden sich in Captain Benningtons langjähriger Statistik, doch in beiden Fällen hatte sich der betreffende Täter derart ungeschickt angestellt und so eindeutige Spuren hinterlassen, dass er noch vor dem nächsten Anlegehafen geschnappt und den dortigen Behörden übergeben worden war. Während der örtliche Bestatter das jeweilige Opfer von Bord gebracht hatte.

Die Routine, die Captain Bennington hinsichtlich solcher Zwischenfälle erworben hatte, änderte allerdings nichts daran, dass ihm solche Angelegenheiten äußerst lästig waren, verursachten sie doch eine gewisse Unruhe an Bord. Denn während ein Teil der Passagiere durchaus dankbar für die unverhoffte Unterbrechung ihrer Langeweile war, reagierten andere mit Unmut oder gar Panik darauf. Was jedes Mal aufs Neue sowohl souveränes Auftreten wie auch beschwichtigende Ansprachen seitens des Captains und des Offiziersstabs erforderte. Und auch wenn die *P & O* zu den respektabelsten Reedereien Englands gehörte, fiel ein unglücklicher Zwischenfall doch immer auf die Gesellschaft zurück, deren Inhaber vom Captain nach dessen Rückkehr eine Erklärung und Rechtfertigung verlangten.

Von dem damit verbundenen Papierkram ganz zu schweigen. Dementsprechend verstimmt betrachtete der Captain daher auch die beiden Papierstapel, die vor ihm auf dem Schreibtisch lagen. Sie enthielten Protokolle der Gespräche, die im Laufe der Nacht und des Vormittags mit allen Beteiligten und den übrigen Passagieren geführt worden waren, sowie seinen eigenen Abschlussbericht. In doppelter Ausfertigung, mithilfe eines zwischen jeweils zwei Papierbögen gespannten Kohlepapiers von einem der Unteroffiziere anhand entsprechender handschriftlicher Aufzeichnungen abgetippt. Das Original würde den Hafenbeamten in Bombay vorgelegt werden; die Kopie war für die Reederei bestimmt. Aufseufzend nahm er sich die Unterlagen noch einmal vor.

Aus Rücksicht auf den Zustand des Opfers, Miss Robyn Fairbanks, hatte der Captain sie höchstpersönlich in Anwesenheit ihres Verlobten, Mr. Edward Cheltenham, in ihrer Kabine aufgesucht. Die Arme war aufgrund ihrer Verletzungen im Bereich des Halses und des Kehlkopfs, die der Arzt Dr. Chapman glücklicherweise als nicht gravierend und von vorübergehender Natur diagnostiziert hatte, nur zu einem heiseren Flüstern in der Lage gewesen. Nach ihrer

Aussage hatte sie sich zusammen mit Mr. Frank Kendall, ihrem Reiseführer für die Studienfahrt nach Kalkutta und Benares, nach dem Dinner auf dem Zwischendeck aufgehalten. Im Laufe ihres Gesprächs war es zu einer Meinungsverschiedenheit gekommen, die Miss Fairbanks dadurch beendet hatte, indem sie sich nach achtern begeben hatte. Dabei war sie offensichtlich von Mr. Hamilton Marshall beobachtet worden, der sich an ihre Fersen geheftet und von hinten an sie herangeschlichen hatte. Er hatte sie mit seiner Krawatte, wenn nicht töten, so doch zumindest bewusstlos würgen wollen, um sich danach ihrer Handtasche bemächtigen zu können. Mr. Kendall, dem die Auseinandersetzung mit Miss Fairbanks keine Ruhe gelassen hatte, war ihr nach einer Weile ebenfalls nachgegangen und dadurch Zeuge des Überfalls geworden. Er hatte Miss Fairbanks von Mr. Marshall befreit und anschließend versucht, diesen außer Gefecht zu setzen. Im daraufhin entstandenen Handgemenge hatte Mr. Marshall zu seiner Verteidigung ein Klappmesser gezückt, das im Gerangel erst Mr. Kendall an der Schulter und danach Mr. Marshall im Bauchraum verletzte. Dann aber war es Mr. Kendall gelungen, ihm das Messer zu entwinden und es außer Reichweite des Täters zu bringen. Geschwächt durch den Blutverlust und die Anstrengungen des Kampfes, hatte Mr. Marshall das Gleichgewicht verloren und war bei dem ungeschickten Versuch, an der Reling Halt zu finden, über Bord gegangen.

Sowohl Miss Fairbanks als auch Mr. Kendall hatten den Ablauf der Ereignisse bis ins Detail hinein übereinstimmend geschildert, und genau so waren ihre Aussagen auch im Untersuchungsbericht festgehalten worden.

Was jedoch nicht im Protokoll zu lesen war, war die Antwort auf die Frage, woher Mr. Marshall gewusst haben konnte, dass Miss Fairbanks zum fraglichen Zeitpunkt einen wertvollen Diamanten in einem Geheimfach ihrer Tasche bei sich trug.

Captain Benningtons hohe Stirn rötete sich erneut vor Ärger, während er an diesen – nicht unbeträchtlichen – Aspekt des Vorfalls dachte. Als er Miss Fairbanks während ihres Gesprächs nach einem möglichen Motiv für eine solche Tat befragt hatte, abgesehen von dem Schmuck, den sie trug, war er bei ihr auf eine Mauer des Schweigens gestoßen. Doch zum Glück hatte die junge Dame mit ihrem Verlobten einen vernünftigen und scharfsinnigen Gentleman an ihrer Seite, der die warnenden Blicke seiner Anverlobten ignoriert und den Captain unter dem Siegel der Verschwiegenheit über den eigentlichen Zweck ihrer Reise unterrichtet hatte.

Der Captain war an die Schrullen seiner Passagiere erster Klasse gewohnt; sei es, dass eine alte Dame darauf bestand, einen mannshohen Vogelbauer mit zwei Zwergpapageien in ihrer Kabine unterzubringen, oder dass ein Gentleman im Speiseraum einen Tisch für sich alleine forderte, den er zudem auch noch durch eine spanische Wand von den anderen Gästen abschirmen wollte, das Angebot, seine Mahlzeiten dann gleich in seiner Kabine serviert zu bekommen, aber empört ablehnte. Schrullen, denen Captain Bennington nachgab, soweit es in seiner Macht und der seines Personals stand. Denn an Bord war der Gast König und was in dessen Kopf vorging, ging ihn nichts weiter an.

Doch nachdem er erfahren hatte, dass aller Wahrscheinlichkeit nach auch zwei Einbrüche in Miss Fairbanks' Kabine samt eines tätlichen Angriffs auf Mr. Kendall sowie der Unfall mit einem der Rettungsboote zu Lasten Mr. Marshalls gingen, kostete es ihn alle Mühe, ruhig zu bleiben. Normalerweise hätte er jedem Passagier, der solche Zwischenfälle oder deren genauere Umstände verschwieg, eine donnernde Predigt über seine Pflichten an Bord gehalten. Doch angesichts der Tatsache, dass Miss Fairbanks in der vergangenen Nacht Schweres durchgemacht hatte, und da er außerdem wusste, wie bereitwillig und leicht frisch verliebte Männer den

Launen ihrer Angebeteten nachgaben, hatte Captain Bennington es bei einer väterlichen Ermahnung belassen, diese allerdings mit dem Hinweis versehen, dass er auf See Bevollmächtigter der Krone war und daher auch für solche Dinge zuständig – ganz wie ein Londoner Bobby, fügte er der jungen Dame gegenüber milde hinzu.

Ebenfalls im Unklaren befand sich Captain Bennington auch hinsichtlich der Rolle, die Mr. Kendall bei den genannten Vorfällen gespielt hatte. Ihm war nicht entgangen, dass Mr. Cheltenham offenbar nicht gut auf den Reiseführer zu sprechen war. Darüber hinaus hatte er seiner Verwunderung Ausdruck verliehen, dass sich Frank Kendall jedes Mal in der Nähe aufgehalten hatte, wenn Miss Fairbanks in Gefahr geraten war. Außerdem waren Mr. Kendall und Mr. Marshall gut miteinander bekannt gewesen. Doch Mr. Kendall hatte im Gespräch unter vier Augen mit Captain Bennington beteuert, Mr. Marshall gegenüber niemals etwas über den Diamanten erwähnt zu haben und nicht die geringste Ahnung gehabt zu haben, was dieser im Schilde führte. Er war sichtlich geschockt darüber, dass Mr. Marshall offenbar hinter all den mysteriösen Zwischenfällen steckte. Entweder war Mr. Kendall ein begnadeter Schauspieler oder tatsächlich unschuldig. Ob er daher direkt oder indirekt an Mr. Marshalls Machenschaften beteiligt gewesen war, war eine Frage, die außerhalb seiner Zuständigkeit als Captain lag, wie er kurzerhand beschloss. Alles sprach dafür, dass Mr. Marshall in eigener Regie gehandelt hatte. Außer zu Mr. Kendall hatte er kaum Kontakt zu anderen Passagieren gehabt, und die Durchsuchung seiner persönlichen Gegenstände hatte keinerlei Hinweis auf etwaige Auftraggeber erbracht.

„Worum muss ich mich hier eigentlich noch alles kümmern?", knurrte Captain Bennington vor sich hin, während er in einer seiner Schreibtischschubladen nach einem bestimmten Stempel kramte. „Demnächst werde ich wohl sogar noch Geschworene ernennen,

Gerichtsverhandlungen abhalten und Strafurteile fällen müssen, während ich mein Schiff durch tiefe Gewässer steuere!"

Sollten sich die Beamten in Bombay doch um alles Weitere kümmern und sich mit Scotland Yard in Verbindung setzen, damit weitere Nachforschungen über Mr. Marshall angestellt werden konnten. Hier an Bord gab es auf jeden Fall nichts weiter zu ermitteln.

Er nahm den Stempel aus der Schublade, drückte ihn auf das Tintenkissen vor sich und knallte ein fettes *Abgeschlossen* auf die letzte Seite des Untersuchungsberichtes. Danach griff er zum Federhalter und setzte seine Unterschrift daneben, genau wie auf die letzte Seite des Durchschlags. Zufrieden mit sich und seiner Arbeit, stapelte er beide Versionen des Berichtes aufeinander und schob sie beiseite.

Sein Blick fiel auf den schwarzsamtenen Beutel, der ebenfalls auf seinem Schreibtisch lag. Er nahm ihn zur Hand und ließ seinen Inhalt herausgleiten. Interessiert betrachtete er den blauen Diamanten in seiner hohlen Hand, der selbst für einen erfahrenen, weltgewandten Mann wie ihn keinen alltäglichen Anblick darstellte.

Miss Fairbanks hatte sich rundheraus geweigert, ihn ihm für die restlichen zwei Tage der Reise zu überlassen. Auch alles gute Zureden seitens Mr. Cheltenhams hatte hier nichts genutzt. Captain Bennington hatte ihr erst drohen müssen, sie aus Sicherheitsgründen in Bombay an Land zu setzen, wo sie dann sehen könne, wie sie ihre Reise nach Benares fortsetzte, bis sie ihm den Stein mit zornigem Blick schließlich gegen eine Quittung ausgehändigt hatte.

Seufzend erhob sich Captain Bennington, verstaute den Diamanten wieder in seinem weichen Futteral und drehte die Rädchen des Schiffstresors in die richtige Position. Sorgsam verstaute er den Schatz mitsamt dem Quittungsdurchschlag zwischen dem darin befindlichen Bargeld und einigen unersetzlichen Dokumenten, dann verschloss er ihn wieder. Außer ihm kannte nur sein Erster Offizier die richtige Zahlenkombination, doch Captain Bennington dachte nicht daran, ihn in dieses kleine Geheimnis zwischen sich und Miss Fairbanks einzuweihen. Wie er auch niemand anderem gegenüber hatte verlauten lassen, worum es dem Täter bei dem Überfall gegangen war. In seinem Bericht hatte er lediglich „einen persönlichen Gegenstand von großem Wert" erwähnt und guten Gewissens – weil aus seiner Sicht für die Tat als solche unerheblich – den eigentlichen Zweck der Indien-Reise von Mr. Cheltenham, Miss Fairbanks und Mr. Kendall verschwiegen. Sicher war sicher.

Noch einmal dachte er über Miss Fairbanks Verhalten nach, das ihn ein wenig an jene altjüngferlichen Damen erinnert hatte, die ihr Geld lieber in einem Sparstrumpf unter dem Bett oder im Rauchfang des Kamins versteckten, anstatt es einer Bank anzuvertrauen. Es wäre gewiss von Vorteil, würde Mr. Cheltenham sie so rasch wie möglich zum Altar führen, bevor sie noch wunderlicher wurde, befand Captain Bennington. Neigten unverheiratete Frauen doch sehr schnell dazu, einer solchen Entwicklung anheimzufallen.

Er zog seine Taschenuhr hervor. Es war kurz vor halb vier. Zeit, um die notwendigen Vorkehrungen für das Anlegen in Bombay zu treffen.

Die Ankunft in Bombay! Der letzte und wichtigste Grund für seine anhaltende Verstimmung. Hatte er durch die letztlich ergebnislose Suche nach Mr. Marshall doch sieben kostbare Stunden verloren, von denen sie lediglich eine mit allen unter Volldampf gesetzten Kesseln wieder hatten wettmachen können. Ausgerechnet auf dieser Fahrt, auf der er dabei gewesen war, seinen persönlichen Streckenrekord zu brechen! Und alles nur wegen eines Diamanten und einer sentimentalen, verschrobenen jungen Lady!

Bombay dampfte. Seit Juni hingen Monsunwolken über der Stadt und schickten heftige Regenschauer hinab, die auf die Häuser pladderten und durch Straßen und Gassen gurgelten. Die schwüle Hitze ließ die Feuchtigkeit sogleich wieder verdunsten und machte jede noch so kleine Bewegung zu einer schweißtreibenden Angelegenheit. Trotzdem verlief das tägliche Leben ohne größere Störungen; man war es gewohnt, dass die Stadt in der Regenzeit vom Himmel geflutet wurde, und davon abgesehen konnte man es sich auch gar nicht leisten, deshalb auf der faulen Haut zu liegen.

Denn Bombay lebte vom Handel, seitdem die Portugiesen vor fast vierhundert Jahren hier gelandet waren und die sieben Inseln mit ihren Brackwassertümpeln und malariaversuchten Sümpfen besetzt und die erste Faktorei errichtet hatten. Doch es war die *East India Company* gewesen, die britisch-ostindische Handelsgesellschaft, die im 17. Jahrhundert die Wasserflächen trockengelegt, auf dem so gewonnenen Land eine Festung und Lagerhäuser erbaut und damit die Stadt gegründet hatte. Alles, was Indien an Silber und Edelsteinen, an Baumwolle, Tee, an gewebten und eingefärbten Stoffen, an Elfenbein und Spezereien zu bieten hatte, wurde hier gehandelt und verschifft. Mit dem Handel hatte alles begonnen, danach hatten sich Schiffsbauer und Handwerker aus dem Umland angesiedelt: Weber, Schneider, Gold-, Silber- und Eisenschmiede. Als Handelsplatz angelegt, war Bombay trotz seiner vielen prächtigen Villen dennoch nie eine schöne Stadt gewesen. Zweckmäßig hatte sie sein müssen. Waren, Kontore, Geschäftsräume und Umladeflächen hatte sie beherbergen müssen, sonst nichts. Und so bunt gemischt wie das Angebot seiner Basare waren auch die Bewohner Bombays. Gujaratis lebten hier und Marathen aus dem Hinterland der Stadt, Bengalis aus dem Osten Indiens, Panjabis aus dem Norden; Juden, Portugiesen, Franzosen und Engländer. Ein babylonisches Sprachgewirr herrschte auf den dicht bevölkerten Straßen, mischte sich mit den Rufen der Marktschreier und Kulis, die sich mit ihren Lasten einen Weg durch die Menge zu bahnen suchten.

Frank Kendall achtete nicht darauf, als er sich auf den Rückweg machte. Teils, weil er die Szenerie der Stadt schon kannte; teils, weil er in Gedanken versunken war. Scheinbar blind navigierte er sich durch das Gedränge, ohne mit jemandem zusammenzustoßen. Aber wer ihm begegnete, ging ihm auch freiwillig aus dem Weg; denn Frank sah zum Fürchten aus. In seiner blutverkrusteten Unterlippe klaffte ein Riss, eines seiner Augen war halb zugeschwollen und begann sich purpurn zu verfärben. Seine Wange war mit zahlreichen Schrammen überzogen, und sein Jochbein schillerte bläulich. Das rechte Bein zog er leicht nach. In den vergangenen Stunden hatte sich ein großer Bluterguss an seinem Oberschenkel gebildet, der ihm nun auf den Muskel drückte, und in seiner Schulter pochte es, trotz der sorgfältigen Behandlung durch Dr. Chapman, der ihm seine Wunde mit ein paar Stichen genäht hatte. Er bemerkte nicht einmal, wie es erneut zu tröpfeln begann, nachdem sich der Monsun zuvor eine kleine Verschnaufpause gegönnt und die stahlgraue Wolkendecke, die tief über der Stadt hing, sich dann wieder dicht zusammengeballt hatte.

Die anderthalb Stunden, die die *Arcadia* trotz ihrer Verspätung wie geplant im Hafen von Bombay liegen würde, um Passagiere aussteigen zu lassen und andere an Bord zu nehmen, um Post aufzugeben und frische Lebensmittel zu laden, hatte Frank genutzt und sich zum Telegrafenamt begeben. In seiner Hand hielt er das Antwortschreiben auf jenes Telegramm, das er bereits in Port Said aufgegeben hatte. Sein Inhalt entsprach durchaus dem, was er sich erhofft hatte, reichte aber nicht aus, um grundsätzlich etwas an der Lage zu ändern.

Grübelnd verfolgte er seinen Weg weiter, zurück zum Kai, ratlos, was er jetzt tun sollte. Auch als er die Gangway des Dampfers wieder hinaufging, dachte er noch immer darüber nach, wie er nun am besten vorgehen sollte.

Er brauchte einen Plan, und zwar schnell. So lange ihm noch Zeit blieb.

„Ausgerechnet Mr. Marshall“, wisperte Robyn. „Ich bin zu Tode erschrocken, als er da hinter mir stand, dachte mir aber im ersten Moment nichts Böses.“

„Sprich nicht so viel, Liebes. Der Arzt hat dir Schonung verordnet.“

Sorgsam zog Edward das Leintuch enger um sie. Dr. Chapman hatte Robyn strengste Bettruhe bis zum Ende der Schiffsreise verordnet. Worüber Robyn froh war; denn die Attacke der vergangenen Nacht hatte hässliche blaurote Striemen an ihrem Hals hinterlassen, die schon von Weitem zu sehen waren und selbst von den hohen Stehkragen mancher ihrer Kleider nicht verdeckt werden konnten. Zudem vermochte sie sich nur zu gut vorzustellen, mit welchen Blicken, besorgten Nachfragen, Tuscheleien und Mitleidsbekundungen die Passagiere auf sie zukommen würden, sobald sie sich irgendwo an Bord sehen lassen würde. Versuchsweise hatte sich Robyn auch einen Seidenschal um den Hals gewickelt, ihn aber sogleich wieder voller Panik heruntergerissen, erinnerte sie dieses Gefühl doch an jenen entsetzlichen Moment, in dem sie kurz vor dem Ersticken gewesen war.

Robyn nickte gehorsam, aber an Schweigen war nicht zu denken. Zu viel brannte ihr auf der Seele.

„Ich verstehe nicht, warum er nicht gleich das Messer benutzt hat, wenn er mich wirklich töten wollte“, überlegte sie im Flüsterton. „Das wäre eindeutig schneller gegangen und sicherer gewesen.“

Selbst in ihrer leisen Stimme schwang unverhohlene Bitterkeit mit.

„Er wollte bestimmt nur, dass du ohnmächtig wirst, damit er sich deiner Tasche bemächtigen kann“, versuchte Edward sie zu trösten.

Robyn schnaubte. „Dann hätte er mich auch einfach niederschlagen können."

„Nun, vielleicht wollte er auf dem Messer keine Fingerabdrücke hinterlassen", erwiderte Edward leichthin und beugte sich vor, um Robyns Tasse nachzufüllen und sie ihr zu reichen. Sie nickte ihm dankbar zu und nippte vorsichtig an ihrem Kamillentee – ebenfalls eine Verschreibung des Arztes, um die wunden Stellen in ihrem Hals zu beruhigen.

„Ich war sehr überrascht, dass du den Mann kanntest."

Robyn zuckte unter ihrem ärmellosen Nachthemd mit den Schultern, über die sie eine leichte Stola gebreitet hatte. „Er war eine Zufallsbekanntschaft von Mr. Kendall, die er mir eines Tages höflichkeitshalber vorgestellt hatte, mehr nicht. Ich hielt es nicht für erwähnenswert, obwohl er mir irgendwie komisch vorkam." Sie nahm noch einen Schluck und schüttelte den Kopf. „Aber wie Großtante Adele schrieb: Hinterher ist man immer klüger."

„Trotzdem kann ich mir nicht vorstellen, dass Mr. Kendall ihm von dem Diamanten erzählt haben soll."

Überrascht sah Robyn ihren Verlobten an. „Was ist denn in dich gefahren? Bisher warst du doch immer davon überzeugt, dass Mr. Kendall nicht zu trauen sei und er hinter all diesen Vorkommnissen stecken würde."

„Ich weiß." Edward gab Zucker und Milch in seinen Earl Grey und verzog angelegentlich das Gesicht. „Mittlerweile glaube ich das jedoch nicht mehr. Erstens hat er dich gerettet – zum zweiten Mal übrigens –, und zweitens schien er mindestens ebenso geschockt wie wir, als sich Mr. Marshall als Übeltäter herausgestellt hat. Außerdem scheint es mir unwahrscheinlich, dass er sich derart verstellen und uns alle täuschen kann. Und vergiss nicht: Er hat schließlich Mr. Marshall verprügelt und ihn dadurch ins Jenseits befördert. Wenn auch unabsichtlich."

Robyn trank schweigend ihren Tee, während sie über Edwards Worte nachsann, denn sie selbst war sich nach letzter Nacht gar nicht mehr so sicher, was sie von Frank halten sollte. Zuerst war sie unendlich dankbar und froh gewesen, dass er ihr das Leben gerettet hatte. Doch allmählich hatten Zweifel über seine Absichten und vor allem seine Lauterkeit in ihr aufzukeimen begonnen. Frank war derjenige gewesen, der ihr an jenem Abend den Spaziergang an Deck vorgeschlagen hatte, bei dem sie das präparierte Rettungsboot beinahe um ein Haar erschlagen hätte. Und Frank hatte sie auch gestern mit seinem zugesteckten Zettel an Deck gelockt, wo Mr. Marshall vielleicht schon irgendwo auf sie gewartet hatte. War sie wirklich so leicht zu durchschauen und zu manipulieren gewesen?

Frank hatte ein Motiv, so viel stand fest. Mochte es ihm auch nicht um die Million gehen, wollte er den Stein doch sicher für die Nachwelt erhalten. Selbst wenn er keine gestohlene Ware ausstellen konnte. Es sei denn ...

Verblüfft ließ Robyn ihre Tasse sinken. Hatte Frank nicht am ersten Tag der Reise erzählt, dass es ursprünglich *zwei* Diamanten gewesen wären, die Großmogul Aurangzebs Armee aus dem Tempel in Benares geraubt hatte? Natürlich, das hatte er gesagt. Wo mochte der zweite geblieben sein? War er verschollen? Und wie sehr ähnelten die beiden Steine einander? War es womöglich ein Leichtes für Frank, den einen Diamanten für den anderen auszugeben ... Ihr, Robyn, vielleicht sogar Geschichten zu erzählen, die der Wahrheit nicht entsprachen oder zumindest nichts mit dem Stein zu tun hatten, der sich im Nachlass Adele Wetherbys befunden hatte? Nachprüfen konnte sie von alledem sowieso nichts, zumindest nicht hier an Bord.

Robyn fuhr fort, die Variante, die ihr gerade durch den Kopf geschossen war, von Anfang bis Ende durchzuspielen. Im Auftrag Franks wäre der blaue Stein von Mr. Marshall durch eine Kopie ersetzt worden. Dann hätte sie, ohne es zu wissen, eine Fälschung in den Fluten des Ganges versenkt. Frank hätte triumphierend ins Museum zurückkehren und den Diamanten präsentieren können – einen der beiden sagenhaften Diamanten Shivas, den er in Indien durch Zufall oder dank eines heißen Tipps dem Dunkel der Geschichte entrissen hatte. Auf diese Weise hätte niemals jemand erfahren, dass es immer noch genau derselbe Stein war, der in den Besitz der Familie Cavendish-Wetherby gelangt war. Was würde es wohl für einen Assistenten mit einer halben Stelle bedeuten, solch ein kostbares Juwel in den Bestand des Britischen Museums zu bringen?

Robyns Kehle wurde noch enger, als sie sich bereits anfühlte, und sie spürte Tränen in sich aufsteigen. Benutzt und getäuscht hatte er sie; schlimmer noch: Sie hatte sich bereitwillig täuschen lassen.

Er hatte nicht nur ein Motiv, er hatte auch genug Gelegenheit gehabt. Frank hatte meist gewusst, wo sie sich aufhielt und mit wem; hatte die Möglichkeit gehabt, sie aus der Kabine zu locken oder an einen bestimmten Ort an Bord. Weil sie so naiv und leichtgläubig gewesen war und ihm vertraut hatte. Dadurch hatte Mr. Marshall freie Hand gehabt. Und um von seiner Person abzulenken, hatte Frank jeweils den Retter gespielt und auch die Imitation zerstört. Ihr Märchen erzählt und Anteil genommen an ihrer Familiengeschichte.

Aber sein Plan war fehlgeschlagen, womöglich durch die Ungeschicklichkeit Mr. Marshalls. Um doch noch an den Stein zu kommen und ihn als historisches Fundstück präsentieren zu können, gab es für Frank daher jetzt nur noch einen Weg: Er musste Robyn mundtot machen, damit sie niemandem mehr von dem Diamanten ihrer Großtante erzählen konnte. Danach musste er die Aufzeichnungen Adele Wetherbys vernichten und am Ende auch noch Edward beseitigen. Womöglich war sogar noch Mr. Chisholm in die Machenschaften mitverwickelt – und Mr. Marshalls Sturz über die Reling war gar kein Unglücksfall gewesen, sondern hatte dazu gedient, sich eines nutzlos gewordenen Helfershelfers und unliebsamen Mitwissers zu entledigen.

Das nackte Grauen stieg in ihr auf und verursachte ihr Übelkeit. Robyn konnte, wollte nicht glauben, dass es sich so abgespielt hatte, aber alles passte bis ins kleinste Detail zusammen. Wie hatte sie nur so blind sein können? Tränen rannen ihr über die Wangen und versalzten den Kamillentee.

„Hier, mein Herz." Edward reichte ihr sein Taschentuch, akkurat gefaltet, wie immer. „Das muss dich alles furchtbar belasten."

Robyn nickte, während sie sich über die Augen wischte, ihm ihre Tasse reichte und in das Tuch blies. Dankbar sah sie ihn über den weißen Stoff hinweg an.

Um von sich und seiner Hinterhältigkeit abzulenken, hatte Frank auch behauptet, Edward habe ihr Imitationen statt echten Schmuck geschenkt. Sie blickte auf ihre gespreizte Hand und betrachtete den Verlobungsring an ihrem Finger. Edward hatte nie erwähnt, woher er stammte.

„Hast du ihn eigentlich gekauft oder ist es ein Familienerbstück?"

Er sah sie amüsiert an. „Weshalb fragst du mich das?"

„Nur so", entgegnete Robyn achselzuckend.

Edwards Finger fuhren zärtlich ihren Unterarm hinab und wieder hinauf. „Er hat ebenfalls meiner Mutter gehört." Er beugte sich zu ihr und legte seine Handfläche gegen ihre Wange. Seine Stimme war warm. „Und jetzt weißt du auch, warum ich es dir nie zuvor erzählt habe. Weil ich dir sonst auch alles andere hätte erzählen müssen, und dafür war ich noch nicht bereit." Ein aufmunterndes Lächeln breitete sich auf seinem Gesicht aus. „Zumindest in dieser

Hinsicht hat sich diese irrsinnige Reise gelohnt – endlich hatte ich den Mut, mir mein dunkles Geheimnis von der Seele zu reden."

Er ließ sie los und lehnte sich wieder zurück, um seinen Tee zu trinken. Robyn musterte ihn verstohlen unter halb gesenkten Lidern. Diese Reise hatte ihr viele neue Facetten an Edward aufgezeigt, die sie zuvor nicht wahrgenommen hatte. Hatte sie sie in ihrer Verliebtheit bislang nur nicht bemerkt? Waren sie schon immer vorhanden gewesen, aber erst unter den gegebenen Umständen zum Vorschein gekommen? Oder hatte Edward sie absichtlich vor ihr verborgen gehalten? Robyn spürte Misstrauen in sich aufkeimen, ohne dass sie ihren Verdacht wirklich begründen konnte. Sein plötzlicher Sinneswandel, was Frank betraf, und seine heitere Gelassenheit angesichts ihrer überstandenen Gefahr kamen ihr merkwürdig vor. Beides passte nicht so recht zu dem Mann, dem sie ihre Hand versprochen hatte. Oder war sie diejenige, die sich in den vergangenen elf Tagen so verändert hatte, dass sie alles um sich herum nur noch verzerrt wahrnahm und überall Diebe und Mörder witterte? Wie viel wusste sie eigentlich über Edward? Womöglich war das Drama um den Tod seiner Eltern nicht das Einzige, was er ihr verschwiegen hatte.

„Edward ... gibt es sonst noch etwas, das du mir sagen müsstest?"

Seine Augenbrauen hoben sich, dann schmunzelte er. „Ah, daher weht der Wind!"

Er nahm ihre Hand und hauchte einen Kuss darauf. „Nein, sonst habe ich nichts vor dir zu verbergen. Außer ..." Er zwinkerte ihr über ihren Handrücken hinweg zu. „Außer gewissen galanten Geheimnissen aus der Zeit, bevor ich dir begegnete, über die ein Gentleman allerdings niemals spricht. Schon gar nicht mit seiner Zukünftigen!"

Robyn lachte auf und versetzte ihm einen liebevollen Knuff gegen den Oberarm, betont burschikos, als könnte sie damit jeglichen Argwohn zerstreuen und ihr Vertrauen in ihn uneingeschränkt wiederherstellen. Doch es gelang ihr nicht. In Robyn hatte nichts anderes mehr Platz als Angst und Ahnungen der düstersten Sorte.

Beide sahen sie auf, als es klopfte. Edward küsste sie auf die Wange und stand auf, um die Tür zu öffnen. Sie hörte, wie er sich bedankte, dann kehrte er mit einem Umschlag zurück.

„Eines der Mädchen hat das hier für dich abgegeben."

Robyn besah sich das Kuvert mit dem aufgedruckten Symbol der *P & O*, das einfach nur mit ihrer Kabinennummer beschriftet war. Sie riss es auf, warf einen kurzen Blick auf das beschriebene Blatt darin und zerknüllte es sofort.

„Schlechte Nachrichten?" Edwards Miene zeigte Besorgnis.

Robyn schüttelte den Kopf. „Nur ein paar Zeilen einer Dame, die vom Drama der letzten Nacht gehört hat und mir ihr Mitgefühl bekunden wollte." Sie schnitt ein Gesicht, und Edward lachte.

„Dir bleibt auch nichts erspart!"

Robyn schob sich tiefer in die Kissen. „Macht es dir etwas aus, mich jetzt allein zu lassen? Ich glaube, ich muss noch etwas Schlaf nachholen."

„Natürlich nicht, Liebste." Er küsste sie auf die Stirn. „Erhol dich." Ein weiterer Kuss auf ihren Mund, der dabei unbeteiligt blieb. „Und vergiss nicht", raunte er, „es ist vorbei."

Robyn wartete, bis er die Kabine verlassen hatte, atmete erleichtert auf und strich dann das Papierknäuel in ihrer Hand wieder glatt.

Miss Fairbanks,

Ich bedaure, dass ich Sie durch Unvorsichtigkeit in Gefahr gebracht habe. Hätte ich auch nur den geringsten Verdacht gehabt, dass Mr. Marshall auf den D. aus war, wäre ich mit mehr Bedacht vorgegangen – ihm gegenüber und auch Ihnen. Sie müssen mir

glauben, dass er von mir nichts darüber erfahren hat, auch nicht aus Versehen, und er auch nicht in meinem Auftrag gehandelt hat.
F. Kendall

Seine Zeilen klangen aufrichtig, doch Robyn hatte bislang alles an Frank Kendall aufrichtig gefunden. Beteuerte er seine Unschuld nunmehr zu Recht oder hatte er sich nur eine neue Taktik zurechtgelegt, um sie einzuwickeln und ihr eine weitere Falle zu stellen?

Vielleicht war die Intrige aber auch gar nicht von ihm ausgegangen? Es war durchaus vorstellbar, dass er sich im Museum verplappert und von seinem Auftrag erzählt hatte, der ihn etwas über einen Monat von seinen dortigen Aufgaben fernhalten würde. Vielleicht hatte man ihn sogar vonseiten des Museums unter Druck gesetzt, den Diamanten für die eigene Sammlung zu stehlen – wenn es sein musste, sogar um jeden Preis?

Je länger Robyn darüber nachdachte, desto elender fühlte sie sich. Denkbar war so vieles, beweisbar nichts. Es war ihr unerträglich, dass sie die Wahrheit nicht kannte und nichts anderes tun konnte, als Frank Kendall so weit wie möglich auf Abstand von sich zu halten. Körperlich wie gedanklich – und vor allem ihn aus ihrem Herzen verbannen.

„Ich muss gar nichts", flüsterte Robyn tonlos und zerriss Franks Schreiben in kleine Schnipsel, die sie in Edwards halb ausgetrunkener Tasse versenkte, bevor sie tiefer unter das Leintuch kroch.

Edward befand sich im Irrtum. Es war noch lange nicht vorbei. Robyn schenkte Captain Benningtons Hypothese, dass Mr. Marshall im Alleingang versucht habe, den Diamanten an sich zu bringen, keinen Glauben. Wer auch immer Wind von der wertvollen Fracht in Robyns Gepäck bekommen und Marshall beauftragt hatte, ihn auch um den Preis von Robyns Leben zu stehlen, befand sich noch an Bord. Bis Kalkutta wäre sie im stählernen Leib der *Arcadia*, in

Gegenwart Hunderter von Passagieren, die die Ereignisse der letzten Nacht aus ihrem träumerischen Müßiggang gerissen hatten, wohl sicher. Doch was würde sie hinter den Hafenmauern der bengalischen Stadt erwarten?

Robyn zuckte zusammen, als es klopfte.

Eines der Mädchen, dem man wohl gesagt hatte, dass Miss Fairbanks nicht in der Lage war, laut genug auf ein Klopfzeichen an der Tür zu antworten, und sich schonen müsse, trat auf leisen Sohlen ins Schlafzimmer und machte einen Knicks.

„Kann ich schon abräumen, Madam?"

Robyn nickte. Mit einem weiteren Knicks nahm das Mädchen das Tablett auf. „Kann ich Ihnen noch etwas bringen, Madam?"

„Nein danke, Penny," flüsterte Robyn.

Das Mädchen blieb jedoch unschlüssig stehen, und auf einen fragenden Blick Robyns hin erklärte es: „Der Captain hat allen Passagieren angeboten, ihre Wertsachen bis zum Ende der Reise im Safe des Zahlmeisters aufzubewahren, der ihnen bei Bedarf jedes einzelne Teil wieder herausgibt, sobald sie es benötigen. Da Sie nun Bettruhe verordnet bekommen haben ... Soll ich Ihre Sachen vielleicht für Sie hinüberbringen?"

Robyns Augen verengten sich, und eine steile Falte erschien über ihrer Nasenwurzel. War es nicht auch Penny gewesen, die ihr einmal beim Ankleiden geholfen und sich dabei bewundernd über Robyns Schmuck geäußert hatte? Damals hatte Robyn dem keinerlei Bedeutung beigemessen, aber jetzt ...

„Auf keinen Fall", schnappte Robyn mit einer Heftigkeit zurück, die durch ihre Heiserkeit doppelt bedrohlich klang.

Pennys Finger krampften sich auch augenblicklich verschreckt um die Griffe des Tabletts. Sie errötete bis unter die Haarwurzeln und meinte dann hastig: „Entschuldigung, Madam, ich wollte Sie nicht erzürnen. Das war wohl eine dumme Idee von mir! Verzeihen

Sie." Sie machte noch einen Knicks und sah dann zu, dass sie möglichst schnell aus der Kabine kam.

Robyn biss die Zähne zusammen und rollte sich auf die Seite. So weit war es also mit ihr gekommen – nun verdächtigte sie sogar schon die dienstbaren Geister der *P & O Company*! Aber wer wollte es ihr auch verdenken, nach allem, was sie in den vergangenen elf Tagen erlebt hatte? Robyn, die ihr Leben lang behütet und geborgen aufgewachsen war und sich aus dem Schutz ihres Elternhauses heraus furchtlos in die Welt hinausgewagt hatte, befand sich nun auf einem ihr fremden Terrain. Auf einem Terrain, auf dem es genauso beängstigend war, alleine wie in Gegenwart einer anderen Person zu sein. In dem es kein Vertrauen und keine Sicherheit mehr gab, nur noch Argwohn und Angst. Nichts besaß hier mehr Gültigkeit, weder all die Monate, die sie Edward schon kannte, noch das Gefühl, das zwischen Frank und ihr aufgekeimt war. „Richtig" und „falsch", „wahr" und „gelogen" waren keine verlässlichen Begriffe mehr, nur noch leere Worthülsen, die austauschbar geworden waren. *So muss es sein, wenn man den Verstand verliert*, dachte Robyn, und erinnerte sich an einen Kriminalroman von Wilkie Collins: *Die Frau in Weiß*. Hatte sich dessen Heldin Laura Fairlie auch so gefühlt, als man ihr ihre Identität genommen und sie nicht mehr gewusst hatte, wem sie noch trauen konnte? Robyn wünschte, sie hätte das Buch mit auf ihre Reise genommen. Vielleicht hätte es ihr Halt zu bieten vermocht, wenn schon keine echte Hilfe.

Robyn drehte sich auf den Rücken und starrte an die Decke. Das Einzige, was ihr jetzt noch blieb, war die Hoffnung, diese Reise trotz allem heil zu überstehen. Wachsam zu sein und niemanden mehr an sich heranzulassen. Niemandem mehr zu vertrauen. Tränen rannen ihr aus den Augen, und sie betete dafür, dass die *Arcadia* möglichst schnell Kalkutta erreichte.

Ihr keuchender Atem klang laut in ihren Ohren, ihr Herz hämmerte schmerzhaft gegen ihre Rippen. Im Laufen warf sie einen Blick über ihre Schulter. Aber außer stockschwarzer Finsternis war nichts zu sehen. Dennoch wusste sie, dass er hinter ihr her war. Sie hörte seine Schritte, die immer schneller wurden, immer näher kamen, hörte seinen Atem, glaubte ihn schon in ihrem Nacken zu fühlen. Die Straße beschrieb eine Kurve, führte in eine enge Gasse, die nur schwach beleuchtet war. Die Hauswände links und rechts verursachten ihr Beklemmungen, doch sie wusste, es war der einzige Weg. Sie lief schneller und blieb abrupt stehen, als sie vor sich eine Mauer aufragen sah. Mit zitternden Fingern tastete sie über die unebenen Steinquader, hoffte, einen Durchgang zu finden, der ihr zuvor entgangen war, oder wenigstens ein Schlupfloch. Aber da war nichts. Mit dem Rücken lehnte sie sich gegen die Wand, und schöpfte krampfhaft Atem. Sie war gefangen. Alles, was sie jetzt noch tun konnte, war, sich ins Unvermeidliche zu schicken.

12. TAG – CEYLON

Meine liebe Robyn,

Du bist jetzt also in Ceylon angelangt. Ich habe gelesen, diese Insel läge wie ein tiefgrüner Smaragd im Indischen Ozean. Ach, ich darf gar nicht daran denken, was ich in meinem langen Leben alles nicht gesehen habe! Versprich mir nur eines: Bereue nie etwas, das Du getan, gesagt oder gefühlt hast. Nur die Dinge, die Du nicht getan hast! Es gibt nichts Schlimmeres als Versäumtes.

„Ich weiß nicht", murmelte Robyn vor sich hin. „Momentan wünschte ich, ich hätte manche Dinge in den vergangenen Tagen lieber nicht getan." *Lieber nicht gefühlt*, setzte sie in Gedanken hinzu und seufzte.

Der Nachteil ihrer unfreiwilligen Abgeschiedenheit war, dass die einsame Stille der Schiffskabine ihr Gedankenkarussell erst recht in Bewegung setzte und immer neue Fragen aufwarf, auf die sie ohnehin keine Antwort fand. Insofern war sie froh gewesen, dass nach dem Frühstück Lady Ainsworth und Miss Sissinghurst bei ihr eingefallen waren, um nach ihr zu sehen und sie ein wenig aufzumuntern: „Das muss ja solch ein Schock für Sie gewesen sein, Sie armes Ding!"

Beide ergingen sich in detaillierten Schilderungen, wer sich wann und wie zu dem nächtlichen Vorfall geäußert hatte, und Miss Sissinghurst hatte Robyn mit Essig getränkte Wickel gegen die Striemen an ihrem Hals empfohlen.

Das Gute an Robyns Status als physischer wie psychischer Rekonvaleszentin war natürlich auch, dass jeder Verständnis dafür hatte, dass sie nach Ruhe verlangte. Selbst Lady Ainsworth und Miss Sissinghurst, die sich nach drei Stunden mit den besten Wünschen für eine schnelle Genesung empfahlen. Auch Edward schien nicht unglücklich, als sie ihn nach dem gemeinsamen Lunch, der für Robyn aus Tomatensuppe mit extra viel saurer Sahne und einer süßen Crème bestand, wieder an Deck schickte – sie habe sonst ein schlechtes Gewissen, wenn er ihretwegen den Rest der Reise in der Kabine verbrächte, wie sie betonte. Doch in Wahrheit ertrug sie ihn nicht mehr in ihrer Nähe. Sie hasste sich dafür, dass sie ihn fortwährend beobachtete, jede seiner Gesten und jedes Wort von ihm hinterfragte, und noch mehr dafür, dass es nichts Handfestes gab, an dem sie ihr Misstrauen hätte festmachen können. Sie schämte sich dafür, so zu empfinden und zu denken – und dennoch schien es ihr richtig.

Umso dankbarer war Robyn deshalb, dass sie sich am Nachmittag wieder völlig ungestört dem nächsten Brief ihrer Großtante widmen konnte. Eine mehr als willkommene Ablenkung von ihren angstvollen Gedanken, ihren inneren Kämpfen und den Albträumen, die sie heimsuchten, sobald sie auch nur in einen leichten Halbschlaf fiel.

Nach Henrys Tod habe ich oft gedacht: Hätte ich gewusst, dass ich meinen Ehemann beizeiten verlieren würde – ich hätte ihn gebeten, weniger zu arbeiten und mit mir zu verreisen. Nach Italien vielleicht, nach Griechenland oder Ägypten. Oder nach Indien. Und noch heute gibt es Dinge, die ich gerne meiner Tochter gesagt oder gezeigt hätte, und es lässt mir keine Ruhe, dass ich es nun nicht mehr kann. Doch vor allem hat mich geschmerzt, dass sie ihren Sohn nicht mehr hat aufwachsen sehen. Und dass ich dem kleinen Henry niemals seine Mutter ersetzen konnte.

Ja, Robyn, ich habe den Jungen zu mir genommen. Sinclairs Schwester lebte im Ausland und hatte genug mit ihren eigenen vier Kindern zu tun; und da sein verwitweter Vater kränklich und seine Tage bereits gezählt waren, nahm ich mich des Kindes an.

Wie erklärt man einem Siebenjährigen, dass seine Eltern fröhlich in die Ferien fahren – und danach nicht mehr zurückkehren? Dass von ihnen nur zwei kalte Marmorsteine auf dem Friedhof bleiben, mit Blumen geschmückt? Und wie, dass er seinen Großvater bald ebenfalls nur noch an diesem Ort besuchen kann? Nun, ich habe es getan, so gut ich es vermocht habe. So, wie ich auch versucht habe, den Jungen mit aller Liebe zu erziehen, zu der ich fähig war. Ich wollte ihm all das geben, was das Schicksal ihm so früh genommen hat. Heute denke ich, dass ich es zu gut gemeint und zu viel des Guten getan habe – und ihn dadurch zerstört habe.

Henry war ein hübsches, ein braves Kind, und er wuchs zu einem gut aussehenden, charmanten jungen Mann heran. Mein ganzer Stolz. Ich ließ ihn nach Eton gehen, ich ließ ihn nach Oxford gehen. Vielleicht war es dort, dass er sich den falschen Freunden angeschlossen und sich so verändert hat. Ich erkannte ihn bald nicht wieder. Einen Beruf ergreifen musste er nicht; das Erbe seines Vaters, das er bei seiner Mündigkeit antrat, war beträchtlich, und meines würde er auch irgendwann bekommen.

Er hat alles durchgebracht, Robyn. Nicht sofort, oh nein. Über zwanzig Jahre hat er dafür gebraucht. Es war ja auch eine Menge an Geld. Sogar sein Elternhaus hat er verkauft. Um zu spielen, zu trinken, die halbe Stadt auszuhalten, und für Frauen, Frauen, Frauen. Den „liederlichen Rhys-Jones“ nannte man ihn. Ehrbare Familien ließen ihre Töchter zu Hause, wenn sie wussten, dass sie auf dieselbe Gesellschaft eingeladen waren wie er. Ich habe die Blicke und das Getuschel der Leute nicht mehr ertragen, mein Haus verkauft, in dem ich mit meinem Mann so lange, glückliche Jahre verbracht habe, und ein neues erworben, in Bath, wo ich einst herkam.

Ich habe es nie geschafft, Nein zu sagen, wenn er mich um Geld gebeten hat. Dass ich das versäumt habe – das verzeihe ich mir nicht. Damit habe ich den Boden bereitet für die Frau, die letztlich sein Untergang war.

Was wohl mein Schöpfer dazu sagen wird, wenn ich bald vor ihn treten werde? Das, liebe Robyn, würde ich Dir dann gerne schreiben! Wenn es nur möglich wäre ...

Es grüßt Dich halb noch im Diesseits, halb schon im Jenseits

Großtante Adele

Robyn ließ den letzten Briefbogen in ihren Schoß sinken und lehnte sich zurück. Wie von selbst fiel ihr Blick auf den Nachttisch, auf dem neben der Lampe zwei weitere Umschläge mit *P-&-O*-Aufdruck lagen. Den einen hatte ein Mädchen zusammen mit dem Frühstück gebracht, der andere war vorhin von einem Steward abgegeben worden. Ursprünglich hatte sie sie auf der Stelle zerreißen wollen, sie dann aber achtlos beiseitegelegt.

Es gibt nichts Schlimmeres als Versäumtes.

Robyn griff sich den ersten und schlitzte das Kuvert auf.

Miss Fairbanks,

Ich hatte gehofft, Sie würden mir antworten. Ich habe Ihnen vor einiger Zeit gesagt, es wäre unklug, mir blind zu vertrauen, da Sie mich nicht kennen. Nun muss ich Sie trotzdem darum bitten: Vertrauen Sie mir. Glauben Sie mir, dass ich nichts Böses gegen Sie im Schilde führe.

F. Kendall

Robyn spürte ein sehnsuchtsvolles Ziehen in ihrer Brust, aber gleich darauf ballte sich ihr Magen kalt und hart zusammen. Sie wollte ihm so gerne Glauben schenken, doch sie wagte es nicht. Was zwischen ihr und Frank Kendall gewesen sein mochte, schien ihr zu wenig und viel zu schnell in viel zu kurzer Zeit geschehen zu sein, als dass sie das Risiko eingehen durfte, ihm zu trauen. Was war Wahrheit, was war Täuschung? Sie vermochte sie nicht mehr auseinanderzuhalten, weder bei Frank, noch bei sich selbst.

Sie öffnete den zweiten Umschlag.

Ich muss Sie sprechen. Es ist wichtig!

„Tante Adele", raunte Robyn, „deine Ratschläge in allen Ehren – aber es ist gewiss nicht in deinem Sinn, wenn ich eine nicht wiedergutzumachende Dummheit begehe, indem ich mich noch mal von ihm einwickeln lasse! Ich muss ihn von mir fernhalten, zumindest, bis ich deinen Diamanten sicher nach Benares gebracht habe. Danach sehen wir weiter."

Behutsam schob sie die Briefbögen ihrer Großtante beiseite und schlüpfte unter dem Leintuch hervor. Über dem Papierkorb neben dem Frisiertisch setzte sie gerade an, Franks Nachrichten zu zerreißen, als es klopfte. Verwirrt blickte sie zu ihrer silbernen Uhr, die sie zwischen Haarbürste und Handspiegel abgelegt hatte. Bis zum Tee war es noch fast eine Stunde; sie hatte nichts bestellt und erwartete auch niemanden. Es konnte daher nur Edward sein, der noch einmal nach ihr sehen wollte. Hastig zerknüllte sie das Papier und ließ es in den Korb fallen, nahm den Morgenrock vom Hocker und schlüpfte hinein, während sie barfuß zur Tür ging.

Erschrocken fuhr sie zusammen, als sie öffnete. Vor ihr stand Frank, und ihr verwünschtes Herz machte einen Sprung.

Er missdeutete ihre Reaktion und wies mit einem schiefen Grinsen auf die Blessuren in seinem Gesicht. „Sieht beeindruckender aus, als es sich anfühlt."

Robyn schickte sich an, ihm die Tür vor der Nase zuzuschlagen, doch er war schneller und schob rasch einen Fuß dazwischen. Sie raffte ihren Morgenrock vor der Brust zusammen und klammerte sich mit der anderen Hand am Türknauf fest. „Was wollen Sie?"

„Fragen, wie es Ihnen geht", gab er zurück, sichtlich verunsichert ob ihrer Kühle.

„Gut, danke", erwiderte sie und hob dabei ihre Stimme über den Flüsterton an, nur um entschlossener zu klingen.

Er warf einen forschenden Blick über ihren Kopf hinweg in den Raum. „Sind Sie allein?"

Unwillkürlich reckte sie sich und schob sich weiter in den Türspalt hinein, um ihm möglichst viel Sicht zu nehmen.

„Nein." Robyns Wangen brannten; sie war von jeher eine schlechte Lügnerin gewesen.

Er senkte seinen Kopf und dämpfte seine Stimme zu einem Wispern. „Kann ich Sie sprechen? Unter vier Augen?"

Robyn zögerte kurz, dann schüttelte sie den Kopf.

„Bitte, Miss Fairbanks! Es ist wirklich wichtig!"

Kurz schlug Robyn die Augen nieder und schluckte. Für einen Augenblick war sie geneigt, sich einfach anzuhören, was er ihr zu sagen hatte, doch dann stieg der Gedanke in ihr auf, dass alles von Anfang an nur Taktik gewesen sein könnte, jede Geschichte, die er ihr erzählt hatte, jeder Blick, den er ihr geschenkt hatte. Alles nur, um an den Diamanten zu kommen. Auch der Kuss. Entschlossen sah sie auf und sah ihm unverwandt in die Augen.

„Aus Ihrem Mund kommen nichts als Lügen, Mr. Kendall."

„Miss Fairbanks, ich ..."

„Nein!", zischte sie. „Dass Mr. Chisholm Sie engagiert hat, um später zu bezeugen, wie ich den Stein auch wirklich dem Fluss übergebe, bedaure ich zwar, aber ändern lässt sich das nun nicht mehr. In Benares werden Sie wohl oder übel in meiner Nähe sein, wenn ich den Wunsch meiner Großtante erfülle, aber bis dahin verlange ich von Ihnen, dass Sie sich von mir fernhalten."

„Halt, Miss ..." Er machte sich daran, sich durch die Tür zu drängen.

„Gehen Sie sofort aus der Tür." Ihre Augen blitzten vor Wut, gleichzeitig hoffte sie, er würde die Angst dahinter nicht entdecken.

Er schien etwas sagen zu wollen, schwieg dann aber. Bereitwillig trat er einen Schritt zurück, und ohne ein weiteres Wort schlug sie ihm die Tür vor der Nase zu. Das Ohr an das Holz gelegt, lauschte sie nach draußen, hörte etwas, das wie ein unterdrückter Fluch klang, dann Schritte, die sich entfernten.

Aufseufzend lehnte sie sich mit dem Rücken gegen die Tür und rutschte an ihr in die Hocke hinab, vergrub den Kopf in ihren Händen. Sie hatte das Richtige getan, davon war sie überzeugt.

Doch Erleichterung empfand sie keine.

„Unerhört ist das!" Lady Ainsworth schnaubte vor Wut. Mit ihren Blicken durchbohrte sie einen der Offiziere der *Arcadia*, der neben dem Türrahmen des Teesalons stand und aufmerksam die Gäste beobachtete. Captain Bennington hatte angeordnet, dass in den öffentlichen Räumen des Dampfers jeweils ein Offizier postiert wurde, während andere Besatzungsmitglieder Tag und Nacht über die Decks und durch die Korridore patrouillierten. „Eine reine Vorsichtsmaßnahme", hatte er betont, und diese sollte vor allem dazu dienen, den Passagieren ein Gefühl der Sicherheit zu vermitteln und das durch die zurückliegenden Vorkommnisse erschütterte Vertrauen in die Reederei wieder zu festigen. Die Wogen der Aufregung, die Mr. Marshalls tätlicher Angriff auf Miss Fairbanks hatte hochschlagen lassen, ließen sich nur mühsam wieder glätten. Sowohl in der ersten als auch in der zweiten Klasse war man schockiert, dass sich ein Krimineller mitten unter ihnen befunden hatte und dass seine Anschläge überhaupt möglich gewesen waren. Auch jetzt noch, am zweiten Tag nach jener Nacht, gab es kein anderes Gesprächsthema, als ob und wie dieser Überfall zu verhindern gewesen wäre und ob sich ein solcher Vorfall wohl wiederholen könnte.

Lady Ainsworth griff zu ihrer Tasse, während ihre andere Hand ihre Tasche umklammert hielt. „Auf all unseren Fahrten ist so etwas noch nie vorgekommen! In was für einer Zeit leben wir eigentlich?"

„Sobald wir zurück in Kalkutta sind," ließ sich Richter Troublefield vernehmen, „setze ich einen saftigen Beschwerdebrief an die *P & O* auf! Die sollen mir die Hälfte des Fahrpreises zurückerstatten – *mindestens*! Schließlich habe ich eine Passage erster Klasse gebucht und keine Piratenkreuzfahrt!"

„Ausgerechnet Miss Fairbanks musste es treffen", äußerte sich Lady Ainsworth voller Bedauern und seufzte so tief auf, dass ihr Busen unter dem hellen Leinenstoff erbebte. „Das arme Schätzelchen! – Wie geht es ihr denn?", erkundigte sie sich bei Edward Cheltenham.

Dieser hob die Achseln. „Den Umständen entsprechend gut, denke ich. Sie braucht noch immer viel Ruhe, aber physisch macht sie offenbar gute Fortschritte. Seelisch jedoch ...", er schluckte und nahm ein paar Schlucke Tee, um seiner Emotionen besser Herr zu werden, was die Blicke der Ladies am Tisch weich und zärtlich werden ließ. Er räusperte sich verlegen, ehe er fortfuhr: „Sie wird viel Zeit benötigen, um dieses furchtbare Erlebnis vergessen zu können." Edward atmete tief durch. „Es bereitet mir, wie Sie sich denken können, große Sorgen, wie sehr sie sich dadurch verändert hat. Ich hoffe, das gibt sich wieder."

„Aber natürlich, Mr. Cheltenham", gurrte Lady Ainsworth, deren großes Herz Edward mittlerweile im Sturm erobert hatte, nachdem er für alle sichtbar noch immer unter dem Schock litt, seine Verlobte um ein Haar verloren zu haben. „Ich habe auf den ersten Blick gesehen, dass Miss Fairbanks zwar ein empfindliches Pflänzchen ist, aber im Grunde ihres Wesens viel stärker, als wir alle glauben. Sie wird sich schneller von diesem Schrecken erholen, als Sie glauben! Und ich bin sicher, Ihre Zuneigung und Fürsorge wird das ihre dazu beitragen."

„Was hatte sie auch zu dieser späten Stunde an dieser entlegenen Stelle des Schiffs zu suchen", knurrte General Higginbottom hinter seiner Teetasse, die wie üblich mit mehr Scotch als Darjeeling gefüllt war.

„Welch anmaßende Bemerkung, Sie ungehobelter Klotz", rügte ihn Miss Sissinghurst sogleich in einem derart donnernden Tonfall, dass selbst der schlachtenerprobte General den Kopf einzog.

„Wenn es irgendetwas gibt", hauchte die sonst so schweigsame Mrs. Troublefield, „das wir für Sie beide tun können, sagen Sie es einfach." Ihre schlanke, milchweiße Hand legte sich auf Edwards Unterarm, verschwand dann aber unter den scharfen Blicken des Richters wieder im Schoß ihres marineblauen Rockes.

Der gesamte Teetisch verfiel in Schweigen, und jeder glaubte zu wissen, was der andere dachte: *Gott sei Dank bin ich verschont geblieben.*

„Ach, nun blasen wir mal nicht solche Trübsal", ergriff Lady Ainsworth in übertrieben munterem Tonfall erneut das Wort. „Es hätte schlimmer kommen können! Unsere Miss Fairbanks ist noch einmal mit dem Schrecken davongekommen und wird in ein paar Tagen wieder ganz die Alte sein. Und während sie sich ausruht und wieder zu Kräften kommt, wird Sie unser geselliger Kreis", sie nickte in die Runde, „schon auf andere Gedanken zu bringen wissen, Mr. Cheltenham!"

Und der Tonfall, in dem sie dies verkündete, ließ keinen Zweifel daran, dass dies nicht als Angebot, sondern als Befehl zu verstehen war.

13. TAG – MADRAS

Robyn erholte sich in der Tat erstaunlich schnell.

„Sehr schön“, bekundete Dr. Chapman in einem Tonfall höchster Zufriedenheit und ließ seine Arzttasche zuschnappen. „Und wegen der Striemen machen Sie sich mal keine Sorgen, Miss Fairbanks! In ein paar Wochen wird davon nichts mehr zu sehen sein. Ihr Hals wird makellos sein wie eh und je und Sie die Schönste auf jedem Ball!“

Robyn lachte. Sie mochte die Art, wie der athletische Endvierziger mit dem graumelierten Haar mit ihr flirtete.

„Und meine Stimme?“ Diese klang noch ein wenig aufgeraut, als hätte sie eine ganze Nacht durchgefeiert und dabei zu viel Champagner und Zigaretten konsumiert.

Dr. Chapman machte eine ausgreifende Geste mit der freien Hand, als er sich von ihrer Bettkante erhob. „Wird wieder glockenhell wie die einer Lerche sein. Sofern Sie nicht anfangen, täglich mehrere Zigarren zu rauchen, und sich eine Flasche Whisky dazu genehmigen.“

„Keine Sorge, das habe ich nicht vor!“

„Ruhen Sie sich trotzdem heute noch hier unten aus“, empfahl er. „Es reicht, wenn Sie ab morgen in die Hitze müssen. Schade, dass Sie deshalb den Blick auf die Küste versäumen, sie ist an dieser Stelle besonders malerisch.“

„Ich schaue sie mir dann auf der Rückfahrt an“, entgegnete Robyn munter. „Dann werde ich den ganzen Tag nicht von Deck weichen." Sie verschwieg ihm, dass sie vom Fenster ihrer Kabine aus sehr wohl schon die vorüberziehenden Strände und türkisblauen Buchten erspäht hatte, die Mangrovenwälder mit ihrem üppigen, dunklen Laub und Palmenhaine. Aber so nett sie den Arzt auch fand, mochte sie ihm doch nicht anvertrauen, dass sie Menschen lieber mochte als leere Landschaften und sich dieser Tage lieber mit den Briefen einer verstorbenen alten Dame und ihrer niedergeschriebenen Vergangenheit beschäftigte. *Vor allem lieber als mit meiner Gegenwart und unmittelbaren Zukunft ...*

„Gute Weiterreise dann, Miss Fairbanks." Herzlich schüttelte er ihre Hand. „Und einen schönen Aufenthalt in Indien! Vor allem einen unbeschwerten."

Wohlig kuschelte sich Robyn in die Kissen, als sie wieder alleine war, und langte nach dem nächsten Brief ihrer Großtante, der schon auf ihrem Nachttisch bereitlag. Einer von dreien, die noch übrig waren.

Sorgsam wie gewöhnlich waren in die beschriebenen Blätter Zeitungsausschnitte gefaltet, und eine Art Postkarte aus steifem Karton, die Robyn sich als Erstes besah. Unwillkürlich pfiff sie durch die Zähne, wie es auch ihre Brüder getan hätten. Der gewellte, weiße Rand rahmte eine Fotografie in Grauschattierungen ein, auf der ein Zimmer, vielleicht ein Winkel im Studio des Fotografen oder ein privates Boudoir, zu sehen war. Im Hintergrund schwere Samtportieren mit großzügigem Muster, dramatisch gerafft, um einer Topfpalme Raum zu geben. Im Vordergrund eine halbhohe griechische Säule. Eine schlanke, feingliedrige Frau lehnte daran, stützte sich mit dem Ellenbogen darauf, während sie ihren leicht bekleideten Körper im Halbprofil darbot: Strümpfe mit breitem Spitzenabschluss an einem rüschenbesetzten Strumpfhalter, kurze Unterhose, ein eng geschnürtes Mieder, aus dem die vollen Brüste herausquollen. Ergänzt durch hochhackige Pumps und einen Zylinder, den sich die Dame auf dem Bild kokett auf den zurückgeworfenen Kopf gesetzt hatte, sowie einen Spazierstock.

„Ein unanständiges Bild", wie Robyns Mutter sagen würde, und Robyn kicherte in sich hinein, als sie sich daran erinnerte, wie Emma Fairbanks einmal in Alans Sachen eine ähnliche Aufnahme gefunden hatte, lange bevor er seine heutige Ehefrau Marjorie kennen gelernt hatte. Achtzehn, neunzehn musste er damals gewesen sein. Zu Hause war der Teufel los gewesen, bis George Fairbanks mit kaum unterdrücktem Schmunzeln begütigend eingegriffen und zwischen Mutter und Sohn vermittelt hatte.

Robyn drehte die Fotografie um.

Für den süßen Henry – in Liebe und mit 1000 Küssen – May, stand in einer runden Handschrift darauf. Daneben prangte ein Lippenstiftabdruck.

Robyn betrachtete wieder die Vorderseite. Die Frau war schön. Ein herzförmiges Gesicht unter rabenschwarzem Haar, mit einer kecken kleinen Nase und großen glutvollen Augen, die mithilfe dunklen Lidschattens nahezu riesig wirkten. Wegen der vielen Schminke im Gesicht war sie schwer auf ein bestimmtes Alter zu schätzen, aber Robyn ordnete sie eher Anfang denn Ende zwanzig ein.

Zwei Ausschnitte aus dem Gesellschaftsteil waren beigelegt. Keine Artikel, nur Fotografien, beide von Tante Adele mit der Jahreszahl 1897 beschriftet. Auf beiden Bildern war die Frau zu sehen, die auch auf der Postkarte posiert hatte. Nur trug sie hier festliche Abendgarderobe, schmale Kleider mit Raffungen, die sich zum Knie hin wieder weiteten. Wenn auch nicht weniger tief ausgeschnitten, wirkte sie darauf zumindest bekleidet. Robyn schnappte unwillkürlich nach Luft. Ohne dick aufgetragenes Make-up war diese May eine umwerfende Schönheit, die wie eine russische oder spanische Prinzessin aussah. Dazu passte auch der schwere Schmuck, den sie auf beiden Bildern trug: massive Colliers und Armbänder und mehrere klotzige Ringe über den ellenbogenlangen Handschuhen. *Rhys-Jones' jüngste Eroberung: die aufstrebende Aktrice May Desmond aus New York*, war unter die eine Fotografie gedruckt. Und unter der anderen stand: *Rhys-Jones und Desmond: Hochzeit in Sicht!*

„May Desmond", murmelte Robyn und zuckte mit den Achseln. „Nie gehört! Nach Shakespeare sieht sie allerdings nicht aus."

Erst jetzt nahm sie den Mann neben May Desmond näher in Augenschein. Offenbar ihr unbekannter Großcousin. Auch er sah fabelhaft aus, groß und schlank, mit einer Statur, an der sich jeder Anzug erstklassig ausmachte. Ein ebenmäßiges, kantiges Gesicht – ein Mann, dem die Frauen zweifellos in Scharen nachliefen. Doch er strahlte etwas aus, das Robyn unangenehm war. Eine gewisse Selbstgefälligkeit, die weit über ein gesundes Selbstbewußtsein hinausging.

„Dorian Gray", flüsterte Robyn spontan. „Er erinnert mich an Dorian Gray. Er sieht aus wie jemand, der von seinem Äußeren selbst am meisten betört ist und sogar seine Seele verkauft, um den schönen äußeren Schein zu bewahren."

Nachdenklich legte sie die Bilder der Reihe nach vor sich hin und betrachtete die letzten beiden Zeitungsausschnitte. Eine Anzeige, die die Heirat von Henry Sinclair Wetherby Rhys-Jones und May Desmond am 10. September 1897 verkündete. Als Adresse war nur das Waldorf Hotel an der Fifth Avenue, New York, angegeben, und es war für Robyn nicht ersichtlich, ob dort lediglich die Feier stattgefunden oder die beiden dort dauerhaft gewohnt hatten. Angesichts der zweiten Anzeige entfuhr ihr ein Schreckenslaut. Henrys Name stand darauf, und darunter: *23. März 1854–5. Februar 1898.*

Sicherheitshalber verglich sie die Daten noch einmal mit denen auf der Heiratsannonce. Tatsächlich: Großtante Adeles Enkel war keine fünf Monate nach seiner Hochzeit mit May Desmond gestorben.

Voll brennender Neugierde nahm Robyn nun den Brief zur Hand.

Meine liebe Robyn,

Alles geht einmal zu Ende. Bald wirst Du am Ziel Deiner Reise angelangt sein, und ich nähere mich sowohl dem Ende dessen, was ich Dir erzählen wollte, als auch dem Ende meines Lebens. Man könnte auch sagen: Wir beide haben es fast geschafft. So hat jedes Ding seine zwei Seiten.

Mir blieb nur noch das Haus am Royal Crescent, das ich mir gekauft hatte (es ist ein solch hübsches Haus, Robyn, ich hoffe, es wird Dir gefallen!), und genug, um ein anständiges Leben zu führen. Viel ist es nicht, was ich Dir hinterlassen kann, gemessen an dem, was ich einmal besaß. Ich weiß, Du brauchst es nicht wirklich, aber es ist doch sicher schön für Dich, etwas Geld zu besitzen, das nur Dir allein gehört, nicht wahr?

Und den Diamanten hatte ich noch.

May Desmond war keine besonders gute Schauspielerin. Ich bin ihr nie begegnet, aber selbst in Bath hörte und las man so einiges. Eine „Goldgräberin" sei sie, hieß es in den Gazetten, die nach England gekommen sei, um einen reichen Mann zu finden. Ihr größtes Talent bestand darin, Männer um den Finger zu wickeln, und „Karriere" durch deren Betten zu machen. Henry war ihr völlig verfallen, folgte ihr in die Staaten und ließ sich von ihr vor den Friedensrichter schleppen. Als hätte sie noch nicht genug Schmuck, teure Kleider und extravagante Hüte von ihm bekommen. Doch sie wollte mehr: Sie wollte den blauen Diamanten, von dem er ihr in einer schwachen Stunde erzählt hatte.

Ich gab ihn Henry nicht. Teils, weil er ihn ohnehin nicht verkaufen durfte, teils, weil dieses harte, kalte, blaue Monstrum schon genug Schaden angerichtet hatte. Henry wenigstens sollte verschont bleiben.

Er sah es anders und zog vor Gericht, unmittelbar nach seiner Hochzeit. Er verklagte mich, weil ich ihm angeblich sein Erbe vorenthielt, und er verklagte rückwirkend auch George Cavendish wegen der „unmoralischen Klausel“ in seinem Testament. Zu einem Urteil kam es jedoch nicht mehr.

Denn selbst eine geldgierige Person wie May Desmond scheint so etwas wie Leidenschaft zu kennen. Keine fünf Monate nach ihrer Hochzeit mit Henry (zu der ich selbstredend nicht eingeladen war) brannte sie mit einem jungen Mann vom Theater durch. Ein noch schlechterer Schauspieler als sie, ein erfolgloser Hallodri namens Porter Randall. Alles hatte sie aus ihrer gemeinsamen Suite im Waldorf mitgenommen: den gesamten Schmuck, den Henry ihr gekauft hatte, sogar Bargeld aus dem Tresor. Für den armen Henry muss es ein furchtbarer Schlag gewesen sein.

Um ein Uhr nachts hatte er sich noch ein Sandwich und eine Flasche Champagner bestellt und sie auch vom Zimmerservice in Empfang genommen. Am nächsten Morgen fand ihn dann das Zimmermädchen im Sessel vor dem erloschenen Kamin. Er hatte sich erschossen.

Betroffen ließ Robyn den Brief sinken. Sie war zu geschockt, um Tränen zu vergießen. Um Henry tat es ihr nicht leid; sein Unglück hatte er sich selbst zuzuschreiben, und Robyn hatte ihn auf den Zeitungsbildern alles andere als sympathisch gefunden. Doch sie litt mit ihrer Großtante Adele, die wirklich alles verloren hatte. So sehr, dass es ihr beinahe das Herz zerriss. Kein Wunder, dass die alte Dame geglaubt hatte, der Diamant sei verflucht und sie allein trüge die Schuld daran, dass ihre Familie komplett ausgelöscht worden war.

Robyn stutzte und las die letzten Zeilen noch einmal. Henry hatte sich erschossen, genau wie Edwards Vater. Sie rechnete nach, doch zeitlich war es unmöglich, es konnte keinen Zusammenhang geben. Ein Zufall. Sie schüttelte den Kopf über sich und ihre krausen Gedanken, dann vertiefte sie sich wieder in den Brief.

Ich habe Henry überführen lassen und neben seinen Eltern begraben. Ob es ihm recht gewesen wäre, weiß ich nicht, aber ich wollte die drei beieinander wissen.

May bekam den Rest, der von seinem einstigen Vermögen noch übrig war; als seine Witwe stand es ihr zu, ich konnte nichts dagegen tun. Per Brief drohte sie mir gar mit einer erneuten Klage, sollte ich ihr den Diamanten nicht zukommen lassen. Ich ließ mich nicht einschüchtern und habe danach nie wieder etwas von ihr gehört. Nur das, was in den Zeitungen aus Übersee zu lesen war, die ich mir regelmäßig schicken ließ.

Ich will mich nicht beschweren, aber in all den Jahren, selbst in den Zeiten meiner größten Not, kam niemals auch nur ein einziges Wort von Deinem Großvater. Ist es nicht seltsam: Derselbe Mann hat uns gezeugt, dieselbe Frau geboren, gemeinsam sind wir groß geworden – und doch verband uns irgendwann nichts mehr miteinander. Nicht einmal Mitgefühl. Deiner Mutter mache ich keinen Vorwurf, Gott behüte! Am Anfang war sie ja noch ein Kind, und später wusste sie es nicht besser. Sie ist in der Überzeugung aufgewachsen, dass ich eine böse Hexe bin. Wirst Du ihr nun wohl erzählen, dass ich nicht ganz so schlimm bin, wie mein Bruder behauptet hat, wenn Du wieder zu Hause bist? Bestimmt wirst Du das. Doch wenn Du es tust, sei behutsam. Lass nicht zu, dass sie sich deshalb irgendwelche Vorwürfe macht. Eine Schuld mit sich zu tragen, die sich nicht mehr bereinigen lässt, ist scheußlich. Ich weiß, wovon ich rede.

Damals begann ich, über den Diamanten nachzuforschen. Meine Studien halfen mir, mich von meiner Trauer abzulenken und meine leeren Tage auszufüllen. Tatsächlich ist es mir gelungen, seinen Ursprung aufzumachen. Er stammt aus einem Hindu-Tempel in Benares, der den Namen „Vishwanath" trug. Großmogul Aurangzeb hat ihn 1669 zerstören lassen. Der blaue Diamant hatte einen Zwilling, und beide waren als Augen in eine Götterstatue eingelassen. In eine Statue Shivas, des Zerstörers und Erneuerers. Ich habe lange gebraucht, um zu verstehen, dass diese Beinamen nur die zwei Seiten einer Medaille sind. Ebenso wie Maria Stuarts Motto: „In meinem Ende liegt mein Anfang" – wusstest Du das?

Ich weiß nicht, weshalb ich darauf gekommen bin. Ich werde alt. Nein, ich bin alt.

Einer der Priester belegte noch im Sterben die beiden Diamanten mit einem Fluch, der so lange wirken sollte, bis sie wieder nach Benares zurückkehren. Ich hätte ihn selbst zurückgebracht, Robyn, wäre ich noch jung und körperlich dazu in der Lage. Neunundachtzig bin ich jetzt, und das Einzige, was ich noch tun kann, ist, Dich statt meiner auf den Weg zu schicken.

Danke, dass Du ihn für mich gehst.

Adele

PS: Versprich mir bitte, dass Du meinem nächsten Umschlag zuerst den kurzen Brief entnimmst und ihn liest, bevor Du Dir den Zeitungsausschnitt anschaust, ja? Du wirst dann auch wissen, weshalb …

Nachdenklich faltete Robyn den Brief wieder zusammen und legte ihn beiseite. Sie zog ihre Knie an den Oberkörper heran und legte ihr Kinn darauf. Sie hatte das untrügliche Gefühl, dass es ihrer Großtante nicht allein um den Diamanten ging oder darum, dass Robyn ihr eine Art Beichte abnahm. Auf irgendeine Weise musste die Geschichte Großtante Adeles auch etwas mit ihr selbst zu tun haben, das spürte sie. Nur was?

Unruhe überfiel Robyn, und sie sprang auf, um nach dem Dienstmädchen zu läuten, damit es schon mit dem Kofferpacken beginnen konnte. Sie fühlte sich zurückversetzt in ihre Kindheit, in der sie am Abend vor ihrem Geburtstag oder vor Weihnachten den nächsten Tag auch nie hatte erwarten können.

Nur dass sich in ihre fiebrige Erwartung diesmal auch Furcht mischte.

Furcht vor dem Morgen.

Auch Frank Kendall war von Unruhe befallen und sah dem nächsten Tag mit gemischten Gefühlen entgegen. In seiner Kabine hielt er es nicht lange aus, dennoch mied er die Gesellschaft der anderen Passagiere bis auf die gemeinsamen Mahlzeiten, die er so kurz wie möglich hielt. Wohin er auch ging, schnappte er Gesprächsfetzen auf, die noch immer den Überfall auf Miss Fairbanks zum Inhalt hatten. Er versuchte die neugierigen Blicke der anderen Gäste zu ignorieren, doch ein paarmal war er sogar von Wildfremden auf jene Nacht hin angesprochen worden, und Frank war es leid, ihre neugierigen Fragen ein ums andere Mal abwehren zu müssen. Er zog es vor, möglichst wenig an jene Stunden erinnert zu werden. Vor allem, weil er schwer an der Erinnerung trug, wie Hamilton Marshall in das von den Schiffsschrauben aufgewirbelte Meer gestürzt war. Moralisch traf ihn an dessen Tod keine Schuld, trotzdem fühlte er sich dafür verantwortlich. Zwar ließ er es nicht zu, dass seine Schuldgefühle die Oberhand gewannen, sondern drängte sie beiseite, so gut es ging. Doch irgendwann würden sie ihn wieder einholen, dessen war er sich sicher.

Nichtdestotrotz hatte er heute an der Stelle des Überfalls Zuflucht gesucht – vielleicht, weil das Heck des Schiffes der einzige Ort war, an dem er zugleich im Freien und wirklich allein sein konnte.

Stundenlang saß er auf der rot lackierten Metallkiste, auf der auch Robyn in jener Nacht zum Sitzen gekommen war, nachdem alles vorüber gewesen war. Er stand nur auf, um die Stummel seiner Zigaretten, die er unablässig rauchte, über die Reling zu werfen. Ansonsten hockte er regungslos auf seinem Platz. Nur sein Verstand war rege und damit beschäftigt, jedes noch so kleine Detail im Ablauf des morgigen Tages zu überdenken und immer wieder durchzugehen. Was er sich vorgenommen hatte, war äußerst gewagt. Zu vieles war ungewiss, nicht planbar, und zu viel stand auf dem Spiel.

Es wäre leichter gewesen, wenn er den Kontakt zu Robyn Fairbanks hätte aufrechterhalten können. Doch im Grunde hatte er damit gerechnet, dass sie nicht auf seine Nachrichten antworten und ihn von ihrer Türschwelle verjagen würde. Womöglich war es besser so. Denn sosehr er sich auch um Gleichgültigkeit bemüht hatte, als er an ihre Tür geklopft hatte – ihr Anblick hatte seinen Pulsschlag zum Rasen gebracht und ihm für einen Moment den Atem geraubt.

Franks Miene verhärtete sich, als er auf das Meer hinausstarrte. Er durfte nicht an sie denken – nicht so, nicht auf diese Weise –, wenn er einen kühlen Kopf bewahren wollte, und den würde er für den nächsten Tag brauchen. Seine Gefühle standen ihm dabei nur im Weg.

Er durfte morgen keinen Fehler begehen.

14. TAG – KALKUTTA

„Guten Morgen!"

Edward blickte fassungslos, als er auf das Klopfen hin die Tür seiner Kabine öffnete und Robyn in einem cremefarbenen Leinenkleid mit Stufenrock vor sich stehen sah. Um die Blessuren an ihrem Hals zu verdecken, hatte sie sich kunstvoll und einigermaßen locker ein dunkelbraunes Seidentuch umgebunden.

„Ich dachte mir, ich hole dich zum Frühstück ab", rief sie fröhlich und hoffte, er würde nicht bemerken, wie fremd er ihr geworden war, nachdem sie einander in den letzten Tagen nur sporadisch gesehen hatten. Nur kurz hatte er hin und wieder in ihrer Kabine vorbeigeschaut, ehe er sich zurück zu der Reisegruppe um die Ainsworths und Lord Troublefield begeben hatte. Und Robyn hatte jedes Mal erleichtert aufgeatmet, wenn sich die Tür wieder hinter ihm geschlossen hatte. Ein Riss schien zwischen ihnen zu klaffen, seit geraumer Zeit schon, und die Tage des Alleinseins hatten diesen für Robyn spürbar gemacht. *In Benares*, sagte sie sich, *wenn alles vorüber ist – dann werde ich mich darum kümmern, was ich wirklich noch für ihn empfinde und wie es mit uns weitergehen soll.*

„Ich", er hantierte ungeschickt an seinen Manschettenknöpfen herum, „ich muss noch etwas erledigen. Geh ruhig schon vor."

„Falls du etwas Bestimmtes vom Captain haben wolltest", mit einem strahlenden Lächeln schwang sie ihre helle Ledertasche vor ihm hin und her. „Ich habe ihn schon abgeholt, gleich in aller Frühe."

Robyn hatte kaum ein Auge zugetan in der vergangenen Nacht. Angst hatte sich mit der Entschlossenheit gemischt, sich dem zu stellen, was sie erwarten würde, wenn sie von Bord ging, und Letztere hatte schließlich die Oberhand gewonnen. Sie würde sich ihre Furcht nicht anmerken lassen, und sie klammerte sich an die Zuversicht, dass Gott auch auf der letzten Etappe ihrer Reise schützend seine Hand über sie halten würde, genauso wie er es bisher getan hatte. Bereits im Morgengrauen war sie aus dem Bett gesprungen und hatte ihre letzten Habseligkeiten zusammengepackt. Danach hatte sie anstandshalber noch eine Stunde gewartet, bis sie nach dem Mädchen geläutet hatte, und war danach sofort zum Captain gegangen. Gegen ihre Quittung hatte sie den Diamanten zurückerhalten, und obendrein hatte ihr Captain Bennington noch alles Gute für den letzten Abschnitt ihrer ungewöhnlichen Reise und auch für ihre Rückfahrt mit einem anderen Dampfer der *P-&-O*-Flotte gewünscht.

Robyn hängte sich die Tasche über den Arm. „Ich dachte mir, wenn ich schon meine sämtliche Taschen wegen des Steins ruiniert habe, muss ich mein geniales Versteck auch bis zum letzten Tag nutzen. – Nun gib schon her“, schalt sie ihn liebevoll und schloss an seiner Stelle die Manschetten. Prüfend sah sie ihm von unten ins Gesicht. „Du siehst gar nicht gut aus.“

Blass war er, fast grau, und fahrig, als stünde er unter einer großen Anspannung.

„Ich habe schlecht geschlafen“, murmelte er, ohne sie direkt anzusehen.

„Dann lass uns hinaufgehen. Ein starker Tee und ein kräftiges Frühstück werden dir sicher guttun.“

Tatsächlich zeigten die Eier mit Toast und eine halbe Grapefruit bei Edward Wirkung; jedenfalls bekam sein Gesicht wieder Farbe. Doch er blieb weiterhin einsilbig und in sich gekehrt, während am Tisch munter geplaudert wurde. Fast ein wenig wehmütig blickte Robyn in die Runde. In gewisser Weise hatte sie die zusammengewürfelte Reisegesellschaft doch lieb gewonnen.

„Nicht wahr," zwitscherte Lady Ainsworth. „Sie kommen uns doch auf Ihrer Rückreise besuchen, Miss Fairbanks – Mr. Cheltenham? Hier, ich gebe Ihnen meine Karte. Sie sind uns jederzeit herzlich willkommen!"

„Nehmen Sie meine Gattin ruhig beim Wort", warf Lord Ainsworth ein und fügte mit einem Zwinkern hinzu: „Zumindest diesmal!"

Ihr entrüstetes „Aber William!" überhörte er einfach und verbarg sein Lächeln mit einem Hüsteln hinter vorgehaltener Hand. Amüsiert sah Robyn, wie des Generals fleischige Hand immer wieder den Handrücken Miss Sissinghursts streifte, die offenbar nur zu bereitwillig Frank Kendalls Platz neben ihm eingenommen hatte und dabei jedes Mal aufs Neue in ein feines Kichern ausbrach und wie ein Schulmädchen errötete.

Überhaupt herrschte überall an Bord eine aufgeräumte Stimmung. Es war spürbar, dass man allgemein bedauerte, das Schiff wieder verlassen zu müssen, wo man doch gerade damit begonnen hatte, sich so richtig einzuleben. Andererseits vibrierte die Luft vor Vorfreude, endlich nach Hause zu kommen, schmerzlich vermisste Verwandte und Freunde wiederzusehen und sich vor allem wieder woanders aufhalten zu können als nur in Kabine, Speiseraum, Bar und Salon. Das Personal hatte alle Hände voll zu tun: Gepäck musste eingesammelt und zur Gangway gebracht, letzte offene Rechnungen für Extras eingetrieben, kassiert und abgezeichnet werden. Und auch die ersten Putzfrauen machten sich daran, die Kabinen noch gründlicher zu reinigen als sonst, denn schon heute Abend würde die *Arcadia* die Rückfahrt nach England antreten, mit einer gänzlich neu zusammengewürfelten Gesellschaft der Oberklasse und Mittelschicht an Bord.

Lange mussten die derzeitigen Passagiere allerdings nicht warten, bis sie das Schiff verlassen konnten. Nachdem sie noch eine Runde über Deck spaziert waren, drehte der Dampfer auch schon bei, und staunend sah Robyn zu, wie sich Kalkutta in ihr Blickfeld schob.

Um ein von den Engländern vor zweihundert Jahren erbautes Fort herum gewachsen, hatte sich der Ort rasch zu einer Metropole entwickelt, die nicht umsonst „Stadt der Paläste" genannt wurde. Eine atemberaubende Silhouette, weichgezeichnet vom morgendlichen Dunst, wie ein impressionistisches Gemälde. Robyn konnte Minarette erkennen, Glockentürme, Türmchen und Kolonialpaläste in englischer Neugotik, daneben Kuppeln von Moscheen und Hindu-Tempeln. Matter Stein neben glänzendem Metall, Grau neben Weiß, Braun neben Rot, dazwischen staubig-grüne Baumwipfel.

Zusammen mit der *Arcadia* zog es auch viele andere, kleinere Schiffe und Boote in den Hafen, und mindestens genauso viele kamen ihnen von dort entgegen. Der Kai mit seinen Lagerhäusern und Kontoren rückte immer näher; es herrschte ein unglaubliches Gewimmel auf ihm wie bei einem Ameisenvolk. Bald darauf konnte Robyn schon die Kutschen erkennen, die bereitstanden, um die Passagiere weiterzubefördern. Darunter auch eine für Robyn und Edward, die sie stadteinwärts zur Howrah Station bringen würde, damit sie dort den Zug nach Benares nehmen konnten.

„Gefällt es Ihnen?", fragte Lady Ainsworth neben ihr.

„Ich habe mich unsterblich verliebt", kam Robyns lachende Antwort.

„Mit einem solchen Konkurrenten kann ich natürlich nicht mithalten“, rief Edward.

Robyn rang sich ein Lächeln ab, schwieg aber.

„Kommen Sie, Schätzelchen, lassen Sie uns hinuntergehen, wir legen gleich an.“

Die *Arcadia* begrüßte den Hafen von Kalkutta mit einem lautstarken Signal, als sie die Stufen hinabstiegen. Sie hatten kaum die Hälfte der Treppe erreicht, als Robyn sich zurückgehalten fühlte.

„Wo habe ich nur meinen Kopf“, stöhnte Edward. „Ich habe vergessen, dem Personal noch ein ordentliches Trinkgeld zu geben!“

„Das macht doch nichts – du hast ihnen doch zwischendurch schon immer etwas zugesteckt!“

„Nein, das ist mir wichtig. Die Stewards und Dienstmädchen waren immer so aufmerksam und freundlich, sie haben es sich mehr als verdient. – Bis gleich.“ Er drückte ihr hastig einen Kuss auf die Wange und eilte die Treppen wieder hinauf. Mit zusammengezogenen Augenbrauen sah sie ihm hinterher. Auch das entsprach nicht Edwards sonstiger Art. Selten geizig, wenn es um Trinkgelder ging, lagen ihm die Dienstboten selbst sonst nicht am Herzen. Ein ungutes Gefühl stieg in Robyn auf, das sie aber sofort wieder verdrängte. Sie zuckte mit den Achseln und rieb sich unwillkürlich mit dem Handrücken über die Stelle, die Edwards Lippen berührt hatten. Dann raffte sie ihren Rock und beeilte sich, zu Lady Ainsworth aufzuschließen.

In der Menge, die auf das Anlegen wartete und auf das Ausfahren der Gangway, blickte Robyn sich vorsichtig nach allen Seiten um. Frank Kendall war nirgendwo zu sehen. Erleichterung mischte sich mit Enttäuschung, doch schon konzentrierte sie sich mit einer unwilligen Kopfbewegung unter ihrem breitkrempigen Hut wieder bewusst auf die faszinierenden Szenen im Hafen. Robyn schnupperte in die Luft, die modrig-salzig roch, nach Meer, nach Fisch und aufgequollenem Holz. Nach lackiertem Eisen und Rost. Etwas Rauchiges war dabei, etwas Scharfes, das sie nicht näher einordnen konnte, und etwas Beißendes, beinahe Unangenehmes, doch Robyn sog alles tief in ihre Lungen ein und schmeckte es auf ihrer Zunge. Lockende Fremde, zum Greifen nah.

Frank Kendall tigerte durch seine Kabine, die er schon längst hätte verlassen sollen. Sein Seesack war bereits vor einer Stunde abgeholt worden, und das Frühstück hatte er sich geschenkt, um auf keinen Fall zu spät zu kommen. Nervös blickte er auf seine Uhr, fuhr sich dann mit der Hand durch das Haar und ballte die Finger zur Faust, um sich selbst Mut zu machen. Noch einmal ging er Schritt für Schritt seinen gesamten Plan durch, bis hin zu jedem Wort, das er sich zurechtgelegt hatte. Alles war gut durchdacht, nahezu unfehlbar – und doch blieb ein gewisser Rest an Unsicherheit.

Es klopfte. Endlich.

Er stürmte zur Tür und riss sie auf. „Schön, dass Sie doch noch kommen konnten", presste er zwischen den zusammengebissenen Zähnen hervor. „Ich mache Ihnen ein faires Ange..."

Da traf ihn schon die Männerfaust mit voller Wucht zwischen den Augen, und es wurde schwarz um ihn herum.

„Kommen Sie, kommen Sie!", rief Lady Ainsworth und trippelte eilig voraus, ihren spitzenumwölkten Hut festhaltend. „Dort vorne ist Ihr Wagen, sehen Sie ihn? Der Kutscher hält ein Schild mit Ihrer beider Namen hoch. Ja, genau dort!"

Zwischen dem guten Dutzend offener Pferdewagen verabschiedeten sich Robyn, die Ainsworths, Miss Sissinghurst und der General voneinander, mit herzlichen Umarmungen, Wangenküssen und ein paar Tränen. Mit „Gute Fahrt!", „Auf bald!" und „Vergessen Sie uns nicht!" Und Robyn konnte sich sogar dazu durchringen, Richter Troublefield und seiner Frau die Hand zu geben und ihnen halbwegs aufrichtig alles Gute zu wünschen.

Sie sah zu, wie ihre Reisegefährten in ihre jeweiligen schwer beladenen Kutschen stiegen, und winkte ihnen nach, bis sie hinter dem Kai in Richtung der Hauptverkehrsadern der Stadt abbogen. Verunsichert blickte Robyn noch einmal zurück zum Schiff. „Wo bleibt er nur?“, murmelte sie. Dann atmete sie tief durch und trat zu dem Kutscher, der noch immer mit ausdrucksloser Miene ein Pappschild hochhielt, auf dem in krummen Buchstaben und schlechter Orthografie *Cheltenam – Farbanks* geschrieben stand.

„Verzeihen Sie,“ sprach Robyn ihn zögerlich an. „Sprechen Sie Englisch?“

„Ja, *Memsahib*“, erwiderte der Kutscher mit einem dicken, rollenden Akzent und entblößte beim Grinsen zwei Reihen makelloser Zähne unter seinem schwarzen Schnurrbart, die sich blendend weiß gegen seine bronzene Haut abhoben.

„Sehr gut“, zeigte Robyn sich erleichtert und deutete hinter sich auf die *Arcadia*. „Wir müssen noch auf meinen Verlobten warten, er ist noch auf dem Schiff.“

Immer noch grinsend, nickte der Kutscher, ließ das Schild einfach fallen und riss für Robyn den Wagenschlag auf. „Ja, *Memsahib*.“

Robyn bedankte sich, ließ sich auf den Ledersitz plumpsen und verstaute ihren zusammengeklappten Sonnenschirm im Fußraum. Sie blickte hinter sich, überprüfte, ob auch alle ihre Koffer und Hutschachteln aufgeladen waren, ehe sie sich erneut im Hafen umsah. Grell reflektierte der Stein des Kais und der Hauswände das Licht der Sonne, die die Luft vor Hitze flirren ließ, doch Robyn genoss die Wärme. Braune Gesichter waren in der Überzahl. Es waren fast nur Männer in langen, weiten Hosen und in der Brise flatternden Hemden zu sehen, viele davon mit roten oder orangefarbenen Turbanen. Vereinzelt Frauen in leuchtenden Saris, wie Paradiesvögel mit buntem Gefieder, ihre Armreifen, die Ohrgehänge und ihr Nasenschmuck in der Sonne blitzend, ein Bündel auf dem verhüllten Scheitel balancierend und einen roten Punkt über der Nasenwurzel. Robyn verspürte Bedauern, dass sie die vielen Gesichter Kalkuttas nur im Vorbeifahren zu sehen bekommen würde. Wie gerne hätte sie die prachtvollen Bauten der Chowringhee Road genauer besichtigt, die vielen Parks und Plätze, die Tempel und das Rote Fort. Ein Stoßseufzer entfuhr ihr, und sie blickte zum Himmel empor, der lichtblau schimmerte und mit einer Spur morgendlichen Goldes überhaucht war. *Ich bin in Indien.*

Etliche Minuten verstrichen, in denen Robyn gänzlich damit beschäftigt war, die unterschiedlichsten Sinneseindrücke in sich aufzunehmen und zu staunen, bis sich ihr Zeitgefühl bei ihr meldete und sie sich noch einmal zur *Arcadia* umwandte. Edward war jedoch nach wie vor nirgends zu sehen. Sie trug keine Uhr bei sich und wusste nicht, wie lange die Fahrt zum Bahnhof dauern würde.

„Verzeihung", rief sie den Kutscher an, der sich mit strahlendem Lächeln umdrehte. „Wissen Sie, wie spät es ist?" Der Kutscher nickte heftig und wandte sich dann wieder nach vorne.

Robyn blinzelte verwirrt, bis sie begriff. Auf dem Schild hatten zwei Namen gestanden, und sie selbst hatte auf das Schiff gedeutet. Dadurch war sogar jemand, der des Englischen so wenig mächtig war wie ihr Kutscher, in der Lage, eins und eins zusammenzuzählen und zu schlussfolgern, dass sich die zweite Person verspäten würde. Sie seufzte tief auf, öffnete entschlossen ihre Tasche und zog den Brief hervor, den sie gleich heute Morgen hineingestopft hatte. Nur ein einzelnes Blatt Papier fand sich darin, und ein Stück dünnes Zeitungspapier, in der Mitte zusammengefaltet. Robyn lächelte. *Ist schon gut, Großtante, ich lese zuerst den Brief, wie versprochen.*

Meine liebe Robyn,

wie findest Du Kalkutta? Ich habe nur darüber gelesen und Bilder gesehen, aber ich denke, es wird Dir gefallen.

Weniger gefallen wird Dir allerdings, was Du nun von mir erfahren wirst. In früheren Zeiten wurden die Überbringer schlechter Nachrichten geköpft. Nur gut, dass ich schon tot sein werde, wenn ...

Robyn schrak zusammen, als sich jemand neben ihr in den Sitz fallen ließ.

„Grundgütiger, Edward, hast du mich erschreckt!"

Er wirkte erhitzt und außer Atem, rastlos und fast etwas zerstreut.

„Entschuldige, Liebes, es hat etwas länger gedauert. Ich hatte mich an Bord noch festgeplaudert."

Eilfertig schloss der Kutscher den Wagenschlag und sprang wieder auf den Kutschbock. Auf einen Schnalzlaut von ihm hin trabten die beiden Pferde an, und die Räder setzten sich in Bewegung.

„Ich habe mir die Zeit solange anderweitig vertrieben", erklärte Robyn und hielt den Brief kurz in die Höhe. Edward legte seinen Arm um ihre Schultern und warf einen kurzen Blick auf das beschriebene Papier. Seine unmittelbare Nähe, seine Berührung waren ihr unangenehm, doch sie unterdrückte den Impuls, von ihm abzurücken, und vertiefte sich stattdessen wieder in die Zeilen ihrer Großtante.

„Und, was schreibt die alte Dame über Kalkutta?"

„Nur, dass es mir sicher gefallen wird. Weiter bin ich noch nicht gekommen, du hast mich mittendrin unterbrochen", versuchte sie sich in einem scherzenden Tonfall, der allerdings ins Vorwurfsvolle kippte.

„Musst du den Brief ausgerechnet jetzt lesen? Du verpasst ja die

Aussicht", gab er ebenfalls ohne Humor in der Stimme zurück. Mit zusammengekniffenen Augen sah er zur Seite, eine steile Falte zwischen den Brauen.

„Es ist nur ein ganz kurzer Brief, ich bin gleich fertig", beeilte sie sich zu sagen. Die Kutsche ruckelte, als sie um die Ecke bog. „Obwohl sie ihn mit düsteren Andeutungen begonnen hat."

„Tatsächlich."

Robyns Stirn legte sich in Falten. „Hast du eigentlich Mr. Kendall irgendwo gesehen?"

„Hm? Ach so. Ich bin ihm gestern zufällig in der Bar über den Weg gelaufen. Er hat hier in Kalkutta noch etwas zu erledigen und kommt mit dem nächsten Zug nach."

Erneut bog die Kutsche ab, mitten in eine belebte Straße hinein.

Robyn schluckte, und Beklommenheit stieg in ihr auf.

„Ist gut." Hastig beugte sie den Kopf wieder über den Brief, musste aber ein paar Mal blinzeln, ehe sie die Schrift wieder klar erkennen konnte.

Da schüttelte Edwards freie Hand sie leicht an der Schulter. „Das musst du dir ansehen!"

Sie folgte seinem Blick. Halbnackte Kinder sprangen neben der Kutsche einher, streckten ihnen ihre dünnen Ärmchen mit geöffneten Handflächen entgegen und riefen mit heller Stimme: *„Rupee! Rupee!"*

Zahnlose Greise schlurften müde vorbei, Bettler mit toten Augen lehnten an den schmutzigen Hauswänden, die dreckverschmierte Hand wie festgefroren ausgestreckt. Dazwischen Kühe, mit hellem Fell und langen Hörnern, die sich gleichmütig durch die Menschenmenge schoben. Fremdländische Laute schwirrten umher, und die Luft war plötzlich stickig, hatte so gar nichts mehr von der würzigen Mischung vorher im Hafen. Robyn schaute nach oben. Über ihnen waren von einer Straßenseite zur anderen Leinen gespannt, auf denen Wäschestücke zum Trockenen hingen, einstmals bunt, jetzt verwaschen und mit einem Grauschleier. Köpfe streckten sich zu den Fenstern heraus, riefen etwas hinunter oder in die offenen Fenster des Hauses gegenüber. Menschenrufe, Tierschreie, Hundegebell verbanden sich mit Räderknirschen, Geklapper und Gehämmer zu einem ohrenbetäubenden Getöse.

„Bist du sicher, dass der Kutscher den richtigen Weg nimmt und uns nicht irgendwelchen Straßenräubern als Beute zuführt?", äußerte sich Robyn skeptisch.

Edward tätschelte beruhigend ihre Schulter, ohne sie dabei anzusehen.

„Mach dir keine Sorgen. Ich bin ja bei dir und gebe auf dich Acht."

Sie ging nicht darauf ein, sondern deutete auf den Kutscher, der sich gerade bemühte, die Pferde durch das Getümmel zu dirigieren, ohne dass ihm dabei ein Lastenträger oder ein Kind unter die Hufe geriet, und unaufhörlich in alle Richtungen Warnrufe ausstieß.

„Siehst du, ich verpasse gar nichts! Hier geht es nur im Schneckentempo vorwärts!"

... nur gut, dass ich schon tot sein werde, wenn ich Dir jetzt sehr wehtun muss. Es ging mir bei dieser Reise nicht nur um den Diamanten und mich – sondern mindestens ebenso sehr um Dich.

„Also doch", murmelte Robyn.

„Was ist?"

„Nichts Wichtiges." Konzentriert las sie weiter.

Glaub mir: Wenn ich einen Weg gewusst hätte, es Dir auf eine andere Art mitzuteilen, hätte ich es getan. Dies ist der beste, der mir einfiel, nachdem ich das Bild Deiner Verlobungsfeier in der Times gesehen habe.

Nun sieh schon nach. Und verzeih mir.

Adele

Verwirrt ließ Robyn den Brief sinken und entfaltete den Zeitungsausschnitt. Wieder nur eine Fotografie mit einem Paar darauf. May Desmond erkannte Robyn auf den ersten Blick. Aufmerksam studierte sie die Zeile, die daruntergedruckt war: *Gern gesehene Gäste bei Hutchins': May Desmond und Porter Randall.*

Robyn betrachtete das Foto genauer, blinzelte, traute ihren Augen nicht, dann sog sie scharf die Luft ein. Die Haare trug er etwas anders, wirkte etwas jünger, unbeschwerter, und grinste fast frech in die Kamera hinein, aber trotzdem hätte sie ihn unter Tausenden sofort wiedererkannt.

„Schlechte Aufnahme von mir, ich weiß."

Übelkeit wallte in Robyn auf und nahm ihr die Luft zum Atmen, als sie ihn ansah. Von einer Sekunde auf die nächste schien er ihr verändert, ähnelte er mehr der Fotografie in ihrer zitternden Hand denn dem Edward, den sie seit bald einem Jahr kannte. Zu kennen geglaubt hatte.

Im nächsten Augenblick prasselten Gedanken, Bilder und Sätze auf Robyn herab, fanden ohne Umschweife ihren Platz im Gefüge, und sie verstand. Er gab einen abfälligen Laut von sich, während er Robyns Schulter fester umfasste.

„Ist mir die alte Spinatwachtel doch noch auf die Schliche gekommen! Tja, man kann nie vorsichtig genug sein. May hat sie offenbar gewaltig unterschätzt."

„Du und May Desmond." Die Worte blieben Robyn in der Kehle stecken.

„Na, du musst doch zugeben, May ist ein Teufelsweib. Vor allem ist sie eines: vom selben Schlag wie ich. Obwohl", er betrachtete sie interessiert, „obwohl auch du so deine Reize hast. Es gab genug Momente vor und während dieser Reise, in denen ich beinahe schwach geworden wäre und alles abgeblasen hätte. In denen ich in Versuchung war, an deiner Seite ein beschauliches Leben zu führen." Er neigte seinen Kopf näher zu ihr und raunte: „Erinnerst du dich an den Abend, als wir unser romantisches Dinner an Deck hatten? Ich hatte dich zwar nach Strich und Faden belogen, was mein angebliches Familiengeheimnis anging – aber meine Leidenschaft in deiner Kabine war alles andere als gespielt."

Durch Robyns Körper lief ein Ruck und sie wollte aufspringen. Doch Edward – alias Porter – war stärker. Unnachgiebig drückte er sie in den Sitz zurück und griff mit der freien Hand in die Innentasche seines Jacketts. Robyn blickte sich hilfesuchend nach allen Seiten um, als ihr plötzlich etwas Hartes gegen die Rippen stieß und ihr einen kleinen Schmerzenslaut entfahren ließ.

Schreckensstarr blickte sie an sich herab. Ein Revolver bohrte sich oberhalb ihrer Taille in den Brustkorb. Edward entsicherte ihn gerade und legte den Finger schussbereit auf den Abzug. *Du hast dem Falschen vertraut, Robyn, und den Richtigen von dir gestoßen. Wenn du jetzt stirbst, geschieht es dir recht, du Närrin!*

„Eine falsche Bewegung oder ein Schrei von dir, und ich drücke ab. Kein Mensch wird in diesem Lärm den Schuss hören, gedämpft durch dein Korsett. Niemand in diesem Gewimmel wird darauf achten, wenn ich mir deine Tasche schnappe und in der Menge damit verschwinde."

„Damit kommst du nicht durch", flüsterte Robyn. „Jedenfalls wirst du nicht weit kommen bei all den Menschen hier."

Er lächelte. „Du kennst Kalkutta nicht. Bis irgendjemand begreift, was der *Sahib* im Wagen seiner *Mem* angetan hat, und sich darum kümmert, habe ich mich schon längst unter die

Menge gemischt und bin in einer Seitengasse verschwunden. Außerdem: willst du es tatsächlich darauf ankommen lassen? Ab dem Moment, in dem ich abdrücke, wirst du nämlich ganz andere Sorgen haben als das, was mich erwartet. – Uh", er schüttelte bedauernd den Kopf und verstärkte für einen Moment den Druck des Revolverlaufs, sodass Robyn die Zähne zusammenbeißen musste. „Diese Stelle ist besonders gemein. Genau zwischen den Stäben des Korsetts hindurch. Die Rippen splittern und bohren sich in die Organe. An und für sich nicht schlimm, aber die Kugel selbst wird großen Schaden anrichten. Nicht mehr zu flicken, und du wirst bereits verblutet sein, bis man dich in ein Hospital einliefert."

„Du bluffst", trat Robyn die Flucht nach vorne an.

Er warf den Kopf in den Nacken und lachte, ohne dabei den Druck seines Armes zu verringern oder die Waffe auch nur um einen Millimeter zu verrücken. Auf jeden uneingeweihten Beobachter mussten sie wie ein typisch englisches Paar auf Indienreise wirken: Er amüsierte sich, während sie stocksteif und mit sauertöpfischer Miene neben ihm saß.

„Scharf beobachtet", gab er belustigt zurück und schob sein Gesicht nahe an das ihre. „Ich tue seit zwei Jahren nichts anderes. Seit May und ich uns diesen Plan ausgedacht haben. Gemeinsam die Figur des Edward Cheltenham erfunden und zum Leben erweckt haben. Bis ins kleinste Detail seines Wesens und seines Lebenslaufs durchdacht und ausgefeilt. Ich habe geblufft, als ich mich in der Londoner Gesellschaft eingenistet habe, ringsum katzbuckelte und schöntat, bis ich endlich an euch Fairbanks' dran war." Er schien zu überlegen, dann sprach er weiter. „Weißt du, ich bin gar kein so schlechter Schauspieler, wie es meine Hinterhof-Regisseure immer behauptet haben." Unvermittelt ließ er seinen gepflegten Oxford-Akzent fallen und fiel ins Amerikanische, als balancierte er eine

Murmel im Mundraum, die ihm nicht entgleiten durfte. „Gar nicht schlecht für einen Gassenjungen aus dem finstersten Brooklyn. Allein für diese schauspielerische Glanzleistung verdiene ich höchste Anerkennung, findest du nicht?“

„Warum ausgerechnet ich?“

Zeit. Robyn brauchte Zeit, auch wenn sie im Augenblick noch nicht wusste, ob ihr diese nützen würde.

„Ich bitte dich, das liegt doch auf der Hand!“ Einer seiner Mundwinkel hob sich zu einem ironischen Lächeln. „Der treudoofe Rhys-Jones hat May natürlich alles über die alte Familienfehde erzählt. Und von Charles Cavendish war es nicht mehr weit zu seiner Tochter Emma und zu dir.“

„Ihr konntet aber nicht wissen, dass Tante Adele mir den Stein vermachen würde.“

„Wem denn sonst? Die Frage war nur, wann die alte Lady ins Gras beißen würde. Allzu lange würde es nicht mehr dauern, das war klar. Umso größer natürlich die Freude, als die Nachricht von ihrem Tod eintraf und du und ich danach bei der Testamentseröffnung waren. Besser hätte es nicht laufen können. Doch selbst wenn ich den Diamanten nicht bekommen hätte – ich hätte auch so absahnen können. Du warst so verliebt in mich ... Sicher hättest du es mir nach unserer Hochzeit nicht abschlagen können, mir finanziell etwas unter die Arme zu greifen. Ein geplatztes Geschäft hier, ein Engpass dort. Und falls das nicht ausgereicht hätte: eine kleine Auslandsreise, auf der du dann einem Unfall zum Opfer gefallen wärst. Deine Eltern hätten es sicher nicht fertig gebracht, vom trauernden Witwer die Mitgift zurückzuverlangen. Mein Werben um dich wäre also in jedem Fall erfolgreich ausgefallen.“

„Mein Vater hat doch Erkundigungen über dich eingeholt. Und Alan. Und David.“

Er lachte. „Selbst ein Bankier mit solchen Verbindungen wie dein Vater kann nicht lückenlose Erkundigungen einholen. Dito deine Herren Brüder. Alles, was sie hatten, waren die Eindrücke von Männern der feinen Gesellschaft, denen ich so lange Honig um den Mund geschmiert und Lügengeschichten aufgetischt hatte, bis sie mich für den idealen Schwiegersohn hielten. Ja, ja – manchmal ist der Weg zum Reichtum eben steinig und schwer!"

Getäuscht. Er hatte sie alle getäuscht. Alles war nur Lüge gewesen, von Anfang an. Jedes Wort, jeder Kuss, jeder Liebesschwur. Robyn schwindelte, und erneut biss sie die Zähne zusammen. *Denk nicht dran, Robyn,* befahl sie sich selbst. *Denk nicht jetzt darüber nach. Später, wenn du das hier überstanden hast.* Hilfesuchend sah sie nach vorne zum Kutscher, doch der hatte nach wie vor nur Augen und Ohren für den Verkehr, der auf der Straße brandete. Auch die Menschen, die sich an der Kutsche vorbeidrängten, waren vollauf mit sich selbst beschäftigt und schenkten dem englischen Paar allenfalls einen flüchtigen Blick, der jedoch nichts Ungewöhnliches erfassen konnte.

„Erzähl mir mehr."

Mit einer Spur von Überraschung, die einem Anflug von Zärtlichkeit wich, sah er sie an und wurde dadurch für einen Moment noch einmal zu dem Edward, den sie gekannt hatte.

„Ach, ihr Frauen," seufzte er. „Ihr wollt immer reden. Aber gut, ich bekomme den Diamanten ja doch. Was willst du wissen?"

„Was hast du mit Frank gemacht?", reagierte Robyn prompt.

„Keine Sorge: Er lebt. Gott, ich hasse Gewalt!"

Frank öffnete die Augen. Es war noch immer dunkel um ihn herum. Er hob den Kopf und stöhnte auf, als ein stechender Schmerz durch ihn hindurchschoss und er Sterne vor seinen Augen tanzen sah. Dass er an einer Wand lehnte, halb im Sitzen kauerte, verriet ihm sein Gleichgewichtssinn. Vorsichtig streckte er die Hände aus und fühlte Holz zu beiden Seiten. Panik überfiel ihn bei dem Gedanken, sich in einem Sarg zu befinden und lebendig begraben worden zu sein. Nein, unmöglich. Er rappelte sich auf, rammte mit dem Schädel gegen etwas Hartes. Gegenstände prasselten auf ihn hernieder und gaben ein metallisches Geräusch von sich, das er schon Dutzende Male gehört hatte. Befreit lachte er auf. *Kleiderbügel.*

Er tastete sich durch den leeren Schrank, bis er die Türritze fühlen konnte, nahm Schwung, so gut es der beengte Raum zuließ, und warf sich mit seiner heilen Schulter gegen die Schranktür. Noch einmal. Und ein drittes Mal. Die abgeschlossene Tür krachte und barst, und Frank stolperte hinaus, direkt vor die Füße eines Zimmermädchens, das ihn aus weit aufgerissenen Augen anstarrte wie ein Gespenst. Er deutete mit dem Daumen hinter sich.

„Den bezahle ich, wenn ich zurückkomme." Und spurtete los.

Kurz vor der Gangway wäre er beinahe über seinen Seesack gefallen, der dort noch als einziges Gepäckstück zur Abholung bereitstand. Die zwei Burschen, die die Brücke zwischen Schiff und Kai gerade abschrubbten, sahen ihn verstört an.

„Ich hole ihn später ab," rief er ihnen zu, als er die Gangway hinab- und danach den Kai entlangrannte.

An der Kreuzung blieb er außer Atem stehen und sah sich kurz um, um sich zu orientieren. Dann lief er erneut los und schickte ein Stoßgebet gen Himmel, dass Robyn einen anständigen Kutscher erwischt hätte, der sie auf kürzestem Weg zum Bahnhof befördern würde, und keinen Gauner, der Umwege nehmen und dann mit Unschuldsmiene einen Aufschlag verlangen würde.

„Und Mr. Marshall?", bohrte Robyn weiter nach. Sie hatte den Eindruck gewonnen, dass der Mann neben ihr, der ihr immer noch die

Waffe in die Seite drückte, sich nur zu gern im Glanz seines perfiden Planes sonnte.

„Ah, der gute Hamilton." Ein Grinsen huschte über sein Gesicht. „Ein alter Kumpel hat ihn mir empfohlen. ‚Klettermax' und ‚Schattenschleicher' waren seine Spitznamen. Hast du den leicht irischen Akzent in den wenigen Worten, die du mit ihm gewechselt hast, bemerkt? Ja, auch den gibt es in Brooklyn. Gegen ein gutes Entgelt vorab war er gerne bereit, mit uns zu reisen und mir kleinere Dienste zu leisten." Er seufzte auf. „Schade eigentlich, dass sein allererster Versuch, den Diamanten durch eine Imitation aus Glas zu ersetzen, gescheitert ist. Dann hätte ich schon in Port Said von Bord verschwinden können, und alles wäre perfekt gewesen. Ich hätte den Stein gehabt, Marshall den Rest seiner Belohnung, du wärst mich los gewesen und hättest dich von Frank Kendall trösten lassen können." Seine Stirn legte sich in Falten. „Anfangs war ich nicht sonderlich erbaut über seine Anwesenheit. Irgendwie musste ich seinetwegen ständig umdisponieren." Seine freie Hand löste sich von ihrer Schulter und begann mit einer ihrer Haarsträhnen zu spielen, die sich durch die feuchte Hitze und ihren Angstschweiß aus der Frisur gelöst hatte. Es kostete Robyn alle Kraft, nicht auf ihn einzuschlagen, und sein Atem auf ihrer Haut erregte Widerwillen in ihr.

„Es wäre für uns alle so viel leichter gewesen, hätte gleich der erste Versuch geklappt. Zum Glück hatte Marshall sich schnell mit Kendall anfreunden und ihn so in Sicherheit wiegen können. Tja, der arme Marshall hat's nicht überlebt. In Bombay hätte ich ihn aber sowieso von Bord geschickt, er hat einfach nicht sauber gearbeitet." Ein kurzes Auflachen. „Letztlich war es doch keine so dumme Idee, Frank mitzunehmen. Durch ihn warst du ständig abgelenkt, und ich habe es sogar geschafft, ihn dir als Buhmann unterzujubeln." Eindringlich blickte er ihr in die Augen. „Eine

Zeit lang dachte ich wirklich, du wärst mir über und wärst mir auf die Schliche gekommen. Aber ich hatte dich wohl überschätzt."

Bitte, lass das dort vorne Robyn sein!, betete Frank und zwängte sich durch die vielen Menschenleiber hindurch, die die Straße verstopften. Tatsächlich kam er erstaunlich gut voran, schneller jedenfalls als die schwerfälligen und voluminösen Pferdewagen, die schon eine lange Schlange bildeten und in der Gasse nur im Schritttempo gehen konnten. Er unterdrückte einen Jubelschrei, als er sich noch ein Stück weiter vorgearbeitet hatte und sich schräg hinter einem Wagen wiederfand, in dem er Robyn und Edward erkannte.

„Wo ist May jetzt?"

Sein Kopf ruckte vorwärts. „Im Grand Hotel in Kalkutta. Seit zwei Wochen schon. Sobald ich den Diamanten habe, gehe ich zu ihr, und wir verschwinden." Er atmete tief durch. „Ach, Süße, schade eigentlich, dass wir uns unter so verqueren Umständen begegnet sind. Vielleicht hättest du doch noch einen anständigen Menschen aus mir machen können. Meinst du nicht, du solltest mir jetzt endlich den Diamanten aushändigen?"

Beide fuhren auf, als plötzlich ein Schatten auf den Wagen aufsprang, und Robyn schrie, als Edward die Waffe im Reflex von ihr wegriss und auf Frank richtete, der sich an der Wagentür festklammerte.

„Nehmt ihr mich ein Stück mit?", fragte er voller Ironie und mit grimmiger Miene. Er war völlig verschwitzt und zerzaust und sah wie ein Landstreicher aus.

Der Kutscher, der die Bewegung aus dem Augenwinkel heraus wahrgenommen hatte, war ebenfalls erschrocken und glaubte offenbar an einen Überfall. Nach einem kurzen Blick über seine

Schulter schwankte er, ob er den Wagen besser anhalten oder doch lieber beschleunigen sollte, zerrte erst an den Zügeln, schnalzte dann aber gleich darauf wieder mit ihnen, sodass die Pferde aus dem Takt gerieten und der Wagen heftig ruckte. Edwards vorgereckter Arm geriet dadurch für den Bruchteil einer Sekunde ins Wanken, doch das genügte Frank, um sich auf ihn zu werfen.

„Spring, Robyn!", hörte sie ihn brüllen. „Spring!"

Mit zitternden Händen, ihre Tasche am Handgelenk, fummelte Robyn am Wagenschlag herum, der zum Glück gleich aufsprang, und ließ sich aus der langsam vorwärtsrumpelnden Kutsche auf die Straße fallen. Sie spürte, wie die dünnen Stoffe ihres Kleides und ihrer Unterröcke unter der ausgreifenden Bewegung zerrissen, rappelte sich auf und suchte voller Bangigkeit Sicht auf den Wagen zu gewinnen, der nach den wenigen Yards, die er in der Zwischenzeit vorangekommen war, schon wieder von einer Menschentraube verdeckt war.

Dennoch erhaschte sie einen Blick auf Frank und Edward, die halb über dem Verdeck liegend miteinander rangen. Ein Schuss ertönte, wurde vervielfacht von den Hauswänden zurückgeworfen. Einen Herzschlag lang verstummte alles um Robyn herum, erstarrte in Reglosigkeit. Dann bäumten sich die Pferde auf, sowohl die vor der Kutsche mit Edward und Frank als auch diejenigen des Fuhrwerks hinter ihnen. Murmelnd erhoben sich Stimmen, gingen in Rufe und Schreie über. Und Robyn schlug die Hände vor den Mund, als sie sah, wie die beiden Männer über das Verdeck und das Gepäck der Kutsche hinabstürzten und unter den Hufen der scheuenden Pferde und der Deichsel des nachfolgenden Wagens verschwanden. Dessen Kutscher brachte seine Zugtiere zwar gleich darauf zum Stehen und sprang vom Wagen herab. Aber es war bereits zu spät. Menschen strömten herbei, um sich das Unglück aus der Nähe zu besehen, vielleicht auch, um zu helfen. Tränen stürzten aus

Robyns Augen, und sie begann haltlos zu schluchzen, als sich das Wissen um ihre Befreiung mit neuem Schrecken und Angst um Frank mischte.

Bange Augenblicke, in denen Robyn sich nicht zu rühren vermochte. Arme, die sich plötzlich um sie schlossen, sie aufschreien und gleich darauf wieder verstummen ließen, als sie sah, dass es Frank war.

„Es ist gut“, flüsterte er an ihrem Ohr und hielt sie fest, während sie sich wie eine Ertrinkende an ihn klammerte und an seiner Schulter weiterweinte. „Der Schuss ging in die Luft, und ich habe nur einen halbherzigen Tritt abbekommen. Ich hatte Glück und lag oben, konnte mich in letzter Sekunde wegrollen.“

Trotz seiner Atemlosigkeit klang seine Stimme fest. Doch Robyn spürte, dass er vor Erschöpfung und Anstrengung zitterte; zumal er wusste, dass er dem Tod soeben nur durch eine glückliche Fügung entronnen war.

Sie wandte halb den Kopf und blickte über Franks Schulter hinweg zu der Menschentraube, die sich um die Unglücksstelle geschart hatte. Zwei, drei Leute traten soeben zur Seite, um einen Mann durchzulassen, einen Arzt womöglich. Durch die Beine der Männer hindurch sah sie Edward am Boden liegen, zwar nur für einen Moment, doch mehr hätte Robyn auch nicht ertragen.

Er lag mit unnatürlich verdrehten Gliedmaßen auf dem Rücken. Eine Hälfte seines Gesichts war zerschmettert, und aus seinem geöffneten Mund trat stoßweise blutiger Schaum.

Die plötzliche Stille, die eintrat, verkündete das Ende seiner Qual.

Robyn wollte schreien, doch kein Laut entrang sich ihrer Kehle. Wut und Entsetzen, Zorn und Mitleid tobten in ihr und wollten sich Luft machen. Doch stattdessen wandte sie nur den Kopf und drückte sich stumm noch enger an Frank. Als sei er der einzige Halt, den sie in ihrem Leben, das vollkommen aus den Fugen geraten war, noch hatte.

Wer Wind sät, wird Sturm ernten, ging es ihr durch den Sinn.

Und dann: *Gott sei denjenigen gnädig, in deren Hände der zweite blaue Diamant jemals gelangt ist.*

1707

Der alte Mann öffnete die Lider. An die schleichende Trübung seines Sehsinnes hatte er sich im Lauf der vergangenen Jahre gewöhnt. Doch der milchige Schleier, der über seinen Augäpfeln lag und ihn nur noch Schemen erkennen ließ, war zuvor noch nicht da gewesen. Er blinzelte, doch der Nebel blieb und erlaubte ihm nur festzustellen, dass es heller Tag sein musste. Sein Gleichgewichtssinn verriet ihm, dass er lag und im Rücken von mehreren Kissen gestützt wurde, die ihm das Luftholen erleichtern sollten. Seine Greisenhand tastete zitternd über die Fläche unter seinem knochigen Körper und streifte das Leinen der Laken. Auch wenn er sie nicht mehr sehen konnte, wusste er, dass sie weiß waren. Weiß wie die Gewänder, in die er sich seit Jahren hüllte; weiß wie die Kappe auf seinem schneeigen Haupt. So zeigten ihn auch die Porträts der Maler, die einzigen Gemälde, die er stillschweigend noch duldete: ganz in Weiß, der Farbe der Reinheit. Weiß wie sein Bart, der einstmals schwarz gewesen war. Den Kopf und Oberkörper demütig unter der Last der Zeit und seiner Schuld gebeugt und vertieft in das Studium des Korans, der Heiligen Schrift des Islam. Das war das Bild, wie es sich die Welt von ihm machen sollte. Von ihm, Großmogul Aurangzeb, der mit achtundachtzig Jahren nun am Ende seines langen Lebens angelangt war.

Al-Sultan al-Azam wal Khaqan al-Mukarram, begann er seinen vollen Titel zu memorieren, *Abdul Muzaffar Muihuddin Muhammad Aurangzeb ...*

Der Gedankengang zerkrümelte wie brüchig gewordenes Pergament, dem die Haut über seinem geschrumpften Leib so ähnlich geworden war. Wo war er? Verwirrt lauschte er seinem rasselnden Atem, der stoßweise kam und ihm Mühe bereitete, bis es ihm wieder einfiel. In Ahmadnagar befand er sich. Im Dekkan, dem Hochland im Herzen Indiens, das nacktes, schwarz glänzendes Lavagestein und saftiggrüne Anbauflächen in sich vereinte. Flüsse wie der Krishna, der Godavari und der Kaveri schlängelten sich im Dekkan zwischen abgeflachten Hügeln hindurch, auf denen alte Festungsbauten wachsam ins Land hinabschauten. Elefanten und Affen bevölkerten die Wälder aus Sandelholz- und Teakbäumen, während nicht weit davon entfernt auf kargen Böden und inmitten schrundiger Felsen Dornengesträuch und wilde Dattelpalmen ihr trostloses Dasein fristeten. Der Dekkan, jenes Land seines Reiches, das ihm immer das Wichtigste gewesen war. Wichtiger als Agra, die Hauptstadt seiner Ahnen, wichtiger als Shajahanabad, die Hauptstadt seines Vaters, ein neuer Teil der alten Residenzstadt Delhi, die er beide seit vielen Jahren nicht mehr gesehen hatte, weil er sich nur im Dekkan verwurzelt fühlte.

Sein Großvater Jahangir war der Mogul der Malereien und der Goldschmiedekunst gewesen, sein Vater Shah Jahan, der fünfte Herrscher ihrer Dynastie, der Mogul der Architektur. Das *Lal Qila*, das Rote Fort Shajahanabads, war unter ihm entstanden. Hinter hohen Mauern aus rotem Sandstein eine Stadt in der Stadt, mit Werkstätten für Papier, Stoffe, Schwerter, Parfum und Kunsthandwerk. Mit prunkvollen Hallen und Gemächern, Gärten und Wasserbecken aus Marmor, Vergoldungen und farbigen Intarsien und dem Pfauenthron, der in sieben Jahren von den besten Goldschmieden des Reiches angefertigt worden war und der so prächtig und wertvoll war, dass er auf der ganzen Welt seinesgleichen suchte. Die *Jama Masjid* stand darin, die Große Moschee, die größte ganz Indiens, mit ihrer gewaltigen Kuppel ein Monument für die Stärke des Glaubens an Allah. Ein Mausoleum für seinen Vater Jahangir hatte Shah Jahan in Lahore erbauen lassen und die dortige Perlenmoschee. Und die Gärten von Shalimar mit ihren kunstvollen Terrassen, Pavillons und Mauern, über vierhundert Fontänen und fünf Wasserfällen. Weitere Moscheen in ganz Nordindien waren Teil seines Lebenswerkes gewesen, ebenso wie die zahlreichen Erweiterungen schon bestehender Festungsanlagen. Nicht zu vergessen den *Taj Mahal*, das Grabmal für Shah Jahans Lieblingsfrau Arjumand Banu Begum, auch genannt Mumtaz Mahal, Aurangzebs Mutter. Ein monumentaler Bau mit Zwiebelkuppel und zum Himmel emporragenden Minaretten, aus durchscheinendem weißem Marmor, verziert und geschmückt mit Türkisen, Saphiren, Jaspis, Karneol, Jade und Lapislazuli, inmitten eines gigantischen, wasserdurchzogenen Gartens. Errichtet für die Ewigkeit.

Er, der Sohn, hatte ebenfalls bauen lassen. Alles verschwindend klein und unbedeutend neben der Herrlichkeit, die sein Vater hinterlassen hatte. Denn Shah Jahan hatte für seine Prachtbauten die Steuern erhöht und seinen Untertanen so viel Geld abgenommen, wie er ihnen nur hatte abnehmen können. Er hatte das Land ausgequetscht wie ein Zitrone.

Aurangzebs Verdienst war es jedoch, die Herrschaft der Moguln so weit ausgedehnt zu haben wie keiner seiner Vorväter vor ihm. Vom Hindukusch und Kaschmir im Norden erstreckte sich das Mogulreich nun entlang der Berge des Himalaya über den Panjab bis zum Golf von Bengalen im Osten. Hinweg über die Ebenen, hinunter nach Rajputana und Gujarat, weiter nach Golkonda, entlang der Ostküste nach Madras, Pondicherry, Nagapattinam. Es umfasste ein Gebiet, zu dem insgesamt dreitausendzweihundert Städte und Marktflecken gehörten. Nur die südlichste Spitze des Subkontinentes fehlte noch.

Das ist mein Lebenswerk.

Und deshalb hatte er seinem Namen auch den Zusatz *Alamgir*, „Eroberer des Universums", hinzugefügt. Sein Ruhm war der eines Feldherrn, der seinen Feinden im Kampf erbittert und unnachgiebig gegenübertrat. Er hatte gegen die Sikhs gekämpft, gegen die Rajputen und die Sultane von Bijapur und Golkonda, gegen die Pathanen im Norden und gegen die Marathen im Süden. Sein Reich war aus den Leichen derer erstanden, die sich seinem Ehrgeiz in den Weg gestellt hatten. Es war getränkt mit ihrem Blut.

Das Erbe, das ich meinen Söhnen hinterlasse. Dieser Gedanke schmeckte bitter in Aurangzebs faltigem, staubtrockenem Mund, dessen Durst kein irdisches Wasser mehr zu löschen vermochte.

Nichtsnutzige Schwächlinge, obgleich Fleisch von meinem Fleisch und Blut von meinem Blut.

Er wusste, dass sie nur darauf warteten, bis er seinen letzten Atemzug tat, dass sie schon mit den Hufen ihrer Kriegsrösser scharrten und mit den Schwertern klirrten, um den Kampf um seine Nachfolge anzutreten. Wie er selbst damals, als junger Mann, darum gekämpft hatte, Großmogul von Indien zu werden. Seinen kranken Vater Shah Jahan hatte er einst in Agra festsetzen lassen, in einem Gefängnis, von dem aus er stets auf den Taj Mahal hatte blicken können, Tag für Tag, Jahr um Jahr, bis er zuletzt neben seiner geliebten Frau seine letzte Ruhestätte gefunden hatte. Zwei seiner Brüder hatte Aurangzeb getötet, um den Pfauenthron besteigen zu können, einen dritten ins Exil verbannt. Und auch seine eigenen aufständischen Söhne hatte er zeitweise einkerkern müssen, um seine Macht zu bewahren. Einen hatte er so gar aus dem Land gejagt.

Nicht für mich selbst habe ich all das getan. Nicht für mich. Nur für Indien. Für den sicheren Fortbestand meiner Dynastie. Und für Allah.

In Indien konnte es nur einen Glauben geben, den wahren Glauben an Allah. Die Verehrung von Göttern in Elefantengestalt oder der eines Affen, Gottheiten, die allesamt vielarmigen Dämonen glichen, war ihm unerträglich gewesen. So hatte er begonnen, den Hinduismus gnadenlos auszumerzen. Hindus waren zwangsweise zu Muslimen gemacht worden; wer sich geweigert hatte, musste eine hohe Kopfsteuer, die *Djizya*, entrichten. Die Tempel, in denen der widerwärtige Götzendienst abgehalten worden war, hatte er niederreißen lassen, ihre Schätze einkassiert, um damit die Kosten seiner Kriege zu bestreiten. Wer sich seinen Soldaten in den Weg stellte, wurde niedergemetzelt, auf dass sich sein Blut mit dem der geschlachteten Kühe mischte. Aurangzebs Gesetz war der Koran, den er in genaue Auslegungen und neue Erlasse fasste und im ganzen Land verbreiten ließ. Musik und Tanz bei Hof verbot er, der Dichtung und der Malerei entzog er seine Förderung. Nichts sollte die Menschen vom Glauben ablenken, dem Aurangzeb selbst stets Gehorsam geleistet hatte. Gebetet und gefastet hatte er, wie es vorgeschrieben war; wenn es sein musste, sogar mitten in einer entscheidenden Schlacht.

Warum finde ich dennoch keinen Frieden?

Seine Finger schlossen sich fester um den Gegenstand, den er ununterbrochen in der Hand hielt, wohl seit Tagen schon. Kühl war er, weil des Moguls Gliedmaßen keine Wärme mehr verströmten. Einer der beiden blauen Diamanten, die seine Soldaten aus einem der zerstörten Hindu-Tempel geraubt hatten. Der Zwilling jenes Steines, der vor so vielen Jahren verloren gegangen war, zusammen mit einer seiner Töchter. Deren Namen man aus den Aufzeichnungen gestrichen hatte, um dadurch auch ihre Schande zu tilgen. Ein Vermögen war der Diamant wert, mit dem man gut einen ganzen Feldzug hätte finanzieren können. Doch Aurangzeb hatte ihn aufbewahrt, zur Erinnerung an seine Untaten. Zur Mahnung.

Es ist nicht gut, derart alt zu werden. Nicht gut, wenn die meisten Kinder vor einem sterben und die zurückbleibenden Söhne schon selbst beinahe zu alt und zu kraftlos sind, um solch ein großes Reich am Leben zu erhalten. Vor allem ist es nicht gut, seinen Zenit zu überschreiten und nicht nur den eigenen Verfall, sondern auch den des Reiches miterleben zu müssen, auf dessen Aufbau und Erhalt man all die Jahre seine ganze Kraft gerichtet hat.

Die Beamten und Soldaten des Mogulreichs waren bestechlich und wirtschafteten in ihre eigenen Beutel, hielten das schwerfällige Heer in Mangel und Unordnung. Während Besucher fremder Länder über den Glanz und die Pracht des Hofes staunten, hatte Aurangzeb sogar einmal das Haushaltssilber einschmelzen lassen müssen, um an Geld zu kommen. Im äußersten Nordwesten hatte das Mogulreich Gebiete eingebüßt, und von Süden drängten immer wieder aufs Neue die Marathen vor, in einem Kleinkrieg, der die Truppen Aurangzebs erschöpfte. In seinem letzten Willen hatte er deshalb verfügt, wie das Reich unter seinen Söhnen aufgeteilt werden sollte. Doch er wusste, dass sie sich nicht daran halten würden, weil ein jeder von ihnen den ganzen Kuchen begehrte und sich nicht mit einem Stück davon zufriedengeben würde.

Seine runzeligen Lippen verzogen sich zu einem ironischen Lächeln.

Macht, was ihr wollt! Schlagt euch ruhig die Köpfe wegen eines Reiches ein, das schon längst dem Untergang geweiht ist! Bereits vor vielen Jahren habe ich mein Horoskop erstellen und deuten lassen. Mein Leben werde erfolgreich sein, hieß es darin, aber nach meinem Tode werde Unglück über das Reich kommen. Inshallah!

Wenigstens die Hoffnung, dass man ihn bestattete, wie er es verfügt hatte, blieb ihm. Er hatte darum gebeten, hierher nach Ahmadnagar gebracht zu werden, als er spürte, dass sein Körper zu zerfallen und Schwäche zu zeigen begann. Um zu beten und auf den Tod zu warten. In Khuldabad wollte er endlich Ruhe finden, im „Tal der Heiligen", in der „Wohnstatt der Ewigkeit", wie man die Gegend nach den über tausend Grabstätten von Sufi-Heiligen auch nannte. In der Nähe des Mausoleums von Zaynuddin sollte Aurangzebs Sarkophag stehen, unter freiem Himmel, genau wie derjenige seines Vorvaters Babur in Kabul, der die glanzvolle Dynastie der Mogulherrscher über Indien begründet hatte. Kein großes Begräbnis sollte es geben, kein prächtiges Grabmal. Alles sollte mit dem wenigen Geld bezahlbar sein, das Aurangzeb sich über die Jahre hinweg mit dem Nähen und Besticken von Gebetskappen und mit Abschriften aus dem Koran, die anonym verkauft worden waren, verdient hatte. Hier in der Region befanden sich auch die Höhlen von Ellora, Tempel, Klöster und Kapellen der Hindus, der Anhänger Buddhas und der Jains. Alles, was Indien in seiner Vielfalt ausmachte, war hier versammelt. Welch besseren Ort konnte es daher geben, um Buße zu tun und zu sterben?

Das Schlimmste am Alter jedoch ist die Reue.

Mit der ganzen Kraft seines Willens umklammerte Aurangzeb den blauen Diamanten, obwohl er seine Finger schon längst nicht mehr spürte.

Ich kam allein und ich gehe als Fremder.

Ich weiß nicht, wer ich bin, noch was ich getan habe.

Ich habe entsetzlich gesündigt, und ich weiß nicht, welche Strafe mich erwartet.

Großmogul Aurangzeb schloss die Augen. Für immer.

IM ENDE – EIN ANFANG

Meine liebe Robyn,

es ist so weit – hier trennen sich unsere Wege, die sich nur so kurz und leider niemals wirklich gekreuzt haben. Nur für einen Wimpernschlag lang, gemessen an der Ewigkeit. Du bist am Ziel Deiner Reise angelangt, und ich am Ende meines Lebens.

Ich bitte Dich um Vergebung für das, was ich Dir zugemutet habe. Aber hättest Du mir geglaubt, wenn ich Dich direkt und von Angesicht zu Angesicht vor ihm gewarnt hätte? Wenn ich gesagt hätte: Du kennst mich zwar nicht, aber ich weiß trotzdem, dass der Mann, den Du heiraten willst, ein falsches Spiel mit dir treibt?

Ich denke, nein. Deshalb musste ich Dich über all diese Umwege führen. Falls das falsch war, verzeih mir; sollte es aber richtig gewesen sein, behalt mich in guter Erinnerung.

Nur um eines bitte ich Dich noch: bring den Diamanten dorthin zurück, wo er einst herkam und schließe damit den Kreis zwischen Anfang und Ende. Dann werde ich meinen Frieden finden und Du den Deinen vielleicht auch.

Ich danke Dir von Herzen.

Für immer bei Dir

Adele

Die Sonne versank einem glosenden Feuerball gleich über den Dächern, Zinnen, Kuppeln und Minaretten von Benares und überzog die Silhouette der Stadt mit einer wahren Flut von Gold, Kupfer und Scharlach, während vom Fluss, die Ghats hinauf, lavendelgraue Schatten heraufstiegen. Bläuliche Rauchschwaden zogen von den Steinstufen herüber, ein beißender, ätzender Geruch, der mit süßen, balsamischen Düften durchmischt war. Es waren die Scheiterhaufen der Hindus, die dort brannten und deren Flammen die Toten verzehrten und ihre unvergänglichen Seelen in Brahmas Schoß zurücksandten. *Ram-ram, Ram-ram, Ram-ram*, ertönte das Mantra, die göttliche Silbe, die das Seelenfeuer anfachen und so die Sünden des vergangenen Lebens verbrennen sollte. Gesungen von Brahmanenpriestern und Trauernden, deren weiße Gewänder hell im Zwielicht schimmerten. Dumpfe Trommelklänge, helles Glockengebimmel. Hunde, die anschlugen, Ziegengemecker, und irgendwo ein Säugling, der in höchster Tonlage kreischte.

Das ist es, dachte Frank, Adele Wetherbys letzten Brief in der Hand, den Robyn ihm wortlos gereicht hatte, nachdem sie an den Ghats in den winzigen hölzernen Kahn geklettert waren. *Das ist es. Anfang und Ende. Geburt, Leben, Sterben, Tod. Ein einziger unendlicher Kreislauf. Hier schließt sich der Kreis und endet die Geschichte, die vor über zweihundert Jahren ihren Anfang genommen hat. Damit sie von vorne beginnen kann. Das ist das Vermächtnis Shivas. Des Zerstörers. Des Erneuerers.*

Sachte schlug das brackige Wasser des Ganges von außen an das Boot. Mit einem schmatzenden Geräusch tauchte das Paddel des Fährmanns ins Wasser und wieder heraus. Hinein und wieder heraus. In immer gleichem Rhythmus – ein Mantra ohne Silben, das Franks Geist zur Ruhe kommen ließ. Zum vierten Mal war er nun schon in Benares, aber noch nie hatte er die Heiligkeit, die Ewigkeit dieser Stadt so intensiv empfunden wie diesmal.

„Sag ihm, er möge bitte anhalten."

Es waren die ersten Worte, die er von Robyn hörte, seit sie ihn vor vier Tagen an ihrer Kabinentür so brüsk abgewiesen hatte. Als hätte der Schock der Erkenntnis und das Erlebnis in Kalkutta sie mit Stummheit geschlagen. Daher war ihm die Aufgabe zugefallen, den herbeigerufenen Polizeibeamten den Unfallhergang zu schildern. Einer davon hatte Großtante Adeles Brief und den Zeitungsausschnitt vom Straßenpflaster aufgeklaubt, und nachdem Frank einen Blick darauf geworfen hatte, hatte ihn Robyns Erstarrung noch weniger verwundert. Doch sie musste seither gesprochen haben, zumindest im Büro des nächstgelegenen Polizeipostens, so wie er selbst im benachbarten Raum. Nachdem er seine Aussage gemacht und die maschinengeschriebene Fassung unterschrieben hatte, hatte er gewartet, bis Robyn aus dem Nebenzimmer getreten war. Danach hatte er mit ihr zusammen das Gebäude wieder verlassen. Auf seine Frage, ob sie trotzdem dem nächsten Zug nach Benares nehmen wolle, hatte sie nur genickt.

Stumm hatte sie zwei Tage lang im Zug neben ihm gesessen, hatte nicht einmal im Traum etwas vor sich hin gemurmelt, wenn sie zwischendurch an seiner Schulter eingenickt war. Ohne ein Wort hatte sie ihm auch alle Briefe und Zeitungsausschnitte ihrer Großtante zum Lesen gegeben. Sogar den letzten Brief, den sie in Kalkutta geöffnet und auf dem Polizeibüro zurückerhalten hatte, während die Fotografie mit May Desmond und Porter Randall als Beweisstück bei den Protokollen verblieben war.

Ihr Schweigen war ihm verständlich und verunsicherte ihn gleichermaßen; er fühlte sich an ihrer Seite weder willkommen noch abgewiesen, allenfalls geduldet. Doch erstaunlicherweise genügte ihm das. Nicht weniger bemerkenswert war, dass er ihre Nähe nicht nur ertrug, sondern jede Sekunde davon genoss, zwei volle Tage lang. Sogar die Bahnfahrt hielt er aus, bedauerte es fast, als der Zug in Benares eintraf und sie sich im Hotelflur, müde und schmutzig, wie sie waren, voneinander trennen mussten, um ihre jeweiligen Zimmer zu beziehen. Ein Page hatte ihm eine Stunde später eine Nachricht von ihr aufs Zimmer gebracht, in der sie ihn bat, bei Sonnenuntergang mit ihr in einem Boot auf den Fluss hinauszufahren.

„*Yahaan rok do*“, richtete er nun das Wort an den Fährmann, der sogleich gehorsam zu paddeln aufhörte und den Kahn noch etwas treiben ließ, dann sachte gegensteuerte und ihn schließlich auf der Stelle hielt.

Die Wasseroberfläche wirkte wie flüssiges Metall, zäh und von einer unbeschreiblichen Farbe: stählern, transparent, ein dunkles Graugrün, durchzogen von warmem Braun. *Mutter Ganga.*

Schweigend saß Robyn neben ihm, und Frank musterte sie von der Seite. Blass war sie, und ihre Augen starr in die Ferne gerichtet. Auf einmal fiel Frank ein, an wen sie ihn erinnerte: an einen der *Sadhus*, die weisen Männer Indiens, die oft jahrelang in ein und derselben Haltung verharrten und sich in sich selbst zurückzogen, um so die Erleuchtung zu erlangen.

Es missfiel ihm selbst, aber um sicherzugehen, fragte er leise nach: „Hier?“

Sie nickte, und er akzeptierte ihr Schweigen. Wartete mit ihr, bis sie den richtigen Zeitpunkt für gekommen hielt.

Ebenso wortlos wie Robyn hatte er ihr seinerseits das Telegramm zu lesen gegeben, das er in Bombay abgeholt hatte. Die Antwort Mr. Chisholms auf Franks in Port Said gekabelte Anfrage. Mit der er bei dem Anwalt offene Türen eingerannt hatte. Chisholm hatte von Anfang an kein gutes Gefühl gehabt, was Miss Fairbanks' Verlobten anbetraf. Er hatte seine Kontakte spielen lassen – welcher Natur diese waren, ob legal oder illegal, hatte er nicht erwähnt – und immerhin herausgefunden, dass Edward Cheltenham nicht der war, der er zu sein vorgab. Es hatten keine gültigen, verlässlichen Dokumente älteren Datums existiert, die seine Identität bewiesen. Doch es war bereits zu spät gewesen; die kleine Reisegruppe war längst aufgebrochen. Mit ausdrucksloser Miene hatte Robyn die in wenigen Zeilen zusammengedrängten Informationen gelesen, genickt, und Frank das Blatt zurückgegeben.

Robyn hielt ihm die Fotografie hin, die sie umklammert hielt, seit sie den letzten Umschlag geöffnet hatte, und Frank nahm sie vorsichtig entgegen. Er lächelte, als er sie betrachtete. Adele Wetherby hatte noch auf dem Sterbebett einen Fotografen samt Ausrüstung zu sich bestellt und sich ablichten lassen. Das Bild zeigte eine uralte Frau, in ihrem Bett von Kissen im Rücken gestützt, mit weißem, flaumigem Haar und eingefallenen Zügen. Harte Linien neben den Mundwinkeln und unter den Augen zeigten abgrundtiefen Schmerz, aber auch Willensstärke. Doch das Beeindruckendste waren ihre Augen. Still und klar blickten sie, voller Weisheit und Güte. Wie ein *Sadhu.*

Er sah zu, wie Robyn ihre Handtasche öffnete, hineinlangte und ihre zur Faust geschlossene Hand wieder herauszog. Sie wandte sich halb um, zum Heck des Bootes, und er tat es ihr spiegelbildlich gleich.

Robyns Faust tauchte in das heilige Wasser des Ganges ein. Ihre Haut schimmerte unter Wasser grünlich, nicht mehr wie die eines Menschen, sondern wie die eines Wesens aus einer anderen Welt. Finger für Finger öffnete sich, enthüllte tiefblauen Glanz, als der Stein in die Tiefe hinabglitt und in ihr verschwand.

Der Diamant Shivas war zurückgekehrt.

Sie drehte sich wieder nach vorne und griff erneut in ihre Tasche, dieses Mal mit der anderen Hand, holte weit aus und warf etwas in hohem Bogen in den Fluss. Etwas Längliches, das aufglitzerte und beim Auftreffen auf die Wasseroberfläche eine kleine Fontäne hochschießen ließ. Und etwas Rundes, Punktförmiges, das ohne jeden Spritzer sofort in den Fluten versank.

Das Armband und ihr Verlobungsring. Beides hatte Frank mittlerweile eindeutig als Fälschungen identifiziert. Talmi, so wie die angebliche Liebe Edwards. Eines Mannes, den es nie gegeben hatte.

Schweigend saßen sie eine Weile nebeneinander im Boot, während Mutter Ganga sie sachte wiegte.

„Es gibt keinen Fluch", sagte Robyn schließlich. „Alles, was der Diamant angeblich verschuldet haben soll, war Menschenwerk. War der Gier nach Macht und Reichtum geschuldet. Oder Blindheit und Ignoranz. Waren Fehler, die begangen werden und ungeahnte Konsequenzen nach sich ziehen."

Frank ließ ihre Worte lange in sich nachklingen, bevor er erwiderte: „Trotzdem bin ich froh, ihn jetzt dort unten zu wissen, auf dem Grund des Ganges." Er sprach die Wahrheit. Den brennenden Wunsch, den geschichtsträchtigen Diamanten der Nachwelt zu erhalten, hatte Frank Kendall längst hinter sich gelassen. Irgendwann im Lauf dieser Reise hatte der Stein für ihn an Bedeutung verloren und etwas anderem in seinem Inneren Platz gemacht. Etwas, das ihm weitaus kostbarer war und ihm ebenso ewig und unzerstörbar schien.

Robyn lächelte, ohne ihn anzusehen. „Ich auch."

Das Lächeln verschwand wieder von ihrem Gesicht, und Frank hörte sie tief durchatmen.

„Es tut mir leid, dass ich dir misstraut habe und dir nicht zuhören wollte."

Er schluckte hart. Ihre Worte versetzten etwas in ihm in Schwingung, das bislang starr und verhärtet gewesen war, solange er zurückdenken konnte.

„Ich habe es dir auch nicht leicht gemacht. Ich war zu stolz, um dir einfach Cheltenhams Telegramm unter der Tür durchzuschieben oder dir in einem Brief zu sagen, was ich wusste oder ahnte. Aus irgendeinem Grund wollte ich unbedingt, dass du es von mir persönlich erfährst. Hätte ich gewusst, was daraus ..." Er verstummte, als er ihre Hand auf seinem Oberarm spürte. Nur kurz und sacht, wie die Berührung einer Vogelschwinge.

„Nicht", flüsterte sie. „Nicht bereuen und sich selbst verurteilen. Das haben mich die Briefe Großtante Adeles gelehrt."

„Wirst du im Prozess aussagen – sofern es einen geben wird?"

May Desmond war noch am selben Tag, an dem ihr Geliebter in einer Gasse in Kalkutta von Pferdehufen zu Tode getrampelt worden war, im Grand Hotel verhaftet worden. Die Zeitungen, die Frank einem Jungen abgekauft hatte, der während eines Zwischenhalts der Eisenbahn mit Stapeln davon durch die Abteile gelaufen war, hatten ausführlich darüber berichtet. Unklar war jedoch, ob Anklage gegen sie erhoben werden würde, denn die Beweislage war erschreckend dünn, und ohne ein Geständnis von ihr würde es wohl kaum zu einer Verhandlung kommen.

„Ich weiß es nicht." Robyns Stimme klang metallisch. „Im Grunde bin ich davon überzeugt, dass sie gestraft genug ist. Der Mann, den sie geliebt hat, hat ihre gemeinsame Gier nach Reichtum mit dem Leben bezahlt."

Frank zögerte, die Frage zu stellen, die ihn seit Kalkutta quälte, und sie kam ihm nur schwer über die Lippen. „Trauerst du um ihn?"

Ein winziges Lächeln blitzte in Robyns Gesicht auf. „Wie kann man um jemanden trauern, den es nie gab? Ich trauere um eine Illusion und um mein früheres Leben. Wenn", ihre Stimme begann zu zittern, „wenn ich nach Hause zurückkehre, wird nichts mehr so sein wie vor dieser Reise."

Sie schwiegen eine Zeit lang. Frank kam sich geschwätzig vor, und doch verspürte er den unbezähmbaren Drang, hier und jetzt das nachzuholen, was ihm Robyns Stummheit seit Kalkutta unmöglich gemacht hatte.

„Was wirst du jetzt tun?"

Sie hob die Schultern. „Nach England zurückreisen. Meinen Eltern und Brüdern alles zu erklären versuchen.“ Ihre Stimme klang flach, und Frank glaubte zu spüren, wie ein Schauder durch sie hindurchlief. Allenfalls vage vermochte er sich vorzustellen, welcher Skandal Robyn in ihrer beider Heimat erwartete: der Verlobte einer jungen Dame der Gesellschaft war als Hochstapler, Heiratsschwindler und Verbrecher entlarvt worden.

„Das Haus meiner Tante anschauen“, fuhr sie in ihrer Aufzählung fort. „Ihr Grab besuchen. Mir überlegen, was ich aus meinem Leben machen will. Vielleicht für eine Weile nach Bath ziehen, bis sich die Wogen in London geglättet haben. – Und du?“

„Zurück ins Museum.“ Er schmunzelte über sich selbst. „Vielleicht ein Buch schreiben.“

Robyn nickte bedächtig. „Ja, das solltest du tun.“

Sie atmete tief durch und blickte zum Himmel, der inzwischen aschgrau geworden war und nur noch von wenigen goldenen Wolkenbändern durchzogen wurde – die letzten Überbleibsel der mittlerweile hinter Benares untergegangenen Sonne.

„Am liebsten würde ich jedoch hier bleiben und mir alles von dir zeigen lassen.“

Franks Herz schlug schneller, doch er wählte seine Worte mit Bedacht. „Benares besteht schon seit Menschengedenken. Und es wird diese Stadt mit all ihrem Zauber gewiss noch einmal so lang geben.“

„So viel Zeit werde ich nicht benötigen“, erwiderte sie leise, und er wusste, dass sie die Doppeldeutigkeit ihrer Worte bewusst gewählt hatte.

In der Gegenwart des Fährmanns, der geduldig am Bug des Kahns ausharrte, saßen Frank und Robyn nebeneinander, schweigend angesichts des brillantenübersäten, schwarzsamtenen Firmaments und der heiligen Stadt, in der die ersten goldenen Lichter aufflammten.

Wie von selbst verschränkten sich ihre Finger und hielten einander fest.

Es war genug, für den Anfang.

NACHWORT

Von jeher hat der Diamant eine große Faszination auf den Menschen ausgeübt. Seine Seltenheit und Schönheit machen ihn so kostbar. Magische Kräfte wurden ihm zugeschrieben, und er gilt bis heute ebenso als Symbol für Perfektion und Reinheit wie für die Unzerstörbarkeit wahrer Liebe.

Daher verwundert es nicht, dass es eine Reihe berühmter Diamanten gibt, mit denen man Legenden verbindet: den *Koh-i-Noor* beispielsweise, den *Sancy*, die *Briolette of India* oder den *Agra*.

Der bekannteste von ihnen jedoch dürfte wohl der sogenannte *Hope*-Diamant sein, von blauer Farbe und rund 45 Karat Gewicht, benannt nach Henry Philip Hope, der ihn 1824 erwarb. Angeblich liegt auf diesem Diamanten ein Fluch, der bisher allen seinen Besitzern Unglück gebracht haben soll – ein Motiv, das sich in der Geschichte berühmter und besonders ausgefallener Diamanten häufig findet. Die Legenden, die sich um den *Hope* und andere Diamanten ranken, waren Inspiration für diesen Roman.

Doch inmitten von Mythen, überlieferten Geschichten und Imagination gibt es darin auch historische Tatsachen. Großmogul Aurangzeb hat tatsächlich 1669 den Vishwanath-Tempel in Benares zerstören lassen, um an dieser Stelle später eine Moschee zu errichten. Auch den Piratenkapitän Henry Avery hat es gegeben, und die Kaperfahrt, die ihn und seine Männer mit einem Schlag reich gemacht hat, ist verbürgt. Die Flucht von König Ludwig XVI. und Marie Antoinette nach Varennes hat sich so zugetragen, wie ich sie geschildert habe, und der Einbruch in das Gebäude, in dem die französischen Kronjuwelen lagerten, nach den Septembermorden der Französischen Revolution ebenfalls. Die unglückliche Ehe von Anatol Demidoff und Mathilde Bonaparte ist belegt, ebenso wie das Zugunglück im Clayton-Tunnel 1861.

Charlotte Wolf,
im April 2008

Katrin Burseg
Das Königsmal

editionfredebold
ISBN: 978-3-939674-06-1
Historischer Roman
Originalausgabe
Preis: 16,95 €
448 Seiten

Drohend ziehen die ersten Auseinandersetzungen zwischen Protestanten und Katholiken als Vorboten des Dreißigjährigen Krieges über Holstein hinweg. Da wird einem neugeborenen Mädchen mit einem C-förmigen Mal auf der Stirn von einer Zigeunerin prophezeit, dass es weite Wege gehen müsse, bis es schließlich sein Glück an der Seite eines älteren Mannes finden würde.

Jahre später begegnet die zu einer schönen jungen Frau herangewachsene Wiebke König Christian IV. von Dänemark. Der ist von ihr bezaubert. Als Hofdame für seine Frau, Gräfin Kirsten Munk, nimmt er sie mit sich an den Hof, wo Wiebke ihm nicht nur das Leben rettet, sondern ihm in den Wirren des Krieges auch eine kluge Beraterin ist. Der König verliebt sich leidenschaftlich in sie. Doch als er seine Frau verstößt und Wiebke als illegitime Frau an seine Seite holt, spricht er damit ihr Todesurteil aus. Denn von diesem Tage an hat sie in der Gräfin eine unversöhnliche Feindin, die nur noch ein Ziel kennt: Rache.

Jens Johannes Kramer
Das Delta

editionfredebold
ISBN: 978-3-939674-05-4
Historischer Roman
Originalausgabe
Preis: 16,95 €
528 Seiten

1894: Die 32-jährige Mary Cooley reist im Auftrag der Royal Geographic Society in eine der gefährlichsten Regionen der Welt, um dort Fische zu katalogisieren: ins Nigerdelta. Noch bevor sie ihr Ziel erreicht, wird ihr prophezeit, dass sie dort einen Mann sehen wird, der ein Geist ist, und einen Toten, der nicht tot ist. Und sie wird auf die Liebe stoßen, die schon lange auf sie wartet.

Die Prophezeiung wird sich bewahrheiten, doch zunächst sticht die unkonventionelle und unerschrockene Mary nach ihrer Ankunft gleich in mehrere Wespennester. So gerät sie in die Kämpfe der Eingeborenen und der Engländer um die Vorherrschaft im Delta, kommt nebenbei einer Verschwörung auf die Spur und wird heimlich Zeugin eines mörderischen Fetischkultes. Und sie trifft auf den undurchsichtigen Grafen Charly DeCardi, der ihr bei ihren Abenteuern zunächst etwas unwillig, aber zunehmend fasziniert zur Seite steht.

Jutta Oltmanns:
Die Friesenrose

editionfredebold
ISBN: 978-3-939674-23-8
Roman
Originalausgabe
Preis: 16,95 €
496 Seiten

Ostfriesland 1810: Widerwillig beugen sich die Menschen dem Handelsverbot und der Fremdherrschaft der Franzosen. Auch die Borkumerin Inken Hinderks, Tochter eines Walfängers, bekommt deren Willkür zu spüren, als ihr Vater zu Unrecht gefangen genommen wird und sie selbst von der Insel fliehen muss.

Völlig auf sich allein gestellt, erhält sie Hilfe von Cirk Hoogestraat, einem Blockadebrecher, in den sie sich verliebt. Cirk bringt sie zu der bärbeißigen Geldverleiherin Tjalda, die Inken Unterschlupf gewährt. Schon bald schafft es Inken mit Hilfe der Chinesin Sumi und Tjaldas zur ersten Teehändlerin Emdens aufzusteigen.

Da tritt Cirk wieder in ihr Leben, an seiner Seite die Engländerin Lucia, die behauptet ein Kind von ihm zu bekommen. Als der Schmugglerkönig auch noch gemeinsame Sache mit Inkens verhasstem Konkurrenten macht, bricht für sie eine Welt zusammen. Doch im Augenblick größter Gefahr begegnet sie Cirk erneut und muß sich zwischen Liebe und Hass entscheiden.

Helga Zeiner:
Das Geheimnis von
Lake Louise

editionfredebold
ISBN: 978-3-939674-01-6
Roman
Originalausgabe
Preis: 16,95 €
576 Seiten

„Ich nehme mein Geheimnis mit ins Grab. Wer dies hier findet, soll selbst entscheiden, ob er mein schreckliches Geheimnis, das ich vor der Welt verborgen habe, kundtun wird oder ob mir die ewige Ruhe vergönnt ist."

Als Carola König in ihrem neuen Heim in Kanada, das sie über den Makler Jason Golden erworben hat, auf diese Tagebucheintragung des früheren Hausbesitzers aus dem 19. Jahrhundert, John McLure, stößt, ist sie sofort fasziniert. Denn er gesteht darin, einst ein Baby aus den Händen seiner sterbenden Mutter gerettet zu haben. John will das kleine Mädchen mit Namen Rose zusammen mit seinen drei Söhnen aufziehen, löst damit aber ungewollt ein Familiendrama aus, das er allerdings nur anzudeuten wagt.

Was ist damals wirklich geschehen? Carola stellt Nachforschungen an, stößt aber schon bald nicht nur auf eine Mauer des Schweigens, sondern wird zuletzt sogar von einem Unbekannten an Leib und Leben bedroht.

Allein Jason, in den sie sich leidenschaftlich verliebt hat und der ihre Liebe zu erwidern scheint, steht ihr zur Seite. Dann aber mehren sich die Verdachtsmomente gegen ihn, und Carola begreift, dass nicht zuletzt ihr eigenes, zukünftiges Lebensglück davon abhängt, den Hüter des Geheimnisses um Rose zu finden.